JÜRGEN DREWS, 1933 in Berlin geboren, studierte Medizin, habilitierte sich und wurde Professor für Innere Medizin in Heidelberg und Molekulare Genetik in New Jersey, USA. Von 1970 bis 1998 leitete er die weltweite Forschung und Entwicklung großer international tätiger Pharma-Firmen, zuletzt als Mitglied der Konzernleitung bei Hoffmann-La Roche. Er ist heute freiberuflich tätig und lebt in der Nähe von München und im Tessin. 2004 erhielt er den Beckmann-Preis der American Laboratory Association für bedeutende Beiträge zur Arzneimittelforschung. Drews veröffentlichte zahlreiche wissenschaftliche Artikel und ist Autor und Herausgeber vieler Fachbücher, z. B. »In Quest of Tomorrow's Medicines« (Springer, New York, 2000). Daneben publizierte er mehrere Romane, u. a. »El Mundo oder die Leugnung der Vergänglichkeit« (2003), »Menschengedenken« (2005), »Der Spiegelmord im Mörderspiel« (2006), »Wie wir den Krieg gewannen« (2007), »Jahresringe« (2008), »Der verschwundene Pianist« (2009), »Unter der Himmelsuhr« (2010), Wendelins Traum (2012) sowie Erzählungen und Gedichtbände.

Jürgen Drews

Das andere Gesicht

Erzählungen

Weitere Informationen über den Verlag und sein Programm unter
www.buchmedia.de

Dezember 2013
© 2013 Buch&media GmbH, München
Umschlaggestaltung unter Verwendung des Bilds
»Portrait of Edward James« (1937) von René Magritte
© VG Bild-Kunst, Bonn 2013
Printed in Germany · ISBN 978-3-86520-499-8

Inhalt

Das andere Gesicht   7
Der Arzt als Patient. 57
Ein Herz für Kinder 85
Der Todesengel 113
Der Verlust 171
Das Ebenbild 239

Das andere Gesicht

Sie stutzte, als sie den Mann, der nur wenige Meter von ihr entfernt ein Schaufenster betrachtete, zu erkennen glaubte, verzögerte ihren Schritt und blieb stehen. Dann musterte sie die in den Anblick irgendeines Gegenstandes vertiefte Gestalt genauer. Die Ähnlichkeit war frappierend. Er wandte ihr nur sein Profil zu, aber nach wenigen Augenblicken war sie sicher. Die gerade Stirn, die fast ohne Unterbrechung in den Nasenrücken überging, das nicht besonders ausgeprägte, aber dennoch entschlossen wirkende Kinn, der Ansatz des dunkelbraunen, jetzt mit grauen Strähnen durchsetzten Haares – er war es: Hans. Hans Delius, den sie geliebt und auf den sie gewartet hatte. Monatelang, Jahre lang, ein ganzes Leben lang. Er war gegangen, damals, und nie mehr gekommen. Auch jetzt nicht. Er ging hier nur zufällig vorbei, aber bei seinem Anblick spürte sie einen Abglanz des Gefühls von damals. Ihr Herzschlag beschleunigte sich. Und genau in diesem Augenblick, da sie sicher war, dass Hans Delius vor dem Schaufenster stand, wandte er sich ihr zu und sah sie an. Aus blauen, sich nach einer Sekunde erstaunt weitenden Augen. Er kam näher. Das Erstaunen in seinem Blick nahm zu, gipfelte für einen Wimpernschlag in einem kurzen Erschrecken. »Renate«, sagte er – seine Stimme klang dabei fast unberührt, als grüßte er eine Bekannte, die ihm täglich oder wöchentlich auf seinen Wegen durch die Stadt begegnete.

»Hans, mein Gott, entschuldige ...« Renate legte die rechte Hand auf das Revers ihres Mantels, um ihren Herzschlag zu besänftigen. »Verzeih, aber das kam jetzt völlig unerwartet.« Ihr Atem ging ein wenig schneller, als sei sie gelaufen, aber dann hatte sie sich gefasst. »Du siehst aus wie damals.« Sie ließ ihre dunkelbraunen Augen über sein Gesicht wandern. Er sah gut aus. Ein paar Pfunde waren wohl hinzugekommen, denn seine athletische Figur kam ihr jetzt fast ein wenig vierschrötig vor. Der Haarschopf hatte

9

sich ein bisschen gelichtet und wies ein paar graue Strähnen auf, aber sonst? »Wer dich vor vierzig Jahren gesehen hat, wird dich ohne Weiteres wiedererkennen.«

Der Mann vor ihr nickte. »Mir geht's genauso. Das weiße Haar – darauf war ich nicht gefasst, es hat mich verwirrt. Aber der Rest ist wie früher.«

Jetzt standen sie nahe beieinander. Sie lächelte, reichte ihm ihre Hand. Er nahm sie, legte seine Linke auf ihren rechten Arm und zog sie näher zu sich heran. Auch in dieser Berührung erkannte sie ihn wieder.

»Hans. Und ich dachte, du seiest gar nicht mehr in Deutschland. Bist du zu Besuch hier?«

Er antwortete nicht, sondern ließ seine Blicke über ihren Kopf hinweg die belebte Straße entlangwandern. »Gibt es hier irgendwo ein Café?«

Sie wusste es nicht. »Ich komme immer nur zum Einkaufen hierher.«

»Wir finden schon etwas«, sagte Delius und wollte mit ihr weitergehen. Renate spürte instinktiv, dass sie beide dasselbe empfanden: dass diese unerwartete Begegnung mehr sein könnte als nur ein kurioser Zufall. Vierzig Jahre waren vergangen, seit sie sich getrennt hatten. Was heißt getrennt, dachte Renate, er war einfach fortgegangen. Sie hatte nie aufgehört, an ihn zu denken. Lange hatte sie geglaubt, er würde wiederkommen. Aber er hatte nie von sich hören lassen, nie geschrieben, nie angerufen. Als sie durch gemeinsame Freunde erfuhr, dass er weit weggegangen wäre, nach England zunächst und dann nach New York, hatte sie ihren Glauben aufgegeben und nur noch gehofft.

Und Delius? Für ihn hatte sich die Frau, die jetzt vor ihm stand und deren Gegenwart er als etwas Altvertrautes und ihm Zugehöriges empfand, in eine Erinnerung verwandelt, die mit den Jahren alle Schlacken, alle Schärfen und alles Dunkle abgelegt hatte und zu der seine Gedanken mit zunehmender Bereitschaft zurückkehren konnten. Was sie damals getrennt hatte, erschien ihnen in diesem Augenblick seltsam fern und unwirklich, ganz anders als ihre unverhoffte physische Gegenwart, in der sich eine vertraute Gemeinsamkeit abbildete – wie ein lange nicht mehr getragenes, aber durch Gewohnheit angenehm gewordenes Kleidungsstück, in das man sofort hineinschlüpfen konnte, um sich darin wohlzufühlen. Nein, dieser unerwartete Augenblick durfte nicht einfach vorübergehen, dachte Renate. »Gehen wir doch zu mir«, schlug sie vor, »wenn du Zeit hast?«

Was für eine Frage. Natürlich hatte er Zeit, und wenn ihm etwas im Wege stünde, würde er sich einfach Zeit nehmen. Aber davon konnte nicht die Rede sein. Er hatte sich an diesem Nachmittag durch Charlottenburg treiben lassen, durch den Teil Berlins, den er kannte, in dem er früher selbst gelebt hatte.

»Wo wohnst du?«, fragte er Renate, und die beschrieb ihm einen zur Fasanenstraße gehörigen Durchgang, in dem sich einige Geschäfte befanden und von dem aus ihre im vierten Stock eines Altberliner Miethauses gelegene Wohnung zu erreichen war. »Es sind nur ein paar Schritte«, ermunterte sie ihn und hängte sich bei ihm ein.

Delius benötigte etwas Zeit, um sich zu sammeln. Eben noch hatte er die Schaufenster am Kurfürstendamm betrachtet, sich über die Preise einzelner Artikel gewundert und sich gefragt, wer in dieser Stadt für eine gut geschnittene Lederjacke fast zweitausend Euro und für ein Paar Schuhe immerhin ein Viertel bis ein Drittel dieser Summe auf den Ladentisch blättern würde. Er hatte sich in den kleinlichsten Verästelungen der Gegenwart befunden, und jetzt? Eine Vergangenheit, die er längst als abgeschlossen betrachtet hatte, war plötzlich Gegenwart geworden, und er war sofort, ohne sich im Mindesten zur Wehr zu setzen, in ihren Sog geraten. Er spürte den leichten Druck von Renates Hand auf seinem Ärmel, und obwohl er einen Wollmantel trug, um sich gegen die kühle herbstliche Witterung zu schützen, meinte er, Renates Wärme durch den Stoff hindurch wahrzunehmen. Er lief neben ihr her und grübelte, wie ihr Leben wohl verlaufen war, seit er sie zum letzten Mal gesehen hatte. War sie allein geblieben? Was tat sie beruflich? Wie war es möglich, dass er nach so langer Zeit nicht die geringsten Hemmungen empfand, ihr in ihre Wohnung zu folgen?

Der Weg, den sie zu gehen hatten, war zu kurz für wichtige Themen, aber einfach schweigen konnte Renate auch nicht. So fragte sie Hans nach dem Hier und Heute. »Wo bist du abgestiegen, wirst du länger in Berlin bleiben? Kommst du öfter hierher, oder ist es das erste Mal seit damals?«

Im »Bristol« habe er sich einquartiert, antwortete er. Nein, dieser Besuch sei nicht der erste seit damals, aber fast zehn Jahre sei es wohl her, seit er zum letzten Mal hier gewesen sei. Jetzt wohne er in München. Schon lange übrigens, schon seit der Wende.

»Allein?«, fragte Renate und warf ihm einen flüchtigen Blick zu.

»Ja, jetzt wieder. Und du?«

»Auch allein.«

Was hieß das? Hatte sie immer allein gelebt oder war sie, wie er selbst, verheiratet gewesen und lebte nun wieder allein? Kein Thema für die Straße. So etwas konnte er nur fragen, wenn sie sich eine Weile angeschaut hätten und bereit wären, sich zu öffnen und die getrennten Lebenswege, die sie seit Januar 1968 gegangen waren, einander zu beschreiben. »Ist es noch weit bis zu dir?«

»Nein, da vorn, das Jugendstilportal, da geht es hinein.«

Dann traten sie in einen mit hellen Fliesen ausgelegten, geräumigen und sehr gepflegten Eingangsbereich. Sogar einen Fahrstuhl hatte man bei der Renovierung eingebaut, der sie nun in den vierten Stock brachte. Renate zückte ihren Schlüsselbund. Hinter der Wohnungstür hörte man trippelnde, dann kratzende Geräusche und gleich darauf ein helles, dringendes Fiepen. »Das ist Liesel«, erklärte Renate und bückte sich, als sie die Tür geöffnet hatte, zu einem offenbar noch jungen, wild wedelnden Rauhaardackel. Zunächst begrüßte Liesel Renate, dann schnupperte sie an den Hosenbeinen des Besuchers. Als der sich bückte, um sie zu streicheln und leise beim Namen zu nennen, wiederholte sie ihren Begrüßungstanz, wenn auch nicht ganz so begeistert und ausdauernd wie bei ihrem Frauchen. »Liesel ist erst seit ein paar Monaten bei mir«, erklärte Renate und streckte ihre Arme aus, um Hans seinen Mantel abzunehmen. »Ich muss schnell mit ihr raus, du kannst es dir inzwischen gemütlich machen.« Sie stieß eine Tür auf, die von der geräumigen Diele in ein großes Wohnzimmer führte. Einige der Möbel kamen Delius bekannt vor: ein Biedermeier-Sekretär, ein paar schwere Sessel, die neu aussahen, aber mit dem gleichen weinroten Samtstoff bespannt waren, an den er sich erinnerte. »Hier, setz dich oder schau aus dem Fenster in den kleinen Park. Da müssen wir jetzt hin.« Die kleine Hündin schien den Hinweis verstanden zu haben, denn sie rannte durch die offene Tür hinaus in die Diele, um an der Wohnungstür zu kratzen. »Sie hat es eilig!« Renate lief hinterher.

Delius hörte, wie sie den Hund an die Leine legte, dann war es mit einem Mal ganz still. Er sah auf die Uhr. Keine halbe Stunde war vergangen, seit er sein Hotel verlassen hatte, um über den Kurfürstendamm zu schlendern. Er setzte sich in einen der weinroten Sessel, ließ die Blicke durch den großen Raum wandern, der selbst im trüben Novemberlicht nicht dunkel wirkte. Trotzdem: Wenn er die Bilder an den Wänden genauer ansehen wollte, würde er zusätzliches Licht brauchen. Er stand auf und betätigte einen weißen Kippschalter neben der Zimmertür. An der Decke flammten die Lichter eines kleinen Kronleuchters auf. Jetzt erkannte er einige der Bilder. Die Kopie eines Rubens, ein blond gelocktes Kind, das einen auf seinem gebogenen Zeigefinger sitzenden kleinen Vogel betrachtet, daneben ein Bild von Spitzweg, von dem immer behauptet worden war, dass es echt sei. Delius erinnerte sich, dass ihm der alte Wilms, Renates Vater, versichert hatte, dies sei eine dritte Fassung des »armen Poeten«. Neben dem aus der Nationalgalerie in Berlin geraubten Werk und dem in der Neuen Pinakothek in München zu besichtigenden Bild hätte es noch eine dritte Version dieses Themas gegeben, und die sei durch einen Münchner Kunsthändler an ihn gelangt. Auch die übrigen Bilder glaubte Delius wiederzuerkennen. Eine Rubens nachempfundene Gewitterlandschaft aus dem 19. Jahrhundert und eine Felseninsel von Arnold Böcklin, vielleicht eine Vorstudie zu der berühmteren Toteninsel, vermutete er. Teure Bilder, aber nichts Neues. Das übliche bürgerliche Wohnzimmerrepertoire aus dem

19. Jahrhundert. Kein moderner Künstler, nicht einmal ein Vertreter der Sezessionsbewegungen in Berlin oder München. Dazu die einem goldenen Stoff nachgebildete Tapete, vielleicht Damast, mutmaßte Delius, figürliches Porzellan aus Meißen oder Berlin, auf einem Sockel die imponierende Büste des Preußenkönigs. Renate musste alle diese Gegenstände aus dem Haus ihrer Eltern übernommen haben. Zumindest hier in diesem Zimmer hatte sie keinen Platz für etwas Eigenes gefunden. Lebte sie immer noch in den Kulissen ihrer Kindheit? Er erinnerte sich an die erhitzten Diskussionen, die es früher zwischen ihnen über Architektur oder Fragen der Inneneinrichtung gegeben hatte. So schön er einige der Bilder und Möbel im Haus der Wilms' gefunden hatte, so gerne wollte er sie auch mit modernen Gegenständen konfrontieren, wollte Altes aus seiner eigenen Zeit heraus sehen und beurteilen, während Renate immer einen dekorativ-historisierenden Stil vertreten hatte, in dem für neuzeitliche Möbel, Teppiche oder Bilder kein Platz war. Daran hatte sich offenbar nichts geändert, musste er sich nach diesem ersten Eindruck sagen. Erst jetzt wurde ihm die Entfernung bewusst, die zwischen dem Jetzt und dem Damals lag. Was war alles geschehen, wie viele Gesichter, Landschaften, Räume, Worte, Begegnungen hatte es seither gegeben? Hatte er das, was ihn jetzt umgab, dieses Stillstandsmobiliar, diese gepflegte Leere, diese unverbindliche Ästhetik, nicht längst aus den Augen verloren? Und mit einem Mal war diese Welt wieder gegenwärtig.

Von der Wohnungstür drangen Geräusche zu ihm. Dann kam Liesel angerannt, um ihn ein zweites Mal zu beschnuppern und danach überschwänglich zu begrüßen. Hinter ihr kam Renate, die ihren Mantel bereits in der Garderobe gelassen hatte. Sie trug einen dunkelblauen Rock und eine weiße Bluse, deren Kragen sie aufgestellt hatte, als müsse sie sich vor Zugluft schützen. Auch diese Eigenheit, immer als eine Marotte empfunden, kannte er von früher. Und auch hier hatte sich nichts geändert.

»Willst du einen Tee?«, fragte Renate.

Er schüttelte den Kopf. Renate setzte sich auf das neben seinem

Sessel stehende Sofa und klopfte mit der flachen Hand auf den Platz neben sich. »Komm, setz dich zu mir.«

Delius folgte ihrer Aufforderung mit der gleichen Bereitwilligkeit, mit der er vor einer halben Stunde die Einladung in diese Wohnung angenommen hatte. Falle ich gleich wieder in die alten Schemata, fragte er sich, aber das blieb nur ein flüchtiger Gedanke. Er legte seinen rechten Arm auf die Lehne des Sofas, Renate ergriff seine linke Hand, umfasste sie mit beiden Händen und legte sie auf ihren Schoß. Wieder spürte er durch die Stofflagen, die sie trennten, die Wärme ihres Körpers.

»Ich habe mich eben ein wenig umgesehen«, sagte er. Sie schwieg, drückte nur seine Hand und wandte ihm schließlich ihr Gesicht zu. Sie war so nahe, er konnte nicht anders, als sie auf den Mund zu küssen. Am Druck ihrer Hände spürte er ihr Einverständnis.

»Hans«, sagte sie leise, »es ist nicht zu fassen.«

Er lächelte etwas befangen. »Zufälle«, sagte er. »Es gibt sie wirklich.«

Renate hatte plötzlich Tränen in den Augen, ließ seine Hand los und fand in ihren Rocktaschen kein Taschentuch. »Hast du eins?«, flüsterte sie. Er nickte und fasste in seine Jackentasche. »Schön ist es nicht.« »Aber es erfüllt seinen Zweck«, sagte Renate und trocknete damit ihr Gesicht. »Entschuldige, Hans. Aber das war so …«

»Wie?«

»… das war so überwältigend. Ich hatte mir so sehr gewünscht, dich wiederzusehen.« Ein neuer Tränenschwall. »Und in einem Augenblick, in dem ich überhaupt nicht daran gedacht habe, passiert es.« Sie gab ihm sein Taschentuch zurück. Dann stand sie auf: »Komm, ich zeige dir die Wohnung.«

»Wie lange hast du sie schon?«

»Ach, wie lange …« Sie zog ihn an der Hand in die Mitte des Zimmers. »Bald, nachdem meine Eltern gestorben waren, habe ich sie gekauft.«

»Und wann war das?«

»Neunzehnhundertdreiundsiebzig. Mein Vater starb einundsiebzig und meine Mutter ein Jahr später. Damit wurde das Haus in Dahlem überflüssig. Für mich war es viel zu groß, und selbst Andreas, der damals immerhin schon verheiratet war und einen Sohn hatte, wollte es nicht. Zu groß, zu umständlich, dazu teuer im Unterhalt, außerdem mussten wir eine hohe Steuer zahlen, um darüber verfügen zu können.«

Renate öffnete eine Verbindungstür, die in einen Nachbarraum führte. »Ein Esszimmer«, sagte sie. »Erkennst du die Möbel?«

»Nicht nur das, ich fühle mich hier wie in Dahlem«, antwortete Delius. »Der Raum ist eurem alten Esszimmer wie aus dem Gesicht geschnitten: die Tapete, die Möbel, der Teppich, selbst die Stillleben an den Wänden und die Kristallschale auf der Kredenz.« Er fand diese Ähnlichkeit fast beängstigend. Immerhin war dies nicht das Dahlemer Haus, sondern ein Mehrparteienhaus in Charlottenburg. Es musste einiges an Mühe gekostet haben, um diese Ähnlichkeit herzustellen.

Sie gingen weiter. Wieder durch eine Verbindungstür in ein drittes Zimmer, in dem ein Flügel stand. »Der Steinway von damals?«, fragte Delius.

»Auf dem du früher auch gespielt hast«, bestätigte Renate. Sie öffnete das Instrument, setzte sich auf den Klavierschemel und schlug ein paar Akkorde an. Liesel, die ihnen bisher gefolgt war, blieb jetzt stehen, schüttelte sich, als Renate keine Anstalten machte, wieder aufzuhören, so energisch, dass ihre Ohren ein lautes klatschendes Geräusch erzeugten, und verließ das Musikzimmer.

»Spiel du«, schlug Renate vor und stand auf. Wieder ließ sich Delius nicht lange bitten. Immerhin schickte er seinem eigenen Spiel einige entschuldigende Sätze voraus. Er habe seit Monaten kein Klavier mehr angerührt, seine Finger seien steif, und sein Gehör habe gelitten. Aber dann klang es doch ganz gut, was er den Tasten entlockte: ein paar Takte Gershwin, Cole Porter ... dann »Somewhere there's music how high the moon« oder »I dream of you, you make me cry« ... Ja, das hatte er noch in den Fingern, und über diese Themen konnte er auch noch ein wenig improvisieren, so überzeugend immerhin, dass Renate hinter ihn trat, beide Hände auf seine Schultern legte und ihre rechte Wange an sein Gesicht schmiegte. »Das hast du nicht vergessen«, sagte sie leise, als er zu Ende gespielt und die Hände von den Tasten genommen hatte. Er wollte auf diesen Ton nicht eingehen. Sein Besuch sollte nicht zu einer sentimentalen Beschwörung längst vergangener Zeiten geraten. »Den Flügel musst du bald mal stimmen lassen«, sagte er, aber Renate war noch nicht bereit, sich von ihren amourösen Erinnerungen zu lösen. »Night and day«, bat sie, und Delius versuchte, den monotonen Beginn zu finden, der auf sehr suggestive Weise das Vergehen von Zeit simuliert, dehnte dieses Vorspiel aus, um dann in die Melodie überzugehen. »Night and day, you are the one«, sang Renate, die sich aufgerichtet hatte, aber immer noch hinter ihm stand und ihre Hände auf seinen Schultern ruhen ließ. »I dream of you night and day.« Die letzten hohen Töne erwischte sie nicht, was sie mit einem leisen Lachen quittierte. Delius stand auf, ließ den Flügel aber offen.

»Wie war das damals mit deinen Eltern?«

Renate hätte es vorgezogen, weiter in musikalischen Erinnerungen zu schwelgen, warum fragte er nur so direkt? Er spürte ihre Enttäuschung. »Entschuldige, Renate, ich wollte nicht taktlos sein ...« Sie lenkte sofort ein. »Nein, nein, das kannst du ja nicht wissen. Neunzehnhunderteinundsiebzig, im Spätsommer, hatte mein Vater einen Schlaganfall, von dem er sich zunächst erholte. Aber dann Ende des Jahres hatte er einen Rückfall und starb. Und unsere Mutter folgte ihm ein Jahr später.«

»Was war die Ursache?«

»Brustkrebs. Neunzehnhundertundsiebzig entdeckt und gleich operiert, aber nicht früh genug. Sie starb an den Metastasen.« Renate gab sehr knappe Auskünfte, vielleicht sprach sie nicht gern über dieses Thema.

»Und das Unternehmen? Ist Andreas jetzt am Ruder?«

»Hast du das nicht gelesen?«

Delius war ans Fenster getreten und schaute hinunter in den kleinen Park, den Renate vorhin mit Liesel besucht hatte. Er schüttelte den Kopf. »Nein, wie sollte ich. In den USA nimmt man von solchen Ereignissen in Deutschland keine Notiz.«

»Wir haben die Firma verkauft, Andreas und ich.«

»Warum?«, wunderte sich Delius, der sich daran erinnerte, dass der alte Wilms mit seinen Waffenexporten in den Nahen Osten, nach Südafrika, nach Argentinien oder in andere Spannungsgebiete viel Geld verdient hatte. »Lief es nicht mehr so gut?«

»Doch, doch. Aber Andreas, der sich noch eine Zeit lang um das Geschäft gekümmert hatte, bekam Schwierigkeiten mit unserer Regierung. Schon damals war ein Gesetz in Kraft, das den Export von Waffen aus der Bundesrepublik in Spannungsgebiete verbietet. Damit kam er nicht zurecht. Immer wieder gab es Beanstandungen aus Bonn. Irgendwann wollte er mit Waffenhandel überhaupt nichts mehr zu tun haben, also fing er an, Maschinen zu exportieren, meistens landwirtschaftliches Gerät. Aber das war Neuland für ihn, die Verkäufe stagnierten, die Firma kam nicht vom Fleck. Schließlich bekamen wir ein sehr gutes Angebot von einem großen Handelsunternehmen – und das war's dann.«

»Ein Sinneswandel?«

»Ja und nein.« Renate bestand darauf, dass das Waffengeschäft bereits ihrem Vater moralische Skrupel bereitet hätte. Davon war Delius nie etwas aufgefallen. Seiner Erinnerung nach war Wilms, der schon im Dritten Reich mit Waffen gehandelt hatte, ein kühl kalkulierender und von ethischen Bedenken weitgehend freier Geschäftsmann gewesen. Aber Renate wusste es anders. »Davon hast du nie etwas gemerkt. Nach außen hin war Vater immer sehr selbstsicher, konsequent und erfolgsorientiert.«

»Wohl auch opportunistisch«, fügte Delius hinzu.

»Vielleicht. Das sind wohl alle Geschäftsleute in einem gewissen Maße. Aber wir in der engeren Familie kannten natürlich seine Zweifel und wussten von seinem Wunsch, das Geschäft anders aufzuziehen. Na ja, und Andreas hat das dann schließlich getan.«

Renate trat zu Delius ans Fenster, streckte ihre Hände aus und führte ihn aus dem Musikzimmer hinaus in die Diele und in eine geräumige und gemütliche Wohnküche. »Ich mach uns jetzt einen Kaffee«, verkündete sie und füllte frisches Wasser in eine Kaffeemaschine.

»Was macht Andreas jetzt?«, erkundigte sich Delius.

»Er ist Beamter, Unterstaatssekretär für Osteuropa im Wirtschaftsministerium. Frag mich nicht nach Einzelheiten, ich verstehe nichts von solchen Dingen.« Renate stellte Kaffeegeschirr auf den Küchentisch und füllte den frisch gebrühten Kaffee in die Tassen. Sie setzten sich, auch Liesel erschien plötzlich wieder. Die Gefahr von weiteren musikalischen Darbietungen schien ja fürs Erste gebannt zu sein.

»Und du?«, fragte Delius, als sie sich gegenübersaßen. »Was hast du mit deinem Leben gemacht? – Weißt du«, fuhr er fort, als Renate nicht gleich antwortete, »diese Wohnung erinnert mich sehr an euer Haus in Dahlem. Nicht nur wegen der Porzellanfiguren, der Bilder oder auch des Flügels mitten im Musikzimmer, nein, ich meine auch den Schnitt der Zimmer, die Farben, die Stellung der Möbel zueinander, die ganze Atmosphäre eben. Ist dir das eigentlich bewusst geworden?«

Renate sah ihn an. Etwas erstaunt und fast schon unwillig. »Natürlich ist mir das bewusst. So etwas passiert ja nicht von allein. Ich wollte das so. Ich wollte eine vertraute Umgebung, dieselben Gegenstände, Proportionen, Farben, die ich schon als Kind kannte. Das Altgewohnte, Hans, das Liebgewordene.« Sie lachte amüsiert und auch ein wenig spöttisch. »Aber es ist schön, dass du das bemerkst.«

»Und du?«, fragte Delius.

»Was meinst du?«

»Ich meine dich, Renate. Wo bist du?«

Wieder lachte sie, aber dieses Mal klang es unsicher. Sie rettete sich aus der momentanen Verlegenheit, indem sie ihm eine Hand über den Tisch entgegenstreckte. »Ich sitze dir gegenüber und freue mich, dass du da bist.«

Er nahm ihre Hand, schwieg aber.

»Ich kann es immer noch nicht fassen«, sagte Renate.

Er barg ihre Hand in seinen beiden Händen und führte sie an seine Lippen. »Mir geht es genauso.«

»Aber?«

»Nichts aber.« Delius legte ihre Hand zurück auf den Tisch.

»Du wolltest etwas sagen?«
»Ich fühle mich so sehr an euer Haus in Dahlem erinnert, weil ... na, das habe ich ja eben schon gesagt. Aber diese Zimmer. Das sind, jedenfalls in meinen Augen und in meiner Erinnerung ...«
»Immer noch meine Eltern?«
»Ja, genau das wollte ich sagen.« Es klang etwas verlegen.
Renate lächelte ratlos. »Ich sagte doch, ich wollte es wieder genauso haben wie früher, nur etwas kleiner und ohne die Umtriebe, die ein Haus macht. Und das habe ich bekommen.«
Er nickte. »Und beruflich?«, fragte er, »was hast du da gemacht?«
»Ich war im Hotelgewerbe und habe zuletzt eines der großen Berliner Hotels geführt.«
»Welches?«
Sie nannte ihm einen Namen. »Du staunst?«
»Du hattest früher künstlerische Neigungen. Inneneinrichtungen, Dekorationen.«
»Und das konnte ich in meinem Beruf sehr gut gebrauchen.«
»Und jetzt?«
Sie strahlte. »Jetzt freue ich mich. Unbeschreiblich.«
Ihr Lächeln war immer noch ansteckend und dabei herzerwärmend. Das mussten andere doch auch so gesehen haben, dachte Delius. Mit so einem Lächeln bleibt man doch nicht allein. »Warst du nie einsam?«
Renates Gesichtsausdruck trübte sich ein. »Ich hatte immer Gesellschaft, im Beruf und auch privat. Viele meiner alten Freunde kennst du wahrscheinlich noch. Unsere Freundschaften gehen lange zurück. Aber du meinst etwas anderes?«
Delius merkte am Klang ihrer Stimme, dass sie sich einem heiklen Gebiet näherten, über das sie vielleicht nur ungern Auskunft gab. Trotzdem stimmte er zu. »Ja, ich wüsste gern, wer nach mir kam. Hast du dir nicht wieder einen Mann gewünscht?«
»Ja natürlich.« Renate zog ihre Hand zurück und schenkte ihm frischen Kaffee ein. »Und ich hatte auch immer mal wieder jemanden – in der Hotelbranche muss man sich gar nicht besonders anstrengen, es passiert fast von allein.«

»Aber geheiratet hast du nie.«
»Warum sollte ich? Das hätte doch nur Sinn gehabt, wenn ich ...«
»Was?«
»Wenn ich einen wirklich geliebt hätte. Wie dich damals. Dann hätte ich auch Kinder gewollt.«
»Und das war nie der Fall?«
Sie schüttelte den Kopf. Es schien ihm, als wolle sie mit dieser Bewegung das Thema beenden, aber dann sagte sie unvermittelt: »Einmal doch. Ich glaubte es jedenfalls, und ich wurde auch schwanger.«
Also doch, dachte Delius und musste sich eingestehen, dass ihn diese Nachricht verstimmte. Ja, sie berührte ihn so, dass er seine Fragerei unterbrach und vor sich hinstarrte. Renate bemerkte die Veränderung nicht. Sie war mit der eigenen Erinnerung beschäftigt und sprach weiter: »Es war eine Tubenschwangerschaft, die nicht rechtzeitig erkannt wurde. Ich war eine Zeit lang sehr krank, bekam eine Bauchfellentzündung und wäre fast draufgegangen.«
»Und?«
»Schließlich kam ich in die Hände eines tüchtigen Gynäkologen, der mich operiert hat, und nach einigen Wochen ging es mir wieder gut.«
Delius hatte seine Verstimmung überwunden. »Und der Vater, der Mann?«, fragte er. »Ihr hättet es ja noch einmal probieren können.«
»Eben nicht.«
Delius wollte nun nicht weiter fragen, dieses »eben nicht« genügte ihm eigentlich. Seine Teilnahme galt ausschließlich Renate. Der Mann, der ihr diese Schwierigkeiten gebracht hatte, interessierte ihn eigentlich nur am Rande. Renate aber wollte die Geschichte zu Ende bringen und erzählte weiter: »Durch die Operation habe ich einen Eileiter verloren. Es stellte sich heraus, dass ich nur den einen hatte. Der andere war gar nicht richtig angelegt. Ein Geburtsfehler sozusagen.« Sie lächelte traurig. »Von da an brauchte ich mir über Schwangerschaften keine Gedanken mehr zu machen.«
»Manche Leute empfinden diesen Zustand eher als Bereiche-

rung«, sagte er, aber als er sah, dass ihr Gesicht sich bei diesen Worten verdunkelte, reichte er ihr eine Hand über den Tisch. »Entschuldige. Eine dumme Bemerkung.«

Sie ergriff seine Hand mechanisch, so, als stellte sie eine momentan abgebrochene Verbindung wieder her, und erzählte weiter, ohne ihren Tonfall zu ändern. »Ja, und das war auch das Ende dieser Beziehung. Alfred, so hieß er, war ein lieber Kerl mit zum Teil sehr konservativen Ansichten. Eine große Familie mit vielen Kindern war sein wichtigstes Lebensziel. Einmal hat er gesagt, wir müssten Deutschland wieder zum Kinderreichtum der Vorkriegszeit verhelfen. Kinder waren sein Lebensziel, so wie andere Brücken bauen wollen oder von großen Erfindungen träumen. Als er begriff, dass er dieses Lebensziel mit mir nicht erreichen würde, hat er mich gebeten, ihn ziehen zu lassen.”

»Habt ihr noch Verbindung miteinander?«, fragte Delius. Eine Routinefrage. Was er über diesen Alfred gehört hatte, hatte ihm den Menschen bereits verleidet.

Aber Renates Gesicht hellte sich auf. »Bis vor einigen Jahren schickte er mir regelmäßig Glückwünsche zu meinem Geburtstag. Früher kamen in größeren Abständen auch Geburtsanzeigen, mit denen er die Fortschritte ankündigte, die er inzwischen auf dem Wege zu einer großen Familie gemacht hatte.«

»Wie viele?«, fragte Delius, nun doch interessiert.

»Sechs, glaube ich, aber genau weiß ich es nicht mehr. Immerhin plagten ihn wohl Gewissensbisse.«

»Du meinst ...«

»Ja, wenn er mich schon verlassen hat, weil ich ihm keine Kinder schenken konnte, dann wollte er wenigstens zeigen, dass ...«

»Dass eure Trennung nicht umsonst war?«

»So etwa«, lächelte Renate und wurde gleich wieder ernst. »Jedenfalls war mir die Liebe nach dieser Affäre verleidet, wie du dir denken kannst. Es ist mir nicht schwer gefallen, mich auf meinen Beruf zu konzentrieren. Ich kam schnell voran und fühlte mich als Karrierefrau auch ganz wohl. Also keine Affären mehr, dafür viel Arbeit, Bekanntschaften, die sich meistens auch um den Beruf drehten. Beansprucht werden, ja, das habe ich genossen. Das Gefühl, dass andere mich brauchen.«

Sie schenkte Delius einen prüfenden Blick, als wolle sie erforschen, ob er diese Art von Genugtuung in seinem Leben ebenfalls erfahren hätte. Er hielt ihrem Blick stand, äußerte sich aber nicht.

»Und Erinnerungen«, sagte Renate. »Aber dass Erinnerungen noch einmal so lebendig werden können, das hätte ich nie gedacht.« Sie sah ihn an, während sich auf ihrem schönen Gesicht eine Mischung aus Verwunderung und Entzücken abbildete. »Nie«, sagte sie noch einmal zur Bekräftigung.

Die Emphase, mit der Renate diesen letzten Satz gesprochen hatte, war ihm fast unangenehm, weil seine eigenen Empfindungen in ruhigeren Bahnen verliefen. Zum Glück wurde Liesel, die unter dem Küchentisch gelegen hatte, an dieser Stelle wach und beanspruchte Zuwendung, bevor sie ihr Nickerchen fortsetzte.

»Und wie ist es dir ergangen?«, fragte Renate nach dieser Pause.

»Ja, wie«, sinnierte Delius und fing dann an zu erzählen, zuerst stockend, dann lebendiger und in rasch aufeinanderfolgenden Sätzen. Von seinem Aufenthalt in England erzählte er, von der Universität in Bristol, an der ihn ein junger Professor in die Geheimnisse der molekularen Mikrobiologie eingeführt hatte. Dann von seinem Sprung über den Atlantik nach New York an die Columbia-Universität, wo er auch wieder klinisch gearbeitet hatte. »Ich hatte viel nachzuholen in diesen ersten Jahren«, erzählte er und sah Renate dabei an, als wollte er schon im Voraus Abbitte leisten für alles Kritische und Negative, was jetzt kommen sollte. »Nach der deutschen Enge, der Bürokratie in der Berliner Klinik und den eher dürftigen Arbeitsbedingungen, die kaum Zeit für die Wissenschaft ließen, von den räumlichen und apparativen Voraussetzungen ganz zu schweigen, kam mir bereits Bristol wie eine Befreiung vor. Danach war Columbia noch einmal eine Steigerung.«

Er erwähnte seine Klinik in München, die ihm heute beides erlaube, klinisches und wissenschaftliches Arbeiten, kehrte dann aber wieder zu seinen früheren Erfahrungen in Deutschland zurück. Von der damals weit verbreiteten Technikfeindlichkeit sprach er, von der vergrübelten Neinsagerei zu neuen wissenschaftlichen Entwicklungen, zur Gentechnik zum Beispiel. Er bemängelte die kleingärtnerische Verbissenheit und die Vergangenheitssucht der Älteren und die Unbeweglichkeit und Beschränktheit vieler Jüngerer. »Ich kam mir vor wie in einem Gefängnis«, fasste Delius seine Erinnerungen an die Fünfzigerjahre zusammen. Renate wollte seine Aussage so allgemein nicht gelten lassen und fragte ihn: »Du hast dich bei mir eingeengt gefühlt, nicht wahr?«

Sie waren nun wirklich bei einem heiklen Thema angekommen, und deshalb wich Delius zunächst aus. »Weniger bei dir als in dem Haus deiner Eltern, in dem du ja damals noch wohntest.« Das war keine eindeutige Antwort. Aber was half's, er musste heraus mit seiner Wahrheit. Er lächelte resignierend. »Stell dir doch vor, wie das aus meiner Sicht wirkte: Ein autoritärer Vater, der angesichts seines Erfolges nicht einsehen wollte, dass seine Augsburger Firma etwas Verwerfliches, zumindest Fragwürdiges tat, wenn sie die Israelis und die Palästinenser gleichzeitig mit Waffen belieferte, eine Mutter, die immer noch an eine internationale Verschwörung der Juden, Freimaurer und Jesuiten glaubte, und ...« Er atmete tief ein und aus. »Eine Tochter, die um des lieben Friedens oder um der häuslichen Ordnung, vielleicht aber auch nur um der Bequemlichkeit willen so tat, als sei das alles so in Ordnung.« Er schwieg.

In diese Pause hinein fragte Renate mit Verwunderung in der Stimme: »War das wirklich so?«

Delius lehnte sich auf seinem Stuhl zurück, sah sie aber nicht an, als er leise weitersprach. »Ja, Renate, das war so, und es hat mich gequält.« Er starrte vor sich auf den Tisch und hob nur für kurze Augenblicke den Kopf. »Ich liebte dich, und ich brauchte dich auch, weil ich ja selbst kein Zuhause mehr hatte, meine Eltern lebten ja nicht mehr. Aber immer stärker spürte ich, dass ich dieses Milieu, in dem du dich so wohl und geborgen fühltest, auf die Dauer nicht ertragen würde. Und eines Tages waren mein Widerwille und mein Abscheu größer als mein Wunsch, dich zu behalten. Du erinnerst dich, dass ich einige Male angeregt habe, dass wir zusammenziehen, um für uns zu sein. Andere haben das ja auch getan und es schließlich auch geschafft.« Wieder entstand eine Pause. »Aber das wolltest du nicht. Die beiden Alten würden das nicht verstehen, hast du gesagt und dabei auf Andreas verwiesen, der damals bereits von zu Hause wegstrebte. ›Das kann ich den Eltern nicht antun‹, hast du gemeint. Also habe ich weitergemacht, bis ich eines Tages nicht mehr konnte.«

»Geduld war nie deine starke Seite«, sagte Renate, aber es lag kein Vorwurf in ihrer Stimme. Jetzt richtete Delius sich auf und sah sie an. »Oh doch, Renate, damals hatte ich unendlich viel Geduld – so kam es mir jedenfalls vor. Aber lass mich die Frage umdrehen: Hattest du nicht zu viel Geduld? Du hast einfach abgewartet.«

Renate nickte. »Das habe ich, ja. Weil ich damals schon wusste, dass sich die Probleme, die du eben geschildert hast, von allein lösen. Die Eltern werden alt, verlieren an Einfluss, eines Tages sterben sie; in deinem Fall geschah das sechs oder sieben Jahre, nachdem du gegangen warst, und mit einem Mal ist ein Konflikt, den du für unüberwindbar gehalten hast, gegenstandslos geworden.«

»Sechs oder sieben Jahre sind eine lange Zeit für junge Leute, die ihr Glück machen wollen. Außerdem geht es nicht darum, dass Konflikte sich von alleine lösen, sozusagen durch Autolyse.«

»Worum geht es denn?«

»Darum, dass man etwas aktiv überwindet, dass man begangene Fehler eingesteht und sich ändert, darum, dass man etwas Altes, Abgelebtes, das sich als falsch erwiesen hat, hinter sich lässt.«

»So warst du immer.« Renate sagte es mit einem Ton, in dem sich Belustigung und Zuneigung die Waage hielten. »Diese aktive Überwindung ist doch nur in wenigen Fällen wirksam.« Sie stand auf, ging zum Küchenschrank und füllte Gebäck in eine Schale, die sie auf den Tisch stellte. Sie setzte sich wieder. »Schau dich doch um in unserer Gesellschaft, in unserem Land, Hans. Wodurch ist denn diese Atmosphäre entstanden, die unsere Welt so von der Welt unserer Eltern und Großeltern unterscheidet. Durch aktive Überwindung? Durch das Eingestehen von Fehlern?«

Delius antwortete nicht, sondern griff nach einem Schokoladenkeks.

»Ich will dir sagen, wodurch«, fuhr Renate fort. »Durch Gewohnheit. Die Alten, die sich nicht mehr umgewöhnen konnten, sind tot, und die Jüngeren haben die neuen Regeln gelernt und befolgen sie, weil es ihnen ganz gut dabei geht. Und die ganz Jungen wissen gar nicht, dass die Welt einmal ganz anders funktionierte als heute.« Sie hielt einen Augenblick inne, während Delius kaute und sich einen neuen Keks nahm. »Ich nehme mich selbst nicht aus, Hans«, sagte Renate. »Ich habe auch umgelernt. Meine Eltern sind nie zu einer Wahl gegangen, weil sie fest davon überzeugt waren, dass alles nur ein abgekartetes Spiel wäre. Am Ende würden immer dieselben Leute gewinnen. Wir, Andreas und ich, sind diesem Beispiel lange gefolgt, bis der Einfluss der älteren Generation nachließ, wir selbst im Beruf standen, andere Meinungen hörten und Erfahrungen sammelten, die nicht zu dem passten, was wir zu Hause gehört hatten. Und dann haben wir uns angepasst. Schlicht und einfach. Umgewöhnt haben wir uns, das war das ganze Geheimnis. Und das geht immer so weiter, überall, nicht nur bei uns.«

Sie ist noch wie damals, dachte Delius. Sie orientiert sich an dem, was gerade ist, was naheliegt, nicht an dem, was sein sollte oder müsste und was vielleicht noch fernliegt. Allmählich würden vorhandene Markierungen durch neue ersetzt, aber das dauerte und dauerte ... Es nahm eben Zeit in Anspruch, viel Zeit. Also musste man abwarten.

»Aber woher kommen denn die neuen Vorbilder, Werte, Beispiele, an denen sich Menschen orientieren? Irgendwer muss doch einmal sagen: Hier geht's lang, das sind die neuen Regeln, nach denen gespielt wird.«

Renate zuckte die Achseln. »Das weiß ich nicht, ist das überhaupt wichtig?« Sie schaute ihn an, etwas geistesabwesend. »Es sind die Umstände, technische Veränderungen, demografische Verschiebungen ... so nennt man das doch?«

»Nicht einzelne Menschen?«

Renate blickte ungläubig. Dann schüttelte sie den Kopf. »Das mag einem so vorkommen. Vielleicht steht es auch so in manchen Geschichtsbüchern, aber es stimmt nicht. Es kann nicht stimmen. Die großen Veränderungen sind die Summe von etwas, verstehst du? Die Summe von vielen Einzelvorgängen.«

»Und was ist mit den großen Erfindern oder Entdeckern, mit Robert Koch oder Thomas Edison zum Beispiel, oder mit Politikern wie Thomas Jefferson?«

»Ach, Hans.« Renate stand auf, stellte sich hinter Delius und legte ihm beide Hände auf die Schultern wie vorhin, als er am Klavier gesessen hatte. »Wenn Robert Koch den Tuberkuloseerreger nicht gefunden hätte, dann wäre ein anderer gekommen und hätte es getan. Und Edison. Was hat der entdeckt? Das Telefon, glaube ich, und die Glühbirne. Die Zeit war eben reif für so etwas. Und dein Thomas Jefferson. Meinst du, die USA wären ohne den nicht entstanden? Du willst, dass die Welt von einzelnen Personen gemacht wird. Nur so kannst du glauben, dass etwas in deinem Sinn verändert werden kann. Aber so ist es nicht. Du stehst immer gegen eine riesige Masse, gegen Stimmungen, die von Millionen erzeugt und getragen werden. Der Einzelne kann da überhaupt nichts ausrichten. Du kannst nur versuchen, mit dem Leben davonzukommen. Und das ist schon schwer genug.« Sie seufzte.

»Wie hältst du das aus?«, fragte Delius, nachdem er einen Moment geschwiegen hatte, »ein Leben, dem man sozusagen ausgeliefert ist?«

»Man versucht, sich ein sicheres Nest zu schaffen, und man nimmt sich in Acht.«

»Nicht auffallen?'

»Auf keinen Fall.« Sie lachte. »Aber wie schaffst du es, von einem Ort zum nächsten zu ziehen, von Berlin nach London, dann nach New York, jetzt nach München und wer weiß, wo du noch überall warst. Diese Ruhelosigkeit, überall versuchen, etwas zu erreichen und womöglich zu ändern. Das ist doch viel schwerer als mein Abwarten.«

»Anstrengend ist es schon«, gab er zu, »aber man bekommt auch etwas für die Anstrengung.«

»Was?«

»Du kriegst eine Idee von der Vielfalt der Welt, von der Unterschiedlichkeit der Lebensweisen und Ansichten.«

Renate ließ es dabei bewenden. Sie zog ihn von seinem Stuhl und umschlang seinen Hals. »Jetzt drück mich mal ganz fest, damit ich weiß, dass du auch wirklich da bist, und dann erzählst du mir von deinem aufregenden Leben.«

Er tat, was sie wollte, spürte ihren Körper an seinem eigenen und wunderte sich über ein Gefühl der Fremdheit, das ihn dabei beschlich. Das war nicht mehr die schlanke und biegsame Gestalt, an die er sich erinnerte. Noch während er sie umarmte, dachte er an andere Frauen, die er so gehalten und an sich gedrückt hatte, nachdem er aus Berlin weggegangen war. Irgendwie ist es doch immer dasselbe, musste er sich sagen und überlegte, ob er ihr davon erzählen sollte. Aber da kam sie ihm schon zuvor. »Ich zeige dir den Rest der Wohnung, und dann setzen wir uns wieder nach drüben und du erzählst weiter von dir. Vierzig Jahre!«

Sie öffnete eine Tür, hinter die er noch nicht geblickt hatte. »Davon möchte ich gern mehr erfahren, als du bisher von dir gegeben hast«, sagte sie.

Sie traten in ihr Schlafzimmer, dessen Wände dunkelblau tapeziert und dessen Fußboden mit einem Spannteppich in genau dem gleichen Farbton ausgelegt war, sodass der Raum wirkte wie eine samtige, dunkle Kapsel. Wenn Delius nach Renates Erzählungen und Äußerungen schon den Eindruck von einer scheuen und defensiven Lebensführung erhalten hatte, dann bot der Anblick dieses Schlafzimmers eine überzeugende Bestätigung für diesen Eindruck.

»Das Schlafzimmer als Fluchtort?«, fragte er und bemühte sich, nicht ironisch zu klingen. Aber Renate beantwortete seine Frage ganz arglos. »Ich brauche diese Dunkelheit, den sanften Farbton, das Abgeschlossensein. Die Welt bleibt draußen«, sagte sie und lächelte. Offenbar empfand sie keine Spur von Verlegenheit.

Sie gingen weiter. Auch das Gästezimmer war in dem Stil gehalten, den Renate aus dem Haus ihrer Eltern übernommen hatte.

Schließlich saßen sie wieder auf dem Sofa im Wohnzimmer, nebeneinander, wie während der ersten halben Stunde seines Besuches.

»Und nun erzähl du«, drängte Renate. Er holte tief Luft und fing dann an, in kurzen, sehr allgemein gehaltenen Sätzen die Phasen seines Lebens zu skizzieren, von denen Renate keine Kenntnis haben konnte. Was er dabei über das Leben in Bristol oder New York, die Universitäten und Krankenhäuser in diesen Städten oder die unterschiedlichen Lebensweisen von sich gab, konnte Renate nicht wirklich interessieren. An kleinen Bewegungen spürte er ihre steigende Ungeduld, er wollte irgendwie zum Kern der Sache kommen, zu dem, was man den roten Faden oder den Sinn des Lebens nennt, aber er hatte Mühe, die Teile seiner Erzählung zu einem Bild zusammenzufügen, das ihr etwas sagte. Warum ist das so, fragte er sich, während er stockend und in unbeholfenen Sätzen weitersprach. Warum rede ich so unzusammenhängend daher? Und plötzlich fiel ihm ein, dass er zum ersten Mal in seinem Leben versuchte, den Verlauf seines Lebens, das Schicksal seiner Hoffnungen und Befürchtungen offen und einigermaßen vollständig darzustellen. Nicht einmal vor sich selbst hatte er jemals zusammenhängend so etwas wie Rechenschaft abgelegt. Während dieser Gedanke sich in ihm ausbreitete, empfand Delius Scham und einen steigenden Widerwillen gegen sich selbst. Seine Erzählung geriet ins Stocken. Schließlich schwieg er und schüttelte aus Verwunderung über sein eigenes Versagen den Kopf. Er fühlte sich erschöpft, obwohl doch gar nichts geschehen war, was ihm zu einer solchen Reaktion Anlass gegeben hätte. Oder war doch etwas geschehen?

»Warst du verheiratet?«, fragte Renate.

Er nickte. »Ein paar Jahre lang.«

»Und?«

»Es funktionierte nicht«, antwortete Delius und überlegte wieder einmal, warum seine Ehe mit Jennifer Cooley, der Biologin aus Berkeley, nicht »funktioniert« hatte.

»Sie war das genaue Gegenteil von dir«, sagte er und musste sich sofort fragen, ob dieser Satz zuträfe. »Nein, das stimmt nicht«, berichtigte er, »ich bin wohl ungenau. Siehst du, das ist meine Schwäche. Ich habe kein genaues Bild von meinem Leben. Vor allem betrifft das Menschen, Jennifer zum Beispiel. So hieß die Frau, von der ich dir erzählen wollte. Oder auch nicht erzählen wollte. Aber du hast mich gefragt. Also Jennifer war oder ist ein paar Jahre jünger als ich – drei Jahre genau, und sie ist nicht in allem genau das Gegenteil von dir. Im Aussehen zum Beispiel kommt sie dir nahe. Ihr angelsächsischer Name verbirgt ihre latinische Abstammung, ihre Mutter war eine Peruanerin, aber eigentlich stammten ihre Vorfahren aus Italien, bis auf den Herrn Cooley, der irgendwann in die Familie eingeheiratet hat und seinen Namen beisteuerte. Im Wesen ist Jennifer anders als du. Sie ist impulsiv, wo du dich eher zurückhältst – oder abwartest.«

Er lächelte, als er den Druck ihrer Hand spürte. »Ihr Biologiestudium, das recht anstrengend war und viel Zeit beanspruchte, hat sie nicht davon abgehalten, die Vorlesungen von Herbert Marcuse zu hören und sich in der Studentenbewegung der späten Sechzigerjahre besonders hervorzutun. Neugierig, erpicht auf Veränderungen, ruhelos, ungeduldig, so habe ich sie in Erinnerung behalten. In diesen Eigenschaften war sie wohl wirklich das Gegenteil von dir. Auch in ihrer Streitsucht ... du bist ja eher friedfertig.«

Wieder freute er sich über einen anerkennenden Händedruck von Renate. »Jedenfalls fand ich bei ihr nie die Ruhe und den Ausgleich, die ich suchte. Besonders in New York hätte ich das brauchen können. Also, das passte einfach nicht zu mir, und als ich dann die Stelle in München bekam und Jennifer mich auf einer meiner Vorstellungsreisen begleitete, wurde zuerst ihr und dann auch mir klar, dass sie nie in München leben könnte. ›Never ever!‹ Ich höre noch die emphatischen Ausrufe, mit denen sie meine gut gemeinten Aufforderungen quittierte, es doch wenigstens einmal zu versuchen. Jennifer fand, dass ihre Fähigkeit zur Anpassung an fremde Lebensweisen mit der Übersiedlung nach New York bereits überstrapaziert worden sei. München? Nein, das ginge auf keinen Fall. Sie sei schließlich keine Cinderella, die sich in dieser Märchenstadt wohlfühlen könnte. Demnächst würde ich ihr vielleicht einen Umzug zu Schneewittchen hinter den sieben Bergen bei den sieben Zwergen empfehlen. Was denn mit mir los sei? Von ihr einmal abgesehen. Wie ich denn dazu käme, in einem so muffigen katholischen Kaff leben zu wollen.«

Delius schwieg. Dann nahm er einen neuen Anlauf. »Jetzt weißt du, was ich meinte, als ich behauptete, sie sei das Gegenteil von dir. Sie lebt eigentlich immer nur in der Zukunft. Die Gegenwart war immer schon Vergangenheit und eigentlich reif, um in den Abfall geworfen zu werden. Wir haben uns über meinen Wunsch, wieder nach Europa zurückzukehren, heillos zerstritten.«

Er überlegte, noch immer nicht zufrieden mit seiner Schilderung. »Im Grunde aber ging es um etwas anderes.«

Renate hatte zuletzt aufmerksam zugehört. »Worum ging es denn?«, fragte sie.

»Jennie hatte fast anarchische Bedürfnisse. Ihre Vorstellung von Freiheit, worunter sie in erster Linie die Freiheit des persönlichen Ausdrucks empfand, kannte kaum Grenzen. Ständig geriet sie deshalb in Konflikte mit anderen Menschen, die sich nach Auseinandersetzungen mit ihr gekränkt zurückzogen. Sie liebte es, in Gesellschaft Eklats zu provozieren, aber wenn es dann still und einsam um sie wurde, beklagte sie sich über die Empfindlichkeit ihrer Zeitgenossen. Sie beanspruchte für sich den Umgang mit intelligenten Leuten, benahm sich zuweilen aber wie … wie ein Kutscher, nein, eben wie ein Kind der Achtundsechziger-Bewegung. Den relativen Luxus, den sie bei mir genoss, nahm sie gern an. Das hinderte sie jedoch nicht daran, die Menschen, die imstande sind, Luxus oder zumindest einen gewissen Lebenskomfort für sich und andere zu erzeugen, anzugreifen und ihre Lebensweise zu diskreditieren.« Delius hielt inne, um zu sehen, wie Renate auf seine Schilderung reagierte. Die jedoch schien Mühe zu haben, sich diese Frau und ihre Beziehung zu Hans vorzustellen. »Ich verstehe«, sagte sie, aber ihr Gesichtsausdruck schien eher von Zweifeln geprägt.

»Ich mochte Jennie«, versuchte Delius zu erklären, »aber irgendwie war ich vom Regen in die Traufe gekommen. Entschuldige«, fügte er schnell hinzu, als er bemerkte, dass Renate die Lippen schürzte – was bei ihr, das wusste er, ein Zeichen von Gekränktheit war. »Ich mochte sie und hatte doch wieder ein grundsätzliches Problem ... so, wie ich es damals mit dir zu haben glaubte.«

Renate hatte sich wieder gefangen. »Vielleicht siehst du deine sogenannten Probleme etwas verzerrt?«, fragte sie und rückte dabei näher an ihn heran.

»Vielleicht«, gab er zu. »Vielleicht fehlt mir einfach die Geduld, einen Konflikt auszusitzen oder auf einen Sinneswandel zu warten.«

Eine Weile blieb Renate still, dann fragte sie: »Kinder hattet ihr nicht?«

»Nein, wenigstens das ist uns erspart geblieben.«

Wieder entstand eine längere Pause. Sie hatten sich einander geöffnet, nicht in allen Einzelheiten, aber doch mit den wesentlichen Inhalten ihrer Lebensläufe. Und? Wie ließen sich diese Geschichten mit dem, was sie einmal für ein gemeinsames Leben erhofft hatten, vergleichen?

»Was denkst du?«, fragte Delius schließlich.

Sie schüttelte den Kopf – ungläubig. Dafür, dachte sie und sagte: »Wie schade.«

»Was meinst du?«

»Deine Ungeduld. Wie schade, dass ...«

»Ich weiß. Aber so ist es nun einmal gelaufen.« Delius sah auf seine Uhr. »Es ist spät geworden. Für heute ist es genug. Sehen wir uns morgen wieder?«

Renate rückte ein kleines Stück von ihm weg, als habe sie etwas erschreckt. Ihre Hände griffen nach ihrer Frisur, zogen eine Spange aus dem hochgesteckten Haar und befestigten ein paar Strähnen, die sich gelöst hatten. Dann stand sie auf. Delius war überrascht von der Plötzlichkeit ihrer Reaktion. Habe ich sie gekränkt, fragte er sich und erhob sich ebenfalls.

»Nein«, sagte Renate und setzte sich wieder. »Bleib noch einen Augenblick.« Sie legte ihre linke Hand auf den Platz neben sich. »Ich habe mich so auf deine Geschichte konzentriert.« Sie schien etwas verwirrt zu sein. »Ich muss morgen in die Klinik, eigentlich wollte ich Liesel heute ins Tierheim bringen. Es ist ganz in der Nähe. Mein Gott ...« Sie verbarg ihr Gesicht hinter beiden Händen.

Delius setzte sich und starrte sie an. »Was ist denn?«

Renate verharrte einige Sekunden in der eingenommenen Haltung, dann ließ sie die Hände sinken, lehnte sich zurück und schloss die Augen.

»Ist dir schlecht?«, fragte Delius.

»Nein, entschuldige. Ich muss morgen früh in die Klinik zu einer Untersuchung. Wenn alles glatt geht, kann ich abends wieder nach Hause gehen.« Sie schaute auf ihre Uhr. »Jetzt ist es zu spät, um Liesel noch ins Tierheim zu bringen.«

»Ich kann das doch morgen für dich erledigen«, sagte Delius. Renates plötzliche Sorge um ihren Hund kam ihm merkwürdig vor. »Was ist, wenn morgen nicht ›alles glatt geht‹, wie du dich ausgedrückt hast?«

»Dann müsste wohl ein Eingriff vorgenommen werden ...«, antwortete Renate und tat so, als schüttle sie diesen Gedanken gleich wieder ab.

»Was für ein Eingriff?«

Sie überhörte die Frage. »Das wird nicht so sein, es geht wirklich nur um den einen Tag.«

»Wann musst du in der Klinik sein?«

»Gleich früh. Um acht Uhr muss ich aus dem Haus.«

»Ich könnte kurz vor acht hier sein und Liesel tagsüber ausführen.«

Sie überlegte einen Augenblick. »Ach ja, wenn du das tun könntest?« Sie stand auf. Auch Delius erhob sich, froh, diese lange Unterhaltung zu beenden. Warum sagte ihm Renate nicht, was ihr fehlte? Fragen wollte er nicht, er fand, sie hätten genug miteinander gesprochen. Er würde sie ja wiedersehen, dann könnten sie ihr Gespräch fortsetzen.

Liesel kam herbeigewuselt. Sie ahnte, dass ihr ein neuerlicher später Ausgang ermöglicht wurde. Renate bestand darauf, Delius zu zeigen, wo sie Liesels Futter aufbewahrte und wo er sich selbst bedienen könne, wenn er morgen Appetit auf einen Imbiss oder eine Tasse Kaffee bekomme. Das alles dauerte noch ein paar Minuten, lange genug jedenfalls, um Liesel ungeduldig werden zu lassen. Sie trippelte unruhig hin und her, versuchte es zwischendurch mit einem kurzen japsenden Bellen und ging, als diese Äußerungen keine Beachtung fanden, dazu über, sich an Renates Beinen aufzurichten und mit ihren Vorderpfoten an ihrem Rock und an ihren Strümpfen zu kratzen. Renate versuchte, das zudringliche Dackelfräulein abzuschütteln, aber das gelang ihr nur für Sekunden, dann fing Liesel wieder an zu bellen und startete neue Attacken auf ihre Herrin.

»Ich muss sie noch einmal auf die Straße führen«, erklärte Renate Delius, der seinen Mantel überstreifte und wartete, bis sie ihren Hund an die Leine gelegt hatte. Im Fahrstuhl standen sie schweigend nebeneinander, nur die Atemzüge der ständig an ihrer Leine zerrenden Liesel waren zu hören.

Als sie auf die dunkle Fasanenstraße hinaustraten, ergriff Delius Renates Arm und drückte ihn zum Abschied. »Du hast mir gar nicht erzählt, was du morgen über dich ergehen lassen musst«, sagte er, »aber das hat ja wohl noch Zeit.«

Renate überhörte auch diese Bemerkung, stellte sich auf die Zehenspitzen und küsste ihn auf die Wange. »Also bis morgen? Ich gehe da lang.« Sie zeigte in die Richtung, die der seinen entgegengesetzt war. »Du kannst Liesel ruhig ein paar Stunden allein lassen, wenn du für morgen Pläne hast.« Sie ging ein paar Schritte. »Und danke«, rief sie ihm dann noch zu. Er winkte noch einmal und wandte sich ab. Sein Hotel lag nur zweihundert Meter weit entfernt. Irgendwie fühlte er sich erleichtert, nachdem sie sich getrennt hatten, und so unternahm er noch einen kurzen Spaziergang auf dem Kurfürstendamm, ehe er sein Hotelzimmer aufsuchte und den Weckdienst bat, ihn morgen um sieben Uhr früh anzurufen.

Warum diese Erleichterung, fragte er sich, als er in seinem Bett lag und auf das Einschlafen wartete. Aber dann dachte er weiter: Warum frage ich, wenn ich die Antwort doch weiß? Ich wollte sie nicht wiedersehen, weil ich mir nicht vorstellen konnte, wie wir den Schutt unserer gemeinsamen Jahre beiseite räumen könnten. Ich konnte mir auch nicht vorstellen, dass wir imstande sein würden, unsere Fehler einzusehen und danach auszuloten, was uns tief im Inneren miteinander verband und vielleicht immer noch verbindet. Andererseits: Wenn Renate ihre Unselbstständigkeit von damals einsähe, wenn sie begriffe, dass sie zu faul und zu bequem war, um Verantwortung für sich zu übernehmen, müsste sie sich dann nicht selbst verabscheuen? Könnte sie dann überhaupt noch jemanden gern haben? Und ich, fragte sich Delius im Halbschlaf. Einfach wegzulaufen, ohne ein für alle Mal klarzustellen, warum ich das tat, war das nicht ebenso schlimm? Es gibt so wenig, worauf ich stolz sein kann, dachte er im Einschlafen. Fast nichts.

Und doch, als er Renate am nächsten Tag wiedersah – ein wenig ängstlich sah sie ihn an, sie hatte schlecht geschlafen und wirkte zerbrechlich und hilfsbedürftig –, glaubte er daran, dass sie zueinander gehörten. Er wollte sich um sie kümmern – von heute an. Trotz der frühen, eher nüchternen Stunde und der Eile, in der sich Renate befand, glaubte Delius, dass sie das, was sie einmal getrennt hatte, verstehen könnten. Und danach? Offen sein für das, was kommt, nahm er sich vor, und Renate nicht wieder aus den Augen verlieren. Er hörte ihr zu, als sie ihm in aller Hast noch einmal die Wohnung erklärte und dabei die Maßnahmen erwähnte, die für Liesel zu treffen seien.

»Futter, zweimal am Tag, immer frisches Wasser, drei Gänge in den kleinen Hof oder auf die Straße. Und spiel mal mit ihr, nur ein paar Minuten. Am Abend bin ich ja wieder da und kann mich dann selbst um alles kümmern. Nur für den unwahrscheinlichen Fall, dass sie mich noch eine Nacht in der Klinik behalten wollen, habe ich das Bett im Gästezimmer für dich hergerichtet.«

Dann klingelte es, ein Taxifahrer meldete sich über die Gegensprechanlage, Renate bückte sich, um Liesel zum Abschied zu streicheln, und richtete sich wieder auf. Ihre Augen waren ein wenig gerötet. Hastig umarmte sie Delius, löste sich, ergriff einen kleinen braunen Koffer und trat hinaus auf den Flur.

»Gute Befunde und fröhliche Heimkehr«, wünschte ihr Delius.

Sie trug einen auf Taille gearbeiteten Mantel aus schwarzem Velours. Blass sieht sie aus, dachte Delius, nachdem sich die Fahrstuhltür hinter ihr geschlossen hatte.

»Und wir?«, fragte er die Dackelhündin, die neben ihm stand und ihrer Herrin nachlauschte, bis der Aufzug das Erdgeschoss erreicht und die schwere Haustür sich unten bewegt hatte. Ein leises Quiemen und ein kleines Schweifwedeln waren die Antwort. »Wir könnten eigentlich ein wenig weiter wegfahren und uns einen guten Tag machen«, murmelte Delius.

Er ging zurück in die Wohnung, trat an ein nach Süden gerichtetes Fenster, prüfte den Himmel. Er war wolkenlos. Es würde ein schöner Tag werden. Liesel stand neben ihm. Ihre Einschätzung des Tages hing von der hohen Gestalt ab, deren Absichten sie am ehesten aus der Bewegung der Beine erraten konnte. Die schritten plötzlich und zielstrebig zur Eingangstür. Die Gestalt schlüpfte in einen Mantel, bückte sich dann zu Liesel, um sie an die Leine zu legen, die neben der Wohnungstür hing. Das bedeutete doch wohl, dass es jetzt hinausginge in die Welt, die so voller Gerüche war, dass sie ganze Geschichten erschnüffeln und weit laufen konnte, ohne dass sich etwas wiederholte. Jetzt schlug der Mann gegen seine Manteltasche. Ein Schlüsselbund klirrte, er schien alles zu haben, was er für den geplanten Ausflug benötigte. Liesel fing an zu tänzeln und zerrte an ihrer Leine durch die Türspalte, die sich jetzt öffnete, zum Aufzug. Sie kannte das alles und freute sich, vermisste allerdings den freundschaftlichen Zuspruch, den ihre Herrin ihr bei solchen Gelegenheiten immer zuteil werden ließ und der ihre Vorfreude bis zur Ausgelassenheit steigern konnte. Der hoch gewachsene Herr, der sie jetzt an der Leine führte, schien sie zu mögen, aber er war schweigsam und etwas in sich gekehrt.

Delius hatte sich entschlossen, an diesem Tag eine Wanderung in der näheren Umgebung, die er kannte, zu unternehmen. Er führte Liesel in den kleinen parkähnlichen Hof, ging dann aber, nachdem sie sich entleert hatte, zurück in die Fasanenstraße und weiter zum Kurfürstendamm, um ein Taxi herbeizuwinken. »In den Grunewald«, sagte er dem Fahrer, und als der nachfragte »Wohin genau?«, nannte er den Hüttenweg, weil er sich erinnerte, dass er von dort bis zur Havel laufen konnte, ohne irgendeine Wohngegend zu berühren. Ihm war nach Laufen zumute. An einem Wochentag wie heute würde er dort nur wenigen Menschen begegnen. Liesel könnte ohne Leine herumstöbern, und er hätte Zeit zum Nachdenken.

Seine Wünsche schienen in Erfüllung zu gehen. Gleich jenseits der Avus stiegen sie aus und fanden einen sandigen Weg, der sie zum Teufelsberg und weiter zum Grunewaldturm am Havelufer führen würde. Liesel lief vorneweg, sie schien zu wissen, dass Delius ihr folgen würde. Der hielt beim Gehen den Kopf gesenkt, sog hin und wieder den Duft von Kiefern und feuchtem Sand ein und schaute zuweilen auf, um das Sonnenlicht zu genießen, das die Kronen der Kiefern in dunklem Grün leuchten ließ und zwischen den Baumstämmen helle Flecken auf den Waldboden malte.

Er erinnerte sich an Spaziergänge mit Renate, die sie in dieser Gegend unternommen hatten. Wir haben uns unsere Zukunft immer auf solchen Wegen zusammenfantasiert, dachte er und wusste plötzlich wieder, dass es dabei nicht immer freundlich zugegangen war. Viel schroffer und rechthaberischer hatte sie sich damals geäußert, als sie es gestern getan hatte. Instinktiv muss sie damals gefühlt haben, dass Hans Delius ihr nicht davonlaufen würde, wenn sie ihn mit den Haltungen und Meinungen ihrer Familienmitglieder traktierte. Die natürlich im Vergleich zu seinen eigenen Ideen und Vorstellungen immer den Vorteil hatten, aus eigener »Lebenserfahrung« zu stammen – im Gegensatz zu den Eindrücken und Meinungen, die er irgendwo anders aufgeschnappt hatte und an denen er sich festhielt. Kunststück – woher sollte es auch kommen, ein eigenes Zuhause besaß er ja nicht. Aber dieser Eigensinn, dieses ewige Bohren und Nachfragen, was sollte das? »Ein bisschen dankbar könntest du schon sein, dass du uns hast.«

Was ihm jahrelang ferngelegen hatte, ja in Vergessenheit geraten war, gewann nach dem Tag gestern und angesichts der Landschaft, die er so oft mit Renate durchwandert hatte, eine fast gespenstische Präsenz. Er sah Renate an seiner Seite, hörte ihre Stimme, die sich über irgendjemanden beklagte, über ihre Mutter vielleicht? Ja, über die hatte sie sich manchmal beklagt, allerdings immer aus den falschen Gründen. Und nie, ohne nach ihrer Beschwerde etwas Anerkennendes über diese starre und gehemmte Frau zu sagen. Eine gute Mutter sei sie gewesen, die schlechte Einflüsse von ihren Kindern ferngehalten habe, jetzt in dieser Zeit müsse man das besonders hoch bewerten, vor allem jüdische Einflüsse seien das gewesen, auch wenn sie es damit manchmal übertriebe. Sie und auch Andreas liebten nun einmal Gershwin, der ja eigentlich Gerstenwein geheißen habe, ja, und den Pianisten Oskar Levant, der seine Musik so toll spiele, den wolle sie sich auch nicht miesmachen lassen, oder Danny Kaye, der als David Daniel Kominsky in der Ukraine geboren worden war und doch auf amerikanische Art so hinreißend witzig sein konnte. Nichts gegen diesen komischen Zwerg. Aber trotzdem. Respekt habe sie nun mal vor ihrer Mutter. In ihrer Disziplin, ihrer nationalen Haltung und ihrem konsequenten Antisemitismus sei sie schon zu bewundern, auch wenn ihre Kinder und deren Freunde oft anderer Meinung seien. »Das muss ich ja anerkennen.« Ja, das hatte sie anerkannt, und er, Hans Delius, hatte diese Sätze einfach an sich abperlen lassen, als sei er aus Perlon und als wären Renates Sätze Regentropfen, die aus unschuldigen Wolken daherkamen und nicht aus der nationalen Giftküche. Hatte sie nicht auch die Nazi-Richter in Schutz genommen, die so brutal wie feige waren? Ein entwendeter Laib Brot konnte ein Todesurteil bedeuten, ein Hitlerwitz mit Zuchthaus bestraft werden, die Verteilung von Flugblättern gegen den Krieg und das Hitlerregime – Tod durch Enthaupten. »Schließlich war Krieg. Da gelten eben andere Regeln.«

»Und die heißen Willkür, Grausamkeit und Rachsucht, nicht?«, hatte er geantwortet.

Renate wollte ihm die Notlage dieser armen Justizbeamten erklären. »Die konnten doch nicht anders, sonst wären sie selbst dran gewesen, und nicht nur sie, auch ihre Familien.«

»Wenn man dein Argument weiterspinnt, dann konnte damals

niemand anders, aber das entspricht einfach nicht den Tatsachen. Es gab auch ein paar Aufrechte, die eben doch anders konnten.«

Renate wollte ihm die Zwangslage der armen Richter und ihrer Gehilfen klarmachen und wählte ein falsches und erschreckendes Beispiel: »Hans, du kennst doch meinen Vater, der tut doch keiner Fliege was zuleide. Aber als Sanitätsoffizier musste er im Krieg an standrechtlichen Erschießungen teilnehmen und den Tod der Delinquenten feststellen.«

Nach diesem Geständnis war sie stehengeblieben und hatte ihren Kernsatz wiederholt. »Im Krieg gelten eben andere Regeln.«

»Ja, so einfach war das. Im Krieg wurden Menschen umgebracht und wegen lächerlicher Delikte zum Tode verurteilt, und mit dem Ende der Kampfhandlungen hörte man eben wieder damit auf und war so froh, dass nun alles vorbei war und man sich wieder freundlicheren Tätigkeiten zuwenden durfte. Arbeiten, Geld verdienen, etwas aufbauen, ein Waffenexportgeschäft zum Beispiel. Jetzt brachten sich andere um, wir lieferten ihnen allenfalls die Waffen, die sie dazu brauchten.«

»Ach Hans, komm, was hat das alles mit uns zu tun, lassen wir das. Ich brauche Zeit, um das zu verstehen. Und du vielleicht auch?«

Wie habe ich das nur so lange ertragen können, fragte sich Delius und fand keine Antwort. Er hatte seinen Schritt beschleunigt, jetzt zwang er sich, nicht so zu rennen und Ausschau nach Liesel zu halten. Doch! Eine Antwort gab es: Ich hatte Angst, Renate zu verlieren. Angst vor dem Alleinsein, Angst, wieder in die Enge der eigenen Studentenbude zurückgeworfen zu werden. Das wusste er mit einem Mal, aber hatte er das nicht schon immer gefühlt?

Liesel war weg. Er rief, pfiff, das fehlte noch, dass sie mir hier wegläuft. Aber da kam sie angewackelt, schüttelte sich, als sie ihn erreicht hatte, dass die Ohren klatschten.

Wie war es überhaupt möglich, dass er eine Frau geliebt hatte, die Ansichten und Meinungen vertrat, die er verabscheute? Er verstand es nicht und musste doch einräumen, dass es sich so verhalten hatte.

Mit den eigenen Eltern, solange sie noch lebten, hatte er nie über seinen Konflikt gesprochen. Auch mit seinem jüngeren Bruder nicht und auch nicht mit Freunden. Sie alle hätten wohl nur eine Antwort gewusst: Trenn dich von ihr. Da hilft doch nur ein klarer Schnitt. Und gerade diese Antwort hatte er nicht hören wollen. Nein, etwas anderes musste her, etwas Abwägendes, etwas wie: Kommt Zeit, kommt Rat, Gedanken oder besser Vermutungen, mit denen er sich selbst beschwichtigte. Hatte Renate überhaupt jemals eine eigene Ansicht vertreten? Vertrat sie nicht immer die Summe der Ansichten, die in ihrer Umgebung gerade die Überhand hatten?

Nichts von dem, was ihn jetzt anflog, hier in dieser spröden, aber freundlichen Landschaft, war gestern zur Sprache gekommen. Aber aus dem gestrigen Gespräch mit Renate glaubte er herausgehört zu haben, dass sich ihre Einstellung geändert hatte. Hatte sie von Andreas' Entschluss, sich vom Waffenhandel zu trennen und am Ende die Firma ganz zu verkaufen, nicht im Ton der Zustimmung berichtet? Vielleicht hatte sie sich doch verändert, überlegte er. Aber dann musste er sich sagen, dass diese Veränderung eben nur in dem Maße oder Umfang galt, in dem sich eben alles veränderte. So wie es von den Umständen erzwungen wird, vom Älterwerden, von einer sich allmählich neu orientierenden Gesellschaft, oder von der sanften, aber stetigen Brise, die jetzt die verfärbten Blätter der Laubbäume erfasste und sie forttrug, weil sie jetzt nicht mehr gebraucht wurden und es im Frühling neue Blätter geben würde. Nicht aus freien Stücken. Renate hatte sich so verändert, wie sich Tausende, nein Millionen von Menschen veränderten: langsam, unmerklich, passiv. Eine deprimierende Einsicht.

Delius hätte gern zu den wenigen Menschen gehört, die eine Revolution anzetteln oder die sich gegen Haltungen oder Taten zur Wehr setzen, die sie ablehnen, weil sie gegen die eigenen Werte verstoßen. So einer war er aber nicht, und Renate schon gar nicht. Sie wollte das auch gar nicht. Sie litt nicht unter ihrer eigenen Passivität. Nein, es war kein schöner Gedanke, nur ein Spielball zu sein, nur eines von vielen Blättern, die jetzt dahintrieben, oder von unendlich vielen Geschöpfen, die keine Spuren hinterlassen würden.

Er hielt nach Liesel Ausschau und sah sie einige Meter neben dem Weg schwer arbeiten. Mit erstaunlicher Intensität und Schnelligkeit grub sie ein Loch in das sandige Erdreich. Vielleicht hatte sie den Eingang eines Kaninchenbaus gefunden und versuchte nun, durch eine Erweiterung des Eingangs selbst in den Bau hineinzukommen. Was immer: Liesel genoss den Augenblick und dachte nicht an wohin und woher. Delius musste plötzlich lachen, als die Dackelin von ihrer Erdarbeit aufschaute und ihn mit ihrem wachen Blick zur Teilnahme an ihrem Werk aufzufordern schien.

»Komm«, rief Delius und ging weiter, ein zu schwaches Signal für einen jungen Hund, der den Zwängen seiner Gene folgt. Erst als er in einen Dauerlauf verfiel, trennte sich Liesel von ihrem Loch und rannte neben ihm her, verlor sich jedoch bald wieder zwischen den Bäumen, um einen neuen Ort zu finden, an dem sie ein besonderer Duft zum Graben aufforderte. Es wurde ein kurzweiliger Spaziergang. Delius konnte seinen Gedanken nachhängen, musste gleichzeitig aber die kleine Hündin im Auge und im Sinn behalten. Für sie schien dieser Weg die erste Erfahrung von schrankenloser Freiheit zu sein.

Sie überquerten die Havelchaussee. Sicherheitshalber nahm Delius Liesel auf den Arm. Rechts von sich sah er den Grunewaldturm und verspürte sofort den Wunsch, dort oben zu stehen und in die märkische Landschaft hinauszuschauen. Vielleicht wäre er dort oben sogar allein, heute waren nur wenig Menschen unterwegs. Liesel schien sich müde gelaufen zu haben, sie ließ sich widerstandslos ein Stück tragen. Erst auf der Treppe, die in mehr als zweihundert Stufen nach oben führte, wurde sie unruhig. Der Ausblick übertraf alle Erwartungen. Unter Delius floss die Havel, ein paar weiße Dreiecke trieben geruhsam dahin, die Ufer des Flusses leuchteten in dunklem Grün und da, wo Buschwerk und Laubbäume standen, in Gold, Ocker und Rot. Im Südwesten sah er hinter den Seen, zu denen sich der Fluss immer wieder erweiterte, die Türme von Potsdam. Da lag sie, die Westberliner Szene, die er als Heranwachsender ins Herz geschlossen hatte, und war wieder zusammengewachsen mit der Mark Brandenburg, deren Städte, Dörfer und Landschaften ihm während seiner Berliner Jahre schwer erreichbare Sehnsuchtsorte geblieben waren. Es war ein prächtiger Anblick, der sich ihm bot. Aber hatte er nicht auch in Neu-England und in Bayern schöne Landschaften genossen? Warum bedeutete ihm dieses Arkadien aus Fluss, Schlössern, Wald, Heide und Sand so viel mehr als alle anderen Gegenden auf der Welt? Prägung, dachte Delius, Schulrudern, Zeltlager auf Schwanenwerder oder der Pfaueninsel, Fahren mit dem Paddelboot, erste Liebe, lange Wochenenden – und ist es nicht wirklich schön hier, auch jenseits dieser biografischen Verknüpfungen? Noch ein langer Blick, die Havel entlang, über Kladow hinweg zur Pfaueninsel bis nach Glienicke und Potsdam, dann stieg er mit Liesel auf dem Arm wieder hinunter in den Mischwald aus Kiefern und bunten Laubbäumen und ging bis ans Flussufer. Liesel hielt sich jetzt dichter bei ihm, schlabberte ab und zu etwas Havelwasser und trippelte dann ergeben hinter ihm her.

Seine Liebe zu dieser Landschaft, die einem anderen vielleicht ein wenig spröde oder sogar öde vorgekommen wäre, hatte wohl wenig mit objektiven Gegebenheiten, aber sehr viel mit seinem persönlichen Lebensweg zu tun, sagte er sich und fügte im Stillen hinzu, dass es sich mit seiner Neigung zu Renate wohl ähnlich verhielte und dass er sich letztlich keines von beidem ganz erklären konnte. Diese Gedanken und der Versuch, vielleicht doch den einen oder anderen verlässlichen Grund für seine Sympathien und Abneigungen zu finden, beschäftigten ihn immer noch, als sie sich Schwanenwerder näherten. In seiner Manteltasche vibrierte etwas. Er fasste hinein, zog sein Mobiltelefon hinaus und meldete sich. Renate war am Telefon. »Wo bist du?«, fragte Delius.

»In der Klinik. Ich soll noch dableiben. Sie wollen morgen entscheiden, was zu tun ist.« Ihre Stimme klang verzagt.

»So plötzlich?« Delius war überrascht.

»Kannst du noch bleiben?«, fragte sie.

Delius überlegte. »Ich muss in München anrufen«, sagte er. »Aber wie lange müsste ich bleiben?«

»Ein paar Tage, wenige Tage. Sonst müsstest du Liesel in das Tierheim bringen, von dem ich dir erzählt habe.«

Delius war stehengeblieben. Die Dackelin, müde von den weiten Runden, die sie gedreht hatte, legte sich auf ein Stück Wiese und hechelte.

»Also, ich bleibe zunächst«, entschied Delius und versprach, seine Klinik in München anzurufen und noch ein paar Tage herauszuschinden.

»Ich melde mich wieder, nach vollbrachter Tat«, sagte Renate, »und denk an mich.« Das klang niedergeschlagen. Hatte sie Angst vor etwas?

Delius legte Liesel wieder an die Leine und nahm sie bald darauf, als er merkte, wie müde sie war, auf den Arm. An der Wannseebadstraße, die nach Schwanenwerder hinüberführt, fand er ein Taxi, das ihn über die Avus wieder nach Charlottenburg brachte. Es war inzwischen Nachmittag geworden. Bereits auf der Avus staute sich der Verkehr, auch später, auf der Neuen Kantstraße, kamen sie nur langsam voran. Delius saß im Fond des Taxis, Liesel lag neben ihm, den Kopf an seinen Oberschenkel gelehnt. War es die Müdigkeit, die er nun auch spürte, der stetige Verkehrslärm oder die Suggestion durch die völlig entspannt neben ihm liegende Dackelin? Er hätte später nicht sagen können, warum er in diesem Augenblick seinen Körper verließ und den Mann, der da hinten im Auto saß, einen Dackel neben sich, quasi von außen betrachtete. Wer war das eigentlich, dieser vertraute Fremde, und was tat er hier auf dem Rücksitz eines nach Zigarettenrauch stinkenden Taxis, neben einem müden kleinen Hund, der ihm nicht gehörte, auf dem Wege in eine Wohnung, die ihm ebenfalls nicht gehörte und von deren Existenz er erst seit gestern wusste? Dieser Mann gehörte doch nach München in die Sendlinger Klinik oder in seine Wohnung in Schwabing, an das Steuer seines eigenen Autos und des Abends in sein Wohn- und Arbeitszimmer, dessen Wände bis zur Decke reichend mit Büchern vollgestellt waren – oder nicht?

Er holte tief Luft, begriff, dass der Mann, den er immer noch von außen sah, sich in Berlin und auf dem Weg in die Fasanenstraße befand und wohl auch dort ankommen würde. Aber das interessierte ihn plötzlich gar nicht mehr. Das eigentliche »Ich« sehnte sich an seinen Schreibtisch zurück oder in seinen Sessel, in dem er Musik hörte oder sich vom Fernsehen über die Vorgänge in der äußeren Welt unterrichten ließ. Einmal abgesehen von seinen Kollegen und Mitarbeitern in der Klinik oder von seinen Patienten führte er doch ein ziemlich einsames Leben. Nur selten hatte ihn jemand zu Hause besucht, ein Studienkollege, den er am Stachus wiedergetroffen hatte, oder ein Schauspielerehepaar von den Kammerspielen, das er durch seine Tätigkeit als Theaterarzt kennengelernt hatte. Vielleicht auch einmal Mitarbeiter und Kollegen aus der Klinik. Aber das waren bereits Verpflichtungen, denen er als Chef eben nachkommen musste. Selten ging er abends noch weg, und wenn, dann am liebsten in die Philharmonie im Gasteig oder in die Oper. Und dabei überkam ihn zuweilen der Wunsch, lieber in der Berliner Philharmonie, in der Oper unter den Linden oder im Opernhaus in der Bismarckstraße zu sitzen. Das war es, sagte sich Delius und wusste, dass er bis gestern keinen Anlass gesehen hatte, daran etwas zu ändern. Und nun?

Er war nach Berlin gekommen, um einen Kongress zu besuchen, und war plötzlich wieder in seine eigene Vergangenheit gefallen. Eine Vergangenheit, in der es Renate gab, die schöne Renate, zu der ihn irgendeine Kraft so hingezogen hatte, dass er ihre verstockte und in unannehmbaren Vorstellungen dahinlebende Familie in Kauf genommen hatte. Es hätte bei dieser einen Begegnung bleiben können. Er könnte längst wieder in München sein, allerspätestens morgen wieder zurückfahren, aber dieses andere »Ich«, das jetzt im Fond eines nach Zigarettenqualm riechenden Wagens saß, hatte anders entschieden. »Fasanenstraße, nicht weit von der Villa Grisebach«, sagte Delius dem Fahrer, der sich noch einmal vergewisserte, wohin er den Passagier mit seiner Dackelin zu befördern hatte.

Der Zustand des Neben-sich-stehens verließ ihn erst wieder, als er ausstieg. Liesel musste noch einmal in den kleinen Hof geführt werden, dann betrat er Renates Wohnung, fütterte die Dackelin und stellte ihr frisches Wasser hin. Schließlich ließ er sich in einen der weinroten Sessel in Renates bürgerlichem Wohnzimmer fallen. Die frische Luft und der lange Spaziergang hatten ihn ermüdet. Er musste eingeschlafen sein, denn als er wieder klar denken konnte, war es draußen bereits dunkel. Delius machte Licht. Was war los mit Renate? Erst jetzt wunderte er sich darüber, wie fraglos er Renates Ankündigungen entgegengenommen hatte. Sie müsse zu einer Untersuchung. Spätestens am Abend sei sie wieder zu Hause. Und dann: Man wolle sie dabehalten und am anderen Tag, also morgen erst, entscheiden, was zu geschehen habe. Warum? Was fehlte ihr? Delius stand auf und drehte überall das Licht an, als könne die künstliche Beleuchtung, die überall durch gelbliche oder rötliche Lampenschirme gefiltert wurde, auch seine Gedanken erhellen. Er ging durch die Wohnung, spielte auf dem Steinway ein paar Läufe und Akkorde, suchte in der Küche nach etwas Essbarem, fand aber nichts, das ihm behagte, und beschloss, eines der kleinen Restaurants in seiner Straße aufzusuchen. Liesel würde es, daran erinnerte er sich, ein oder auch zwei Stunden allein aushalten. Er suchte nach ihr und fand sie schließlich in Renates Zimmer auf dem Bett ihrer Herrin. Vermisste sie Renate? Liesel bemerkte ihn, klopfte mit dem Schwanz auf den bunten Überwurf, mit dem das Bett abgedeckt war, machte aber keine Anstalten, ihren Platz zu räumen. Er sah sich um: Das Zimmer glich, soweit er sich erinnerte, weitgehend dem Raum, den Renate früher im Haus ihrer Eltern bewohnt hatte. Auch in ihrem Dahlemer Zimmer hatten die blauen Töne überwogen, allerdings kein so dunkles Blau wie hier. Aber etwas anderes schien neu zu sein. Die Tür in der dem Bett gegenüberliegenden Wand hatte es damals nicht gegeben. Sie führte, wie er jetzt feststellte, in eine begehbare Ankleide. Ein weiß lackierter Schrank, Regale, eine Hängegarderobe für Kleider und Mäntel und ... was war das? Einen Moment lang erschrak er, als er die gesichtslosen Köpfe auf einer der Ablagen stehen sah. Nein, keine echten Köpfe. Künstliche, mit darübergestülpten Perücken. Dunkelbraun, fast schwarz die eine, silbergrau und schwarz eine zweite. Die dritte, ebenfalls in Dunkelbraun gehalten, mit einem Pony. Delius erkannte den Stil. So hatte Renate ihre Haare getragen, als sie sich zum ersten Mal begegnet waren. Hochgesteckt, mit einigen Klammern befestigt. Diese Frisur hatte sie beibehalten, nachdem sie ihr Abitur gemacht hatte und einige verschiedene Studiengänge ausprobierte, bevor sie sich entschloss, Kunstgeschichte zu studieren. Er betastete die Attrappen, auf denen die Perücken saßen. Rosshaar, stellte er fest, mit hellem Leinen bespannt. Was tat sie damit? Aufsetzen, sagte er sich, was denn sonst? Und dann wusste er plötzlich, warum diese Perücken sich hier befanden. »Deine Haare haben mich einen Augenblick abgelenkt«, hörte er sich sagen. Gestern, als sie sich trafen. Sie trug eine dieser Perücken, weil sie kein eigenes Haar mehr hat, oder zumindest nicht mehr genug davon, um nicht aufzufallen. Chemotherapeutika, dachte er. Sie hat Krebs und nimmt diese Medikamente, die Haarausfall verursachen. Jetzt bekam auch die Untersuchung, zu der sie sich heute Morgen in die Klinik begeben hatte, einen anderen Sinn. Es musste eine Kontrolluntersuchung sein, um den Stand des Leidens zu beurteilen und zu prüfen, ob die Therapie etwas gebracht hatte. Und die Entscheidung, die sie erwähnt hatte? Worauf sich die bezog, wusste er nicht. Sie hatte ihm ja nichts gesagt. Aber sie war krank, vermutlich ernstlich krank, und sie verbarg diese Tatsache vor anderen Menschen. Auch vor ihm. Er sah auf die Uhr. Sie hatte ihm das Krankenhaus genannt, das sie aufsuchen wollte, die Abteilung allerdings nicht erwähnt. Heute war es ohnehin zu spät, sie anzurufen. Außerdem: Sollte er nicht warten, bis sie sich selbst meldete? Auch für den Fall, dass er sie jetzt noch erreichte, wäre sie wohl nicht in der Verfassung, ihm die Situation zu erklären. Später, dachte er und ging in die Diele, um seinen Mantel zu holen. Liesel sollte hier bleiben. Er zog die Wohnungstür hinter sich zu und fuhr hinunter in die Fasanenstraße. Da drüben, das italienische Restaurant sah passabel aus. Aber als er das Lokal nach einer knappen Stunde wieder verließ, hätte er nicht sagen können, was er gegessen hatte. Die Perücken in Renates Ankleide und die Mutmaßungen, die dieser Fund in Gang gesetzt hatte, nahmen ihn so in Anspruch, dass neue Eindrücke kaum noch Zugang zu seinem Bewusstsein fanden. Zurück in der Wohnung betrachtete er noch einmal die Perücken. Eine, die mit der Ponyfrisur, nahm er in die Hand. Das Haar, aus dem sie gefertigt war, ähnelte Renates eigenem Haar, so, wie er es in Erinnerung hatte, zum Verwechseln. Er ließ eine Strähne durch die Finger gleiten. Auch die Berührungsempfindung rief frühere Eindrücke zurück. Die Kunsthaut, in der die Haare steckten, war dünn und geschmeidig. Eine fantastische Arbeit, fand Delius. Diese Dinger mussten sündhaft teuer gewesen sein. Er ging zurück in das Wohnzimmer, setzte sich auf einen der Sessel und freute sich, als Liesel herbeiwatschelte und sich zu seinen Füßen niederließ.

Vor vierzig Jahren bin ich einfach gegangen, dachte er. Immer wieder kehrten seine Gedanken zu diesem Ereignis zurück. Warum? Ich hätte mich doch noch einmal unzweideutig erklären können. Nachdem ich es schon so oft vorher versucht habe? Ich hatte Angst vor der Konfrontation, Angst vor einer entscheidenden Unterredung. Angst, Renate in die Augen zu sehen und zu wissen, dass es für immer sein würde. Ich wollte weg, aber nicht wahrhaben, dass ich damit eine unwiderrufliche Entscheidung traf. Feigheit war es, gestand er sich ein. Feigheit vor dem Freund, wie Ingeborg Bachmann das einmal genannt hatte. »Ich laufe dir nicht hinterher«, hatte Renate ihm einmal während eines Streites gesagt, und er wusste, dass sie es ernst meinte. Auf ihn warten? Vielleicht. Ihn suchen? Ihm hinterherlaufen? Niemals. Weil er das wusste, hatte er es vorgezogen, einfach zu gehen ohne ein Wort.

Renate hatte ihm in ihrem Gästezimmer ein Bett bereitet, »für den Fall, dass ich erst später wiederkomme.« Also blieb er. Im Einschlafen hörte er, wie die Dackelin in sein Zimmer kam. Als er am anderen Morgen erwachte, lag sie zusammengerollt vor seinem Bett. Nur so konnte sie sicher sein, den Mann, der da vorgestern erschienen und nun zumindest vorläufig an die Stelle ihrer Herrin getreten war, nicht aus den Augen zu verlieren. Nein, sie würden zusammenbleiben, bis Renate wieder da sei, sagte ihr Delius, und Liesel wedelte mit dem Schwanz. Verstand sie ihn? Sicher – bis zu einem gewissen Grad. Dennoch folgte sie ihm auf Schritt und Tritt, auch ins Badezimmer und dann hinunter auf die Straße und in den kleinen Hof, an die vertrauten Orte, die zu ihrer Schnupperwelt gehörten. Dann wieder nach oben. Liesel erinnerte sich eines Balls, den ihr Renate manchmal zuwarf, und verlangte nun ein Gleiches von dem Mann, der ihr gestern bei ihrem Ausflug in die Welt so zuverlässig Gefolgschaft geleistet hatte. Delius verstand die Aufforderung. Er warf den Ball, Liesel tobte hinterher, genoss es, wenn er irgendwo abprallte, auf den Boden sprang oder von einem Sitzmöbel hinabrollte. Solche Szenen gaben ihr Gelegenheit, das runde Ding in der Luft zu schnappen, flink und elegant, und das Spielzeug mit hocherhobenem Schwanz zu dem verständnisvollen Mann zurückzutragen, damit er es wiederum für sie in die Gegend schleuderte. Er hatte wohl auch Spaß an der Sache und hörte nicht gleich wieder auf, wozu ihre Herrin leider neigte. Nein, der machte weiter und ließ sich immer wieder neue Wege einfallen, die der Ball nehmen konnte.

Das Spiel hätte noch eine Weile so weitergehen können, aber das Telefon klingelte. Und so viel hatte Liesel schon erfahren: Wenn es klingelte, dann unterbrachen die Menschen meistens das, was sie gerade taten. So verhielt es sich auch jetzt. Delius nahm keine Notiz mehr von Liesel, die jetzt gerade zum x-ten Male den Ball wieder zu ihm trug. Er bewegte sich sehr schnell hinaus auf die Diele, wo ein Telefon stand, und meldete sich: »Hier bei Frau Doktor Wilms.« Er erwartete, eine Nachricht für Renate entgegennehmen zu können. Aber eine Stimme am anderen Ende der Leitung fragte: »Spreche ich mit Herrn Doktor Delius?«

Ja, der war er, und diese direkte Frage verhieß nicht unbedingt etwas Gutes. »Frau Wilms hat Ihren Namen als die Person angegeben, die zu benachrichtigen sei, wenn ihr etwas zustieße.«

»Nicht ihren Bruder?«, fragte Delius, um überhaupt etwas zu sagen.

»Nein«, antwortete die Stimme. »Hier steht Doktor Hans Delius und dann die Adresse in der Fasanenstraße. Der sind Sie doch?« Ja, der war er.

»Es tut mir leid, Ihnen mitteilen zu müssen, dass Frau Doktor Wilms heute früh gestorben ist«, sagte die Stimme.

»Was ist denn passiert?« Delius war völlig entgeistert. »Sie war doch munter, als sie gestern früh hier wegging. Mein Gott ...« Ich sollte jetzt aufwachen, sagte er sich, aber da war keine zweite Wirklichkeit, in die er sich flüchten konnte. Am anderen Ende entstand eine längere Pause. »Ich dachte, Sie wüssten Bescheid ...«

»Nein, wir haben uns lange nicht gesehen und uns erst vor zwei Tagen wiedergetroffen. Durch Zufall.«

»Unter diesen Umständen ist es wohl besser, wenn wir uns persönlich unterhalten. Fragen Sie nach Doktor Alfons Schmidt, Onkologische Abteilung. – Ja, ich bin noch eine Weile im Hause. Sicher bis drei Uhr nachmittags. Kommen Sie doch am besten gleich.«

Alfons Schmidt war ein hagerer, hochgewachsener Mann mit graumeliertem Haar und einem scharf geschnittenen Gesicht. Er traf Delius, nachdem dieser sich in der Onkologie gemeldet hatte, und führte ihn in sein Arztzimmer, in das jetzt am Vormittag die Sonne schien. Bereits bei der Begrüßung auf der Station beschlich Delius das Gefühl, dass dieser Schmidt, der ihn ernst, aber nicht unfreundlich ansah und in dessen Bewegungen er etwas Gemessenes, ja Feierliches zu erkennen glaubte, über Einsichten verfügte, die weit über das hinausgingen, was man als ärztliche Routine bezeichnete.

Während sie in Schmidts Zimmer Platz nahmen – Schmidt mit dem Rücken zum Fenster, Delius ihm gegenüber, aber so weit zur Seite gerückt, dass die Sonne ihn nicht blendete –, fragte sich Delius, ob der starke Eindruck, den dieser Mann auf ihn machte, mit der Nachricht zusammenhing, die er ihm bereits telefonisch übermittelt hatte, oder ob ihm darüber hinaus eine Rolle in der Deutung von Renates Leben zukäme, die ihn, Delius einschließen würde und die er im Stillen als richterlich bezeichnete.

»Frau Wilms war schon lange unsere Patientin«, begann Schmidt und erweckte mit diesem Satz bei Delius das Gefühl, dass dieser strenge, unbestechlich wirkende Mann weit in die Vergangenheit sehen könnte und Dinge von Renate wüsste, von denen er, Delius, keine Ahnung hatte.

»Bei ihrem ersten Besuch vor vier Jahren diagnostizierten wir ein kleines Ovarialkarzinom rechts, das aber bereits zu einer Aussaat im Bauchraum geführt hatte. Das Fortschreiten des Tumors ließ sich durch verschiedene Kombinationen von zytostatischen Medikamenten aufhalten, aber seit etwa einem Jahr war es klar, dass wir unsere Möglichkeiten weitgehend erschöpft hatten. Immerhin stellte sich die Frage, ob sich das Ende mit irgendeiner zusätzlichen Maßnahme – wir dachten an eine Bestrahlung – noch hinausschieben ließe, ohne die Lebensqualität der Patientin allzu sehr zu beeinträchtigen.«

Schmidt schwieg und fixierte seinen Besucher. Wieder hatte Delius das Gefühl, als säße hier jemand über ihn zu Gericht. »Die Ergebnisse gestern waren leider nicht ermutigend. Wir kamen zu dem Schluss, dass wir nichts mehr unternehmen sollten, nur Schmerzmittel sollte Frau Wilms bekommen, um die letzten Wochen gut durchzustehen. Hinzu kam, dass Frau Wilms mir sagte, in ihrem Leben habe sich ein Ring geschlossen. Eine von außen gesehen zufällige Begegnung habe eine Unruhe, unter der sie den größeren Teil ihres Lebens gelitten habe, ein für alle Mal besänftigt. Sie habe ihre letzten Verfügungen getroffen und wolle auf weitere Behandlungen, die sie nur müde und elend machen würden, verzichten.« Immer noch hielten die eisblauen Augen Delius fest. »Wir wollten Frau Wilms eigentlich heute früh nach Haus schicken.«

»Und?«, fragte Delius, der bisher nur zugehört hatte.

»Sie hat sich selbst entlassen – ein für alle Mal.«

»Hat sie sich …?«

»Nein. Sie hatte wohl eine massive Lungenembolie, das jedenfalls war die klinische Diagnose. Ich denke, die Obduktion, die morgen erfolgen soll, wird diese Diagnose bestätigen. Angesichts der Grundkrankheit haben wir keinen Versuch zur Entfernung der Thromben aus der Lungenarterie unternommen.«

Jetzt schwieg Schmidt. Delius brachte zunächst keinen Ton hervor. Vielleicht dauerte das Schweigen eine halbe Minute, vielleicht auch länger. Warum ich, dachte Delius. Sie hat doch Andreas, ihren Bruder. Er hob den Blick und bemerkte, dass Schmidt ihn immer noch ansah.

»Ich bin völlig überrascht«, sagte er leise und fügte hinzu: »Aus zwei Gründen. Einmal darüber, dass sie sehr krank war und man ihr wenig anmerkte, ich ihr nichts anmerkte«, fügte er fast flüsternd hinzu. »Und zweitens, dass ich derjenige bin, der als Erster benachrichtigt werden sollte, wenn ihr etwas zustieße.«

»Nicht Sie als Erster«, sagte Schmidt. »Sie als Einziger.«

»Und wenn wir uns nicht getroffen hätten?«

»Aber Sie haben sich getroffen. Als Frau Wilms sich gestern stationär aufnehmen ließ, hat sie in der Rubrik des nächsten Angehörigen Ihren Namen angegeben und nur diesen einen Namen.«

»Und was wird nun? Ich meine, muss ich mich ...«

»Sie müssen nichts tun«, unterbrach Schmidt. »Nein, Frau Wilms hatte genügend Zeit, sich um alles zu kümmern. Ihren Rechtsanwalt haben wir bereits benachrichtigt, der leitet alles in die Wege.«

Delius fühlte sich elend, seiner eigenen Gefühle und Absichten beraubt. Erst die Begegnung mit Renate, der gemeinsame Nachmittag, dann die Ankündigung ihres Krankenhausbesuches, die im ersten Moment unheimliche Begegnung mit den Perücken und nun dieses Ende.

»Wollen Sie Frau Wilms noch einmal sehen?«, fragte Schmidt und erhob sich gebieterisch. Eigentlich wollte Delius nicht, er wollte nur noch weg, hinaus aus diesem Haus, weg aus dieser Stadt, aus dieser Situation, in die ihn seine Begegnung mit Renate gebracht hatte. Aber was würde dieser Arzt, der ihm so unerträglich korrekt und gradlinig vorkam, denken, wenn er ablehnte? »Ja, wenn es möglich ist«, antwortete er und hoffte, dass der Leichnam sich bereits in der Pathologie befände und dass sich ein Grund finden würde, dieses letzte In-Augenschein-nehmen doch noch zu verweigern.

Aber daraus wurde nichts. »Kommen Sie«, sagte Schmidt und hielt die Tür zu seinem Dienstzimmer auf. Nebeneinander gingen sie den Stationsflur entlang. »Ich habe die Tote noch hier behalten, weil ich mit Ihnen rechnete.«

Der Raum war abgeschlossen. Schmidt öffnete die Tür. Dann standen sie in einem schmalen, kühlen Zimmer. Die Verstorbene lag bereits auf einer fahrbaren Bahre, nur mit einem weißen Laken bedeckt. Mit einer entschiedenen Bewegung zog Schmidt das Laken von Renates Gesicht. Delius erschrak. Die Frau, die da vor ihm lag und der er sich einen kleinen Schritt genähert hatte, war ihm fremd. Ein nur von spärlichen grauen Haaren bewachsener Schädel. Augen, die tiefer in den Höhlen lagen, als er es von dem lebendigen Gesicht in Erinnerung hatte. Die Wangen waren leicht eingefallen und die Lippen erschienen im Bereich des linken Mundwinkels leicht verzogen, was dem Gesicht einen abweisenden, fast bösartigen Ausdruck gab.

So hätte ich sie nicht wiedererkannt, wollte Delius sagen, aber er schwieg und versuchte, dieses Gesicht mit dem lebendigen Antlitz in Verbindung zu bringen, das ihm vor zwei Tagen auf dem Kurfürstendamm begegnet war. Es gelang ihm nicht. Dies war ein anderes Gesicht, von dessen Existenz er nie etwas bemerkt hatte. Er wandte sich ab.

»Soll ich Sie einen Augenblick allein lassen?«, fragte Schmidt.

Delius erschrak noch einmal. »Nein«, sagte er und dann noch einmal etwas entschiedener: »Nein.«

»Es war nur eine Frage«, erwiderte Schmidt. Es klang in diesen Worten eine gelinde Herablassung wie »Das hätte ich von Ihnen auch nicht anders erwartet.« Schmidt reichte ihm die Hand. Delius ergriff sie und kam sich vor wie ein Schüler, der nach einer Prüfung verabschiedet wird. Bestanden? Nein, nicht bestanden, dachte er und wäre am liebsten weggelaufen. Aber das ging nicht. Schmidt geleitete ihn hinaus, steifen und würdevollen Schrittes, und nickte ihm noch einmal zu, als er ins Freie trat.

Als er wieder zu sich kam, saß er in einem Taxi und fuhr zurück in die Fasanenstraße. Der Hund fiel ihm ein, Liesel. Was sollte er mit ihr machen? Ins Tierheim bringen? Sie mit nach München nehmen? Ins Tierheim – das brächte er nicht übers Herz. Nein, er würde sie mitnehmen. Aber wer würde für Liesel sorgen, während er arbeitete? Das Bild der Toten – der nur spärlich mit Haaren bewachsene Schädel, die nach innen gewölbten Wangen, der etwas verzogene Mund, der strenge, fremde Ausdruck auf einem Gesicht, das ihm zwei Tage vorher noch lebendig und ausdrucksvoll begegnet war – wollte ihn nicht verlassen. Als wäre sie in den wenigen Stunden, die seit unserer letzten Begegnung vergangen waren, um Jahre gealtert, dachte Delius. Als hätten die Jahrzehnte, in denen wir getrennte Wege gingen, erst ganz zuletzt ihre bitteren und dunklen Spuren in dieses Gesicht gelegt und damit etwas nachgeholt, was während des langen Wartens nicht geschehen durfte. Eine zweite Vorstellung quälte ihn und ließ sich nicht abschütteln: die dumpfe Ahnung, dass ihm Alfons Schmidt, dieser strenge Alleswisser, wieder begegnen würde.

Ein Gefühl des Ausgeliefertseins hatte Delius ergriffen. Wie konnte sich so etwas ereignen? Von dem Augenblick an, als sie sich auf der Straße erkannt hatten, war alles Übrige mit einer fast unheimlichen Zwangsläufigkeit gefolgt. Der Weg in ihre Wohnung, in die gemeinsame Vergangenheit, seine Bereitschaft, sich um den Hund zu kümmern, auf ihre Rückkehr aus der Klinik zu warten. Dann der Anruf aus der Klinik ... als hätte er vor zwei Tagen einen Raum betreten, den er nur in einer Richtung verlassen konnte. Und auch der nächste Raum ließ nur einen Ausweg zu, immer nur in eine Richtung, von einem Zimmer in das nächste bis zu der Kammer mit der Toten, die er eben verlassen hatte.

Der Fahrer drehte sich zu ihm um. »Hier?«

»Da vorne.« Delius zeigte auf den Durchgang, der zu Renates Wohnung führte. »Halten Sie hier.«

Der Fahrer nannte einen Preis. Delius zahlte und stieg aus. Er sah auf die Uhr. Früher Nachmittag. Der Hund fiel ihm wieder ein, Liesel. Als er aus dem Fahrstuhl trat, hörte er bereits schniefende Laute hinter der Wohnungstür.

Er öffnete und trat ein. Liesel umsprang ihn und verspritzte in ihrer Erregung jedes Mal, wenn sie an ihm hochsprang, ein paar Tropfen Urin. Sie musste dringend nach unten geführt werden, aber im Hintergrund klingelte plötzlich das Telefon. »Du musst noch warten, Liesel, nur einen Augenblick.«

Eine Speditionsfirma meldete sich. »Wir kommen morgen früh, wenn es Ihnen recht ist«, sagte eine pomadige männliche Stimme.

»Wann genau?«

»Gleich um acht.«

Während Liesel aufgeregt und voller Erwartung um ihn herumtrippelte, erklärte der Speditionsangestellte umständlich, dass ein Rechtsanwaltsbüro sie beauftragt hätte, die Wohnung von allen Möbeln, Bildern und allem Hausrat zu räumen. Er nannte den Namen des Rechtsanwaltes. Es war derselbe, den auch der Arzt in der Klinik erwähnt hatte. »Gut, ich werde Sie hereinlassen«, hörte Delius sich sagen und legte auf, um gleich darauf die Dackelin ins Freie zu führen.

Ein weiterer Tag, dachte er, als er spät am Abend, nachdem er zusammen mit Liesel eines der kleinen Restaurants in seiner Nachbarschaft besucht hatte, ins Bett ging. Aber was ihm begegnet war, ließ sich nicht nach Tagen bemessen, also fasste er sich in Geduld, ließ die Möbelpacker am anderen Morgen in die Wohnung, unternahm mit Liesel einen weiteren langen Spaziergang im Grunewald und kehrte abends zu der vereinbarten Zeit noch einmal in die Fasanenstraße zurück. Die Wohnung war leer. Nur ein paar Kisten standen noch herum. Sie würden morgen abgeholt und zu dem bereits abtransportierten Hausrat ins Lager gestellt, ließ ihn der Möbelpacker wissen. »Aber Sie müssen jetzt nicht mehr dabei sein«, sagte der Mann, »wir haben einen Schlüssel und kommen morgen früh noch mal wieder.«

»Und meinen Schlüssel schicke ich an das Rechtsanwaltsbüro?«, fragte Delius.

»So wird et wohl sein.« Der Möbelpacker ließ ihn eine Liste unterschreiben, auf der die Leistungen seiner Firma verzeichnet waren, und verabschiedete sich umständlich. Erst nachdem er gegangen war, fiel Delius ein, dass er wohl auf ein Trinkgeld gewartet hatte. Er würde es ihm mit einer entsprechenden Notiz in seine Spedition schicken.

Es fing an zu dämmern. Morgen würde er nun wirklich nach Hause fahren, sagte sich Delius und setzte sich auf eines der breiten Fensterbretter in dem Raum, der bis vor wenigen Tagen als Musikzimmer gedient hatte. Kaum wiederzuerkennen, die Räume, in denen sich gestern noch die Requisiten eines ganzen Lebens befunden hatten, dachte er. Auch Liesel schien die plötzliche Leere zu beunruhigen. Delius hörte, wie sie die Wohnung durchstreifte, um vielleicht doch noch einen Gegenstand zu finden, der ihr die Gewissheit gab, hier zu Hause zu sein. Er hörte auf das ratlose Geräusch, das Liesels Krallen auf dem glatten Holzfußboden erzeugten, während sie von Zimmer zu Zimmer lief, auf der Suche nach gestern. Schließlich gab sie es auf und legte sich zu seinen Füßen auf das blanke Parkett, von wo aus sie gelegentlich zu ihm empor schielte, um sicher zu sein, dass er sie nicht allein in dieser Leere zurücklassen würde.

Lange blieben sie so beieinander. Die Dämmerung war in Dunkelheit übergegangen, aus den Fenstern der Nachbarhäuser fiel jetzt überall Licht. »Gehen wir?«, fragte Delius leise, woraufhin die Dackelin sich eilig aufrappelte und, auf dem glatten Parkett gelegentlich ausrutschend, den Schritten des Mannes folgte, der jetzt die Wohnungstür erreichte, sie in das erleuchtete Treppenhaus treten ließ und dann die Tür hinter sich und seiner kleinen Gefährtin verschloss.

Der Arzt als Patient

Wie würde es sein, so hatte Anton van Leuven sich manchmal gefragt, wenn er an einer unheilbaren Krankheit litte und wüsste, dass er nur noch kurze Zeit zu leben hätte? So sehr er sich um eine Antwort bemühte: Es wollte ihm nie gelingen, das eigene Ich in eine so ausweglose Lage zu versetzen. Um ihn herum starben immer wieder Menschen. Manche plötzlich, andere nach langen Wegen, die ihnen wohl die Möglichkeit gaben, sie vielleicht sogar zwangen, ihr eigenes Ende zu überdenken. Aber es waren immer andere, denen so etwas geschah. Tief in seinem Inneren hatte van Leuven die Vorstellung verankert, er sei etwas Besonderes, eben der Arzt und nicht der Patient Anton van Leuven, und ihm würde eine solche Prüfung wohl erspart bleiben.

Eines Tages jedoch – er näherte sich bereits der Vollendung seines siebzigsten Lebensjahres, war immer noch rüstig und ging, wenn auch mit gewissen Einschränkungen, seinem Beruf nach – wurde er krank. Es war Winter, genauer gesagt Anfang Januar, und er war gerade von einer längeren Reise zurückgekommen. Eine Art Grippe, das um diese Jahreszeit Übliche eben, vermutete er, als er anhaltenden Hustenreiz verspürte, dem er – häufiger als ihm lieb war – in bellenden Entladungen nachgeben musste, und darüber hinaus fast täglich Fieber und nächtliche Schweißausbrüche an sich bemerkte. Einige Tage Ruhe verschrieb er sich – und tatsächlich, nach etwa einer Woche besserten sich die Symptome. Das Fieber verschwand, der Husten verlor seinen quälenden Charakter und ließ sich oft ganz unterdrücken. Auch das nächtliche Schwitzen verschwand. Van Leuven wollte zur Tagesordnung übergehen, wurde aber nach zwei weiteren Wochen durch die Rückkehr seiner Krankheitszeichen daran gehindert. Sie kamen wieder, diesmal stärker und hartnäckiger als zuvor. Auch verspürte er bei dieser zweiten Krankheitswelle Schmerzen im Brustkorb, die so heftig waren, dass er Mühe hatte, sich zu bewegen. Nachdem diese Schmerzen ihn ein paar Nächte lang um den Schlaf gebracht hatten, rief er seinen Kollegen Rudolf Poldinger an, dem er sich seit gemeinsamen Studienjahren freundschaftlich verbunden fühlte, obwohl er Poldingers oder »Poldis« medizinische Kompetenz nicht besonders hoch einschätzte. Er schilderte ihm seine Beschwerden und bat ihn, der Sache einmal nachzugehen. Van Leuven tat dies nicht ohne einen gewissen Widerwillen, denn er wollte nicht krank sein und glaubte auch zu diesem Zeitpunkt noch, dass ihm nichts Ernstes fehle. Krank, richtiggehend krank waren – so seine Lebenserfahrung – immer die anderen. Dennoch hegte er Befürchtungen, die er sich selbst nicht eingestehen wollte. Möglicherweise wählte er seinen Freund Poldi deshalb als erste Anlaufstelle, weil er nicht übermäßig viel von ihm hielt und im Stillen annahm, er würde schon nichts finden. In der Tat schien Doktor Poldinger mit seinem Latein bald am Ende zu sein. Anders als von van Leuven erwartet, versäumte er es jedoch nicht, seinen Freund in die nahe gelegene Städtische Klinik einzuweisen, in der man die Krankheit des Patienten Doktor Anton van Leuven durchaus ernst nahm. In den folgenden Wochen erfuhr er zum ersten Mal in seinem Leben etwas von der Unruhe, der Hilflosigkeit und dem Gefühl des Ausgeliefertseins, den Empfindungen also, die Kranke heimsuchen, wenn sie sich wegen durchaus ernsthafter, aber schwer einzuordnender Krankheitszeichen allen möglichen Verdachtsdiagnosen und zeitraubenden Untersuchungen ausgesetzt sehen. Poldinger hatte außer einer Rippenfellreizung nichts gefunden. Die konzentrierten Bemühungen der Krankenhausärzte ergaben nun, dass die Rippenfellentzündung als Folge einer kürzlich stattgehabten Lungenembolie anzusehen sei, für die man aber auch unter Herbeiziehung aller modernen diagnostischen Hilfsmittel zunächst keine Ursache fand. Bald nach dieser ersten Klärung zeigte sich bei Anwendung eines bildgebenden Verfahrens, dass die Rippenfellentzündung ihrerseits eine Folgeerscheinung produziert hatte, nämlich einen Erguss, der sich zwischen den Blättern des linksseitigen Rippenfells ausbreitete. Van Leuven meinte zunächst, dies sei doch der Lauf der Dinge. Nach einer Entzündung an dem genannten Ort würde sich eben ein Erguss ausbilden und nach einigen Wochen auch wieder verschwinden. Seine Kollegen in der Klinik stimmten ihm zu, bestanden aber darauf, diesen Erguss zu punktieren und näher zu untersuchen.

So geschah es, und da van Leuven nach diesem kleinen Eingriff auf seine Entlassung drängte, ließen sie ihn ziehen, bevor ein histologischer Befund erhoben werden konnte.

Einige Wochen waren vergangen, seit van Leuven seinen Freund Poldinger aufgesucht hatte, um »der Sache auf den Grund zu gehen«. Ein launischer, immer wieder von Schnee- und Graupelschauern durchzogener Winter war schließlich von einem bunten, wenn auch noch unbeständigen Frühling abgelöst worden. Van Leuvens Beschwerden hatten sich so weit gebessert, dass er den immer noch vorhandenen nächtlichen Schweißausbrüchen und dem – sogar als erwünscht empfundenen – Gewichtsverlust keine große Bedeutung mehr beimaß, gegenüber den bisher vergeblich gebliebenen diagnostischen Bemühungen seiner Kollegen eine achselzuckende Gleichgültigkeit an den Tag legte und das Ganze für eine verschleppte Grippe hielt.

Bis zu jenem Augenblick an einem kalten, aber lichtdurchfluteten Märztag, an dem er mittags, an seinem Schreibtisch sitzend, seine Post erledigte und einen länglichen, aus Recyclingpapier hergestellten Briefumschlag aufschlitzte, der als Absender die Anschrift eines bekannten pathologischen Instituts trug. Drinnen befand sich ein dicht beschriebener Bogen, dessen Anfangszeilen als Brief gehalten waren.

Sehr geehrter Herr Kollege, las van Leuven, *wir übermitteln Ihnen als Kopie den zellpathologischen Befund des an uns gesandten Pleurapunktats vom ...«* Dann folgte in einem anderen Schrifttyp ein Auszug aus jener Mitteilung. Und diese wenigen Zeilen, in denen das Wesentliche des pathologischen Befundes zusammengefasst worden war, veränderten das Leben van Leuvens augenblicklich.

Es finden sich zahlreiche monströse Zellen, die von einem

adenomatösen Krebs, wahrscheinlich von einem Lungenkrebs, abstammen. Dieser schwerwiegende Befund ist von mehreren qualifizierten Untersuchern bestätigt worden. Diagnose: Pleuritis carcinomatosa, aller Wahrscheinlichkeit als Folge eines bisher nicht erkannten Lungenkrebses. Nach diesem Einschub ging der Brief in unverbindlichem Konversationston weiter: *Wir hoffen, Ihnen mit diesen Angaben gedient zu haben, und verbleiben mit freundlichen kollegialen Grüßen,* unleserliche Unterschrift.

Van Leuven las den Brief mit dem zugehörigen Befund durch, so wie er in seinem beruflichen Dasein Hunderte, wenn nicht Tausende ähnlich lautender Schriftstücke gelesen hatte. Aber dieser Brief mit der interessanten und zugleich niederschmetternden Diagnose betraf ja ihn, ihn selbst, nicht irgendeinen seiner Patienten! Es dauerte einige Sekunden, bis diese Gewissheit sich in seinem Inneren Geltung verschafft hatte. Ein Irrtum, dachte van Leuven, es musste sich um eine Verwechslung handeln. Wie aber kann so etwas passieren? Es gibt doch Strichcodes, die jede Verwechslung ausschließen sollten. Trotzdem passieren Irrtümer. Natürlich. Aber da stand sein Name, das Datum, an dem das Punktat gewonnen wurde, ein zweites Datum, an dem Ausstriche angefertigt und auch durch mehrere Untersucher unabhängig voneinander beurteilt worden waren. Die Nummern der mikroskopischen Präparate. Das alles sah nicht nach Irrtum aus. Aber was sonst, fragte sich van Leuven und gab sich dann selbst die Antwort: Was sonst! Die Wahrheit, die Tatsachen. Ich bin es, der diese Zellen in sich trägt! Der Erguss, die Rippenfellentzündung, die vorausgegangenen Schmerzen, der Husten, das Fieber, der Gewichtsverlust. Mit einem Mal passte das alles zusammen. Noch immer wehrte sich etwas in ihm gegen diese Diagnose, aber er sah ein, dass man auf die Suche gehen müsse, auf die Suche nach der primären Geschwulst, von der diese als »monströs« bezeichneten Zellen abstammten, auf die Suche nach der eigentlichen tieferen Ursache seiner Krankheit, der Krebsgeschwulst, die ihre tödlichen Spuren in seinem Brustkorb hinterlassen hatte.

Trotzdem: Musste er sich nicht durch einen Anruf bei dem federführenden Pathologen vergewissern? Van Leuven griff zum Telefon und wählte die Nummer des Instituts. Eine freundliche weibliche Stimme meldete sich, und van Leuven wollte sich mit den Kollegen verbinden lassen, die seinen Fall bearbeitet hatten. »Die Eingangsnummer ist ...«, sagte er, bevor er bemerkte, dass die Stimme von einem Tonband kam und installiert worden war, um die zahlreichen Anrufer zu den für ihren Wunsch zuständigen Abteilungen zu lenken. »Handelt es sich um die Abwicklung eines Todesfalls, drücken Sie bitte die Eins, wenn Sie Auskünfte über Sektionsbefunde von Angehörigen benötigen, drücken Sie die Zwei, Terminvereinbarungen mit einem Arzt treffen Sie nach Anruf der Nummer Drei ...« Nein, das wollte er alles nicht, aber irgendwo in dieser Mauer aus unerwünschten Angeboten musste sich doch eine Lücke finden lassen. »Für Befunde von histopathologischen oder zytopathologischen Untersuchungen drücken Sie bitte die Sieben ...« Na also, dachte van Leuven und bewunderte einen Augenblick lang seine eigene Beherrschung und Kaltblütigkeit. Unter der Nummer Sieben meldete sich eine kurz angebundene Stimme, die freundlicher wurde, als er sich als Arzt zu erkennen gab, der nähere Auskünfte über einen Befund benötigte. »Darf ich unsere Eingangsnummer haben, vielleicht auch gleich die Befundnummer?« Ja, die hatte er, und einen Augenblick später hörte er eine etwas seifige Stimme: »Kadusch?« Van Leuven gab sich nun einerseits als Kollege, andererseits als Patient zu erkennen, der über einen ihm zugestellten Befund sehr beunruhigt sei, weil er ihn eben selbst beträfe, und löste mit dieser Eröffnung bei seinem telefonischen Gegenüber eine wortreiche Suada aus. »Herr Kollege van Leuven. Ja, natürlich erinnere ich mich. Sie glauben ja nicht, wie sehr uns Ihr Fall beschäftigt hat ... Ja, natürlich sind wir absolut sicher, leider, muss ich in diesem Fall sagen. Drei Kollegen, ich will sie jetzt nicht mit Namen nennen ... wie? Ja, unabhängig voneinander meine Diagnose bestätigt. Kennen Ihre Krankengeschichte, die Problematik, ja, ja, Herr Poldinger hat uns den Arztbrief übersandt. Vielleicht ist es ein Glück, dass noch kein Primärtumor gefunden wurde. Sie müssen jetzt auf die

Suche gehen. Wir wünschen Ihnen viel Glück dabei. Jederzeit für Sie da. Melden Sie sich bitte. Die Chancen sind im Frühstadium nicht unbedingt schlecht, wissen Sie ja selbst.« Die Stimme klang fröhlich, so, als gliche die Fahndung nach einem Krankheitsherd der Suche nach Ostereiern.

Natürlich ließ sich die Diagnose, die in der ihm übermittelten Beurteilung mit brutaler Deutlichkeit ausgesprochen worden war, nicht verheimlichen. Van Leuvens Kollege Poldinger, der ihm und seiner Familie gelegentlich als Hausarzt diente, wusste ohnehin Bescheid. Auch seine Frau Hanna hatte den Brief gelesen, daraufhin ungläubig und verstört einige Fragen gestellt und war dann verstummt, weil sie nicht wusste, wie man mit einem Todgeweihten umgehen sollte. Wieder begab sich van Leuven in die nahe gelegene Städtische Klinik, diesmal, um den Tumor, der in ihm wuchs und der sich durch die Bildung von Blutgerinnseln und eines Pleuraergusses bemerkbar gemacht hatte, in seinem Versteck aufzuspüren. Die Suche gestaltete sich mühselig. Mit Endoskopen – langen, aus Glasfasern gefertigten Instrumenten, mit denen man einerseits Licht in das Innere von Körperhöhlen und Organen leiten, dieses Licht andererseits durch ein ausgeklügeltes System von Linsen auch wieder einsammeln und dem beobachtenden Auge zuführen kann, die überdies die Möglichkeit bieten, Gewebeproben zu entnehmen, die anschließend unter dem Mikroskop beurteilt werden können – untersuchte man seine Bronchien, das Innere seines Magen-Darm-Traktes sowie der Bauch- und der Brusthöhle. Neue bildgebende Verfahren wurden herangezogen, um alle Organe oder organähnlichen Strukturen seines Körpers darzustellen und sichtbar zu machen. Nirgendwo fand sich eine Geschwulst, die als Ausgangspunkt seiner Erkrankung hätte gelten können. Die Vergeblichkeit der Suche nach diesem Grundübel hätte van Leuven selbst und seine Ärzte eigentlich ermutigen können, an der Krebsdiagnose zu zweifeln, wären da nicht die fortdauernden Nachtschweiße, das immer wieder aufflackernde Fieber und ein schleichender Gewichtsverlust gewesen, Symptome also, die auf einen fortschreitenden Krankheitsprozess hinwiesen. In der allgemeinen Ratlosigkeit und Unsicherheit, die sich aus dem ursprünglichen Befund und den weiterhin bestehenden Zeichen von Krankheit einerseits und der vergeblichen Suche nach einer für alles verantwortlichen Geschwulst andererseits ergaben, blieben die »monströsen« Zellen einstweilen Sieger. Sie bewirkten, dass man van Leuven sowohl in seiner häuslichen Umgebung als auch in der Klinik mit einer gewissen Scheu begegnete und dass sich zwischen ihn und andere Menschen allmählich eine Distanz schob, die er zunächst nur mit Mühe und dann kaum noch überwinden konnte, müde und angegriffen, wie er sich fühlte.

Als van Leuven eines Tages aus einem kurzen Mittagsschlaf erwachte, blickte er in Hannas graugrüne Augen, die ihn unter schwarzen Brauen intensiv beobachteten, sich sozusagen Mühe gaben, ihm jede Regung von den Lippen oder auch nur aus seinem stummen Mienenspiel abzulesen, um auf etwaige Wünsche oder Klagen sofort eingehen zu können. Wie lange hatte sie so neben ihm gesessen und auf irgendein Zeichen gewartet, ein gutes oder auch ein schlechtes? Jedenfalls wechselte ihr Gesichtsausdruck von sorgenvollem Ernst sofort in eine unverbindliche Alltagsheiterkeit, sobald sie sah, dass er wach wurde, als müsse sie ihre wahren Gefühle vor ihm verbergen.

Seine Kinder und Freunde schickten Grüße, gelegentlich auch Blumen oder zur Stärkung empfohlene Weine oder Früchte, beschränkten die direkten Kontakte zu ihm aber auf gelegentliche Anrufe, in denen sie Sätze von sich gaben, die van Leuven merkwürdig inhaltslos vorkamen. Eine häufig benutzte Floskel begann mit den Worten: »Wenn es dir erst wieder besser geht ...« Dann folgten Versprechungen und Ankündigungen, die gut, aber nicht wirklich ernst gemeint waren: ins Theater gehen, eine Reise unternehmen, nach Köln vielleicht, van Leuvens Heimatstadt, an der er hing, um dort die alten Kindheitsorte zu besuchen oder auch die romanischen Kirchen, die er während seines langen Lebens immer wieder aufgesucht hatte, um seine persönlichen Andachten zu halten. Diese Anrufe hatten etwas Künstliches, sie wirkten auf van Leuven wie kleine, aus Pflichtgefühl veranstaltete Inszenierungen.

Nie war die Rede davon, was sie gerade taten, was sie freute oder was ihnen Sorgen bereitete.

Fast wie nebenbei erzählte ihm Hanna, dass Verena, seine jüngere Tochter, noch in diesem Jahr heiraten wolle. Verenas Absicht, ihren Freund Wolfgang, einen jungen, noch keinesfalls zu Ansehen oder gar materiellem Wohlstand gelangten Wissenschaftler, zu heiraten, war ihm durchaus geläufig. Er fand, dass die beiden durchaus gut zueinander passten, und hatte Verenas Wahl immer entschiedener gutgeheißen, je näher er Wolfgang Ritter kennenlernte. Aber sie waren beide noch jung und auf elterliche Hilfe angewiesen. Wie sollten sie eine Familie, die sich beide wünschten, ernähren?

»Warum denn schon so bald?«, hatte er gefragt und darauf nur ausweichende und nicht überzeugende Antworten erhalten. »Wir werden alle nicht jünger«, habe Verena gesagt und hinzugefügt, dass sie sich für ihre Kinder keine alten Großeltern wünsche. Warum also nicht bald mit der Gründung einer Familie anfangen? Sie will etwas anderes, sagte sich van Leuven. Ich soll den Beginn dieser Ehe noch erleben. Wenn sie noch einige Jahre warteten, wäre ich wohl nicht mehr dabei.

Wenn van Leuven zwischen erneuten Klinikaufenthalten zu Hause war, wurde er von Hanna noch über das ohnehin schon erreichte Maß an Abschirmung hinaus vor Anrufern und Rat suchenden Patienten geschützt. Auf seine Vorhaltungen, er lebe wie hinter Glas und fühle sich wie ein Zierfisch in einem Aquarium, der nur bei einer bestimmten Wassertemperatur, einer genau eingestellten Beleuchtung und sorgfältigst zusammengestellter Ernährung am Leben bleiben könne, antwortete Hanna: »Ich achte doch nur darauf, dass du nicht unnötig gestört wirst, du hast ja Ruhe bitter nötig.«

Seine Einwände ebenso wie gelegentliche Ausbrüche von Zorn bewirkten eher das Gegenteil von dem, was er erreichen wollte: wieder ins Leben zurückzukehren und seinem Tagewerk nachzugehen wie alle anderen.

»Ich weiß, es ist schwer für dich«, sagte Hanna mit einem Blick, als stünde sein Ableben unmittelbar bevor. Und sein Freund Hartmuth Wege, den er seit Schulzeiten kannte, gab ihm nach einer seltsam verkrampften Unterhaltung am Telefon, bei der nichts Persönliches oder Lebensnahes zur Sprache gekommen war – obwohl van Leuven sich darum bemüht hatte –, die Worte mit auf den Weg: »Halt die Ohren steif, alter Junge! Für jeden von uns kommt einmal die Zeit. In diesem Sinne also ... bis bald.«

»Es reicht jetzt!«, schrie er Hanna an, als sie ihm irgendwann Grüße von Verena ausrichtete. »Kann die Dame nicht selbst mit mir reden?« Über ewiges Geraune und Getuschel beklagte er sich und warf Hanna und den beiden Töchtern Leisetreterei und als Fürsorge getarnte Tyrannei vor. Dann stürmte er aus dem Haus und kam erst nach Stunden, während derer er durch Straßen und Parks geirrt war, wieder nach Hause, von einem Gewitterregen durchnässt, abgehetzt und nun wirklich erschöpft. »Ich weiß doch, wie dir ums Herz ist«, sagte ihm Hanna ohne Vorwurf. »Denkst du, für mich ist es einfach?«

Nein, das dachte van Leuven keineswegs, aber er wollte zunächst einmal weiterleben wie ein normaler Mensch, nicht wie ein bereits zum Tode Verurteilter. Seine Versuche, den Ring, der sich um ihn bildete und der, wie er meinte, von Tag zu Tag enger wurde, aufzubrechen, wurden von seiner Umgebung mit schmerzlicher Resignation aufgenommen und anschließend mit einer noch dichteren Mauer aus Schweigen und Isolation beantwortet.

»Vielleicht habe ich gar keinen Krebs«, sagte er seiner Frau eines Tages und kam sich dabei vor, als äußere er eine tollkühne Vermutung. Die Antwort auf diesen Vorschlag bestand in einem langen, fast schon Abschied nehmenden Blick. »Mein Gott«, sagte Hanna dann und sah aus dem Fenster, als ob dort irgendwo hinter den Wipfeln der in jungem Grün leuchtenden Alleebäume ein Ort läge, an dem man vor Krankheit und Tod sicher sei. Ein Sehnsuchtsort.

Sie behandeln mich so, als wäre meine Krankheit eine absolute Gewissheit, eine mehrfach bestätigte Tatsache, an der nicht zu rütteln ist, dachte van Leuven. Also verheimlichten sie ihm etwas. Sie schienen ihrer Sache so sicher. Seine Kollegen mussten über Einblicke verfügen, die ihm, wenn er Kenntnis von ihnen hätte, alle Illusionen rauben würden und die sie ihm deshalb vorenthielten. Hanna hatten sie vermutlich eingeweiht, und die hatte ihrerseits wohl die Töchter ins Vertrauen gezogen, vielleicht auch seinen Freund Hartmuth, der neulich am Telefon einen Ton angeschlagen hatte, als müssten sie sich für immer voneinander verabschieden. Der Gedanke, dass ihm eine wichtige Information vorenthalten würde, beunruhigte ihn so sehr, dass er eine gewisse Besserung in seinem körperlichen Befinden gar nicht registrierte. Schließlich meinte er, die Ungewissheit nicht länger ertragen zu können. Als ihm Hanna eines Abends ein kleines, nach diätetischen Gesichtspunkten zusammengestelltes Essen in sein Arbeitszimmer brachte, wo er versucht hatte, sich auf ein medizinisches Problem zu konzentrieren, das mit seiner Erkrankung nichts zu tun hatte – jedenfalls glaubte er das –, stellte er sie zur Rede. Er sprach bei dieser Gelegenheit vernünftig und in aller Ruhe, wies darauf hin, dass er mit seinem Leben durchaus zufrieden sei und sich mit einem vorzeitigen Ende abfinden könne. »Was mir allerdings schwer fällt«, sagte er an einer Stelle des Gesprächs, »ist dieser Grad von Ungewissheit, der dadurch verschlimmert wird, dass ihr mir etwas vorenthaltet. Ja, vorenthaltet«, wiederholte er langsam und jedes Wort betonend, als Hanna ihn mit einem hilflosen und zugleich vorwurfsvollen Gesichtsausdruck ansah. »Aber Toni, wirklich«, stammelte sie, »ich weiß wirklich nichts, was dir nicht auch bekannt wäre. Du bist ja selbst Arzt, du spürst die Krankheit in dir und kannst die Symptome deuten, an denen du leidest. Nein, bitte glaub mir, ich weiß nicht mehr, als wir alle wissen, dich eingeschlossen.« Sie starrte ihn an aus geweiteten Augen, in denen jetzt Tränen aufstiegen.

Hier ist kein Weiterkommen, dachte van Leuven, vielleicht wusste Hanna wirklich nicht mehr als er. Oder sie wusste etwas, brachte es aber nicht übers Herz, ihn mit der brutalen Wahrheit zu konfrontieren. Er nahm sich vor, den nächsten Versuch bei seinem Freund Poldinger zu unternehmen, bei demselben Arzt also, der ihn vor vielen Wochen zu weiteren Untersuchungen in die Klinik geschickt und damit seine Krankengeschichte ins Rollen gebracht hatte. Zu Hanna gewandt sagte er an diesem Abend lediglich, dass er sich nicht gut fühle und beabsichtige, nach dem Abendessen, das er dennoch zu sich nehmen wolle, schlafen zu gehen. Diese Ankündigung verdüsterte die Stimmung zwischen den Eheleuten noch weiter. Immerhin versicherte Hanna ihm zum Abschied noch einmal mit allen Zeichen der Inständigkeit, dass sie keine Geheimnisse vor ihm habe.

Poldinger empfing ihn an einem der folgenden Abende in seiner Praxis, nachdem der letzte Patient gegangen war. Er führte van Leuven in sein Sprechzimmer, auf dessen Schreibtisch eine dicke Akte lag, bat ihn sehr freundlich, fast ein wenig übertrieben fürsorglich – fand van Leuven –, Platz zu nehmen, »nicht auf dem Stuhl, nimm den Ledersessel, da hast du's bequemer«, und ließ sich dann seinerseits in einen gepolsterten Lehnstuhl fallen, der hinter seinem Schreibtisch stand. »Wir können alles noch einmal durchsprechen, in aller Ruhe«, sagte er und wies auf das dicke Aktenbündel auf dem Schreibtisch. »Ich habe alle deine Unterlagen, im Falle eines Zweifels können wir nachsehen.« Zu einer so systematischen Durchforstung seiner Unterlagen hatte van Leuven aber keine Lust. Er war ja gekommen, um von Poldinger die Wahrheit zu hören, die Wahrheit und sonst nichts, wie er sich immer wieder selbst gesagt hatte. Es musste Schluss sein mit dem Versteckspiel.

Poldinger hatte die Ungeduld und das unterdrückte Aufbegehren seines Freundes wohl gespürt, denn er machte ihm nun einen zweiten Vorschlag. »Vielleicht sollten wir überlegen, wie es angesichts der vergeblichen Suche nach dem Primärtumor jetzt weitergehen soll? Offen gestanden«, er strich sich mit der rechten Hand nachdenklich über seinen kahlen Schädel, »du bist ein schwieriger Patient.« Seine Hand verweilte einige Millimeter über seiner Kopfhaut, als befänden sich dort noch Haare, deren Wachstum er durch die Wärme seiner Hand fördern könne. Anscheinend beabsichtigte er nun, van Leuven in die Erörterung eines ausführlichen Zukunftsszenarios zu verwickeln. Aber van Leuven kam ihm zuvor.

»Poldi«, unterbrach er seinen Freund. »Du weißt doch etwas

über meine Krankheit, was du mir aus begreiflichen Gründen nicht mitteilen willst. Aber sei versichert«, er umklammerte die Lehnen seines Sessels und richtete sich auf, »ich kann auch mit unangenehmen Nachrichten leben.«

Poldinger lächelte etwas gequält. »Die Nachrichten waren doch bisher schon unangenehm genug, was willst du denn noch? Nein, ich weiß genauso viel oder so wenig wie du. Allerdings sind die Dinge alles andere als klar. Wir haben einerseits einen eindeutigen, von mehreren Pathologen bestätigten Befund, der auf ein Krebsleiden hinweist, möglicherweise auf einen Tumor in der Lunge, ein Adenocarcinom. Andererseits haben wir diesen Tumor trotz intensiver Suche nicht gefunden, weder in der Lunge noch sonst wo ... also?«

Poldinger nahm seine Brille ab, legte sie auf den Schreibtisch und lehnte sich zurück. Dann sprach er weiter, langsam und bedächtig: »Entweder existiert dieser Tumor gar nicht, jedenfalls nicht als solider Tumor, oder er ist noch winzig klein.« Er wollte weitersprechen und van Leuven mit der Möglichkeit vertraut machen, dass das Rippenfell selbst erkrankt sei. Ein Mesotheliom wollte er ins Gespräch bringen, einen Tumor also, der zunächst nur als regionale Verdickung des Rippenfells in Erscheinung treten kann, aber van Leuven unterbrach ihn hitzig: »Oder die primäre Geschwulst ist gefunden worden, ist aber nicht mehr behandelbar. Dieses ganze Getue um mich her, dieses, du weißt schon, dieses Flüstern und Tuscheln, die ständigen Ermahnungen, mich zu schonen, diese Abschirmung ... Poldi, ich komme mir vor wie ein Gefangener. Nein, das ist nicht der richtige Vergleich: Ich lebe wie ein Leprakranker, ausgesondert aus dem Fluss des normalen Lebens, wie auf einer Insel. Einer Insel der Toten.«

»Na ja, Toni, jetzt übertreibst du aber. Hast du übrigens schon immer getan, ist natürlich in der jetzigen Situation verständlich. Du bist eben krank, und sie meinen es alle gut mit dir. Manchmal tut man eben zu viel des Guten im Umgang mit Kranken. Aber wem sage ich das? Lass uns lieber davon reden, wie es weitergehen soll. Wie fühlst du dich denn überhaupt?«

»Nicht gut!« Diese Worte stieß van Leuven heftig hervor. Aber, so fügte er dann nach einer Pause ruhiger hinzu, er wisse schon nicht mehr, ob es seine Krankheit sei, die ihn plage, oder ob es die Angst sei, den Anschluss an die Lebenden zu verlieren, an das Lebendige schlechthin. »Verstehst du das?«, fragte er, als Poldinger ihn nur freundlich ansah, aber zunächst schwieg.
»Ja, ja, ich verstehe dich.«
»Und was denkst du?«
»Ich überlege mir etwas«, antwortete Poldinger und blätterte in der dicken Akte, die vor ihm auf dem Tisch lag.
»Was?«, fragte van Leuven mutlos. Er konnte sich nicht vorstellen, dass ausgerechnet Poldinger in dieser Situation auf eine rettende Idee käme.
»Die Krebsdiagnose – an der Richtigkeit besteht kein Zweifel – stammt vom vierten März. Heute«, er schaute auf einen Wandkalender und kniff dabei die Augen zusammen, »heute haben wir den zehnten Juni. Der Befund liegt also gut drei Monate zurück. Du hast etwas an Gewicht verloren, aber die Entzündungszeichen hatten sich bei der letzten Untersuchung gebessert. Einen Primärtumor haben wir nicht gefunden.«
Er lehnte sich in seinem Sessel zurück und massierte mit Daumen und Zeigefinger der linken Hand seinen Nasenrücken. Dann nahm er seine Brille vom Schreibtisch und setzte sie auf. »Das ist schon ein wenig seltsam, meinst du nicht auch?«
Van Leuven wusste nicht, worauf Poldinger hinauswollte. »Man muss eben weitersuchen«, sagte er ungeduldig, »vermutlich ist es ein sehr kleiner Tumor, der aber bereits gestreut hat.«
»Oder«, Poldinger hob den Zeigefinger seiner rechten Hand, »die ganze Geschichte stimmt nicht. Du hast vielleicht irgendeine seltene Entzündung, hervorgerufen durch einen noch selteneren Erreger. Es gab eine Rippenfellentzündung, einen Erguss und in diesem Erguss Zellen, die so aussehen wie Krebszellen, es aber nicht sind.«
»Ja, aber ...«, van Leuven war enttäuscht über die Banalität dieses Vorschlags. Typisch Poldinger, dachte er und bedauerte be-

reits, überhaupt hergekommen zu sein. Der Befund war immerhin von drei Spezialisten bestätigt worden. Konnte man da überhaupt noch zweifeln? Jetzt wollte ihn Poldinger hinters Licht führen, ihm die Geschwulst ausreden. Wenn man sie nicht fand, musste man sie eben verleugnen. Eine barmherzige Lüge. »Du verschweigst mir etwas«, sagte er mit dumpfer Stimme, aber Poldinger schüttelte den Kopf. »Da ist nichts zu verschweigen«, entgegnete er. »Bis auf Weiteres hast du Krebs, bis zum Beweis des Gegenteils sozusagen, aber ich würde den Erguss, wenn er noch vorhanden ist, gern noch einmal punktieren. Bist du einverstanden?«

»Wenn du meinst.«

Poldinger stand auf und führte van Leuven in einen Nebenraum, in dem sich ein kleines Ultraschallgerät befand. Van Leuven zog sein Hemd aus, setzte sich auf einen Schemel, und Poldinger suchte mit dem Schallkopf des Geräts den Brustkorb seines Patienten ab. »Hier«, sagte er und ließ van Leuven einen Blick auf den Monitor werfen, »der Erguss ist noch da.«

»Unverändert?«, fragte van Leuven mit zaghafter Stimme.

»Ziemlich, so genau kann man das nicht sagen, aber ich traue mir zu, da noch einmal reinzustechen.«

»Von wegen Entzündung«, sagte van Leuven nicht ohne Verbitterung und schnaufte verächtlich durch die Nase.

»Nicht schnaufen«, ermahnte ihn Poldinger, »ruhig weiteratmen.« Dann markierte er mit einem Stift eine Stelle im unteren Teil des linken Brustkorbs und desinfizierte den beabsichtigten Einstichpunkt. Mit der rechten Hand ergriff er eine sterile Spritze, die er sich offenbar schon vorher zurechtgelegt hatte, und führte die Nadel vorsichtig an der bezeichneten Stelle ein. »Tut's weh?«, fragte er van Leuven, als dieser einmal kurz zusammenzuckte. »Das war die Pleura.«

»Ach nee!« Van Leuven ärgerte sich über Poldingers Onkel-Doktor-Gebaren. Konnten Ärzte nicht wenigstens untereinander auf solche kindischen Hinweise verzichten?

Poldinger saugte etwa zwanzig Kubikzentimeter einer trüben, gelblichen Flüssigkeit in die Spritze, zog die Nadel schnell wieder aus der Einstichstelle und verschloss die winzige Wunde mit einem Sicherheitspflaster. »So, das bringe ich selbst noch in die Pathologie«, versicherte er. »Ich werde auch noch einmal eine Bakterienkultur anlegen lassen, vor allem aber die zelluläre Zusammensetzung untersuchen lassen. Du hörst dann von mir.«

Van Leuven hatte jetzt den Eindruck, als wollte sein Freund ihn loswerden. Wieder überkam ihn das Gefühl der Hilflosigkeit und des Ausgeschlossenseins.

Poldinger auf der anderen Seite glaubte, dass er mit der erneuten Punktion etwas Vernünftiges getan hatte. Zwar spürte er die Verstimmung seines Freundes, wollte aber nicht darauf eingehen, bis er neue Befunde hätte. Er führte den noch zögernden van Leuven zurück zum Ausgang der Praxis, gab ihm die Hand und versicherte neuerlich, dass er sich melden würde, sobald die zytologischen Befunde vorlägen.

Van Leuven seinerseits deutete die Weigerung seines Freundes, sich weiter über seine Krankheit auszulassen, als Bestätigung für seinen schleichenden Verdacht, dass ihm niemand die Wahrheit sagte und dass er sich bereits auf dem Abstellgleis befände, auf dem alle Schwerkranken landeten, lange bevor sie diese Welt verließen. In niedergeschlagener Stimmung kehrte er nach Hause zurück, beantwortete Hannas besorgte Fragen nur oberflächlich und empfahl ihr schließlich gereizt, Poldinger selbst anzurufen. Dieser würde ihr, Hanna, sicher bereitwilliger Auskunft geben als ihm, dem unmittelbar Betroffenen. Ein Satz wie »Ihr steckt doch alle unter einer Decke« hätte seine Stimmung an diesem Abend zutreffend wiedergegeben, aber er hatte sich genug in der Gewalt, um diese Worte nicht auszusprechen.

Vor dem Zubettgehen nahm van Leuven eine Schlaftablette, konnte damit aber nicht verhindern, dass ihn des Nachts düstere Träume heimsuchten – oder handelte es sich um depressive Fantasien, die sein gereiztes und gleichzeitig enthemmtes Gehirn im Halbschlaf produzierte? Er sah sich aufgebahrt in einem kahlen Raum, bemerkte das Kommen und Gehen von Menschen, die ihre Münder öffneten und schlossen, dabei aber keinen Ton hervorbrachten, und meinte, die Grenze zum Tode bereits überschritten zu haben und sich in einem Jenseits zu befinden, das die noch dem Leben angehörenden Ereignisse um ihn her auf eine seltsam karge und lautlose Weise widerspiegelte. Erst im Laufe des nächsten Vormittags gewann van Leuven genug Abstand von diesen nächtlichen Vorstellungen, um sie als Projektionen seiner Ängste abzutun. Allerdings führte diese Einsicht nicht zu einer Besserung seiner Stimmung, denn er sah in den wirren Träumen und Ausgeburten seiner Fantasie Vorboten von Zuständen, die er noch durchwandern müsse, ehe er wirklich seine Ruhe fände.

Die folgenden Tage und Nächte glichen einander. Morgens fühlte er sich niedergeschlagen und kraftlos, musste sich zwingen aufzustehen, aß nur wenig und geriet auf diese Weise immer tiefer in einen unheilvollen Kreislauf. Nachts quälten ihn Vorstellungen von endlosen Wanderungen durch leere Räume, oder er sah sich selbst als Toten inmitten der Lebenden, die ihn in einiger Entfernung mit versteinerten Gesichtern umstanden. Tagsüber musste er all seine verbleibende Energie aufwenden, um sich von den nächtlichen Bildern zu lösen und um die Furcht vor der Heimsuchung durch neue Traumwelten zu unterdrücken. Irgendwann während dieser Zeit besuchte ihn Poldinger eines Abends und sprach mit ihm. Die Stimme seines Freundes klang munter und aufgeweckt, als habe er gute Nachrichten zu überbringen. Van Leuven allerdings war zum Zeitpunkt dieses Besuchs in seiner Wahrnehmung so getrübt, dass er zwar einige Worte verstand, den Inhalt von Poldingers Rede aber nur teilweise aufnahm. Offenbar, so viel begriff er, während er gegen immer neue Wellen von Müdigkeit und Gleichgültigkeit ankämpfte, wollte ihm Poldinger Mut machen. Es sei durchaus möglich, dass die Krebsdiagnose falsch gewesen sei, hörte er ihn sagen. In dem erst vor einigen Tagen durchgeführten Punktat hätten sich jedenfalls keine verdächtigen Zellen mehr gefunden.

Der alte Poldinger, dachte van Leuven im Halbschlaf, konnte es einfach nicht lassen, ihm gut zuzureden. Dabei war ihm jetzt alles schon ziemlich gleichgültig, nur schlafen wollte er und in Ruhe gelassen werden. Er hörte mit geschlossenen Augen zu, während

Poldinger sprach und ihn ermahnte, nicht so viele Schlaftabletten zu nehmen und die Tage zu verdämmern. Er hörte auch noch, wie Schubfächer auf- und zugingen. Oder waren es Türen? Jedenfalls war Poldinger nach diesen Geräuschen wieder verschwunden, und van Leuven überließ sich seinem Schlafbedürfnis.

In der Nacht wurde er wach, die bleierne Müdigkeit war einer nervösen Spannung gewichen. Seine Gedanken begannen zu kreisen und blieben bei Poldingers Besuch hängen, den er nur im Halbschlaf wahrgenommen hatte. Was hatte sein Freund ihm weismachen wollen? Kein Krebs? In dem Punktat, das er neulich entnommen hatte, habe man keine Krebszellen mehr gefunden? Die Verleugnung der Realität, der selig machende Glaube an ein Wunder, dachte van Leuven mit Ingrimm und sehnte sich zurück in den Schlaf. Der aber wollte nicht kommen. Die Schlaftabletten! Van Leuven knipste die Nachttischlampe an und öffnete die Schublade seines Nachtkastens. Nichts. Da waren keine Tabletten. Aber er hatte doch selbst vor einigen Tagen eine neue Packung hier hineingelegt. Hanna. Er erinnerte sich an die Geräusche, die beim Öffnen und Schließen von Schubfächern entstehen. Oder hatte Poldi ihm das Medikament weggenommen? Hatte der nicht auch gemeint, er solle nicht so viele Tabletten schlucken?

Mein Gedächtnis, lamentierte van Leuven im Stillen. Aber, antwortete ihm eine sich zaghaft regende Stimme der Vernunft: Das ist es ja gerade, je mehr du von diesem Zeug frisst, desto mieser wird dein Gedächtnis. Andererseits, was nützte ihm ein intaktes Gedächtnis, wo ohnehin bald alles zu Ende sein würde? Aber hatte Poldinger nicht gemeint, die Diagnose sei möglicherweise falsch gewesen? Fromme Lügen gegenüber einem Todgeweihten? Möglicherweise doch nicht? Warum nahmen sie ihm die Tabletten weg, wenn keine Hoffnung mehr bestand? Sein Gehirn marterte ihn in dieser Nacht. Es erlaubte ihm nur kurze Episoden eines nicht sehr erholsamen Schlafes und benahm sich in den langen Wachperioden wie ein Computer, der gleichzeitig zwei entgegengesetzte Programme abspielt. Eines, das ihm sagte, seine Krankheit sei weit fortgeschritten und lasse ihm nicht mehr viel Zeit, und ein anderes, das ihm einreden wollte, sein Krebsleiden sei eine Chimäre, die auf einer falschen zytologischen Diagnose beruhe, die er jetzt schleunigst hinter sich lassen sollte. Zu einem so radikalen Schritt aber fehlte ihm am nächsten Morgen die Energie. Nach einigen Tassen Kaffee, die ihm Hanna brachte, fühlte er sich immerhin stark genug, um Poldinger anzurufen. Der bestätigte ihm den Raub seiner Schlaftabletten und begründete diese Maßnahme mit dem Argument, dass van Leuven die Kontrolle über die Einnahme dieses »nicht ganz ungefährlichen« Mittels verloren habe. Er, Poldinger, habe seinen Freund vor sich selbst schützen müssen. »Ich habe dir übrigens Blut abgenommen, als ich dich gestern Abend besuchte. Die Tatsache, dass du das gar nicht bemerkt hast, spricht doch Bände.«

»Und wie war das mit dem zytologischen Befund?«, wollte van Leuven wissen.

»Ich habe gestern versucht, dir mitzuteilen, dass in dem neuerlichen Punktat keine Krebszellen mehr gefunden worden sind.«

»Aber das heißt doch nichts. Wenn sie einmal gefunden wurden, dann sind sie doch vorhanden, man kann das doch nicht einfach übergehen«, protestierte van Leuven.

»Ja, ja.« Poldinger blieb vorsichtig. Im Prinzip sei das wohl so. In van Leuvens Fall könne jedoch eine Verwechslung stattgefunden haben.

»Was?«, van Leuven war entgeistert. »Du meinst?«

»Keine Verwechslung im üblichen Sinn«, sagte Poldinger, »sondern die Verwechslung von entzündlich veränderten Zellen aus dem Rippenfell mit Krebszellen, die fast genauso aussehen können.«

Van Leuven war skeptisch, aber Poldinger blieb bei seiner Meinung. »Ich habe das neuerliche Punktat nicht dem Institut geschickt, das die erste Diagnose erstellt hat, sondern einem auf die zelluläre Diagnostik spezialisierten Team.«

Van Leuvens gerade erst geweckte Lebensgeister sanken sofort wieder in den Keller. »Anfänger?«, fragte er mit tonloser Stimme.

»Im Gegenteil: sehr erfahrene Leute, die auch die chemische Ausstattung von Zellen untersuchen können. Verstehst du? Nicht nur die Gestalt und die Anfärbung mit den üblichen Farbstoffen, sondern auch die chemische Beschaffenheit der Zelloberfläche«, erläuterte Poldinger.

»Und?« Van Leuven beanstandete im Stillen, dass Poldinger sich anmaßte, ihn über so bekannte Wissensgebiete wie die Zytochemie aufzuklären.

»Sie behaupten steif und fest, dass die Zellen in deinem Erguss zwar wie Krebszellen aussehen, es aber ihrer chemischen Ausrüstung nach nicht sind.«

»Und die alten Befunde?«, fragte van Leuven.

»Werden zurzeit in dem zweiten Institut noch einmal überprüft.«

Beide schwiegen. Van Leuven hörte nur leises Rauschen in der Leitung. »Wie soll es nun weitergehen?«, fragte er schließlich.

»Wir warten jetzt auf das Ergebnis der Blutuntersuchungen und auf die Überprüfung deiner alten Befunde. Des Weiteren beobachten wir den Erguss. Dazu kommst du zu mir in die Praxis. Wenn wir so weit sind, rufe ich dich an.«

Van Leuven ärgerte sich über den behäbigen, Gemütsruhe verströmenden Ton, in dem Poldinger ihm die weiteren Schritte erläuterte. Es klang nach »immer schön der Reihe nach, eins nach dem anderen, nur Geduld«. Aber so war er nun einmal, dieser Poldi, und im Augenblick konnte er nichts tun, als seinem Ratschlag zu folgen. Außerdem: Gab es da nicht einen Schimmer von Hoffnung, auf den er seine Erwartungen richten konnte? Was sonst kann ich tun, überlegte van Leuven. Wieder in den gerade ausgestandenen Stupor zurückfallen?

Er schlüpfte in seinen Morgenmantel und suchte nach Hanna. Er fand sie nirgends, aber in der Küche stand ein zubereitetes Frühstück. Frische Semmeln, ein weich gekochtes Ei, verschiedene Konfitüren, frisch gebrühter Kaffee unter einer Haube zum Warmhalten. Wer soll das alles essen, war sein erster missmutiger Gedanke. Aber dann musste er sich eingestehen, dass das ihm zugedachte Frühstück zumindest einen hübschen Anblick bot. Fast wie ein Stillleben, dachte er nicht ohne Anerkennung. Daneben lag ein Zettel, auf dem Hanna ihm eine Botschaft hinterlassen hatte. »Habe einen

Termin bei Wunschheim. Bin gegen 12 Uhr zurück.« Wunschheim war der Zahnarzt, zu dessen Patienten sie beide gehörten. »Freue mich <u>sehr</u> über Poldingers Auskunft. Bis nachher. H.«

Dann hatte Poldinger Hanna etwas gesagt. Warum tat er das? Immer noch musste er sich gegen den Verdacht wehren, dass Poldinger und Hanna diese gute Nachricht nur inszeniert hatten, um ihn aus seiner depressiven Stimmung herauszureißen. Etwas Konkretes hatte er ja nicht in der Hand. Poldinger sollte ihm den Befund seines so gepriesenen Instituts schicken. Eine Kopie würde ihm genügen. Aber war heute nicht alles ein wenig anders als gestern, auch ohne diesen Brief? Poldingers Auskünfte, seine Überlegungen, die kleine Notiz von Hanna, das freundlich angerichtete Frühstück. Selbst einen Blumenstrauß hatte sie auf das Tablett gestellt. Erst jetzt bemerkte er den farbenfrohen Gruß aus kleinen Rosen, Kornblumen und weißen Nelken. Er trat ans Fenster und war fast geblendet von dem frühsommerlichen Licht, dem strotzenden Grün der Bäume und den aufgesteckten weißen und roten Blütenkerzen der Kastanienbäume.

Eine Liedzeile fiel ihm ein. Sie hatte etwas mit dem Grün zu tun, das da draußen prangte. »Ich hab das Grün so gern«, aber auch »das Grün, die böse Farbe« für den, der verwundet ist, allein und traurig, und der nicht mitgehen kann, wenn alles aufbricht, um den Sommer zu genießen.

Da unten die Menschen auf der Straße trugen lebhafte Farben und schienen besonders beschwingt und gut gelaunt ihren Geschäften nachzugehen. Und ich, fragte sich van Leuven, ich habe mich in mein abgedunkeltes Zimmer zurückgezogen wie in eine Gruft und habe das alles, die Lebendigkeit, das Licht, den Aufbruch in einen neuen Sommer, gar nicht mehr zur Kenntnis genommen. Er setzte sich an den Küchentisch, nahm ein Brötchen, löffelte sein weich gekochtes Ei und trank eine weitere Tasse Kaffee. Zum ersten Mal seit vielen Wochen nahm er den Geschmack der Nahrungsmittel wieder wahr, die knusprige Hülle der Brötchen, den Duft des frisch gebackenen Hefeteigs, das Aroma der Himbeermarmelade, das ihn an sonnenbeschienene Waldlichtungen erinnerte, in denen er als Kind mit seinen Geschwistern und der Mutter wilde Beeren gepflückt hatte. Er genoss dieses Frühstück, als sei es der Vorbote einer besseren Zeit.

Dieses noch zart in ihm aufkeimende Gefühl belebte ihn so sehr, dass er sich anzog und hinunter auf die Straße ging, um die Gerüche des Frühsommers wahrzunehmen. Es war einer dieser Tage im Juni, an denen die Sonne ungehindert durch Regenwolken ihren Glanz entfaltete. Alles ringsumher blühte: Flieder, Kastanien, Jasminbüsche. Drüben im Park sah er die ersten gelben Dolden des Goldregens, und von irgendwoher strömte der süße Duft wilder Rosen zu ihm.

Er fand eine schattig gelegene Bank im Park und musterte von dort aus die Passanten, die von der frühsommerlichen Schönheit um sie her angesteckt zu sein schienen. Jedenfalls kamen sie ihm so vor. So munter und fröhlich schauten sie in die Welt, und die eine oder andere warf ihm sogar einen flüchtigen Gruß zu oder schenkte ihm ein Lächeln.

Erfrischt und dennoch müde von der ungewohnten Anstrengung des Spaziergangs und von den Nachwehen seiner Krankheit kam er am Nachmittag nach Hause und traf seine Frau in niedergedrückter Stimmung an. Sie habe Schmerzen, ließ sie ihn wissen, und aus ihrer verwaschenen Aussprache schloss er, dass sie noch unter den Nachwirkungen einer örtlichen Betäubung litt. Van Leuven war enttäuscht, dass Hanna sich hinlegen wollte. Gern hätte er ihr von den ersten Regungen eines wiedererwachten Lebensgefühls, von der Rückkehr seiner Wahrnehmungen erzählt. Aber Hanna zog sich gleich in ihr Zimmer zurück, um sich von dem Eingriff, den sie gerade überstanden hatte, zu erholen. Sie blieb auch den Rest des Nachmittags verschwunden, und als sie gegen Abend in die Küche kam, sah sie noch immer mitgenommen aus, sodass van Leuven sich mit Nachrichten von seinem eigenen Befinden zurückhielt.

Während der letzten Wochen hatte er nur indirekt von seinen Kindern gehört. Jetzt verspürte er das Bedürfnis, wieder direkt mit ihnen zu reden. Als Erste rief er Verena an, von der er wusste, dass sie in den Semesterabschlussprüfungen steckte, wenn sie diese Hürde nicht bereits genommen hätte. Er rief sie über ihr Mobiltelefon an und kam damit offenbar ungelegen. Zunächst begriff Verena überhaupt nicht, wer sie da anrief. »Ach, du bist es«, staunte sie, als sie die Stimme ihres Vaters schließlich erkannt hatte. »Du, ich bin gerade in der Straßenbahn auf dem Weg ins Schwimmbad. Ich kann hier nicht reden. Ein andermal, heute Abend vielleicht? Nein, das geht auch nicht, fällt mir gerade ein, versuch es halt morgen. Am späten Nachmittag ist eine gute Zeit. Die Prüfungen? Die sind erledigt, ich weiß aber noch nicht, was rausgekommen ist. Nee, die Resultate kommen erst noch. Ich sage euch Bescheid. Tschau.«

Bei Lore erging es ihm nicht viel besser. Schließlich versuchte er es mit seinem Freund Hartmuth Wege. Auch der schien überrascht zu sein, van Leuvens Stimme zu hören. »Toni, meine Güte, wie geht's denn?«, hörte er Weges Baritonstimme. »Du klingst aber noch sehr mitgenommen, mein Lieber. Was? Ja, deine Stimme hätte ich kaum wiedererkannt, so leise. Nein, ich bin nicht schwerhörig, ja, jetzt verstehe ich dich ganz gut. Aber angestrengt klingst du immer noch, du solltest dich lieber schonen, als hier in der Gegend herumzutelefonieren. Wenn du dich danach fühlst, komm ich dich besuchen. Hanna kann mir ja einen passenden Termin rausfinden.«

Er hatte einfach kein Glück bei seinen ersten, noch schüchternen Versuchen, seine Welt für sich zurückzugewinnen. Auch an den nächsten Tagen schien das Leben, dem er angehört hatte, an ihm vorbeizulaufen. Vielleicht, dachte er, haben sich alle an meine Abwesenheit gewöhnt und sehen die Krankheit, an der ich litt und wohl immer noch leide, als Vorstufe zu meinem endgültigen Ausscheiden an.

Zumindest bei Hanna könnte, so überlegte sich van Leuven, noch etwas anderes hinzukommen. Wenn er an die Wochen seines Krankseins zurückdachte, in denen es ihm besonders schlecht ging, auch an die Augenblicke der größten Niedergeschlagenheit, dann sah er Hannas Gesicht, ihre von Trauer und Sorge zunehmend verdunkelte Miene immer als Spiegelung seiner eigenen Situation. Könnte es nicht sein, so fragte er sich, dass sie von ihrer eigenen Trauer, dem unausweichlich erscheinenden Abschiednehmen erschöpft war und jetzt nicht mehr oder noch nicht die Energie fand, noch einmal eine gemeinsame Zukunft ins Auge zu fassen? Hanna begegnete ihm freundlich und zuvorkommend, ja sogar liebevoll aufmerksam, was seine häuslichen Bedürfnisse wie Mahlzeiten und Kleidung anging. Sonst aber hielt sie sich weitgehend fern. Selten erwähnte sie seine Krankheit, nur gelegentlich fragte sie ihn nach seiner Lektüre.

Sie alle brauchen wohl Zeit, mich wieder als einen Lebenden anzunehmen, sagte sich van Leuven, um seiner Enttäuschung Herr zu werden. Gelang ihm das denn überhaupt? In manchen Augenblicken fühlte er sich in Gefahr, die Beschwingtheit der späten Junitage und auch die Besserung in seinem körperlichen Befinden zu vergessen und wieder in die alte Depressivität zu versinken. Aber meistens widerstand er dieser Versuchung. Auch wenn er noch nicht ganz auf seine Schlafmittel verzichtete, so machte er doch nur sparsamen Gebrauch von ihnen.

Eines Morgens entdeckte er auf seinem Schreibtisch einen grauen, länglichen Briefumschlag. Zunächst vermutete er darin die Mitteilung irgendeiner Behörde, vielleicht sogar einen Steuerbescheid. Er öffnete den Brief und entnahm ihm ein längeres Schreiben mit dem Briefkopf eines Instituts für Pathologische Histologie und Zytologie. Ein Extrablatt des Briefes enthielt den zellpathologischen Befund, den die Pathologen aus dem zuletzt von Poldinger entnommenen Punktat erhoben hatten. Er überflog den Text. Im Wesentlichen stimmte sein Inhalt mit dem überein, was ihm sein Freund am Telefon mitgeteilt hatte. Dann war da aber noch ein direkt an ihn gerichtetes Schreiben. Es lautete:

Sehr geehrter Herr van Leuven,
wie Sie dem beiliegenden Befund entnehmen können, haben wir in dem neuerlich gewonnenen Punktat keinen Anhalt für irgendeinen bösartigen Prozess finden können. Auch unsere Ausstriche enthalten etliche bizarr geformte Zellen, die den Zellen eines Adenocarcinoms ähnlich sind. Aufgrund zytochemischer Untersuchungen sind wir jedoch zu der Auffassung ge-

langt, dass es sich bei diesen Elementen nicht um Krebszellen handelt, sondern um Reizformen des ortsständigen Epithels. Wegen des Widerspruchs unserer Einschätzung zu der ursprünglich gestellten Diagnose haben wir uns von dem zuvor mit Ihrer Angelegenheit betrauten pathologischen Institut die Ausstriche schicken lassen, aus denen Ihnen eine so unheilvolle Diagnose gestellt wurde. Ohne Zweifel enthalten diese Präparate eine weitaus größere Zahl an abnormen Zellen als unsere Ausstriche. An unserer Grundaussage ändert das allerdings nichts. Bei den als »monströs« beschriebenen Zellen, die einem noch unentdeckten Adenocarcinom zugeordnet wurden, handelt es sich nach zytochemischen Kriterien ausschließlich um Reizformen des ortsständigen Epithels und nicht um Krebszellen. Wir haben die zuständigen Kollegen nicht dazu bewegen können, ihren Fehler einzusehen und Sie, den Betroffenen, entsprechend zu benachrichtigen. Sie haben allerdings unserer Einschätzung auch nicht widersprochen.

Ich denke, dass sich die Situation für Sie damit geklärt hat und sende Ihnen gute Wünsche und kollegiale Grüße.

Erwin Holzapfel hieß der Unterzeichner des Briefes, und in Klammern wies er sich als Direktor des Instituts für Pathologische Histologie und Zytologie aus. Jetzt hatte van Leuven es Schwarz auf Weiß. Die Diagnose, die alles ausgelöst hatte – seine Niedergeschlagenheit, die Isolierung, in die er geraten war, die Ausweglosigkeit, die er empfunden hatte –, war falsch, das Resultat eines Irrtums oder einer Unterlassung: in diesem Fall der zusätzlichen zellchemischen Untersuchung der abartigen Zellen.

Aber sein Fieber, die Nachtschweiße, der Gewichtsverlust, die pathologischen Entzündungswerte im Blut, das alles war doch nicht seiner Fantasie entsprungen? Darunter hatte er doch wirklich gelitten, litt er immer noch, wenngleich nicht mehr so intensiv wie noch vor einigen Wochen.

»Natürlich waren deine Symptome real«, sagte ihm Poldinger, den er am nächsten Tag in seiner Praxis besuchte. »Keine Frage: Du hattest etwas. Eine Entzündung, deren Ursache wir nicht erfasst haben. Aber eben keinen Krebs. Übrigens: Die letzten Blutwerte sind fast normal, die Entzündung ist im Abklingen begriffen.«

Dann führte Poldinger ihn ins Nebenzimmer, um mit dem Ultraschallgerät nach dem Erguss zu fahnden, den er erst vor etwas mehr als einer Woche punktiert hatte. Es dauerte länger als bei früheren Sitzungen.

»Warum brauchst du so lange? Ist etwas Besonderes dazugekommen?«, fragte van Leuven besorgt.

»Im Gegenteil«, Poldinger schüttelte den Kopf, »das Ding ist so klein geworden, ich habe Mühe, es überhaupt noch zu finden.« Er lachte leise in sich hinein. »Du kannst dich wieder anziehen.«

Nebenan im Sprechzimmer saßen sie sich noch ein paar Minuten gegenüber. »Also fast normale Entzündungswerte, kein Erguss mehr, die Krebsdiagnose entschärft. Du hattest was, aber was immer es war, es ist im Begriff zu verschwinden.«

Van Leuven hatte Mühe, diese plötzliche Entwarnung ohne Umstände anzunehmen. »Ich muss immer noch husten – manchmal«, sagte er etwas hilflos, »und mein Gewicht ...«

»Wird sich schnell wieder normalisieren«, unterbrach ihn Poldinger. »Hör zu, Toni. Du hattest eine seltene, ungeklärte Infektion, bist vielleicht immer noch ein wenig mitgenommen, aber diese Rolle als Krebskranker kannst du jetzt nicht weiterspielen. Lass dir was anderes einfallen, wenn du unbedingt krank sein willst.«

»Nein, nein!« Van Leuven fühlte sich nicht dazu aufgelegt, seinem Freund zu widersprechen. Er stand auf. »Du hast schon Recht«, sagte er im Hinausgehen. »Ich hatte mich an diese Rolle gewöhnt, geradezu verrannt habe ich mich darin.« Dann blieb er stehen. »Wenn mich nicht alles täuscht, dann hattest du die rettende Idee. Also dafür muss ich dir wohl danken.« Er streckte seinem Freund die Hand hin, und als Poldinger sie ergriff und dabei grinste, umarmte er ihn.

Ich habe ihn wohl unterschätzt, dachte van Leuven, aber er sagte nur noch einmal: »Danke, Poldi.« Dann verließ er eilig die Praxis.

Ein Herz für Kinder

Unter den zahlreichen Kindern, die in Begleitung ihrer Mütter oder einer anderen Aufsichtsperson an diesem trüben und kalten Februarnachmittag den Weg in die Praxis des Kinderarztes Peter Dransfeld gefunden haben, taucht mit einem Mal ein alter Mann auf, der neben den hustenden, schniefenden oder auch dumpf vor sich hin brütenden kleinen Patienten und den sie begleitenden Erwachsenen Platz nimmt, nachdem er einen schon etwas schäbig wirkenden Mantel abgelegt hat. Er trägt einen braunen Anzug und braune Lederschuhe, an denen die Straßennässe hässliche schwarze Ränder hinterlassen hat. Alles an ihm wirkt ein wenig nachlässig: das schüttere weiße Haar, der graue Stoppelbart, das nicht mehr ganz frische Hemd unter seinem Anzug, ebenso wie die von der Winterkälte geröteten Hände, mit denen er jetzt nach einem Mickey-Mouse-Heft greift, das neben anderen Kinderzeitschriften und Büchern im Wartesaal ausliegt. Er blättert interessiert in dem Comic-Heftchen, wirft aber zwischendurch auch prüfende Blicke auf die Kinder und ihre Mütter, die darauf warten, ins Sprechzimmer des Arztes oder zu irgendeiner Behandlung gerufen zu werden. Wenn seine umherschweifenden Blicke den Augen eines Kindes oder auch eines Erwachsenen begegnen, dann lächelt der Mann freundlich und ein wenig geistesabwesend, widmet sich dann aber gleich wieder den bunten Figuren in seinem Heft. Ein- oder zweimal nimmt er seine randlose Brille ab, deren Gläser sich in der Wärme des Wartezimmers beschlagen haben, wischt sie sauber und setzt sie wieder auf, um danach weiterzulesen oder erneut seine Blicke umherwandern zu lassen.

Einigen Kindern, die in Abständen von einigen Minuten von einer Sprechstundenhilfe aufgerufen werden und sich ein wenig gespannt oder sogar ängstlich anschicken, den Warteraum zu verlassen, lächelt er freundlich zu, als wolle er ihnen Mut machen.

Erst nachdem sich dies einige Male wiederholt hat, nimmt die mit einem weißen Kittel bekleidete Sprechstundenhilfe Notiz von dem alten Mann, der sich nicht bei ihr angemeldet hat.

»Warten Sie auf ein Rezept? Oder was können wir sonst für Sie tun?«, fragt sie und setzt tadelnd hinzu: »Sie müssen sich schon bei mir anmelden, sonst können Sie hier lange warten.« Der alte Mann murmelt ein paar Worte der Entschuldigung, steht dann auf und folgt der Sprechstundenhilfe zu ihrem Schreibtisch, der in einem winzigen fensterlosen Raum gleich neben dem Sprechzimmer des Arztes steht. Frau Maria Kastenbaum trägt Schuhe mit flachen Absätzen und hat ihr bereits ergrautes Haar straff nach hinten gekämmt und im Nacken zu einem ansehnlichen Dutt zusammengebunden, eine Mischung aus Mütterlichkeit und Strenge. »Bitte«, sagt sie und zeigt auf einen kleinen weißen Schemel. Sie selbst nimmt hinter ihrem Schreibtisch Platz. »Für welches Kind sind Sie gekommen?«, fragt sie, drückt auf eine Taste ihres Computers und wartet.

»Ich komme in einer eigenen Angelegenheit«, sagt der Mann. »Mein Name ist Kunze, Erich Kunze, und ich hätte gern ein paar Fragen an den Herrn Doktor gerichtet. Sie haben nichts mit einem Ihrer Kinder zu tun.«

Frau Kastenbaum mustert Herrn Kunze mit einigem Misstrauen: »Sind Sie von der Presse?«, fragt sie. »Oder handelt es sich um ein medizinisches Problem?«

»Um Letzteres.«

»Sie haben vielleicht übersehen, dass dies eine kinderärztliche Praxis ist«, bemerkt Frau Kastenbaum. »Wenn Sie selbst irgendwelche Beschwerden haben, dann sollten Sie einen ...«

»Natürlich weiß ich, dass Dr. Dransfeld ein Kinderarzt ist. Ich habe ein Anliegen, das sein Fachgebiet berührt. Es wird nicht lange dauern, aber seine Meinung ist mir wichtig.« Kunze lächelt verlegen. »Außerdem kann ich warten«, setzt er angesichts des Unverständnisses der Sprechstundenhilfe hinzu.

»Ihre Personalien muss ich trotzdem aufnehmen«, sagt Frau Kastenbaum, nachdem sie einige Augenblicke auf die Schreibtischplatte gestarrt hat. »Name?«

»Kunze, Erich.«
»Geburtsjahr?«
»1930.«
»Wohnhaft in …?«
Kunze beantwortet alle Fragen geduldig, weigert sich allerdings, über frühere Krankheiten Auskunft zu geben. Diese hätten nichts mit seinem Anliegen zu tun.
»Nehmen Sie bitte wieder im Wartezimmer Platz«, sagt Frau Kastenbaum. »Ich werde Sie rufen, wenn der Doktor Zeit für Sie hat.«
Wieder lächelt der Mann geistesabwesend und, wie Frau Kastenbaum findet, etwas einfältig – oder sogar hinterlistig? Aber er steht auf und geht zurück ins Wartezimmer.
Er muss dort lange warten. Draußen ist es dunkel geworden. Die letzten Kinder haben das Wartezimmer längst verlassen, da endlich geht die Tür auf, und ein mittelgroßer Mann kommt herein, etwa fünfundvierzig Jahre alt, schätzt Kunze. Der Arzt ist schlank, wenn auch ein wenig zur Fülle neigend, und hat weiche Gesichtszüge. Das dunkelblonde Haar hat begonnen, sich an beiden Seiten der Stirn ein wenig zu lichten.
»Peter Dransfeld«, stellt er sich vor und streckt Kunze seine Hand entgegen. »Gehen wir in mein Zimmer?«
Auf dem Weg dorthin stellt Kunze fest, dass Frau Kastenbaum offenbar schon gegangen ist.
»Herr Kunze«, sagt Dransfeld, nachdem beide im Sprechzimmer Platz genommen haben, »womit kann ich Ihnen helfen?«
»Mein Herz«, sagt Kunze und legt die Hand auf die Brust. »Mein Kinderherz. Es macht mir zu schaffen.«
»Wie alt sind Sie?«
»Zweiundsiebzig Jahre.«
»Ich hoffe, Sie sind nicht aus Versehen zu mir gekommen, ich bin nämlich Kinderarzt.«
»Ja oder nein, ganz im Gegenteil«, antwortet Kunze und wird fast ein wenig rot. »Ich bin absichtlich hier bei Ihnen.«
Dransfeld sieht ihn fragend an.

»Im Inneren«, sagt Kunze, »da drinnen«, er zeigt mit dem Zeigefinger der rechten Hand auf sein Inneres, »bin ich nämlich ein Kind geblieben. Ich habe mir ein kindliches Herz bewahrt durch all die Jahre meines Lebens und darum, Herr Doktor, handelt es sich.«

Kunze legte eine kleine Pause ein und lächelt – kindlich, ein wenig blöde, findet Dransfeld.

»Um mein Herz geht es, mein Kinderherz. Es schlägt nicht mehr so fröhlich und unbeschwert, wie ich das von ihm gewohnt war.«

»Was tut es denn?«

»Es legt Pausen ein, die mich beunruhigen, ja ängstigen, und zuweilen klopft es, als wollte es mir aus der Brust springen. Bis in den Hals spüre ich es.«

»Dafür bin ich nicht zuständig«, sagt Dransfeld, »damit sollten Sie zu einem Internisten gehen oder zu einem Allgemeinpraktiker. Wenn Sie wollen ...«

»Nein.« Kunze wehrt ab. »Das will ich ja gerade nicht. Ein kindliches Herz, ein Herz, das sich seine Naivität bewahrt hat, seine Unschuld gewissermaßen ...« Wieder das etwas abwesende Lächeln. »Es freut sich immer noch an den kleinen Dingen im Leben, die ohne viel Geld zu haben sind, es lässt sich gern überraschen – es ist eben noch kein altes Herz.«

»Aber Sie sind doch schon ...«

»Hat nichts zu bedeuten«, sagt Kunze, legt seine Jacke ab und knöpft sein Hemd auf, um dem Arzt Zugang zu seinem Kinderherzen zu gewähren.

»Hier, Herr Doktor, hören Sie mal, Sie sind doch der Fachmann für kindliche Herzen. Mein Herz bedarf Ihrer Kunst.«

Dransfeld begreift, dass er diesen Alten, der sich so gestelzt ausdrückt, am schnellsten wieder loswird, wenn er auf das Spiel eingeht. Er bittet Kunze, seinen Oberkörper ganz frei zu machen. Dann beklopft er den alten Mann kunstgerecht, benutzt auch sein Stethoskop, um die Herztöne zu hören und zu beurteilen. Nichts Außergewöhnliches, findet Dransfeld. Aber er sagt etwas anderes: »Ja, in der Tat, Sie haben ein sehr junges Herz. Es hat, wenn ich mich so ausdrücken darf, mit dem Wachstum Ihres übrigen Körpers nicht ganz Schritt gehalten. Die Herztöne haben einen merkwürdigen Nachhall, als habe Ihr Herz in letzter Zeit unter Einsamkeit gelitten. Jedenfalls fehlt ihm die eifrige Munterkeit, die für gesunde Kinderherzen typisch ist – oder sein sollte.«

»Dachte ich mir«, sagt Kunze. »So etwas habe ich vermutet, und deswegen bin ich ja auch zu Ihnen gekommen und nicht zu einem Feld-, Wald- und Wiesenarzt gegangen. Können Sie etwas für mich tun?«

»Medikamente brauchen Sie nicht«, sagt der Doktor und bittet Kunze, sich wieder anzuziehen. »Leben Sie allein?«

Kunze ist gerade dabei, sein Hemd überzustreifen. »Ja, das tue ich«, sagt er. Es klingt ein wenig dumpf unter dem Hemd hervor.

»Vielleicht brauchen Sie Gesellschaft«, schlägt Dransfeld vor. »Etwas Aufhellendes. Einen Hund vielleicht? Oder eine Katze? Vielleicht würde auch ein Vogel genügen, ein Wellensittich zum Beispiel?«

Kunze ist nun dabei, in seine Jacke zu schlüpfen. Dem Doktor ist plötzlich etwas eingefallen. »Wenn schon kein lebendiges Tier, dann vielleicht ein Spielzeug?«, fragt er, geht zu einem hohen, weißen Glasschrank, in dem er Medikamente und Spritzen aufbewahrt. Er sucht etwas, scheint es gefunden zu haben, steckt es in seine Hosentasche. Dann verschließt er den Schrank und wendet sich wieder an Kunze. »Hier«, sagt er, zieht ein kleines Plastikspielzeug hervor und stellt es auf die Schreibtischplatte. Eine kleine, etwa sechs Zentimeter hohe Figur, die einen Tiger oder eine Tigerkatze darstellen soll. Sie sitzt auf ihren Hinterpfoten, macht sozusagen Männchen. In ihrer Flanke steckt ein kleiner metallener Aufziehschlüssel. »Passen Sie auf, Herr Kunze, was sie kann«, sagt Dransfeld, während er die Figur in die Hand nimmt, den Schlüssel einige Male herumdreht, vorsichtig bis zum Anschlag, und die Figur dann wieder auf den Schreibtisch setzt. Ein leises Surren zeigt an, dass sich etwas im Inneren der Katze abspielt. Plötzlich vollführt das Figürchen aus dem Stand einen kompletten Salto rückwärts und landet wieder sicher auf den Hinterpfoten. Die scheinbare Mühelosigkeit des Kunststücks hat etwas Komisches.

Kunze staunt, als die Katze den Sprung einige Male hintereinander vorführt. Er muss sogar lachen, weil die Sprünge mit einer geradezu lächerlichen Präzision aufeinander folgen.

»Sehen Sie, so etwas fehlt Ihnen – oder hat Ihnen gefehlt«, sagt Dransfeld.

»Wo gibt's die?«, fragt Kunze mit veränderter Stimme, die jetzt fast heiser vor Aufregung ist.

»Ich weiß es nicht. Sehen Sie hier.« Der Arzt nimmt die Figur in die Hand und zeigt auf einen kleinen Stempel an der Hinterpfote. »Made in China« steht da. »Ich bin nicht sicher, ob dieses Spielzeug bei uns überhaupt verkauft werden darf. Der Vertreter einer Arzneimittel-Firma hat mir ein paar davon mitgebracht. ›Kinder mögen so etwas‹, hat er gemeint, und das stimmt ja wohl. Aber Sie können diese Katze hier mitnehmen. Ich habe noch ein paar davon in meinem Schrank.«

Kunze nimmt das Spielzeug in die Hand, behutsam, als könnte die kleine Tigerkatze unter dem Druck seiner Hände zerbrechen.

»Danke«, sagt er mehrere Male. Immer wieder bedankt er sich. »Sie haben mir sehr geholfen.«

Dann lässt er sich widerstandslos aus dem Arztzimmer schieben. »Sie müssen schon entschuldigen«, sagt Dransfeld, »aber ich muss noch einige Patienten in der Klinik anschauen.«

»Ja ja, ich geh ja schon«, sagt Kunze und zeigt wieder sein abwesendes Lächeln, das ihn, findet Dransfeld, aussehen lässt, als sei er geistig ein wenig behindert.

Dransfeld ist froh, den etwas verrückten Patienten losgeworden zu sein, und instruiert am nächsten Morgen seine Sprechstundenhilfe, den Mann auf keinen Fall wieder vorzulassen, falls er sich noch einmal blicken lasse.

Einige Wochen später, es ist inzwischen fast Frühling geworden, liest er in einer Regionalzeitung, die er in seiner Praxis für die erwachsenen Begleitpersonen seiner Patienten auslegt, vom Verschwinden eines kleinen Mädchens. Fünf Jahre sei das Kind alt, das in der Zeitung unter dem Kürzel »Angelika M.« erwähnt wird. Das Kind habe den Kindergarten besucht. Zwischen Angelika und ihrer Mutter sei verabredet gewesen, dass Angelika im Flur der gleich nebenan gelegenen Hauptschule auf ihre Mutter warten solle, wenn diese sich aus irgendeinem Grund ein paar Minuten verspäten sollte. Mutter und Tochter haben sich schon des Öfteren auf diese Weise getroffen. Bisher hat diese Verabredung ohne Schwierigkeiten funktioniert. Angelika sei dem Hausmeister der Hauptschule gut bekannt, und dieser habe ihr auch schon angeboten, in seinem Büro auf ihre Mutter zu warten. An dem fraglichen Tag sei Angelika aber nach Aussagen des Hausmeisters gar nicht in der Schule erschienen, obwohl der Kindergarten fast pünktlich geschlossen habe und alle anderen Kinder von ihren Angehörigen abgeholt worden seien. Angelika habe ein blaues Strickkleid und darüber einen weißen Anorak getragen. Außerdem sei sie mit einer braunen Umhängetasche aus Leder unterwegs gewesen. Das Mädchen sei normal groß für ihr Alter, habe blondes Haar, das sie am Tage ihres Verschwindens zu zwei Zöpfen geflochten habe. Angelika gelte als freundliches, leider etwas ablenkbares Kind. Sie habe großes Vergnügen daran gefunden, am Weserufer den vorbeiziehenden Lastkähnen zuzusehen. Allerdings sei ihr das bisher nur in Begleitung anderer Kinder oder eines Erwachsenen erlaubt gewesen. Wer am letzten Mittwoch um die Mittagszeit ein Mädchen gesehen habe, auf das die weiter oben abgegebene Beschreibung passen könnte, möge sich bitte bei der Polizei melden und dabei das Stichwort »Angelika M.« verwenden, um zur richtigen Stelle weiterverbunden zu werden.

Einen Tag später entdeckt Dransfeld an einer Litfaßsäule in der Fußgängerzone seines Städtchens ein Plakat, auf dem die bereits durch die Zeitung verbreitete Nachricht noch einmal in Schlagworten auf einem orangefarbenen Untergrund wiedergegeben ist. Bei diesem Aufruf an die Öffentlichkeit, bei der Suche nach dem Mädchen zu helfen, findet sich auch ein Bild des Kindes. Dransfeld weiß sofort: Die kenne ich doch, das ist doch, das ist doch das Mädchen, das im letzten Herbst, im November – oder war es erst im Dezember? – mit einem geschwollenen Lymphknoten in die Praxis gekommen war. Vor seinem inneren Auge sieht er sogar das besorgte Gesicht der Mutter. »Man hört so viel von Blutkrebs, auch bei Kindern, da dachte ich ...«

Natürlich, Maurer hießen die Leute, Angelika Maurer, die kleine Patientin, deren Lymphknotenschwellung sich glücklicherweise als Zeichen einer ungefährlichen Entzündung herausstellte. Frau Maurer, Inge Maurer. Mit einem Mal ist das kein anonymer Fall mehr. Er hat ein Gesicht bekommen, mehrere Gesichter sogar. Ich muss Frau Maurer anrufen, nimmt sich Dransfeld vor und geht eilig zurück in seine Praxis. Frau Kastenbaum ist auch in der Mittagspause da. »Sehen Sie doch mal nach, wann Frau Maurer mit ihrer Tochter Angelika zum letzten Mal bei mir war«, sagt er. »Bringen Sie mir die Unterlagen, wenn Sie die Eintragung gefunden haben.«

Dann sitzt er an seinem Schreibtisch und entnimmt den Aufzeichnungen, dass er Angelika damals zu einem kleinen Eingriff in die hiesige Klinik geschickt hat. Auch den beruhigenden Befund, der ihm damals zugegangen war, liest er noch einmal. Wo wohnte die Familie? Ja hier: Bäckerstraße. Die Telefonnummer. Soll er Frau Maurer anrufen?

Natürlich. Vielleicht kann ich helfen, denkt Dransfeld, obwohl ihm ganz unklar ist, wie diese Hilfe aussehen könnte. Gleich nach dem Klingelzeichen wird am anderen Ende der Telefonhörer hochgerissen und eine atemlose Stimme fragt: »Ja?«

Dransfeld meldet sich, nennt den Grund seines Anrufes, fragt, ob er irgendwie helfen könne, ob Frau Maurer ihm die Einzelheiten von Angelikas Verschwinden mitteilen wolle, könne ...?«

Er rennt offene Türen ein. Jeder, der jetzt Anteilnahme zeigt, der vielleicht etwas weiß, mit dem sie die Schrecken teilen kann, die sie beherrschen, ist ihr willkommen.

»Ich weiß es nicht, Herr Doktor, aber ich hoffe es. Ich hoffe es so sehr. Haben Sie denn Zeit für mich? Kann ich zu Ihnen in die Sprechstunde kommen? Wann? Jetzt gleich? In einer halben Stunde bin ich bei Ihnen.« Einen Anflug von Erleichterung glaubt

Dransfeld in Inge Maurers Stimme wahrzunehmen, als er ihr anbietet, jetzt gleich zu kommen. Da ist jemand, der sie anhören will, der mitfühlt, der sie vielleicht ein wenig beruhigen kann.

Dann sitzt sie in seinem Sprechzimmer, eine blonde, noch junge Frau, auf Anfang dreißig schätzt Dransfeld sie. Zwei kleinere Kinder hat sie noch außer Angelika, ein Mädchen Veronika und einen kleinen Clemens. Dransfeld erinnert sich, auch diese Kinder schon gesehen zu haben. Frau Maurer wirkt, als habe sie lange nicht geschlafen. Sie redet schnell, oft unzusammenhängend, verspricht sich, weint plötzlich und kehrt genauso schnell wieder zurück in eine ruhige, fast resignierende Stimmung. Ihr Mann ist ein wohlbestallter Beamter in der Stadtverwaltung. Der Familie geht es gut, aber auf eine wenig sichtbare Weise. An eine Kindesentführung zur Erpressung von Lösegeld glaubt Dransfeld nicht. Trotzdem fragt er Inge Maurer.

»Nein.« Sie schüttelt den Kopf. »Mein Mann ist in der Stadt bekannt, aber nicht, weil man ihn für reich hält. Nein«, sagt sie, »da gibt es andere, die viel eher ein Ziel sein könnten für diese Art von Verbrechen.«

»Ein Unfall?«, fragt Dransfeld. »In der Zeitung stand, dass Angelika so fasziniert von den Lastkähnen auf der Weser ist. Könnte da ein Schlüssel für ihr Verschwinden liegen?«

Auch diese Erklärung will Frau Maurer nicht einleuchten. »Wir hatten uns in der Schule verabredet. Herr Schulte, der Hausmeister, hat immer ein Auge auf Angelika. Am Mittwoch ist sie gar nicht in die Schule gekommen. Jemand muss sie auf der kurzen Strecke zwischen dem Kindergarten und der Schule abgefangen haben. Vielleicht war es jemand, den sie kannte und dem sie voll vertraute.«

Dransfeld überlegt. »Hat die Polizei irgendeinen Verdacht?«, fragt er dann.

»Was für einen Verdacht?«

»Ich meine, gibt es hier in unserer Umgebung Leute, Männer wahrscheinlich, von denen die Polizei weiß, dass sie Kindern nachstellen? Hat man die überprüft?«

Die Mutter wird um einen Schein blasser. »Davon haben sie nichts gesagt.«

»Ist nach dem Kind gesucht worden?«

»Wo?«

»Na, in den Parks oder am Weserufer oder in der näheren Umgebung. Die werden schon wissen, wo sie zuerst nachsehen müssen.«

»Das ist vielleicht ein Gefühl«, sagt Inge Maurer leise und schüttelt den Kopf. »Mit so etwas habe ich ja überhaupt nicht gerechnet. Keine Sekunde lang habe ich daran gedacht, dass Angelika auf dem Weg vom Kindergarten zur Hauptschule – das sind doch noch nicht einmal fünfzig Meter – verloren gehen könnte.« Sie putzt sich die Nase und betupft ihre Augen, aus denen immer wieder Tränen rollen. »Früher – das haben meine Eltern mir erzählt –, da hat es mal Diebstähle von Kindern gegeben. Damals sollen Zigeuner im Spiel gewesen sein. Aber das ist lange her. Zwanzig Jahre oder länger.«

»Hätten Sie etwas dagegen, wenn ich mal mit der Polizei in Verbindung trete? Ich meine, als der Arzt Ihrer Kinder, um vielleicht zu helfen.« Wieder hat Dransfeld keine klare Idee davon, wie diese Hilfe aussehen könnte. Er denkt an eine vermittelnde Rolle zwischen den Eltern und der Polizei, denn Inge Maurer wirkt verstört. Schon deshalb dürfte sie für eine polizeiliche Fahndung nicht besonders hilfreich sein, das hat Dransfeld längst begriffen.

»Herr Eberle, Winfried Eberle, ist der zuständige Kommissar«, sagt Inge Maurer und schaut auf ihre Uhr. »Mein Gott, ich muss ja nach Hause. Die Kinder ...«

»Wenn ich etwas erfahre, melde ich mich«, verspricht Dransfeld. »Versuchen Sie, optimistisch zu bleiben«, sagt er ihr zum Abschied. »Manchmal löst sich alles auf unerwartete Weise.«

»Hoffentlich«, sagt Inge Maurer mit tränenerstickter Stimme und bedankt sich bei Dransfeld. Wofür, denkt er, nachdem sie gegangen ist, wofür?

Nach einigem Überlegen setzt sich Dransfeld mit dem Kommissar in Verbindung, den Inge Maurer erwähnt hat. »Kommissar

Winfried Eberle, Mordkommission«, sagt die Telefonistin in der Polizeizentrale. »Wollen Sie den?«

Das muss er wohl sein, denkt Dransfeld und sagt: »Ja, bitte.«

Zu den Aufgaben dieser Sekretärin gehört es vermutlich, ihren Chef vor unerwünschten und überflüssigen Anrufen zu schützen. »Worum handelt es sich?«, fragt sie unverblümt.

»Um den Fall Angelika Maurer.« Die Sekretärin schweigt. Dann fragt sie: »Haben Sie eine zweckdienliche Aussage zu machen?«

Dransfeld antwortet nicht auf diese Frage. Er will nicht in das schematische Frage- und-Antwort-Spiel hineingeraten, das Behörden gern um sich errichten. Oft gehen sie damit an den wirklich wichtigen Dingen vorbei.

»Ich bin Kinderarzt, und Angelika war eine Zeit lang meine Patientin. Ich versuche, den Eltern ein wenig zu helfen.«

»Steht die Krankheit, die Sie behandelt haben, irgendwie mit dem Fall in Verbindung?«

»Das weiß ich nicht, eher nein. Aber ich wüsste gern, was die Polizei inzwischen herausgefunden hat. Ich weiß ja auch einiges über Angelika, und vielleicht könnte ich helfen, das Kind zu finden.«

»Moment.«

Der Kommissar meldet sich mit einer hellen, fast knabenhaft anmutenden Stimme. »Sie sind der Kinderarzt Doktor Dransfeld, ja?«, vergewissert er sich. »Legen Sie bitte auf, Herr Doktor Dransfeld, ich rufe Sie dann unter Ihrer Praxisnummer zurück, Sie sind doch jetzt in Ihrer Praxis?« Gleich darauf klingelt das Telefon, und die helle, leicht sächsisch sprechende Stimme meldet sich erneut. Dransfeld erzählt von seiner Unterhaltung mit Angelikas Mutter und deutet an, dass er gern mithelfen würde, Angelika zu finden.

»Ich verstehe das«, antwortet Eberle. »Sie sind mit der Familie verbunden, haben eine Vorstellung von dem verschwundenen Kind, kennen vielleicht die jüngeren Geschwister, die Mutter, den Vater auch?«

»Nur flüchtig.«

»Aber Sie haben ein persönliches Verhältnis zu diesen Menschen, außerdem sind Sie Arzt, natürlich verstehe ich Ihren Wunsch.

Aber, lieber Herr Doktor, wie soll das gehen: Haben Sie denn irgendeinen Verdacht oder auch nur eine Vermutung, was hier passiert sein könnte?«

»Ein Sexualverbrechen?«, fragt Dransfeld und kommt sich reichlich unbedarft vor.

»Daran denkt man natürlich immer gleich, wenn ein kleines Mädchen verschwindet und auch nach einigen Tagen – fast eine Woche ist es nun schon her – nicht wieder auftaucht. Wir haben die Parks, besonders das Gelände hinter dem Kindergarten und hinter der Schule gründlich abgesucht, mit Hunden, außerdem haben wir draußen in der Nähe des Elternhauses gesucht. Oft ist es ja so, dass solche Täter in der Nähe ihres Opfers wohnen und die Lebensgewohnheiten des Kindes gut kennen, nicht nur die, sondern auch die Art, wie ein Kind reagiert. Alles das spähen sie aus, bevor sie zuschlagen. Also, um es kurz zu machen, Herr Doktor: Da ist zunächst einmal nichts, rein gar nichts, Fehlanzeige. Trotzdem: Wenn Sie uns Hinweise geben könnten, wer die Erwachsenen waren, die Angelika kannte oder die sie kannten – ich meine alle, auch die flüchtigen Bekanntschaften, das könnte nützlich sein. Natürlich haben wir selbst schon herumgefragt. Die Kindergärtnerin, die an diesem Tag, als Angelika verschwand, etwas früher aufgehört hat als sonst, was sie aber den Eltern vorher mitgeteilt hat. Auch das Umfeld dieser Frau. Dann der Hausmeister der Hauptschule. Den haben wir auch schon befragt – und da ist nichts, überhaupt nicht das Geringste. Aber da sind ja auch Nachbarn, Geschäftsleute, bei denen die Familie einkauft, der Zeitungskiosk an der Ecke, der Blumenladen, was weiß ich. Ein fünfjähriges Kind kann schon viele Kontakte haben, das unterschätzt man.«

»Ich werde die Augen offen halten.« Dransfeld nimmt sich vor, mit Inge Maurer und vielleicht auch mit Angelikas Vater über die Menschen zu sprechen, denen Angelika begegnet sein könnte.

Aber diese Vorsätze, wenngleich ansatzweise auch umgesetzt, führen zu nichts. Entweder hat sich die Polizei bereits selbst ein Bild gemacht oder die Nachforschungen, die Dransfeld anregt, führen nicht weiter.

Es ist erstaunlich, wie schnell ein so einschneidendes Ereignis wie das spurlose Verschwinden eines Kindes in den Hintergrund der eigenen Aufmerksamkeit rückt, denkt Dransfeld manchmal. Keine der Spuren, die aufgenommen wurden, hat die Polizei vorangebracht. Kein Verdacht, kein Befund, keine Aussage hat dem plötzlichen Ereignis etwas Neues hinzugefügt.

Für die Eltern, das weiß Dransfeld, hat der Verlust des Kindes nichts von seiner einschneidenden Gewalt verloren. Für alle anderen aber, und Dransfeld spürt, auch für ihn selbst, sind inzwischen andere Dinge geschehen, haben Aufmerksamkeit beansprucht und die Gedanken an das Kind, das nun seit Monaten verschwunden ist, verdrängt.

Und wohl auch verschwunden bleiben wird, denkt er oft, besonders jetzt, wo der Sommer sich verabschiedet hat und er die letzten schönen Oktobertage gern zu längeren Spaziergängen in den Wäldern des Weserberglandes nutzt. Dransfeld sammelt gern Pilze, und auf vielen seiner Wanderungen hat er einen Korb oder einen Beutel bei sich und natürlich ein Taschenmesser, mit dem er seine Funde gleich an Ort und Stelle reinigen kann. Sein Hund, ein zweijähriger schwarzer Labrador – der auf den Namen Robbie hören soll, aber eigentlich nur auf energische Pfiffe reagiert, die Dransfeld ausstößt, wenn Robbie sich zu weit von seinem Herrn entfernt hat –, begleitet ihn auf seinen Ausflügen.

Ein Mittwochnachmittag: Stunden, die Peter Dransfeld gehören und die er jetzt, in der für ihn schönsten Jahreszeit, gern mit Robbie und mit sich selbst verbringt. Er hat Pilze gefunden, Herbsttrompeten und ein paar Steinpilze, und will eigentlich umkehren. Da ist Robbie plötzlich verschwunden und reagiert nicht, weder auf Rufe noch auf Pfiffe. Schließlich holt Dransfeld eine Hundepfeife aus seinem Anorak und pfeift damit. Jetzt endlich: Robbie kommt nicht etwa, wie Dransfeld es erhofft hat, aber er bellt irgendwo, ziemlich weit weg. Immerhin. Es hört sich an, als würde er jemanden verbellen, einen Menschen? Wohl kaum, denkt Dransfeld, aber ein Stück Wild? Ein Reh vielleicht. Er geht in die Richtung, aus der die hellen, japsenden Laute kommen, und ruft auch zwischendurch. Aber erst, als er sich seinem Hund auf vielleicht hundert Meter genähert hat, kommt Robbie angeflitzt, lässt sich begrüßen, rennt dann aber sofort zurück zu der Stelle, an der er etwas gefunden zu haben scheint. Etwas Blaues hängt da tief in einer Brombeerhecke, darunter hat Robbie gegraben, die Walderde ist frisch aufgewühlt. Der Hund ist offenbar erregt. Dransfeld kommt näher. In der Grube, die Robbie gewühlt hat, sieht er einen Haarschopf und einen Schädel, der ihn aus schwarzen Augenhöhlen anzustarren scheint.

Dransfeld nimmt seinen Hund an die Leine, zerrt ihn weg von dem schaurigen Ort und schlingt die Leine um einen Baumstamm. Dann setzt er sich auf einen Baumstumpf daneben und versucht, den Schrecken zu überwinden, der ihm in die Glieder gefahren ist. Der Hund jault und erinnert Dransfeld in jedem Augenblick daran, dass wenige Meter von ihm entfernt eine nur notdürftig verscharrte menschliche Leiche liegt. Dransfeld hat ein Mobiltelefon bei sich, um in Notfällen immer erreichbar zu sein. Jetzt wählt er die Nummer der Kriminalpolizei und bringt, als er einen Beamten an der Strippe hat, die Beherrschung auf, den Fund zu beschreiben, auf den er gestoßen ist – nicht er selbst, nein, sein Hund, der sich so merkwürdig verhalten habe. Dann schildert er dem Beamten am Telefon, wie man zu dem Ort gelangt, an dem er sich jetzt befindet. Er hat keine Karte bei sich, also muss er dem Polizisten sein Auto beschreiben, das gut sichtbar auf dem Parkplatz eines bekannten Waldrestaurants steht.

»Wenn Sie an meinem Auto stehen, gehen Sie, oder nein, Sie können auf dem Waldweg auch fahren, etwa zwei Kilometer nach Westen. Sie kommen zu einem Platz, auf dem geschlagenes Holz gestapelt ist. Von dort sind es in nordwestlicher Richtung auf einem nicht mehr befahrbaren Waldweg noch etwa dreihundert Meter bis zu meinem Standort. Machen Sie Lärm, ich melde mich dann.«

Es wird eine quälende Wartezeit. Die tief stehende Sonne verschwindet jetzt ganz hinter Hügeln und Baumwipfeln. Es wird kühl. Bald wird es dunkel sein. Aber Dransfeld hat versprochen, hier auszuharren, hat Robbie zu sich genommen und versucht, den Hund zu beruhigen. Und Robbie ist es, der die Ankunft der Polizisten schließlich meldet. Als er aufsteht und mit dem Ausdruck größter Aufmerksamkeit in die Richtung starrt, aus der die Kriminalbeamten kommen müssen, weiß Dransfeld, dass seine Wartezeit ein Ende hat. Robbie knurrt und gibt Laut, denn die beiden uniformierten Gestalten, die jetzt zwischen den Baumstämmen sichtbar werden, führen auch einen Hund bei sich.

»Hier.« Dransfeld winkt, steht auf, führt Robbie an der kurzen Leine und geht den Männern entgegen. »Gott sei Dank«, sagt er zur Begrüßung. Die Polizisten stellen sich vor, ihr Hund zerrt an der Leine und führt sie zu der Stelle, an der Robbie gegraben hat. Dransfeld bindet seinen Hund noch einmal an und folgt den Beamten, die jetzt mit einer Taschenlampe in die flache Grube leuchten. Ja, da liegt eine menschliche Leiche. »Eine Kinderleiche vermutlich«, sagt einer der Beamten, ein Herr Klein, wenn Dransfeld den Namen richtig verstanden hat. Über Funk verständigen sich die Polizisten mit ihrer Dienststelle, fordern Gerät an, sprechen von Absperrung und nächtlicher Bewachung und davon, dass morgen in aller Frühe eine Mannschaft von Fachleuten hierher kommen würde, um die Spuren zu sichern und um die Überreste, die hier liegen, in die Gerichtsmedizin zu überführen. Plötzlich hat der unheimliche Fund etwas von seiner Angst einflößenden Wirkung verloren. Die sterblichen Überreste, die da noch halb mit Walderde bedeckt liegen, wirken eher ärmlich und unansehnlich als schaurig, aber man muss sicherstellen, dass jetzt niemand mehr diesen Ort betritt und willentlich oder aus Versehen Spuren zerstört, die wichtig werden könnten.

Dransfeld muss Herrn Klein noch einmal genau erklären, wie er auf diesen Fund gestoßen ist. Der Beamte schreibt alles auf. Auch vom Verschwinden des kleinen Mädchens, das einmal seine Patientin gewesen ist, erzählt Dransfeld, aber der Polizist tut so, als ginge ihn das jetzt nichts an. Erst als Dransfeld Kommissar Eberle erwähnt, mit dem er über den Fall der kleinen Angelika Maurer gesprochen hat, zeigt der Beamte so etwas wie Zustimmung. »Sie können jetzt nach Hause gehen«, sagt er zu Dransfeld. »Wenn wir Sie später noch brauchen, melden wir uns bei Ihnen zu Hause. Wenn das hier«, er deutet auf die flache Grube unter der Brombeerhecke, »etwas mit dem Fall Maurer zu tun haben sollte, wird sich Herr Eberle an Sie wenden.«

Was heißt wenn, denkt Dransfeld und will das zerrissene blaue Gewebe erwähnen, das unten in der Brombeerhecke hängt. Angelika trug am Tage ihres Verschwindens angeblich ein blaues Strickkleid. Konnte da nicht ein Zusammenhang bestehen? Aber Dransfeld weiß, dass diesen Beamten nichts ferner läge, als jetzt mit ihm, einem Kinderarzt, der etwas in der Zeitung gelesen hat, ein Gespräch über die mögliche Identität der Leiche zu beginnen. Also verabschiedet er sich, nachdem Herr Klein alles aufgeschrieben hat, seine Adresse, die Telefonnummern in der Praxis und in seiner Wohnung. »Sie kennen sich aus?«, fragt Klein, denn es ist jetzt schon recht dämmrig geworden.

»Ja, kein Problem.« Dransfeld bindet Robbie los, nimmt seinen Korb mit den Pilzen und macht sich auf den Weg zurück zum Parkplatz. Als er dort ankommt, ist gerade ein Kleinbus der Polizei eingetroffen. Er will den Männern, die aussteigen und verschiedenes Gerät entladen, sagen, wer er ist und welchen Weg sie zu gehen oder zu fahren haben. Aber als er hört, dass sie bereits über Funk mit den Beamten am Fundort verbunden sind, und als er sieht, dass ein Geländewagen der Polizei, der hinter dem Kleinbus stand, bereits in den Waldweg fährt, auf dem er gerade gekommen ist, lässt er das bleiben. »Hier sind wir überflüssig, Robbie«, sagt er zu seinem Hund, öffnet die Hintertür seines Kombis und lässt ihn hineinspringen. Den Korb mit den Pilzen stellt er auf den Rücksitz.

Während der Fahrt nach Hause fühlt er sich von einer quälenden Unruhe ergriffen. Der Tag hat so heiter und farbenfroh begonnen. Und jetzt? Zu Hause führt er Robbie in den Garten, seift ihn kräftig ein und spült ihn dann sorgfältig mit dem Gartenschlauch ab. Stoisch lässt der Hund die Prozedur über sich ergehen. Dann schüttelt er sich und ist fast schon wieder trocken. Die Pilze, die

Dransfeld gesammelt hat, erscheinen ihm, als er sie in der Küche genauer betrachtet, unappetitlich. Er wirft sie alle in den Müll.

Eine Woche vergeht, eine zweite, ohne dass Dransfeld etwas hört. Einige Male ist er versucht, von sich aus einen Kontakt mit der Kriminalpolizei zu suchen, aber dann lässt er es. Warum? Wenn dieser Fund im Wald, über den in der Presse nichts mitgeteilt wurde, etwas mit dem Verschwinden Angelikas zu tun hat, werde ich es erfahren, sagt sich Dransfeld. Entweder über die Eltern: Denen könnte man den Tod ihres Kindes ja nicht verschweigen – oder direkt von Winfried Eberle.

Endlich, fast drei Wochen nach seiner Entdeckung, ruft ihn Eberle in der Praxis an. Man kenne jetzt die Identität der Leiche, lässt er Dransfeld wissen, aber er habe Hemmungen, so etwas am Telefon zu besprechen. Ob er, Dransfeld, ihn im Amt besuchen könne? Vielleicht nach Dienstschluss? Da habe er meistens Zeit.

Und so sitzen sich Doktor Dransfeld und Winfried Eberle an einem der folgenden Abende im Dienstzimmer des Kommissars gegenüber. Eberle ist ein kleiner drahtiger Mann mit flinken Bewegungen. Nach dem Telefonat, das sie vor Wochen miteinander geführt haben, hätte Dransfeld ihn für jünger gehalten als sich selbst, aber diesen Fehler machen alle Kinderärzte, und vielleicht hat ihn auch Eberles helle Stimme dazu verleitet, den Mann für sehr jung zu halten. In sein eng anliegendes, streng gescheiteltes dunkles Haar mischen sich bereits zahlreiche graue Haare, und auch die vielen kleinen Falten in seinem schmalen Gesicht lassen ein höheres Alter vermuten, sodass Dransfeld schätzt, der Kommissar könnte auf die Sechzig zugehen.

Eberle bittet seinen Gast, in einem bequemen Sessel Platz zu nehmen, während er selbst mit einem einfachen Holzstuhl vorliebnimmt. Er scheint Mühe zu haben, still zu sitzen. Ständig ist etwas an ihm in Bewegung.

»Telefoniert haben wir ja schon«, sagt er, als sei damit bereits ein Einvernehmen hergestellt, das weitere einleitende Worte überflüssig macht.«»Also, die Leiche ist die des verschwundenen Kindes«, sagt er. »Sie haben sich das ja wohl schon selbst gedacht. Die DNA-Analysen sind eindeutig. Es handelt sich um die verschwundene Tochter der Maurers.«

Dransfeld hat diese Bestätigung seines Verdachtes befürchtet. Nun, da er sie hat, ist er trotzdem betroffen. Die armen Eltern, wie können sie mit so etwas fertigwerden?

»Haben Sie die Eltern schon verständigt?«, fragt er.

»Natürlich.« Eberle will auf dieses Gespräch aber nicht eingehen. Dransfeld bemerkt allerdings, dass der Kommissar mit übereinandergeschlagenen Beinen dasitzt und heftig mit der Schuhspitze des freien Fußes auf und nieder wippt. Dabei hält er mit beiden Händen den Rand seines Stuhls fest, als müsse er mit Gewalt gegen das Bedürfnis ankämpfen, aufzuspringen und herumzulaufen. Dransfeld möchte wissen, wie das Kind getötet wurde.

»Das ist nach so langer Zeit nicht mehr mit Sicherheit festzustellen. Ein besonders gewaltsamer Tod, bei dem Körperteile oder Organe zerstört wurden, ist nach Meinung der Gerichtsmediziner auszuschließen. Es könnte sein, dass Angelika erstickt worden ist, aber auch die Verabreichung eines Giftes oder eines Narkosemittels in toxischer Dosis ist angeblich nicht auszuschließen.«

»Wurde das Kind ...« Dransfeld hat Mühe, den Satz zu vollenden.

»Sie meinen, missbraucht? Sexuell missbraucht?« Eberle schüttelt den Kopf. »Nein, das wohl nicht«, sagt er. »An so etwas denkt man ja immer in solchen Situationen, nicht? Aber in der Richtung gab es nichts. Nein«, er hebt den Kopf und fixiert Dransfeld. »Aber etwas anderes ist aufgefallen.«

»Was?«

»Die Leiche war immerhin noch soweit intakt, dass die Gerichtsmediziner alle Organe identifizieren konnten – ich erwähnte das bereits –, alle, bis auf eines. Ein Organ ist dem Kind gleich nach dem Tod entnommen worden, vielleicht sogar, während es noch lebte.«

Dransfeld spürt, wie ihm die Beine schwer werden.

»Das Herz«, sagt Eberle.

»Das Herz? Aber warum, mein Gott, warum? Um es zu verkaufen?«

»Wir wissen es nicht«, sagt der Kommissar, »aber Sie könnten Recht haben mit Ihrer Vermutung. Das Herz ist dem Kind nicht einfach aus dem Körper gerissen worden, sondern wurde in sehr überlegter, fast könnte man sagen, fachkundiger Weise aus dem Brustkorb entfernt. Wir nehmen an, dass Angelika nicht im Wald umgebracht wurde, nicht an der Stelle, an der Sie ihren Leichnam entdeckt haben, sondern irgendwo in einer Wohnung, vielleicht sogar in einem Raum, der für solche ›Eingriffe‹ eingerichtet ist.«

Dransfeld kann es immer noch nicht fassen. »Haben Sie denn Anhaltspunkte dafür, dass es hier bei uns in dieser, ja, wie soll ich sagen, friedlichen Gegend so etwas gibt wie den Handel mit menschlichen Organen?«

»Nicht hier, nein, aber in anderen Ländern wird mit Lebern, Lungen, Nieren«, bei »Nieren« reißt Eberle seine Augen auf, um die besondere Bedeutung dieses Organs für medizinische Zwecke anzudeuten, »ja, und auch mit Herzen ein schwunghafter Handel betrieben. Und einige Fälle sind uns bekannt, in denen auch in Europa Menschen spurlos verschwanden. Später stellte sich heraus, dass sie getötet wurden, um an ihre Organe heranzukommen.«

»Aber wie ist das organisiert?«, will Dransfeld wissen. »Ein Organ muss einem Toten kunstgerecht entnommen werden, es muss, damit es am Leben bleibt, mit einer bestimmten Salzlösung durchströmt und abgekühlt werden. Und auch dann ist es nicht lange haltbar. Es muss innerhalb von Stunden, je rascher, desto besser, einem Empfänger eingepflanzt werden. Und die Chirurgen, die so eine Einpflanzung vornehmen, müssen genau wissen, wer der Spender ist. Die gesundheitlichen Risiken wie chronische Infektionen, denken Sie an AIDS oder an Hepatitis, müssen vorher untersucht werden ...«

»Ja, ja«, Eberle wird ungeduldig, »das wissen wir ja. Und die Leute, die andere Menschen umbringen, um an ihre Organe zu kommen, wissen das auch. Es gibt einen international organisierten illegalen Handel mit menschlichen Organen, und es gibt einen grauen und einen schwarzen Markt. Die Leute, die Organe beschaffen, tun das im Auftrag anderer. Sie sind ausgebildet, Organe zu entnehmen und sie auch am Leben zu erhalten, sie liefern die Organe irgendwo ab und bekommen ihr Geld, aber sie wissen nicht, wer diese Organe entgegennimmt und schon gar nicht, wem sie schlussendlich eingepflanzt werden. Es handelt sich um raffiniert organisierte Handelsketten, die gelegentlich auch morden lassen, um besonders hochwertige und lebensfähige Organe für besondere Kunden mit tiefen Taschen aufzutreiben.«

Dransfeld starrt Eberle entgeistert an.

»Den Ausdruck kennen Sie doch? ›Tiefe Taschen‹ kommt von ›deep pockets‹.« Eberle lässt seinen Stuhl los und vollführt mit Daumen und Zeigefinger der rechten Hand die Bewegung des Geldzählens.

»Nein, nein, den habe ich nicht gekannt«, murmelt Dransfeld mit tonloser Stimme.

Eberle steht auf. »Ich habe Ihnen alles erzählt, damit Sie die Augen offen halten. Sie lernen durch Ihren Beruf viele Menschen kennen. Wir, die Polizei, wissen ja nicht, was hier im Fall von Angelika passiert ist. Sie sollen aber eine Vorstellung davon haben, wohin unsere Untersuchungen uns geführt haben. Vielleicht können Sie uns ja doch einmal helfen.«

Dransfeld erhebt sich aus seinem Sessel: »Danke für diese Informationen. Was haben Sie den Eltern gesagt?«

»Ich habe mit ihnen dieselben Möglichkeiten erörtert, die ich mit Ihnen besprochen habe, nur eben …«

»Vorsichtiger?«

»Ja, natürlich. Viel zurückhaltender.« Eberle schaut durch das Fenster seines Büros in die Dunkelheit. »Immerhin habe ich Frau Maurer angedeutet, dass das Herz ihres Kindes jetzt vielleicht in der Brust eines anderen Menschen schlägt, möglicherweise in der Brust eines anderen Kindes.«

»Merkwürdiger Gedanke«, murmelt Dransfeld, »nicht gerade anheimelnd.«

»Nein«, bestätigt Eberle und öffnet die Tür seines Büros, um Dransfeld hinauszulassen.

Einige Tage nach dem Gespräch mit Eberle findet Dransfeld in der Lokalzeitung einen Artikel unter der Überschrift: »Kinderleiche identifiziert«. Die Meldung beschränkt sich auf die Feststellung, dass die Leiche der im Frühjahr spurlos verschwundenen Angelika Maurer durch einen Spaziergänger entdeckt worden sei. Das fehlende Herz wird nicht erwähnt. Die Notiz schließt mit dem Hinweis, dass die Kriminalpolizei hoffe, den Fall nun möglichst schnell aufzuklären.

Bald darauf erhält Dransfeld von den Eltern Maurer eine Todesanzeige und die Einladung zu der Beerdigung des Kindes auf dem Städtischen Friedhof. Er muss sich für den Tag der Beerdigung entschuldigen mit der Erklärung, dass der für die Beerdigung gewählte Termin in eine Zeit fällt, in der er seine Praxis nicht verlassen kann. Immerhin bittet er die Eltern telefonisch, ihm die Lage des Grabes auf dem Städtischen Friedhof genau zu beschreiben. Er würde Angelikas Grab gern einmal allein und in Ruhe besuchen.

Die Eltern zeigen Verständnis. In einem längeren Telefongespräch mit Inge Maurer meint Dransfeld sogar eine gewisse Erleichterung darüber zu spüren, dass jetzt endlich Gewissheit herrsche. Eine traurige und herzzerreißende Gewissheit zwar, aber eben doch eine Sicherheit, wo es zuvor nur Verzweiflung und die aberwitzige Hoffnung gegeben habe, dass Angelika trotz der Unerklärlichkeit ihres Verschwindens doch noch am Leben sein könne. »Hoffnungsfetzen auf dem Hintergrund einer lähmenden Angst«, so ähnlich hat sich die verzweifelte Mutter ausgedrückt und schließlich gemeint, dass die Familie jetzt wieder zur Ruhe kommen müsse und dass Angelikas Grab auf dem Städtischen Friedhof für die Angehörigen ein Ort werden solle, an dem eine ganz neue Hoffnung entstehen und an dem alle Ängste ihre Beruhigung finden würden.

Es klingt banal, sagt sich Dransfeld, als er nach diesem Gespräch einige Minuten allein in seinem Sprechzimmer sitzt. Aber er hatte auch schon bei früheren Gelegenheiten erlebt, wie Eltern von chronisch kranken Kindern, um deren Leben sie monatelang und manchmal jahrelang gebangt und gekämpft haben, das gefürchtete Ende als eine Art Erlösung in der Trauer erlebten.

An einem Sonntag im November, einem milden Tag, in den sich um die Mittagszeit sogar ein paar Sonnenstrahlen stehlen, fährt er hinaus zum Friedhof und sucht das Grab seiner ehemaligen Patientin. Er hat keine Mühe, den Ort zu finden. Inge Maurer hat ihn gut beschrieben. Dransfeld steht nun vor dem kleinen Grab und ist angetan von seiner schlichten Gestaltung. Es ist mit hellen Steinen eingefasst. Am Kopfende befindet sich eine Grabplatte aus ebenfalls hellem Granit. Dort sind Namen und Lebensdaten des Kindes in noch ganz frischen goldenen Buchstaben festgehalten. »Nicht trauern, dass es zu Ende – sondern lächeln, dass es gewesen« steht unter den Lebensdaten, ein tapferes kleines Bekenntnis, das nun im Leben der Eltern und der Geschwister wirken muss, bis die Sisyphusarbeit vollbracht ist, bis die Berge von Angst und Trauer abgetragen sind und darunter das helle und dauerhafte Gestein der Erinnerung und der Dankbarkeit zum Vorschein kommt. Das Grab ist mit bunten Herbstastern bepflanzt und von Blumengrüßen und kleinen, fast heidnisch anmutenden Opfergaben umstellt. Wächserne Engel, gerahmte Fotos, kleine Luftballons, Grüße von Angelikas Freundinnen und Spielgefährten.

Dransfeld bleibt eine Zeit lang an dem Kindergrab stehen und geht dann noch an anderen Gräbern vorbei, die ihm auf Grabsteinen und figürlichen Symbolen ihre Botschaften entgegenhalten. Er findet einsame und spröde beschriftete Gräber und dann wieder Grabsteine, aus denen eine gewisse Geselligkeit zu sprechen scheint. »Wir denken an dich.« Wer ist »wir«? Diese Botschaften und Bekenntnisse vermitteln eine eigentümliche Aura, die zum Weiterdenken anregt. Nicht nur dazu, muss sich Peter Dransfeld eingestehen, sondern auch zum Erfinden posthumer Geschichten. Makaber, fragt er sich und verneint diese an sich selbst gerichtete

Frage gleich wieder. Nein, dies ist ein Garten des Menschlichen, zusammengefügt aus lauter letzten Worten. Durchaus anregend. Dabei fällt ihm die Frage ein, was denn der Unterschied zwischen der Stadt Zürich und dem Wiener Zentralfriedhof sei, und dazu auch die richtige Antwort: Beide sind etwa gleich groß, aber der Zentralfriedhof ist lustiger. Er lächelt über diesen Vergleich, der wohl auch daher rührt, dass Gräber eben ihre Geschichten haben und sie dem preisgeben, der zuhören kann.

Dransfeld ist noch einmal zu Angelikas Grab zurückgekommen. Dort stehen jetzt zwei andere Besucher – die Eltern. Er wartet, bis Inge und Fritz Maurer ihre kleine Andacht verrichtet haben und durch die Entfernung einiger welker Blumen oder zusammengeschrumpfter Luftballons den hellen und gepflegten Eindruck, den das Grab vermitteln soll, wiederhergestellt haben. Als sie sich abwenden, nähert er sich und begrüßt sie. Auf den Gesichtern der beiden erscheint der Ausdruck angenehmer Überraschung und unverstellter Zuneigung. Beide freuen sich über seine Gegenwart. Inge Maurer scheint besonders gerührt zu sein, dass Dransfeld ganz allein hier erschienen ist, um »nach Angelika zu schauen«, so drückt sie sich aus. Und Fritz Maurer verbindet mit seinem spontanen Dank an Dransfeld für dessen Anteilnahme seine Anerkennung für die vielen kleinen Tröstungen und Freundlichkeiten, die ihnen beiden, »Inge und mir«, zuteil geworden seien in dieser schweren Zeit. »Es war schon überraschend«, sagt Fritz Maurer, »wohltuend, das müssen wir beide sagen, dass so viele Menschen an uns gedacht haben.« Er scheint immer noch bewegt zu sein von all der Anteilnahme und zeigt auf das Grab. »Sie sehen ja selbst. Vor allem die Kinder mit ihren Kinkerlitzchen, den Bildern vom Sommerfest des Kindergartens im letzten Jahr, die Luftballons ...«

»Schön ist das ja nicht«, wirft Inge Maurer ein, »aber doch irgendwie lieb gemeint.«

»Selbst ihr Spielzeug haben die Kinder hergebracht«, fährt der Vater fort, »vielleicht sogar Gegenstände, die sie besonders gern haben.« Er fasst in seine Manteltasche und nimmt etwas heraus, einen kleinen Gegenstand, den er Dransfeld auf der flachen Hand entgegenhält. »Sehen Sie mal, ist das nicht rührend? Natürlich ist es auch komisch, eben so, wie Kinder sind.«

Bei dem Gegenstand, den Maurer auf der flachen Hand präsentiert, handelt es sich um eine etwa sechs Zentimeter hohe, aus Plastik gefertigte Katze mit Tigerstreifen. Sie sitzt aufrecht auf ihren Hinterläufen. Es sieht aus, als mache sie Männchen. In ihrer rechten Seite steckt ein kleiner, blanker Aufziehschlüssel. Dransfeld kennt diese Figur.

»Darf ich?«, sagt er und spürt, wie sein Mund trocken wird. »Dieses Spielzeug kenne ich nämlich.« Er dreht die kleine Figur um und findet an einem der Hinterläufe, da, wo er es vermutet hat, die winzige Inschrift »Made in China«. Dann prüft er, ob der Aufziehschlüssel noch funktioniert. Er dreht ihn vorsichtig bis zum Anschlag und setzt die kleine Figur auf die Steinplatte am Kopfende des Kindergrabes. Ein leises Surren ertönt, dann, urplötzlich, vollführt die Minikatze einen Salto rückwärts, um sicher wieder auf ihren Hinterbeinen zu landen. Abermals hören die drei Erwachsenen das Surren, und wieder folgt ein blitzschneller Salto rückwärts. Noch drei- oder viermal wiederholt sich das durch seine Plötzlichkeit und Präzision komisch wirkende Schauspiel. Weil die Grabplatte eine leichte Schräge aufweist, gerät die kleine Tigerkatze mit jedem Sprung näher an den tiefer gelegenen Rand der Platte und landet schließlich beim letzten Sprung zwischen den bunten, in ihren gedämpften Farben so tröstlich leuchtenden Herbstastern.

»Genau an dieser Stelle habe ich das Ding gefunden«, staunt Fritz Maurer, der genau wie seine Frau zwischen Belustigung und leiser Abwehr zu schwanken scheint.

»Diese Kinder«, sagt Fritz Maurer. »Sie kennen sich wohl aus mit solchem Aufziehspielzeug?«

Dransfeld nickt. »Ein Firmenvertreter hat mir einmal einen ganzen Karton davon mitgebracht als Geschenk an meine kleinen Patienten.«

Er klaubt die Tigerkatze zwischen den Blumen auf und steckt sie in seine Manteltasche. »Sie bekommen es wieder«, sagt er zu Maurer gewandt. »Ich möchte das Spielzeug nur mit den Exemplaren vergleichen, die ich in meiner Praxis habe. Darf ich?«

»Ja, ja, natürlich«, Maurer scheint etwas befremdet, aber er will kein Spielverderber sein. Immerhin hat es ihn gefreut, Dransfeld hier auf dem Friedhof, den er und seine Inge täglich besuchen, zu treffen.

Dransfeld hat es plötzlich eilig. Vor dem Friedhofstor verabschiedet er sich von dem Ehepaar und hastet zu seinem Auto, um in die Praxis zu fahren. Er stürmt die Treppe zur Praxis hinauf, drückt die Tür auf und ist nicht einmal überrascht, Maria, seine Sprechstundenhilfe, vorzufinden. Erst als Maria Kastenbaum von ihrer Arbeit aufsieht und ihn verwundert fragt: »Was machen Sie denn hier, heute am Sonntag?«, wird ihm klar, dass er diese Frage eigentlich an Maria richten müsste. Aber jetzt hat er Wichtigeres im Sinn. »Bleiben Sie auf jeden Fall noch ein paar Minuten«, ruft er ihr zu und verschwindet in seinem Sprechzimmer. Er öffnet den Arzneimittelschrank. Da, ganz hinten im zweiten Fach steht der Karton mit den Plastiktieren. Er stellt den Karton auf seinen Schreibtisch und nimmt die einzelnen Stücke heraus: einen Esel, eine Kuh, zwei Schnecken, eine Donald-Duck-Ente und vier kleine Tigerkatzen. Fünf waren es ursprünglich gewesen, erinnert er sich. Eine befindet sich in seiner Manteltasche. Er holt sie heraus und stellt sie zu den anderen Aufziehtieren. Die Tigerkatzen sind praktisch identisch. Die fünfte, die er eben vom Friedhof mitgebracht hat, muss diejenige sein, die er vor Monaten dem schrulligen alten Mann geschenkt hat, um ihn loszuwerden.

»Die gibt es bei uns nicht«, hat ihm der Firmenvertreter damals gesagt, »das Material – oder waren es die Farben – entspricht nicht den EU-Normen. Aber die Kinder haben sicher Spaß daran.«

Die Kinder und die Erwachsenen, die innerlich Kinder geblieben sind, denkt Dransfeld und presst unmerklich die Lippen aufeinander. Er geht hinaus auf den Flur und ruft Maria.

»Erinnern Sie sich noch an den merkwürdigen alten Mann, der uns im letzten Winter aufgesucht hat? Er wollte mich unbedingt sprechen. Haben Sie seine Personalien aufgenommen?«

»Ich habe die Personalangaben von allen Patienten, die in die Praxis kommen.« Sie geht zurück in ihr kleines Büro. »Kunze? Meinen Sie den? Erich Kunze?«

»Der, ja, den meine ich«, ruft Dransfeld. Dann wählt er die Nummer der Kriminalpolizei.

Der Todesengel

Zunächst hatte Klaus Schumpeter die schriftlich an ihn ergangene Einladung zu einem informellen Abendessen im Hause seines Freundes Hermann Volkers ablehnen wollen. Auf der Einladungskarte gab es nur zwei Optionen: »Ja, ich komme gern« oder »Ich kann leider nicht kommen«. Ein Kreuz in einem diesen Möglichkeiten nachgestellten Kästchen hätte genügt, um die Einladung zu beantworten, aber selbst zur Bekundung seiner Unlust fehlte Schumpeter lange Zeit die Energie. Die Karte blieb liegen – trotz der ausdrücklichen Bitte: Repondez s'il vous plaît.

Einem plötzlichen und ihm selbst nicht erklärlichen Impuls folgend ging er dann doch, kam aber zu spät – wohl nicht ohne Absicht, wie er sich später eingestand. Die Gäste hatten sich bereits in der Halle und in den angrenzenden Zimmern des Hauses von Susanne und Hermann Volkers versammelt, standen oder saßen in Gruppen beieinander, Gläser in der Hand oder abgestellt auf Sofatischen oder Fensterbrettern.

Hermann Volkers, der Gastgeber, stand mit dem Rücken zu Schumpeter in der Halle und unterhielt sich mit zwei hochgewachsenen Männern und deren Begleiterinnen, die Schumpeter nicht kannte, sodass er zunächst unbemerkt in die Küche schlüpfen konnte, in der er Susanne oder Susi, wie ihre Freunde sie nannten, vermutete. Ja, da stand sie in angeregter Unterhaltung mit einer blonden jungen Frau, die Schumpeter noch nie gesehen hatte. Er begrüßte Susanne mit einer Frage, die ihm selbst blöd vorkam, kaum dass er sie ausgesprochen hatte. »Na Susi, letzte Anweisungen für die Tischordnung?«

Die Angesprochene blickte auf, erkannte ihn und breitete ihre leicht angewinkelten Arme zu einer routiniert herzlichen Begrüßung aus. »Klaus«, lächelte sie überrascht, aber bevor Schumpeter ihre Schultern ergriff, um sie auf beide Wangen zu küssen, erkannte er in ihrem prüfenden Blick zunächst einen stillen Vorwurf und gleich darauf so etwas wie Mitleid.

»Schön, dass du gekommen bist, wir dachten schon ...«

»Ich weiß, ich hätte eure Karte beantworten sollen ...«

»Nein, nein, ist schon gut.« Susanne drückte seine Arme und nickte ihm aufmunternd zu. Dann wandte sie sich an die blonde Frau, mit der sie sich unterhalten hatte. »Claudia, dies ist ein lieber Freund, Sie haben sicher schon von ihm gehört. Doktor Klaus Schumpeter.« Sie trat einen Schritt zurück und lächelte fast erleichtert. »Diese junge Dame ist Assessorin und Assistentin in Hermanns Kanzlei. Claudia Mühlbach.«

Schumpeter empfand die Berührung mit Claudias weicher, warmer Hand, die den Druck seiner eigenen Hand bereitwillig erwiderte, als sehr angenehm. »Tagsüber hilft Claudia in der Kanzlei, aber heute Abend ist sie gekommen, um mich ein bisschen zu unterstützen.«

»Als Köchin?«, fragte Schumpeter.

»Nein.« Susanne lachte. »Das besorgt Frau Schumann, Claudia kümmert sich um die Gäste, richtet das Buffet und sorgt für Unterhaltung.«

»Wenn nötig«, setzte Claudia schnell hinzu und fragte: »Darf ich Ihnen ein Glas Champagner reichen?«

»Gern«, murmelte Schumpeter. Ein Glas, dachte er, würde ihm allerdings kaum genügend Mut machen, um sich unter die Schar der Gäste zu mischen. Von der Halle aus hatten diese sich in alle angrenzenden Zimmer verstreut, wo sie nun in kleinen oder größeren Gruppen beieinanderstanden oder saßen und darauf warteten, gefüttert zu werden. Ihn, den Alleinstehenden, würden sie, sobald er auf der Bildfläche erschien, mit nackten, abschätzenden Blicken mustern. Es war wohl doch ein Fehler gewesen, hierherzukommen, dachte Schumpeter, aber dann drückte ihm Claudia ein gefülltes Glas in die Hand, und Susanne beruhigte ihn. »Claudia geht mit dir.« Sie sagte das, als sei sie seine Lehrerin und er ein Schüler, der nach einem Schulwechsel seiner neuen Klasse vorgestellt werden sollte. Unter normalen Umständen hätte er auf diesen fürsorglichen Ton mit einer ironischen Bemerkung reagiert, aber seit längerer Zeit lebte er nicht mehr unter normalen Umständen, und so nahm er Susannes Zusicherung wortlos entgegen.

»Gibt es jemanden, den Sie kennen oder gern kennenlernen möchten?«, fragte Claudia arglos, aber Schumpeter schüttelte nur den Kopf. »Am liebsten würde ich allein in einem Sessel oder in einer Sofaecke sitzen und würde gar nichts sagen oder nur zuschauen.«

Claudia schien an diesem Wunsch nichts Besonderes zu finden. »Wie wäre es da drüben in der Bibliothek? Die Tür steht weit offen, Sie können die Gäste sehen, aber es kommt nur selten jemand hinein. Woran das wohl liegt?«, fragte Claudia und gab sich gleich selbst eine mögliche Antwort. »Vielleicht ist es die relative Dunkelheit. Die beiden Stehlampen geben zwar genug Licht zum Lesen, aber man kann sich auch ein wenig im Halbschatten verstecken. Außerdem sind die hohen, bis an die Decke reichenden Regale mit Büchern gefüllt – das wirkt sehr privat.« Schumpeter spürte Erleichterung, als er sich in einen der Sessel neben einer Bücherwand fallen ließ. »Danke«, sagte er und lächelte. »Das haben Sie gut gemacht. Bis auf Weiteres fühle ich mich gut aufgehoben.«

»Ich werde Herrn Volkers sagen, dass Sie da sind.«

Bevor Schumpeter antworten konnte, war sie schon in die Halle zu Hermann Volkers und den ihn umstehenden großen Menschen entwischt. Durch die weit offen stehende Flügeltür sah Schumpeter, wie Claudia Hermann Volkers eine Hand auf die Schulter legte und ihm eine Botschaft zuraunte, worauf Volkers etwas sagte, die beiden Männer freundlich nickten und sich zusammen mit ihren ebenfalls hoch gewachsenen Begleiterinnen abwandten, nachdem sie einen flüchtigen Blick in Schumpeters Richtung geworfen hatten. Gleich darauf trat sein Freund Hermann, ein mittelgroßer Mann mit grauem Haar und scharf geschnittenen Gesichtszügen, in die Bibliothek und streckte Schumpeter beide Hände entgegen. »Klaus, wie geht's dir denn dieser Tage? Immerhin gehst du wieder unter Menschen, das ist ein gutes Zeichen. Hast du Susanne schon gesehen?«

Der Überschwang seines Freundes ging Schumpeter bereits wieder zu weit. »Ich wollte eigentlich absagen, aber dann ...« Er stockte und begann von Neuem. »Du und Susanne habt euch damals so sehr um mich gekümmert. Ihr wart die Einzigen, die nie die Geduld mit mir verloren haben.« Er lächelte verlegen. »Da wollte ich nicht schon wieder absagen.«

Volkers musterte ihn aufmerksam. »Das ist hier alles ganz zwanglos, Klaus. Du musst nichts erklären und dich auch nicht im Smalltalk üben. Trink ein Glas oder auch ein paar Gläser, iss ein Kleinigkeit, wenn dir danach ist. Meine Assistentin Claudia Mühlbach wird sich ein wenig um dich kümmern. Mach's dir gemütlich.«

Volkers zeigte auf die Bücherwand, neben der Schumpeter sich niedergelassen, und auf den Sessel, aus dem er sich erhoben hatte, als er seinen Freund ins Zimmer kommen sah. »Du hast dir hier keinen besonders unterhaltsamen Ort ausgesucht. Alles juristische Fachliteratur. Da drüben«, er zeigte auf die gegenüberliegende Wand, die ebenfalls von einem fast bis an die Decke reichenden Regal verstellt war, »da findest du Romane, Sachbücher, Gedichte, alles alphabetisch geordnet. Komm, setz dich doch dahin.« Er zeigte auf ein kleines Sofa neben der belletristischen Bücherwand, das von einer Stehlampe beschienen wurde. »Da kannst du stöbern, wenn du Lust hast.«

Schumpeter folgte der Aufforderung und ließ seine Augen über die farbigen Buchrücken wandern. »Wer liest das alles?«

»Susanne liest viel. Ich auch, aber du weißt ja, wie das ist, wenn man bis zur Halskrause in der Arbeit steckt. Im Augenblick komme ich kaum dazu.«

Claudia erschien. »Ihr Glas ist leer, mögen Sie noch Champagner?«

Als Schumpeter ihr sein Glas entgegenhielt, ergriff Volkers die Gelegenheit, um sich wieder zu seinen anderen Gästen zu begeben. »Entschuldige, Klaus, wir sehen uns ja noch. Vielleicht leistet dir Claudia ein wenig Gesellschaft?«

Schumpeter ließ sich sein Glas füllen und lehnte sich zurück.

Dann strich er mit der Hand über den freien Platz neben sich. »Bleiben Sie ein bisschen bei mir?«

Claudia schien sich zu freuen. Sie schenkte ihm ein flüchtiges, aber zustimmendes Lächeln. »Gleich. Ich will nur Susanne helfen, dass Buffet herzurichten.«

Dann war er wieder allein. Aus der Halle und den angrenzenden Zimmern drang Stimmengewirr zu ihm, er hörte das Scheppern von Geschirr und das Klingen von Besteck. Ab und zu steckte jemand den Kopf in die Bibliothek, aber niemand trat ein, um die Bücher zu mustern, sich vorzustellen oder ihn zu begrüßen. Nur eine ältere Frau, in der er eine seiner Patientinnen zu erkennen glaubte, sagte etwas. »Ach, Herr Doktor Schumpeter, guten Abend«, und zog sich gleich wieder zurück. Warum kam niemand? Wirkte der Raum mit den Stehlampen und den vielen Büchern so privat, dass niemand sich traute, hereinzukommen? Vielleicht waren es die Bücher, diese Fülle von Titeln und gebundenen juristischen Zeitschriften, die auf den einen oder die andere einschüchternd wirkten. Oder war er selbst der Grund für die Zurückhaltung der Gäste? Einige kannten ihn ja, wussten vielleicht auch von dem Unglück, das ihn vor nicht allzu langer Zeit getroffen hatte, und ahnten etwas von der Verstörung, unter der er litt, seit er Sigrid verloren hatte.

Mit ihrer Krankheit und ihrem sich über Wochen hinziehenden Ende hatte sein Leben sich verändert – nein, das war ein zu schwaches Wort. Aufgehört hatte sein Leben, in dem sie für Ordnung gesorgt hatte, nach innen wie nach außen. Sie hatte im Ablauf der Tage, Wochen und Jahre, die sie zusammengelebt hatten, für ihn gesorgt, ihm die Freiräume geschaffen, die er für seine medizinischen Interessen brauchte, hatte ihm Kontakte zu anderen Menschen erschlossen, die nichts mit seiner Tätigkeit als Arzt zu tun hatten, sie hatte die vielen alltäglichen Dinge erledigt, die mit dem Haus zusammenhingen oder einfach mit den bürokratischen Erfordernissen des zwanzigsten Jahrhunderts. Sie hatte Handwerker bestellt, Rechnungen bezahlt, Behördengänge erledigt und vieles mehr getan, ohne dass er von allen diesen Dingen mehr als flüchtige Notiz nehmen musste. Sigrid hatte die Grenzen seines eigenen Daseins zum Leben der anderen nach seinen Bedürfnissen eingerichtet. Manchmal wohl auch nach ihren eigenen, aber seine Wünsche standen im Vordergrund. Jetzt, da es sie nicht mehr gab, stürzte die äußere Welt auf ihn ein, eine Fülle von Alltäglichkeiten fiel über ihn her und nahm ihn so in Anspruch, dass er kaum noch die Energie aufbrachte, sich um seine Patienten zu kümmern, wie er das früher getan hatte. Es war bergab gegangen mit ihm, musste Schumpeter immer wieder feststellen. Allein gelassen gegenüber einer gedankenlosen und zudringlichen Welt hatte er sich gefühlt. Inzwischen war diese allererste Verbitterung abgeklungen. Er wusste jetzt oder glaubte zu wissen, dass er diese wuchernden und ausartenden Alltäglichkeiten ertragen könnte, wenn sie nur da wäre, wenn er seine eigenen Batterien an dem schier unerschöpflichen Energiequell, über den sie zu verfügen schien, immer wieder einmal aufladen könnte. Wenn er nur ihre Zuneigung noch hätte, ihren Optimismus und ihre ansteckende Lebensfreude.

Aber sie war nicht mehr da, und sie würde nie mehr zurückkommen.

Ihr Leben war langsam, aber unerbittlich zu Ende gegangen, und er hatte daneben gestanden und sich an Hoffnungen geklammert oder die strenge Folgerichtigkeit ihrer Krankheit einfach verdrängt. Sie sprach ja noch mit ihm, solange sie lebte, lächelte ihm zu aus ihrem immer schmaler werdenden Gesicht. Die inbrünstige Hoffnung, die schließlich in eine fast fieberhafte Verleugnung der Tatsachen mündete, hinderte ihn daran, sich auf ein anderes Leben, ein Leben allein einzurichten. Danach, als das Ende sich nicht mehr weghoffen ließ, wünschte er sich, nun ebenfalls sterben zu dürfen. Er fühlte sich wie gelähmt. Die Lust am Arztberuf hatte er verloren. Wie sollte er anderen Menschen über Verluste hinweghelfen, wenn er die Aussichtslosigkeit derartiger Bemühungen täglich an sich selbst erleben musste? Plötzlich stand er vor der Notwendigkeit, sich mit bürokratischen Details herumzuschlagen, Versicherungssätze verschiedener Krankenkassen zu berücksichtigen, steuerliche Details zu studieren oder sich mit den buchhalterischen

Aspekten einer großen Kassenpraxis vertraut zu machen. Seine wachsende Unlust wurde von seinen Angestellten wahrgenommen und nur zu einem Teil verstanden und durch eigenen Einsatz ausgeglichen. Eine langjährige Mitarbeiterin hatte ihn verlassen, weil er sich zu seinem Nachteil verändert habe. Die Zahl der Patienten, die seine Hilfe suchten, war zurückgegangen. Seine Freunde, mit denen er durch Sigrid in Verbindung geblieben war, ließen nichts mehr von sich hören, nachdem er auf ihre Bemühungen nie geantwortet hatte. Susanne und Herrmann bildeten eine der wenigen Ausnahmen. Sie schienen sich auf eine lange Wartezeit eingestellt zu haben, denn sie riefen immer wieder an, schickten Grüße und luden ihn immer wieder ein, auch wenn er fast immer absagte. Vielleicht war der Impuls, der ihn heute Abend zu dieser Gesellschaft getragen hatte, ein unbeholfener, ihm selbst gar nicht voll bewusst gewordener Ausdruck von Dankbarkeit gewesen.

Draußen in der Halle war es jetzt ein wenig stiller geworden, offenbar strömten die Gäste zum Buffet. Dazu fühlte sich Schumpeter außerstande, obwohl er inzwischen Hunger verspürte. Er fing an darüber nachzudenken, wie man an den Veränderungen von Geräuschpegeln und an ihrer Zusammensetzung den Lauf von Ereignissen verfolgen konnte. Die relative Stille, die jetzt eingetreten war und die schon seit mehreren Minuten anhielt, hatte einen friedlichen Charakter. Die Stimmen bewegten sich meist im niederfrequenten Bereich, zwischendurch hörte er ein etwas lauter gesprochenes Wort oder ein spitzes Lachen, aber offenbar waren die Gäste mit dem geruhsamen Verzehr der gereichten Speisen zufrieden. Die Forciertheit der Stehparty von vorhin war einer gewissen Gelassenheit gewichen. Schumpeter hoffte, dass sie noch eine Weile anhalten würde. Aber da kam diese junge Frau – wie hieß sie – ach ja, Claudia, und trug ein Tablett mit zwei Gläsern und zwei Tellern vor sich her, stellte alles auf den kleinen Sofatisch und fragte, ob sie ihm ein wenig Gesellschaft leisten dürfe. Die Gäste seien jetzt alle gut versorgt.

»Susanne hat mich ermuntert, Ihnen eine kleine Auswahl vom Buffet mitzubringen.« Mein Gott, sie behandelt mich wie einen

Kranken, dachte Schumpeter. Aber er bedankte sich, stand auf, um Wein aus einer Karaffe in die Gläser zu füllen, und erging sich in konventionellen Redensarten. »Das wäre nicht nötig gewesen. Ich spiele hier den Außenseiter, und Sie belohnen mich auch noch dafür.«

»Aber es ist Ihnen doch nicht unangenehm?«, fragte Claudia, und Schumpeter gestand ihr, dass er sich ein wenig vor diesem Abend gefürchtet habe und über diese Wendung nun ganz erleichtert sei.

»Na, dann ist's ja gut«, sagte Claudia, trank einen Schluck Wein und widmete sich dem Vitello tonnato, das sie sich am Buffet geholt hatte. Schumpeter sah ihr zu und bewunderte die natürliche Grazie und die Leichtigkeit, mit der sie eine Serviette über ihre Oberschenkel breitete, den Teller auf diese improvisierte Fläche stellte und anfing zu essen, ohne dass auch nur die geringste Befürchtung aufkam, sie könnte etwas fallen lassen oder die ölige Sauce könnte auf ihr hübsches altrosa Taftkleid fallen. Schumpeter versuchte gar nicht erst, es ihr gleichzutun. Er zog einen Stuhl an das niedrige Tischchen und versuchte, den immer noch beträchtlichen Abstand zwischen seinem Teller und seinem Mund durch besondere Konzentration auszugleichen. Es gelang ihm so einigermaßen, obwohl er am Ende einige Brotkrümel von seiner Hose entfernen musste.

»Wissen Sie, Claudia«, sagte er nach beendeter Mahlzeit, »ich fand es nicht nur nett von Ihnen, dass Sie mich hier so freundlich bedienen ...«

Sie schüttelte den Kopf. »Das tue ich doch gern.«

Aber Schumpeter wollte noch etwas sagen. »Nein, das weiß ich und danke Ihnen dafür, aber dass Sie sich so selbstverständlich zu mir gesetzt haben, um mit mir zu plaudern, das hat mir richtig gut getan.«

Claudia antwortete nicht gleich, sondern zerlegte eine Scheibe ihres Kalbfleisches und schob einen kleinen Bissen vorbei an ihren rosigen, aber ungeschminkten Lippen in den Mund. »Susanne hat mir von Ihnen erzählt«, sagte sie dann. Nur diesen Satz ohne jeden weiteren Kommentar. Kein »es tut mir so leid« oder »ich kann mir vorstellen, wie schwer es für Sie sein muss«, nein, sie benötigte genau sechs Worte, um die Entfernung zwischen sich selbst und ihrem Gast zu überbrücken. Schumpeter fing an, diese junge Frau, die in einer ihm unmöglich erscheinenden Körperhaltung so leicht und unangestrengt mit Messer und Gabel hantierte und die ihre innere Nähe mit so wenigen Worten signalisierte, zu bewundern. Er wollte ihr ein Kompliment machen und überlegte noch, was er ihr sagen sollte, aber sie kam ihm zuvor. »Für gewöhnlich bin ich recht zurückhaltend, aber bei Ihnen hatte ich das Gefühl, dass wir uns kennen ... Sie erinnern mich an jemanden.«

»Und an wen?«

»Ich weiß es noch nicht.« Sie musterte ihn aus ihren großen blauen Augen, die etwas Kindliches hatten. »Doch, ich glaube, ich weiß es. An meinen Stiefvater. Er sieht Ihnen ähnlich, obwohl er etwas älter ist.«

»Ich hoffe, Sie mögen Ihren Stiefvater?«

»Oh ja, durchaus.« Claudia lachte und stellte ihren Teller zurück auf den Sofatisch. »Sonst hätte ich ihn gar nicht erwähnt. Er ist ein lieber Mensch, ich konnte mich allerdings nie daran gewöhnen, ihn als Vater zu betrachten. Er hatte immer und hat noch heute etwas Jungenhaftes. Als älteren Bruder hätte ich ihn mir gewünscht.«

»Aber darauf hat er sich nicht eingelassen?«

»Nein.« Die Antwort klang entschieden, fast wie »basta«. Schumpeter überlegte noch, warum Claudia mit einem Mal so kurz angebunden reagierte, als der Gastgeber in die Bibliothek trat. »Habt Ihr euch gut unterhalten?«, fragte er, sprach dann aber weiter, ohne die Antwort abzuwarten. »Klaus, einige der Gäste wollen gehen, ich nehme an, bald herrscht hier Aufbruchsstimmung, sie sollten dich wenigstens gesehen haben, bevor sie das Haus verlassen.«

Das war eine Bitte, die Schumpeter seinem Freund kaum abschlagen konnte, schon gar nicht, nachdem der Abend für ihn einen so unerwartet angenehmen Verlauf genommen hatte.

»Claudia, Sie entschuldigen uns?«, fragte Volkers, als Schumpeter aufstand.

»Vielleicht können wir nachher noch miteinander reden, sonst ein anderes Mal?«

Claudia fing an, die Gläser und das Geschirr zusammenzuräumen. »Gern«, sagte sie, »aber ob es heute noch klappt, weiß ich nicht, ich will Susanne später noch beim Aufräumen helfen.«

Schumpeter folgte seinem Freund, ließ sich vorstellen, fand die Leute, vor denen er sich zu Beginn des Abends fast gefürchtet hatte, eigentlich ganz zugänglich und angenehm und ließ sich, von Volkers geführt, dann doch auf ein wenig Smalltalk ein, den er im Grunde seiner Seele verabscheute. Hatte Hermann den Leuten, die ihm jetzt so freundlich begegneten, etwas über ihn und sein Schicksal erzählt? War er etwa der Gegenstand kollektiven Mitgefühls geworden? Der Gedanke beunruhigte ihn.

Als ob er die Befürchtungen seines Freundes gespürt hätte, sagte Volkers: »Bis auf Frau Winkler, die einmal deine Patientin war, kennt dich hier niemand, aber vielleicht finden dich einige sympathisch und erinnern sich an dich, wenn sie einmal einen verständnisvollen Internisten brauchen.«

»Meinst du?« Schumpeter wollte an die Verheißungen seines Freundes nicht so recht glauben, aber als ihn einer der Gäste fragte, wie er seine Funktion als Internist denn heute, in einer Zeit zunehmender Spezialisierung in der Medizin, verstünde, gab er doch bereitwillig Auskunft. »Gerade weil heute kaum noch jemand da ist, der versucht, einen Menschen als ein ganzes leib-seelisches Wesen und nicht nur als den Träger eines bestimmten Organs, etwa des Herzens, der Leber oder der Nieren, zu verstehen, braucht man den Allround-Internisten, der imstande ist, sich ein vollständigeres Bild von einem Kranken zu machen, als es zum Beispiel ein Rheumatologe, ein Gastroenterologe oder ein Kardiologe tut. Und dazu bin ich da. Ich versuche, den Menschen als Ganzes zu sehen, dazu gehören die Erbanlagen, die persönliche Umwelt und die individuelle Biografie. Eine solche Betrachtung gibt mir dann auch die Möglichkeit, die Fehlfunktionen einzelner Organe oder Systeme richtiger zu bewerten.« Er hatte zusammenhängend gesprochen, seine Worte erinnerten ihn selbst an einen Werbeprospekt, mit dem er vor Jahren einmal für eine Innere Klinik geworben hatte, der er als Partner angehörte. Aber die Hochglanzglätte seiner Rede schien seine Zuhörer nicht abzuschrecken.

»Ach, wie interessant«, meldete sich die Ehefrau seines Gesprächspartners zu Wort. Schumpeter schätzte die zur Korpulenz neigende Frau, die ihre dünnen blonden Haare zu durchsichtigen Löckchen eingedreht hatte, auf etwa fünfzig Jahre. »Wie schade, dass wir uns erst jetzt treffen. Ich bin Margret Böttcher.«

»Und ich bin Jurist, ein Kollege von Hermann Volkers«, ergänzte ihr Mann.

»Fühlen Sie sich auch für psychosomatische Erkrankungen zuständig?«, fragte Frau Böttcher. Der Ausdruck von Dringlichkeit, mit dem sie diese Frage stellte, und die Intensität ihres Blickes ließen Schumpeter vermuten, dass Frau Böttcher nicht nur aus allgemeinem Interesse fragte.

»Ja, natürlich«, antwortete er. »Mir kommt dabei der Umstand zugute, dass ich auch als Psychiater ausgebildet bin.«

»Aber das ist ja hoch interessant, haben Sie vielleicht eine Visitenkarte bei sich?«

Ja, die hatte er aus reinem Zufall dabei, weil er heute Abend einen Anzug aus seinem Kleiderschrank genommen hatte, den er jahrelang nicht getragen hatte. In einer Tasche befanden sich noch ein paar Karten, von denen er eine jetzt Frau Böttcher überreichte.

»Da steht aber nur Internist.«

»Absichtlich.«

»Ja, aber warum?«

»Die Psychiatrie ist für sich genommen ein großes Fach. Innere Medizin und Psychiatrie in einer Hand – das wäre zu viel. Die Innere Medizin ist der umfassendere Begriff, und da ich keine rein psychischen Erkrankungen behandele, habe ich es bei der Inneren Medizin belassen. Ich verwende diese Karten schon lange nicht mehr. In meinem Versuch, einen kranken Menschen als eine Einheit zu verstehen, sind mir die Kategorien der Psychiatrie äußerst hilfreich. Aber das kann man ja nicht auf eine Visitenkarte schreiben.« Schumpeter wunderte sich an dieser Stelle über sich selbst. Mit so viel Engagement hatte er lange nicht mehr gesprochen.

Frau Böttcher fuhr fort, ihn aus ihren etwas hervorstehenden blassblauen Augen anzustarren. Dann wandte sie sich an ihren Mann. »Dafür wird sich Angelika interessieren«, sagte sie und setzte, wieder zu Schumpeter gewandt, erklärend hinzu: »Eine Freundin von uns, die mit ihren Beschwerden von einem Spezialisten zum anderen läuft. Sie fühlt sich krank und findet doch niemanden, der sich mit ihr als Person beschäftigt.« Frau Böttcher suchte nach einem passenden Beispiel. »Sie hört Sätze wie ›An Ihrer Nierenfunktion ist nichts auszusetzen‹ oder ›Ihr Herz ist ganz gesund‹, so müssen Sie sich das vorstellen, Herr Doktor, aber jetzt frage ich Sie: Was hat unsere Freundin Angelika davon, dass ihr Herz gesund ist oder ihre Nieren und sie sich doch krank fühlt? Die Organe sind gesund, aber sie leben in einem kaputten Haus. Aber so ist es eben. Keiner dieser Ärzte nimmt sie als Person ernst. Ich finde das ungeheuerlich. Haben Sie vielleicht noch so eine Karte, Herr Doktor Schumpeter, ich würde sie gern an meine Freundin weitergeben.«

Schumpeter reichte noch eine Karte und nutzte deren Übergabe, um sich von Frau Böttcher und ihrem Mann zu verabschieden. »Wenn Sie mich einmal brauchen sollten, bin ich gern für Sie da«, sagte er ganz gegen seine Überzeugung, wie er bereits Sekunden später feststellte.

»Auf Wiedersehen, Herr Doktor, das war eine interessante Begegnung«, erwiderte Frau Böttcher. Ihre Stimme klang, als hätte jemand sie getröstet, und ihr Mann nickte freundlich zum Abschied.

»Siehst du?«, meinte Volkers, als sie wieder allein waren, »du musst nur erzählen, was du tust. Für nichts interessieren sich die Leute so sehr wie für ihre Gesundheit.«

Entgegen seiner ursprünglichen Absicht ließ sich Schumpeter überreden, nach der Verabschiedung der Gäste noch auf ein Glas Wein zu bleiben. Er tat dies in der Hoffnung, Claudia noch einmal zu sehen und ein paar Worte mit ihr zu wechseln. Aber sie war wohl beschäftigt und verschwand irgendwann, nur von Susanne verabschiedet und unbemerkt von Volkers und Schumpeter, die sich in die Bibliothek zurückgezogen hatten.

Schumpeter war enttäuscht, dass Claudia nicht noch einmal erschien, gab sich dann aber mit der Gelegenheit zufrieden, Volkers, der ja einiges über sie wissen musste, über sie auszufragen. Volkers lächelte amüsiert, als Schumpeter ihren Namen erwähnte.

»Sie hat dir gefallen?«

»Auf Anhieb«, erwiderte Schumpeter. »Wer ist sie?«

»Eine junge Frau vom Lande. Die Älteste des Mühlbachbauern in Nussdorf am Inn.« Er lachte. »Entschuldige, Klaus. Ich zitiere Claudia. Mit diesen Worten hat sie sich vorgestellt, als sie sich persönlich in unserer Kanzlei um eine Assistentenstelle bewarb. Das war so ein Gag, mit dem sie uns alle belustigte, bevor sie uns dann mit ihrem Lebensweg und ihren Kenntnissen beeindruckte. Sie ist in Rosenheim zur Schule gegangen, hat nach dem Abitur in München Jura studiert, war nach ihrem Examen als Assessorin an einem Gericht in Berlin tätig. Nach ihrem zweiten Staatsexamen hat sie sich dann bei uns beworben.«

»Das klingt sehr zielstrebig.«

Volkers nickte. »Das ist sie. Zielstrebig, verlässlich, kompetent. Sie kam mit guten Zeugnissen und mit den besten Empfehlungen aus München und aus Berlin.«

»Ist sie verheiratet?«

»Nee, nicht das ich wüsste.«

»Ungewöhnlich für eine so hübsche und lebendige Frau.«

»Nun mach aber mal 'nen Punkt, Klaus. In welchem Jahrhundert lebst du denn? Es gibt doch viele junge Frauen, die erst einmal im Beruf Fuß fassen wollen, bevor sie sich auf eine Familie einlassen.«

»Oder darauf verzichten.«

»Kommt auch vor, aber so schätze ich Claudia nicht ein. Dazu ist sie zu extrovertiert, zu mitteilsam – einfach menschlich zu begabt. Ich merke das ja in unserer Kanzlei. Als sie kam, war sie so etwas wie das fünfte Rad am Wagen, und heute ist sie in die Mitte gerückt. ›Die Seele vons Janze‹, wie die Berliner so etwas nennen.«

Schumpeter hörte nicht ungern, was sein Freund ihm erzählte. Vielleicht war es sogar eine glückliche Fügung, dass er mit Hermann so ungeniert über Claudia sprechen konnte.

»Weißt du was über ihre Familie?«, fragte er.

»Das sind Bauern, ein mittelgroßer Betrieb, fast ausschließlich Milchwirtschaft. Ihr Vater ist früh gestorben, den hat sie nur flüchtig gekannt. Ich glaube, sie war fünf Jahre alt, als er starb. Die Mutter hat dann noch einmal geheiratet, einen jüngeren Mann, der viel Energie und neue Ideen mitbrachte und den etwas altmodischen Mühlbachhof ziemlich radikal umkrempelte, durchaus zum finanziellen Vorteil der Familie, wie Claudia mir einmal erzählte. Sie hat noch einen jüngeren Bruder aus der ersten Ehe ihrer Mutter und zwei Halbgeschwister, die aus der Produktion des Stiefvaters stammen.« Volkers hatte offenbar genug von diesem Thema. »Mehr weiß ich eigentlich nicht über sie, außer dass sie eine gute Juristin ist und eine charmante und liebenswerte Kollegin. Wenn du mehr wissen willst, musst du sie selbst fragen. Lade sie doch einmal ein, du wirst nicht enttäuscht sein.« Er fasste in seine Jackentasche und zog einen kleinen Taschenkalender hervor. Er blätterte darin herum, kniff die Augen zusammen und setzte schließlich eine Brille auf, um besser sehen zu können. »Hast du was zum Schreiben?«

Schumpeter griff nach seinem Notizbuch und notierte die Telefonnummer von Claudia Mühlbach, die Volkers ihm vorlas.

»Ruf sie doch einmal an und lade sie zum Essen ein, oder geh mit ihr in ein Konzert. Sie ist musikalisch und besucht oft klassische Konzerte.« Er lächelte. »Jedenfalls behauptet sie das.«

Schumpeter stand auf und bedankte sich bei seinem Freund. Zusammen gingen sie in die Küche, wo Frau Schumann ihr bereits gewaschenes Geschirr in den Wandschränken verstaute. Susanne saß auf einem Küchenstuhl und schien Frau Schumann mit kleinen Geschichten über die Gäste des heutigen Abends zu unterhalten.

»Klaus, du bist noch da«, rief sie und stand auf. »Ich hoffe, du hattest einen angenehmen Abend?«

»Besser als erwartet«, antwortete Schumpeter, »aber das lag an euch beiden.«

»Und an Claudia«, meinte Susanne. Zwischen dem Ehepaar schien plötzlich ein Einverständnis zu herrschen, das Schumpeter bereits wieder als etwas aufdringlich empfand. Dabei meinen sie es so gut, rief er sich selbst zur Ordnung. Er umarmte Susanne, drückte Volkers die Hand und winkte Frau Schumann einen Gruß zu. Dann machte er sich auf den Heimweg.

Von diesem Abend an fühlte Schumpeter sich besser. Er betrieb seine Praxis wieder mit Anteilnahme, ging zu Fortbildungsveranstaltungen, rief Bekannte an, um eingeschlafene Verbindungen neu zu beleben. Es war, als hätte jemand in seinem Inneren einen Hebel umgelegt, seine Seele gewann wieder Fahrt, wie ein Segelboot, das nach einer langen Flaute erneut vom Wind erfasst wird. Nach und nach nahm Schumpeter wieder Anteil an der Welt, die ihn umgab. Dabei kehrten seine Gedanken oft zu der Abendgesellschaft bei seinen Freunden zurück, die er in so zwiespältiger Stimmung besucht hatte. Fast schämte er sich für seine Scheu und die allzu offen zur Schau getragene Abneigung gegen Geselligkeit, an der mehr als zwei oder drei Menschen teilnahmen. Natürlich dachte er auch an Claudia. Er vermutete, dass die Änderung seiner Stimmung etwas mit ihr zu tun hatte, aber zunächst genügte es ihm, sie in Gedanken aufzusuchen. Er wusste ja, wie er sie erreichen könnte. Einige Male war er kurz davor, sie anzurufen, zögerte aber bei der Vorstellung, dass sie auf seine Annäherung kühl und ausweichend antworten würde. Was wäre dann? Würde die neue, noch nicht sehr robuste Beschwingtheit, die er in sich spürte, wieder in sich zusammenfallen? Würde er in die Düsternis und Einöde zurückgleiten, in der er monatelang gelebt hatte?

Und dann, ganz unerwartet, rief sie ihn an. Susanne Volkers habe ihr zwei Karten für einen Klavierabend in der Philharmonie angeboten. Sie und Hermann seien verhindert und würden ihr die Karten gern überlassen. Ob er Lust habe, mit ihr zu gehen?

»Sehr gern«, hörte Schumpeter sich am Telefon antworten. »Sie sind schneller als ich. Ich habe mir schon lange überlegt, womit ich Ihnen eine Freude machen könnte, mit einem Theaterbesuch, mit Musik, einem guten Film oder einfach einem ausgefallenen Abendessen. Aber ... so ist das, wenn man zu lange überlegt.« Er hörte sich selbst sprechen und war sich auf einmal fremd. Bin ich das wirklich, fragte er sich, kommt diese muntere und fröhliche Stimme aus meinem Körper? Aber dieser Augenblick, in dem er sich selbst als Fremden empfand, ging schnell vorüber. »Ich hole Sie ab«, versprach er Claudia, nachdem sie ihm ihre Adresse genannt und die Zufahrt zu ihrer Wohnung genau beschrieben hatte.

Als sie einige Tage später nebeneinander in der erst vor kurzer Zeit fertiggestellten Philharmonie saßen und dem italienischen Pianisten zuhörten, der sein Konzert mit einer Partita von Bach begann, fühlte sich Klaus Schumpeter zum ersten Mal seit Monaten ganz entspannt und gut aufgehoben. Dieses Gefühl der Gelöstheit hielt auch an, als der Pianist nach Bach eine späte Beethoven-Sonate spielte und im zweiten Teil des Programms Musik von Olivier Messiaens darbot, obwohl diese zuletzt genannten Klänge für Schumpeters Ohr aus einer fremden Welt zu kommen schienen. Er hatte sich wieder geöffnet, für Menschen, für Musik, für das Leben. Und in dieser Stimmung gefiel ihm auch das von weither Kommende, Ungewohnte. Es war, als würde er für seine Gutwilligkeit belohnt, denn als Zugabe spielte der Künstler ein paar Stücke von Robert Schumann, und diese versponnene, Ruhe und innere Einkehr suggerierende Musik berührte ihn so tief, dass er am liebsten sitzen geblieben wäre, als der Pianist das Ende seines Programms und seiner Spielbereitschaft dadurch zu erkennen gab, dass er den Klavierdeckel schloss und danach seine Handflächen dem immer noch zahlreich anwesenden Publikum entgegenstreckte, als wollte er darum bitten, jetzt aufhören zu dürfen.

»War das nicht schön?«, fragte ihn Claudia, als sie in den milden Frühlingsabend hinaustraten und den kurzen Weg zu der Parkgarage einschlugen, in der Schumpeter sein Auto abgestellt hatte. Der Himmel war jetzt, Ende Mai, noch nicht dunkel, dennoch hatte man die Straßenlampen bereits eingeschaltet, und die ebenfalls erleuchteten Schaufenster stimmten die Konzertbesucher darauf ein, dass eine muntere Stadt auf alle wartete, die jetzt noch irgendwo einkehren wollten.

»Was hat Ihnen am besten gefallen?«, fragte Claudia, aber Schumpeter wollte sich nicht festlegen. »Sie meinen von den Stücken?«

»Von was sonst?«

»Ich könnte ja sagen: Ihre Gegenwart. Ich habe es genossen, Sie neben mir zu haben.«

Claudia lachte. »Ich meine die Musik.«

»Alles wunderbar, besonders Bach und Beethoven. Aber die Stücke von Schumann nach der doch etwas kühlen und fremden Welt des Messiaens, die kamen mir vor wie eine Heimkehr.«

»Gehen wir noch irgendwo hin?«, fragte Claudia.

»Sie sind mir immer einen Schritt voraus, ich wollte Sie gerade dasselbe fragen. Aber wohin? Ich kenne diese Gegend nicht besonders gut.«

»Macht nichts, dafür kenne ich sie umso besser«, antwortete Claudia. »Gleich hier vorne ist ein nettes Restaurant«, sie zeigte in Richtung Bogenhausen. »Ich habe mir erlaubt, uns für alle Fälle dort anzumelden. Ich bin mit dem Inhaber recht gut bekannt.«

In dem kleinen Restaurant, das mittels eines neben dem Eingang angebrachten Schaukastens für seine »verfeinerte« einheimische Küche warb, wurde Claudia von einem der Kellner und von einem kleinen, rundlichen und sich eilig bewegenden Mann begrüßt. Der Kellner gab ihr die Hand, der rundliche Mann, dessen Alter Schumpeter auf fünfzig Jahre oder darüber schätzte, küsste sie sogar auf beide Wangen, wozu er sich auf die Zehenspitzen stellen musste. Schumpeter war dieser Begrüßungseifer unangenehm.

Claudia beeilte sich, die beiden miteinander bekannt zu machen. »Dies ist Doktor Schumpeter …« »Kämmerer«, unterbrach sie der kleine Mann und streckte Schumpeter seine Hand entgegen. »Herr Kämmerer ist der Pächter dieses Restaurants … oder schon der Eigentümer?«, fragte sie mit einem Blick auf Kämmerer, der abwehrend die Hände hob. »Wir sind dabei, aber noch ist es gepachtet.«

Damit eilte er seinen Gästen voraus. Er führte sie in den hinteren Teil des Restaurants, vorbei an Wänden, die mit rotem Stoff bespannt waren und an denen zahlreiche Fotografien von Schauspielern, Musikern und vielleicht anderen prominenten Personen hingen, die meisten mit irgendeiner handgeschriebenen Widmung. Diese Fotografien sprachen von Menschen, die hier in München aufgetreten waren, vielleicht sogar hier gelebt hatten und mit den Betreibern des Restaurants bekannt geworden waren.

»Hier bitte, Claudia.« Kämmerer blieb an einem kleinen Tisch stehen, der ein wenig abgelegen in einer Nische stand, aber trotzdem gute Ausblicke auf das Treiben im Lokal ermöglichte.

Dann saßen sie sich schräg gegenüber, Claudia mit dem Rücken zur Wand und Schumpeter rechts von ihr, ebenfalls mit einer Wand im Rücken.

Schumpeter beschäftigten etliche Fragen. Wie kam es, dass Claudia in dem Restaurant, in dem sie sich befanden, wie eine gute Bekannte behandelt wurde? War sie oft hierher gekommen? Allein? Oder zu zweit? Und wenn zu zweit – mit wem?

Er war neugierig und hätte Claudia gern ein wenig ausgefragt, vorsichtig natürlich, um sie nicht zu irritieren. Aber da war zunächst noch der Kellner, der sie begrüßt hatte. Er fragte nach ihren Wünschen, hatte auch einige Empfehlungen zu machen und schwänzelte besonders auffällig um Claudia herum. Was schließlich bestellt wurde, war Schumpeter ziemlich egal. Er überließ sich der wohlwollenden Führung des Kellners und den fragenden oder zustimmenden Kommentaren von Claudia und beschränkte sich darauf, Fragen zu beantworten. Schließlich waren alle kulinarischen Wünsche geklärt, und er konnte Claudia, die ihm heute noch anziehender und lebendiger vorkam als bei ihrer ersten Begegnung im Hause Volkers, fragen: »Wie kommt es, dass Sie hier so gut bekannt sind?«

»Fällt das auf?«, fragte Claudia zurück, fügte aber gleich hinzu. »Ja, natürlich fällt das auf. Herr Kämmerer ist mit mir verwandt, um ein paar Ecken herum, und deswegen begrüßt er mich gern persönlich. Außerdem hatte ich uns angemeldet. Für alle Fälle.«

»Und ich dachte schon, Sie seien eine von den Berühmtheiten, die hier von den Wänden grüßen.« Claudia lächelte. Der Gedanke schien sie zu amüsieren.

»Unser gemeinsamer Freund Hermann hat mir neulich erzählt, dass Sie öfter in Konzerte gehen?«

»Ja, das tue ich. Musik ist mir wichtig.«

»Wie kam das?«, wollte Schumpeter wissen. Er selbst hatte erst spät in seinem Leben zur klassischen Musik gefunden und nie selbst ein Instrument gespielt.

»Durch meinen Vater«, antwortete Claudia. Plötzlich war sie ganz ernst. »Von allein passiert so etwas ja nicht. Oder was meinen Sie?«

»Wohl nur in Ausnahmefällen«, bestätigte Schumpeter.

»Mein Vater«, fuhr sie fort, »den ich nur kurz kannte. Er starb, als ich gerade fünf Jahre alt geworden war. Er war sehr musikalisch und hat mir oft etwas vorgesungen oder mir Geschichten von den großen Komponisten erzählt. Die waren seine Freunde. So jedenfalls klang es in meinen Kinderohren. Den Bauernhof hat er nur aus Pflichtgefühl übernommen. Er wäre gern Musiker geworden. Kein Künstler wie der Pianist, den wir heute Abend gehört haben. Dazu hätte sein Talent nicht ausgereicht. Aber Musiklehrer in einer Schule, vielleicht mit einem Schulchor und einem Schulorchester, das wäre er wohl gern geworden. Und das hätte er auch gekonnt, stelle ich mir vor. Meine Erinnerungen an ihn sind nicht sehr vollständig, aber ich weiß noch, wie gern er von Musik sprach und am Klavier erläuterte, was er mir gerade erzählt hatte. Er spielte gut Klavier und Geige. Soweit ich weiß, hatte er auch ein paar alte Freunde in Rosenheim, mit denen er Trios spielte. Leichtere Stücke, denke ich. Für uns Kinder spielte er gern Volkslieder oder ein paar einfachere klassische Stücke.« Sie unterbrach sich. »Aber das kann Sie doch nicht interessieren, Herr Doktor.«

»Doch, das interessiert mich sogar sehr«, erwiderte Schumpeter. »Ich könnte Ihnen stundenlang zuhören, wenn Sie darauf verzichten würden, mich mit meinem Titel anzureden.«

»Und was soll ich sagen?«

»Ich würde Sie gern Claudia nennen, da könnten Sie mich doch auch mit meinem Vornamen anreden.«

»Klaus?«

Er nickte. »Das klingt doch besser als ›Herr Doktor‹.«

»Dazu brauche ich aber noch etwas Zeit.«

»Muss ja auch nicht gleich sein«, brummte Schumpeter vor sich hin. »Aber erzählen Sie mir noch ein bisschen von sich. Ich habe den Eindruck, dass Ihr Vater Ihnen immer noch viel bedeutet, obwohl Sie ihn nur kurze Zeit gekannt hatten.«

»Ich habe ihn nicht lange gekannt, aber er hat mir manches hinterlassen.«

Schumpeter wartete darauf, dass Claudia weitererzählte. Nach einer kleinen Pause fuhr sie fort: »Tagebuchaufzeichnungen zum Beispiel. Stellen Sie sich das einmal vor. Ein Bauer, der die Felder bestellt und die Kühe auf die Wiesen treibt, schreibt abends an seinem Tagebuch.«

»Warum eigentlich nicht?«, fragte Schumpeter.

»Das waren eben nicht nur Tageschroniken, sondern Betrachtungen und Kommentare, die mir später geholfen haben, ihn wieder in mein Leben zurückzuholen. Außerdem hatte er eine schöne Sammlung mit Langspielplatten, die er abends gern hörte und von denen er mir die eine oder andere vorgespielt und erklärt hat. An ›Peter und der Wolf‹ kann ich mich noch gut erinnern und an die ›Schlittenfahrt‹ oder an die Symphonie mit dem Paukenschlag von Josef Haydn. Die ›Kinderszenen‹ von Schumann hat er mir auch vorgespielt, nicht von einer Platte, sondern selbst, am Klavier, aber damals hat mich das gar nicht so beeindruckt … Und heute denke ich, diese Kindermusik ist in Wirklichkeit sehr erwachsen. Es ist nicht eine, wie soll ich sagen, eine Abbildung der Kindheit, sondern eher die Erinnerung eines Erwachsenen an die Kindheit.«

»Und Ihre Mutter? Hatte die auch Anteil an dieser Hausmusik?«

Claudia zuckte mit den Achseln. »Sie hat manches gern gehört, aber ob sie viel dabei empfunden hat? Ich glaube eher nicht.«

Schumpeter hatte den Eindruck, dass er einen empfindlichen

Punkt in Claudias Erinnerungen berührt hatte, denn sie wechselte mit einem Mal das Thema.

»Erzählen Sie mir doch lieber von sich, Klaus.« Sie verschluckte sich fast an seinem Vornamen. Als er lachte, sagte sie: »Ich hatte Ihnen ja gesagt, dass ich noch ein wenig Zeit brauche.«

»Was wollen Sie denn wissen?«, fragte Schumpeter.

»Na, woher Sie stammen, aus was für einer Familie, ähnliche Fragen, wie Sie sie gerade mir gestellt haben. Aus München sind Sie doch nicht?«

»Nein, ich stamme aus Pommern und bin mit sieben Jahren nach Schleswig-Holstein gekommen, noch bevor der Krieg zu Ende ging. Wir zogen nach Plön – wenn Ihnen das ein Begriff ist. Dort bin ich zur Schule gegangen. Medizin studiert habe ich in Kiel und ein Jahr lang in Innsbruck, und meine Facharztausbildung habe ich in Berlin bekommen, an der Freien Universität.«

»In Innsbruck waren Sie, wann war denn das?«

Schumpeter musste nachdenken. »Warten Sie, ich habe mein zweites und drittes klinisches Semester dort absolviert, das war also 1960, im Sommer und im anschließenden Wintersemester.«

»In Innsbruck war ich auch recht oft«, unterbrach ihn Claudia. »Das ist ja nicht weit von Nussdorf entfernt. Wir sind oft hingefahren. Auch später noch, als ich in München studierte.«

»Aber das war schon lange nach meiner Zeit?«, fragte Schumpeter.

»Mindestens zehn Jahre später – als ich studierte, also Anfang der Siebzigerjahre – waren wir oft dort.«

»Wer ist wir?«

»Freunde und Freundinnen. Kommilitonen aus München. Zum Skifahren sind wir dort gewesen, auf der Seegrube und in der Hafelekar-Rinne.«

»Das ist doch eine schwierige Abfahrt«, erinnerte sich Schumpeter.

Claudia lächelte und schüttelte den Kopf. »Nicht so schwierig, es ist halt recht steiles Gelände.« Als Schumpeter schwieg, weil er an die Beklemmungen dachte, die er zwischen den mannshohen

Mugeln und den schroffen Felsen zunächst empfunden hatte, fügte sie begütigend hinzu: »Na ja, wenn man in Plön aufgewachsen ist, dann ist so eine Abfahrt schon ein bisschen ungewohnt.«

Schumpeter lachte. »›Ein bisschen ungewohnt ...‹ Das muss ich mir merken.« Claudia wechselte das Thema. »Im Sommer konnte es auch schön sein«, sagte sie und spann ihren Erinnerungsfaden fort. »Wenn es sehr heiß war, konnte man durch den Wald zum Lanser See wandern und dort oben, am Fuße des Patscherkofels, baden. Oder auf die Serles steigen oder von der Dresdner Hütte aus auf den Wilden Pfaff, den Wilden Freiger und aufs Zuckerhütl.« Claudia lächelte fast versonnen, als verberge sich hinter all den Namen, die sie genannt hatte, irgendeine süße Erinnerung, aber Schumpeter stellte keine Fragen.

»Einmal war ich sogar in der Innsbrucker Oper«, fuhr Claudia fort, »das war gar nicht so schlecht.«

So weit war Schumpeter nicht gegangen: Weder aufs Zuckerhütl noch in die Innsbrucker Oper hatte er es geschafft. Dennoch waren sie sich einig in ihrer Begeisterung für die Hauptstadt Tirols. »In keiner anderen Stadt sind die Berge so gegenwärtig wie in Innsbruck«, schwärmte Schumpeter. »Die Nordkette, die so nahe ist und fast in jede Straße hineinschaut, dann im Süden die Tuxer Voralpen, im Westen die Nockspitze und weiter im Süden die Serles am Eingang zum Stubaital – eine wunderbare Stadt«, schwärmte er, und Claudia lächelte zustimmend.

»Noch Jahre nach meinen Innsbrucker Semestern, selbst als Assistenzarzt, bin ich im Spätwinter, also nach Ende des Wintersemesters, nach Innsbruck gefahren, um meine Freunde, die immer noch dort studierten oder wie ich schon Assistenten waren, zu treffen und mit ihnen Ski zu fahren. Viele Jahre lang mit großer Regelmäßigkeit.«

Jetzt geriet er selbst in Gefahr, sich in seinen Erinnerungen zu verlieren. Er dachte an seinen Freund Gerd Schmidt aus Feldkirch, in dessen Nähe er nie lange ernst bleiben konnte, oder an Hans Schweighofer, den Perfektionisten, der selbst das Skifahren so ernst nahm, dass er sich Filmstreifen von Stein Erickson, dem norwegischen Slalom-Ass jener Tage, besorgte, und dann versuchte, seinen eigenen Fahrstil dem seines großen Vorbildes anzupassen. Und natürlich kam ihm Astrid in den Sinn, die wie er nur aus einer spielerischen Verliebtheit nach Innsbruck kam, um ihn, Klaus, wiederzusehen, genau wie er eigentlich Astrids wegen kam und wegblieb, als seine schöne Freundin eines Tages nicht mehr erschien und er auf Umwegen erfuhr, dass sie geheiratet hatte.

»Da müssen Sie ja immer ganz nahe bei uns vorbeigekommen sein«, unterbrach Claudia seine Ausflüge in die Vergangenheit.

»Ja, das bin ich wohl«, antwortete Schumpeter und bedauerte, dass er sich an Orte wie Nussdorf am Inn oder Brannenburg nicht erinnern konnte. »Es war immer schon dunkel, wenn ich da vorbeifuhr«, sagte er und spürte plötzlich wieder etwas von der Unruhe, die ihn damals ergriffen hatte, wenn ihn während der langen Fahrten von Kiel oder Berlin nach Innsbruck jedes Mal die Nacht eingeholt und in Dunkelheit gehüllt hatte.

»Wenn ich morgens in Berlin losfuhr, so um acht oder neun Uhr, dann kam ich erst zwischen vier und fünf Uhr nachmittags in München an. Durch München durchzufahren, nahm damals auch schon ziemlich viel Zeit in Anspruch, mindestens eine Stunde, und hinter München wurde es dann schnell dunkel. Es war der unangenehmste Teil der ganzen Fahrt. Ich war ganz allein, eingeschlossen in dieser kleinen Kapsel, die ein VW Käfer zu bieten hat, dazu kam oft die abendliche Kälte. Mein Auto hatte zwar eine Heizung, aber die reichte nicht aus, ich fror immer. Alles, was ich sah, war ein Stück Straße, das im Scheinwerferlicht aufleuchtete. In größeren Abständen tauchten links, manchmal auch rechts von der Straße einzelne Lichter auf. Ich fühlte mich plötzlich sehr allein – das vertraute Innsbruck lag immer noch ein paar Stunden in der Zukunft. Wenn es schneite, war es besonders schlimm. Dann schienen die Schneeflocken alle aus einem einzigen Punkt zu kommen und auf mich zuzufliegen. Manchmal musste ich anhalten, um meine Windschutzscheibe von gefrorenem Schnee zu befreien. Auf dem Rückweg bin ich immer einen anderen Weg gefahren. Entweder über Seefeld oder über die Achenseestraße.«

»Nie über Nussdorf am Inn.« Claudia lachte. »Dann könnten wir doch einmal gemeinsam nach Nussdorf fahren?« Schumpeter starrte auf einen Punkt auf dem Tischtuch und schien sich in Gedanken zu verlieren. Claudia versuchte es noch einmal: »Wir sollten einmal zusammen dorthin fahren.«

»Wie?« Er schreckte hoch, als hätte ihn jemand aus einem Traum gerissen. »Ja, na klar, das können wir.«

»Es ist schön dort, jetzt im Frühling oder im Juni. Sie werden es nicht bereuen.«

Auf diesen Vorschlag antwortete Schumpeter weder mit ja noch mit nein. Überhaupt bemühte er sich, die weitere Unterhaltung mit Claudia so zu steuern, dass er Fragen stellte und Claudia erzählte und nicht umgekehrt. Als Arzt hatte er Übung darin, seine Gesprächspartner zu Wort kommen zu lassen und dabei zu erfahren, was ihnen wichtig war. »Ihr Vater muss ein besonderer Mann gewesen sein, nach dem, was Sie von ihm berichten. Ein Musiker, vielleicht sogar ein Schöngeist, der aus Pflichtgefühl einen Bauernhof bewirtschaftet, aber abends gern gute Musik hört und Tagebücher führt. Woran ist er eigentlich gestorben?«

»Es war ein Unfall. Nachts auf dem Heimweg von einem Wirtshaus, das er gern besuchte, ist er mit seinem Rad über eine unbeleuchtete Landstraße gefahren, hat offenbar ein Auto, das sich näherte, entweder nicht gesehen oder dessen Tempo falsch eingeschätzt. Jedenfalls wurde er von dem Wagen erfasst und mehrere Meter durch die Luft geschleudert. Der Autofahrer hatte nur leichte Verletzungen und konnte die Polizei verständigen. Wie das damals funktioniert hat, weiß ich nicht. Es war ja stockdunkel, und der Unfall hatte sich außerhalb einer Ortschaft abgespielt. Ich glaube, die nachfolgenden Autofahrer, die anhalten mussten, sind in ein nahe gelegenes Wirtshaus gefahren und haben von dort aus die Polizei und die Rettung verständigt. Meine Mutter hat mir erzählt, der Vater sei sofort tot gewesen.«

Schumpeter hatte plötzlich wieder seinen abwesenden Gesichtsausdruck. Einen Moment lang zögerte Claudia. Sie wollte ihn fragen, ob ihm etwas fehlte, aber da belebte sich sein Gesicht wieder, und Claudia erzählte weiter.

»Später, als ich schon in Rosenheim zur Schule ging, habe ich nachgeforscht – auf eigene Faust. Die Polizei hat ja Unfallprotokolle, die sie viele Jahre lang aufheben. Meine Mutter hat uns Kindern nie viel über den Unfall erzählt. Alle Fragen wurden abgeblockt. Es sei Gottes Wille gewesen, hat sie gesagt, und damit schien der Fall für sie ausreichend beschrieben zu sein. Allein, als Minderjährige, konnte ich ja nicht zur Polizei gehen, aber ein Onkel von mir, dieser Herr Kämmerer, den wir vorhin begrüßt haben, der hat mich begleitet. Wir fanden heraus, dass mein Vater an dem fraglichen Abend ziemlich viel getrunken hatte, mehr als sonst, denn im Protokoll fand sich ein Vermerk, in dem die Höhe des Wertes angezweifelt wurde. Mit so einem Wert kann man eigentlich nicht mehr Fahrrad fahren, da kann man sich nur noch ins Bett legen und schlafen, hat mein Onkel gemeint. Jedenfalls sprachen alle Indizien dafür, dass Vater diesen Unfall selbst verschuldet hatte.« Claudia atmete einmal tief durch, als wollte sie einen Punkt hinter dieses Thema setzen. »Wer weiß, was wirklich passiert ist ... Es ist schon so lange her.«

Schumpeter spürte, dass die Erinnerung an diesen lange zurückliegenden Abend, den Claudia als fünfjähriges Kind erlebt hatte, sie immer noch mitnahm. Er wollte sie jetzt langsam wieder in die Gegenwart zurückführen. »Hat dein Vater sich in seinen Tagebüchern auch über sein Verhältnis zur Musik geäußert?«

»Und ob!« Claudias Gesichtszüge belebten sich. »Musik war eines der Hauptthemen, die ihn beschäftigt haben. Und was für mich so wichtig war ...« Sie sah auf, als wolle sie sicher sein, dass Schumpeter ihr auch zuhörte: »Er äußerte sich nicht nur zu den Komponisten, die er besonders liebte, sondern auch zu bestimmten Werken, die er für sich selbst bis ins Einzelne beschrieb. Sogar über bestimmte Interpretationen hat er geschrieben und genau festgehalten, warum ihm diese gefiel und eine andere weniger oder vielleicht gar nicht.«

»Kannst du ein Beispiel nennen?«

Claudia überlegte einen Augenblick. Dann hob sie ihr Glas und prostete Schumpeter zu. »Wir haben wohl inzwischen zum ›du‹ gewechselt, also: Auf uns beide!«

Einen Augenblick lang war Schumpeter verlegen. »Entschuldige, ich habe das gar nicht gemerkt. Ich war etwas zerstreut.«

»Aber wenn man aus Zerstreuung ›du‹ sagt, dann entspricht das wohl dem inneren Zustand«, sagte Claudia und kehrte zu den musikalischen Neigungen ihres Vaters zurück. »Er liebe Furtwängler und hat sich immer wieder über die ungeheure Wirkung gewundert, die von Furtwänglers Interpretationen ausgingen, besonders angetan hatte es ihm eine Aufnahme der Coriolan-Ouvertüre von Beethoven. Und weißt du, was er dabei herausfand oder glaubte herausgefunden zu haben?« Schumpeter nickte, als wüsste er die Antwort auf ihre Frage, sagte aber nichts.

»Das Tempo oder, besser, die Tempi«, antwortete Claudia. »In seinen Wiedergaben herrscht innerhalb eines Satzes zwar ein Grundtempo, das streng eingehalten wird, aber an einigen Stellen, zum Beispiel bei den einleitenden Akkorden, wartet er mit dem zweiten Akkord wirklich bis zum letzten Bruchteil einer Sekunde, die der Takt erlaubt. Ein paar Millisekunden länger, und die Wirkung wäre dahin. Aber dann im allerletzten Moment fällt der Akkordschlag mit einer überwältigenden Wucht. Dem Zuhörer stockt der Atem, weil dem Dirigenten an dieser Stelle der Atem stockt. Er hatte noch weitere Beispiele dieser Art. Du musst das anhören, um es nachzuempfinden.« Claudia lachte leise. Es klang ein wenig ratlos. »Ziemlich ungewöhnlich für einen Landwirt, nicht?«

Schumpeter gab ihr Recht. »Das klingt in der Tat ungewöhnlich.«

Claudia kehrte noch einmal zu ihrem Vater zurück. »Am meisten geliebt hat er die Musik von Bach. Auch über diese seine eigene Empfindung hat er sich Gedanken gemacht.«

»Mit welchem Ergebnis?«, fragte Schumpeter zögernd.

»Ich weiß es nicht mehr im Einzelnen, aber ein Wort ist mir im Gedächtnis geblieben, und das lautet ›Hinnahme‹. Die Entgegennahme des Lebens wie der Kunst nicht aus Unterwürfigkeit und auch nicht, wie soll ich sagen, aus einer Haltung der Verweigerung, sondern still, mutig und vertrauensvoll. Wobei das Vertrauen sich letztlich auf eine als vernünftig und sinnvoll erkannte Weltordnung bezieht. Bach strebte danach, diese als vernünftig und sinnvoll erkannte Ordnung auch in seiner Musik zum Klingen zu bringen. Und in dieser Haltung, so steht es in einem von Vaters Tagebüchern, sei Bach unter allen großen Musikern einmalig gewesen. ›Soli Deo Gloria‹, manchmal nur abgekürzt ›SDG‹, habe er unter seine Werke geschrieben. So etwa hat mein Vater sich ausgedrückt. Originell war das vielleicht nicht, wenn man musikwissenschaftliche Maßstäbe anlegt, aber für einen Landwirt aus der Gegend von Nussdorf am Inn doch bemerkenswert.«

So verging dieser Abend. Claudia holte Erinnerungen hervor, die ihr am Herzen lagen. Schumpeter hörte zu und fragte, wenn Claudias Redefluss zu verebben drohte. Gelegentlich ließ er sie auch den einen oder anderen Blick in sein eigenes Leben werfen. Sie waren offen miteinander, achteten aber darauf, mit ihren Erinnerungen nicht an Ereignisse zu rühren, die das Gleichgewicht, das sich zwischen ihnen eingestellt hatte, hätten stören können. Wenn Schumpeter später an diese Unterhaltung dachte, wunderte er sich über die heikle Balance aus Offenheit und Kontrolle, die sie dabei eingehalten hatten.

Claudia lud ihn zu einem Besuch des elterlichen Bauernhofes bei Nussdorf ein. Obwohl sie diese Idee ja schon bei ihrem abendlichen Gespräch aufgebracht hatte, zögerte Schumpeter. Warum, dachte er, beließen sie es nicht eine Weile bei der Balance, die sie miteinander gefunden hatten? Alles Weitere würde sich irgendwann zwanglos ergeben. Er konnte sich das Haus, in dem Claudia aufgewachsen war, recht gut vorstellen. Er sah vor seinem inneren Auge auch die umliegenden Wiesen und Felder; selbst den am Gehöft vorbeifließenden Bach, den Mühlbach, der weiter im Norden in den Inn mündete, konnte er sich vergegenwärtigen. Claudias Kindheitskulisse. Hier war sie groß geworden, hier hatte sie gespielt, hatte später, als sie schon ein Schulkind war, Pflichten übernommen, die häufig darin bestanden, auf ihre jüngeren Halbgeschwister aufzupassen. Hier, in diesem Haus, das er sich vorstellte, von dem er sich aufgrund ihrer Erzählungen fast schon ein genaues Bild machen konnte, hatte sie auch vom Tode ihres Vaters erfahren. Ein Leben geht so schnell zu Ende, manchmal geschieht so etwas in Sekunden. Das war das eine. Die andere Einsicht: Wie schnell schließt sich die Lücke, die ein Toter zunächst noch hinterlässt. Beides hatte Claudia schon als Kind erleben müssen. Würde er, wenn er Claudias Einladung folgte, nicht in ihr Leben, das er bis jetzt nur von außen betrachtet hatte, hineingezogen werden? Wollte er das? Nein, sagte er sich immer wieder, das will ich nicht. Mein eigenes Leben reicht mir, manchmal war es mir schon zu viel.

Nein, Schumpeter hätte einen Besuch in Nussdorf am Inn gern hinausgeschoben. Aber Claudia bat ihn und kam immer wieder auf ihren Wunsch zurück. Und war sie nicht ein Schatz? Außer Sigrid hatte ihm noch niemand auf Anhieb so gut gefallen. Sollte er nicht versuchen, mehr über sie zu erfahren? Es ist immer ein Risiko, sich auf ein fremdes Leben einzulassen und dabei ein Stück des eigenen Lebens preiszugeben. Aber musste er dieses Risiko nicht eingehen?

Zwischen Scheu einerseits und der wachsenden Sympathie für Claudia andererseits wurde er eine Zeit lang hin und her gerissen. Dann besorgte er sich eines Tages eine Karte, in der die Landschaft um Nussdorf am Inn sehr genau eingezeichnet war. 1:25000, war das nicht der Maßstab der Generalstäbe? Er studierte den Flusslauf, die Lage des Städtchens, die Wege und Straßen so genau, dass er fast imstande gewesen wäre, diesen Teil der Karte aus dem Kopf nachzuzeichnen. Dennoch zögerte er, dorthin zu fahren und mit eigenen Augen zu sehen, was er in den Jahren seiner Reisen nach Innsbruck wegen der winterlichen Dunkelheit immer versäumt hatte. Diese Menschen, sagte er sich – diese Agnes, der Stiefvater, der ihm angeblich ähnlich sah, die Halbgeschwister, die unsichtbaren Spuren, die sie alle, auch Claudias Vater, der Mühlbachbauer, und natürlich Claudia selbst hinterlassen hatten –, waren in seiner übergenauen Karte nicht verzeichnet, aber er würde sie, wenn er Claudias Einladung folgte, spüren. Vielleicht würde es ihm schwerfallen, sich diesem Geflecht wieder zu entziehen, wenn er sich einmal darauf eingelassen hätte.

Schließlich fuhr er, mit seiner Karte bewaffnet, erst einmal allein nach Nussdorf, stellte sein Auto am westlichen Ortsrand ab und wanderte über den Inn hinaus auf die Wiesen, die den Mühlbachhof umgaben. Die Landschaft leuchtete in frischen Farben. In dem ebenen Gelände des Inntals hatte sich frühsommerliches Grün ausgebreitet. Aber auch an den Berghängen, die das Inntal begrenzten, war es emporgestiegen und hatte sich neben das Dunkelgrün der Nadelhölzer gestellt. Die Sonne schien, der Fluss schimmerte, die Vögel zwitscherten, und ab und zu trugen kühle Windböen Glockenklänge an das Ohr des Wanderers, der vom Inn her kommend den Mühlbachhof umrundet hatte und nun auf einem recht steilen Weg am westlichen Berghang in die Höhe stieg. Entgegen seinen von nächtlichen Fahrten herrührenden Erinnerungen begegnete ihm an diesem Sonntag im späten Mai nur Schönes und Heiteres. Auch die vereinzelten Menschen, die er auf seinem Weg traf, Wanderer wie er selbst oder Leute aus einem der umliegenden Dörfer, vielleicht sogar vom Mühlbachhof, grüßten ihn freundlich mit der Zutraulichkeit, wie sie unter den Bewohnern benachbarter Gehöfte oder kleiner Dörfer auf dem Lande auch heute noch üblich ist. Als er nach einem zweistündigen Spaziergang wieder bei seinem Auto ankam und sich anschickte, über die Autobahn nach München zurückzufahren, fühlte sich Schumpeter erfrischt und entspannt. Hierher könnte er auch mit Claudia kommen, ohne sich um die leisen Ängste zu kümmern, die in ihm aufgestiegen waren, wenn er an die nächtlichen Fahrten zwischen Rosenheim und Kufstein dachte.

Seine Erleichterung über den heiteren und beschwingten Charakter der sommerlichen Wiesen und Felder rings um den Mühlbachhof bewog ihn, gleich nach seiner Rückkehr Claudia anzurufen und ihr von seinem Ausflug zu berichten. Er verschwieg ihr allerdings, dass er ganz gezielt nach Nussdorf gefahren war, um diesen Ort und seine Umgebung auf sich wirken zu lassen. Nein, sein

Besuch in Nussdorf sei eher einem Zufall zu verdanken gewesen. Als er von einem Fortbildungsseminar in Innsbruck auf der Inntal-Autobahn in Richtung München fuhr, habe er plötzlich das Ausfahrtschild für Nussdorf gesehen. »Da bin ich einfach rausgefahren und habe mich in der Gegend ein wenig umgesehen.«

»Und?«, fragte Claudia erwartungsvoll. »Hat's dir gefallen?«

Ja, das hatte es. Jetzt, so ließ er Claudia wissen, freue er sich darauf, seinen ersten Eindruck mit ihr zusammen zu vertiefen und das Haus und die Orte zu besuchen, die in ihrem Leben eine besondere Rolle gespielt hatten.

»An einem der nächsten Wochenenden«, schlug Claudia vor. »Ich muss meine Mutter anrufen und herausfinden, wann es ihr passt. Kannst du dich danach richten?«

Drei Wochen später fuhren sie zusammen nach Nussdorf, wieder an einem Sonntag.

Schumpeter hatte seine Bedenken aufgegeben. Vielleicht hatte er sich auch nur eingeredet, dass die entfernte Möglichkeit eines Zufalls ihn nicht davon abhalten dürfe, sein Leben so zu führen, wie seine Neigungen und die Umstände es ihm nahelegten. Also freute er sich auf den Besuch. Claudia schwankte zwischen Vorfreude und einer gewissen Aufgeregtheit, die damit zusammenhing, dass sie ihrer Mutter von Schumpeter erzählt hatte und dass Agnes Hinterseer, wie sie seit Langem hieß, sofort verstanden hatte, dass Claudia mit ihrem und Schumpeters Besuch eine bestimmte Absicht verband. Sie näherten sich ihrem Ziel auf Nebenstraßen, um die vor ihnen liegende Landschaft genießen und ohne Mühe anhalten zu können, wenn Claudia ihn auf ein Haus, einen Kirchturm oder auf andere bauliche oder landschaftliche Besonderheiten hinweisen wollte, die sie mit ihrer Kindheit verbanden. Einige dieser Etappen riefen bei Claudia heitere, andere durchaus auch dunklere Erinnerungen wach. Sie erkannte Bushaltestellen, an denen sie selbst früher auf den Postbus nach Rosenheim gewartet hatte oder an dem andere Kinder auf dem Wege zur Schule oder »in die Stadt« zugestiegen waren, und Claudia erzählte Schumpeter, was sie von diesen Altergenossen oder Freundinnen noch wusste und ihr nach so vielen Jahren noch mitteilenswert erschien.

Kurz vor ihrem Ziel kamen sie an eine Kreuzung mit einer Ampel. »Hier musst du links abbiegen, wenn du zum Mühlbachhof kommen willst«, sagte Claudia und schwieg, während Schumpeter darauf wartete, dass die Ampel auf Grün schalten würde. »Da drüben«, sie zeigte nach Westen, »liegt das Wirtshaus, in dem mein Vater damals oft einkehrte, und hier, an dieser Kreuzung, ist es passiert.« Während Schumpeter nach links abbog, fügte sie hinzu: »Danach haben sie hier endlich eine Ampel angebracht. Vorher gab es nichts, keine Beleuchtung, nicht einmal ein Vorfahrtsschild oder ein anderes Zeichen, das auf die Kreuzung hinwies. Immer wieder sind Unfälle passiert, kleinere zumeist. Aber erst, nachdem mein Vater Felix Mühlbach hier zu Tode kam, ist die Ampel angebracht worden. Felix hieß er, der Glückliche. Das war er nicht. Er war überhaupt nicht glücklich. Auf der Suche nach einem bisschen Glück war er wohl sein Leben lang, aber gefunden hat er es nie.«

Jetzt drohte doch einzutreten, was Schumpeter befürchtet hatte. Claudia fing an, sich zu erinnern und ihn in ihre Rückblicke hineinzuziehen. »Sag mir, wie ich weiterfahren soll.«

»Geradeaus«, antwortete Claudia, »nach ungefähr zweihundert Metern rechts ab.«

Sie fuhren auf einer schmalen, asphaltierten Straße, die in einem weiten Bogen nach Osten den Mühlbach umspannte und dann gerade auf das Gehöft zulief. Nach einigen hundert Metern war die Straße nur noch mit Schotter bedeckt.

»Die große Scheune rechts vom Wohnhaus ist neu, die hat Hans Hinterseer bauen lassen, und die Bäume hinter dem Haus, siehst du die? Diese Baumreihe, die nach Nordosten verläuft, begleitet den Mühlbach noch ein paar Kilometer weit.«

Ihr Weg führte sie auf einen geräumigen Platz, der im Westen von einem langgestreckten Wohnhaus begrenzt wurde, das sich nach Norden in einem Stall fortsetzte. Dem Wohnhaus gegenüber stand die große Scheune, die Claudias Stiefvater errichtet hatte, und im Norden wurde das Gehöft von zwei geräumigen Holzschuppen begrenzt, die zwischen sich genügend Raum für einen mehrere Meter breiten Weg ließen, der auf die Wiesen hinausführte. Dort stand ein Traktor, und vor einem der beiden Schuppen, der offenbar als Garage diente, hatte jemand einen alten Mercedes geparkt. »Der gehört meiner Mutter«, erläuterte Claudia, »sie wird auf uns warten.«

Sie stiegen aus und näherten sich dem Wohnhaus, Claudia ging einen Schritt voraus. Sie klopfte kurz an die Haustür, wartete aber nicht auf Antwort, sondern drückte die Klinke und öffnete die Tür, die auf einen mit roten Ziegelplatten ausgelegten Flur führte. Es roch nach Milch, ein wenig nach Kuhstall und nach Holz, eine Mischung, die Schumpeter bekannt vorkam. Hatte er dieses Aroma schon einmal wahrgenommen? Aber wo sollte das gewesen sein? Plötzlich glaubte er zu wissen, dass die links von der breiten Diele abgehende Tür in eine Wohnküche führte. Claudia öffnete jetzt diese Tür und dort, in der Nähe des Kachelofens, stand jemand und blickte ihnen erwartungsvoll entgegen. Claudia breitete die Arme aus, rief »Agnes« und umarmte ihre Mutter. Agnes Hinterseer war etwas größer als ihre Tochter. Sie trug ihr dunkles Haar nach hinten gekämmt und zu einem festen Dutt zusammengebunden. Nach Schumpeters Schätzung mochte sie fünfundfünfzig Jahre alt sein. Jetzt löste sie sich aus Claudias Umarmung und trat auf Schumpeter zu. Claudia stellte ihn vor, und Agnes ergriff seine Hand, während sie ihn zwar in ihrem heimatlichen Dialekt, doch mit einer gewissen Förmlichkeit begrüßte. »Grüß Gott, Herr Doktor Schumpeter, das ist lieb, dass Sie uns einmal besuchen. Die Claudia hat schon viel von Ihnen erzählt.«

Einen Augenblick lang glaubte Schumpeter, dieser Frau schon einmal begegnet zu sein. Das ovale Gesicht, die Falten um ihren Mund und in den Augenwinkeln, die auffallend blauen Augen kamen ihm bekannt vor. Aber wann sollte das gewesen sein?

Agnes trug einen grauen Rock und eine weiße Bluse und hatte sich eine grau-blau karierte Kittelschürze umgebunden, alltägliche Kleidungsstücke, die sie vermutlich auch an Wochentagen trug.

»Wo ist Hans?«, fragte Claudia ihre Mutter.

»Der ist noch draußen, beim Heu machen. Am Dienstag wird's regnen, sagt der Wetterbericht, bis dahin sollte das Heu in der Scheune sein.«

»Dann sehen wir ihn gar nicht?«

Er würde schon noch kommen, beruhigte Agnes ihre Tochter. Bis dahin, schlug sie vor, sollten die beiden etwas essen, ein wenig spazieren gehen, wenn sie Lust hätten, und dann noch einen Kaffee trinken. »So um viere wird der Hans wieder hier sein.«

Während Agnes sprach, hatte Schumpeter sie sorgfältig beobachtet. Viel Ähnlichkeit mit Claudia hatte sie nicht. Insgesamt wirkte Agnes hager, dabei aber kräftig und sehnig. Nur die länglichen Wangen und der Mund erinnerten an Claudia. Agnes lud ihre Gäste ein, an einem großen, offenbar aus Zirbelholz gefertigten Küchentisch Platz zu nehmen. Sie servierte ihnen eine Knödelsuppe und aus der eigenen Produktion stammende Lebensmittel: Bauernbrot, Butter, Schinken und Radieschen. Es war, fand Schumpeter, alles sehr einfach und doch von einer außergewöhnlichen Frische und Qualität. Agnes unterzog ihre Tochter einer gründlichen mütterlichen Befragung, in der eine für Schumpeters Geschmack übertriebene Fürsorglichkeit mitschwang. Ob Claudia auch genug äße, fragte Agnes, sie sähe schmaler aus als bei ihrem letzten Besuch. »Schläfst du auch genug bei dem Betrieb in der Kanzlei und überhaupt – diese furchtbare Unruhe heutzutage. Für mich wäre das nix.« Bei Schumpeter erkundigte sie sich in einem ganz anderen Ton, der von größerer Zurückhaltung und vielleicht auch von der Befürchtung geprägt war, dem Herrn Doktor als Landpomeranze zu erscheinen. Schumpeter gab freundliche, wenn auch reservierte Auskünfte über sein Leben und berührte den Verlust seiner Frau nur ganz flüchtig. Trotz seiner Zurückhaltung – Agnes spürte die Verletzung, die der Tod seiner Frau bei ihm hinterlassen hatte. Schumpeter, durch die Nähe Claudias und das ruhige und freundliche Verständnis, das ihn umgab, dazu angeregt, berichtete von Sigrids Krankheit, von seiner Unfähigkeit, den Ernst ihrer und damit seiner eigenen Lage zu erkennen und sich darauf einzurichten. Er ging sogar noch weiter und sprach von einem Gefühl von Schuld, das ihn immer wieder heimgesucht hatte. Er als Arzt – wie konnte er so lange neben Sigrid her leben, ohne die zunächst subtilen, später aber immer deutlicheren Veränderungen in ihrem Verhalten und ihren Beschwerden richtig zu deuten? Er habe Symptome, die für diese Krankheit einigermaßen typisch seien, nicht ernst genommen: Kopfschmerzen, Übelkeit, Sehstörungen, Schwindelgefühle – mein Gott, das lernt man in den ersten klinischen Semestern. Viel zu spät habe er darauf bestanden, dass sie einen Neurologen aufsuchte. Vielleicht hätte man ihr helfen können, wenn er das früher getan hätte?

»Aber hast du mir nicht einmal erzählt, dass dieser Tumor praktisch unheilbar ist, auch wenn man ihn früh erkennt?«

»Ja, ja, das stimmt schon«, murmelte Schumpeter und blickte durchs Fenster in den grauen Himmel. »Trotzdem ...«

»Dann müssen Sie sich nichts vorwerfen, Herr Doktor«, sagte Agnes und berührte damit einen Punkt, um den Schumpeters Gedanken schon seit Wochen kreisten. Er atmete tief ein und wieder aus. Es klang wie ein Seufzer. »Das könnte man meinen«, sagte er leise, »und die Kollegen haben es mir ja auch bestätigt. Aber weiß man's? Ganz sicher ist man sich doch nie, und eine frühe Diagnose ist immer besser als eine späte. Ich komme mir immer noch vor wie ein entgleister Zug, trotz meiner Freunde, die mir helfen.« Er streifte Claudia mit einem kurzen traurigen Blick.

»Du musst einmal aufhören, dir Vorwürfe zu machen«, sagte Claudia leise, fast im Flüsterton. Agnes, die schon etwas schwer hörte, hatte Claudias Zuspruch nicht verstanden. »Ja, aber da sind Sie doch völlig schuldlos«, trompetete sie, als könne sie Schumpeters inneres Gleichgewicht durch eine lautstarke Verkündigung des hier zutreffenden Sachverhaltes wiederherstellen. Schumpeter ignorierte Agnes' Zwischenruf.

»Es geht mir nicht um die medizinische Beurteilung«, sagte er betont leise, sodass nur Claudia ihn verstehen konnte. »Es geht darum, dass ich gegen meine eigenen Grundsätze verstoßen habe. Und ausgerechnet bei dem Menschen, für den ich mich in erster Linie verantwortlich fühlte und um den ich mich wegen viel banalerer Dinge sorgte. Und da, wo es einmal wirklich wichtig war, ließ ich die Zügel schleifen.«

Claudia legte ihre Hand auf seine beiden Hände, mit denen er immer wieder die Tischdecke glatt gestrichen hatte. Es wurde still in der Wohnküche. Einige Sekunden lang hörte man nur das Gackern der Hühner im Hof.

Wegen ihrer Schwerhörigkeit hatte Agnes nicht alles mitbekommen, was zwischen Schumpeter und Claudia gesagt worden war. Dennoch fühlte sie sich an ein lange zurückliegendes Ereignis erinnert und wollte es in dieser Stimmung, in der sich Schumpeter geöffnet hatte, nun auch zur Sprache zu bringen.

»Hast du dem Herrn Doktor von unserem Vater erzählt?«, fragte Agnes ihre Tochter.

»Ja, aber nicht in allen Einzelheiten.«

»Vielleicht trifft sich's ganz gut, Herr Doktor Schumpeter, dass der Hans heut draußen Heu macht. Er hat's nicht so gern, wenn er an den ersten Mühlbachbauern erinnert wird, den Felix Mühlbach, Claudias Vater. Aber ich hab doch Bilder aus der Zeit mit Claudia und Peter, und natürlich ist der Felix auch drauf. Mögt's ihr die mal anschauen?«

Claudia zögerte noch, aber Schumpeter drückte ihre Hand und sagte mit Überzeugung, dass er diese Bilder sehr gern sehen würde. »Wenn es keine Umstände macht.«

»Von Umständen kann keine Rede sein. Ich habe sie ja alle gleich nebenan im Schrank.« Sie verschwand und kam gleich darauf mit einigen Fotoalben zurück, die sie alle nummeriert und beschriftet hatte. Eines dieser Alben schlug sie nun auf. »Ja, das ist das richtige«, sagte sie und winkte Claudia und Schumpeter an ihre Seite. »Damit wir alle was sehen.«

Schumpeter setzte sich an Agnes' linke, Claudia an die rechte Seite ihrer Mutter. Erinnerungsbilder, sagte sich Schumpeter, als Agnes die ersten Seiten aufschlug. Die meisten Bilder waren schwarz-weiß, das Fotopapier chamois mit gebrochenem Rand, so, wie es in den Fünfziger- und Sechzigerjahren noch üblich war. Aber man erkannte doch die eine oder andere Einzelheit, zumal von manchen Bildern Vergrößerungen angefertigt worden waren. Peter und Claudia bei der Heuernte und dann die Belohnung für ihre Mithilfe, die Heimfahrt auf dem vollgeladenen Wagen. Ein Bild von der damaligen »ganzen« Familie am Hauseingang. »Mit Selbstauslöser«, bemerkte Agnes. Felix Mühlbach, daneben seine Frau, Claudia an ihren Vater gelehnt, Peter frei stehend, ein Holzpferd umklammernd. »Das war im Sommer 1961«, erläuterte Agnes. »Im folgenden Frühjahr ist es dann passiert.«

Es gab noch weitere Bilder von Felix Mühlbach, dem man aufgrund seines Aussehens zutraute, dass er neben der Landwirtschaft noch andere Neigungen hatte. Auf den Bildern, die Agnes ihnen zeigte, schien er hochgewachsen, sehr schlank, ein wenig vornübergebeugt. Sein dunkelblondes, links gescheiteltes Haar hing ihm oft ein wenig in die Stirn, aber immer so, dass die großen, etwas skeptisch dreinschauenden Augen frei blieben. Die Nase war lang und schmal, der Mund erinnerte an Claudias volle und weiche Lippen. Das Kinn war weder besonders ausgeprägt noch schwach, zweifellos waren die Augen das typischste Merkmal in diesem Gesicht. Und die Hände, dachte Schumpeter, als Agnes weiterblätterte und auf ein Bild stieß, das Felix aus der Nähe zeigte. Er stand an einen Gartenzaun gelehnt und hatte seine Hände über die Schultern seiner beiden Kinder gelegt. Lange, schmale Hände hielten sie umfasst, als wollte der Vater sie beschützen. »Seine Hände würde man eher einem Künstler zuordnen als einem Landwirt«, sagte Schumpeter. »Er war eben beides«, erwiderte Claudia so leise, dass ihre Mutter sie nicht verstand.

Auf einigen weiter hinten im Album eingeklebten Bildern tauchte eine großmütterliche Gestalt mit Kopftuch auf, die auf den meisten Aufnahmen eine karierte Kittelschürze trug. »Meine Mutter«, erklärte Agnes, »sie hat sich viel um Claudia und Peter gekümmert, ich hab dem Felix damals ja noch viel draußen auf den Feldern oder im Stall helfen müssen.«

Da stand die Großmutter, Regula hatte sie geheißen, in der Wohnküche. Es musste derselbe Raum gewesen sein, in dem sie jetzt saßen. Um die Großmutter herum hatte sich eine ganze Kinderschar gruppiert. Schumpeter erkannte Peter und Claudia, aber die anderen? Kleine blonde Mädchen mit Zöpfen und ein Bub, der ungefähr so alt wie Claudia gewesen sein musste. »Nachbarskinder«, erklärte Claudia und nannte alle Kinder mit Namen. »Peter, ich, Vroni, Rosemarie und Ludwig, dahinter die Großmutter und im Hintergrund der Kachelofen, der jetzt immer noch da steht.«

Schumpeter drehte sich um. Er saß mit dem Rücken zum Ofen. Ja, die Kacheln waren dieselben wie auf dem Foto. Dieses Bild musste in einem fröhlichen Augenblick aufgenommen worden sein, denn alle strahlten in die Kamera. Dennoch löste es in Schumpeter ein Gefühl von Beklemmung aus. Hatte er das nicht schon einmal gesehen, vor vielen Jahren, an einem kalten Wintermorgen? Noch ein Bild berührte ihn seltsam. »Ich habe das geschossen«, sagte Agnes mit einer plötzlichen Härte in der Stimme, als hätte sie wirklich geschossen und nicht nur den Auslöser einer Kamera betätigt. Es war ein Bild von Felix Mühlbach auf dem Fahrrad, offenbar im Begriff, den Hof zu verlassen. Sie hatte die Kamera mit dem Radfahrer bewegt, sodass seine Konturen und sein Gesicht scharf zur Geltung kamen, die Umgebung, an der er vorbeifuhr, aber nur verschwommen zu sehen war.

»So sah er kurz vor seinem Tode aus«, sagte Agnes. »Er ist eh ständig mit dem Rad unterwegs gewesen, der unruhige Mensch.« Felix saß auf einem für damalige Verhältnisse sportlichen Rad, weit vornüber gebeugt, hatte den Kopf erhoben und die Augen auf ein fernes Ziel gerichtet. Es sah aus, als habe er auf seinem Rad vor irgendetwas die Flucht ergriffen. Allmählich gewann Schumpeter eine Vorstellung von dem Mann, der vor Jahren diesen Hof bewirtschaftet hatte.

»Weißt du, Agnes, ich möchte Klaus noch das Haus zeigen, vor allem mein Zimmer, und dann könnten wir vielleicht zu Hans hinausgehen oder fahren und ihm wenigstens ‚Grüß Gott' sagen.«

Schumpeter war froh über diese Intervention. Agnes klappte ihr Fotoalbum zu und trug es wieder zurück an seinen Platz im Nebenzimmer. »Ich will das hier nicht so rumliegen lassen. Wenn der Hans das sieht ... der mag das nicht.«

Claudia stand auf und nahm Schumpeters Hand. »Komm, ich zeig dir das Wohnhaus. In der Diele riecht es immer noch genauso wie früher«, rief sie Agnes zu. Auf einer breiten Holztreppe mit einem schön geschnitzten Geländer stiegen sie in das obere Stockwerk, in dem sich die Wohn- und Schlafräume der Familie befanden. Schumpeter staunte über die Größe der Zimmer und über die herrliche Lage des Hauses. Aus allen Fenstern sah man auf die Wiesen, die sich auch an diesem grauen Tag in die Ferne dehnten wie Fantasielandschaften auf einem Gemälde. Dann standen sie in Claudias Zimmer. Die Fenster zeigten nach Westen, wo sich hinter den Wiesen steile Berghänge erhoben. Dort war Schumpeter bei seinem kurzen Besuch vor drei Wochen ein ordentliches Stück in die Höhe gestiegen. In einigen hundert Metern Entfernung verlief eine Baumreihe von Norden nach Süden. An einigen Stellen war sie unterbrochen.

»Ist das die Straße?«, fragte er Claudia.

»Ja, die Bundesstraße mit einigen Kreuzungen, immer da, wo keine Bäume stehen. Siehst du das weiße Haus dort auf der anderen Straßenseite?« Schlumpeter nickte. »Das ist der Gasthof, den mein Vater gern besuchte. Links davon und näher bei uns liegt die Kreuzung, über die er damals bei Nacht gefahren ist, der Unfallort. Dort ist er gestorben.«

»Wann genau war das?«

»Am Montag, den dreizehnten März 1962«, antwortete Claudia leise. »Wollen wir schnell hinlaufen?«

»Wenn du möchtest.«

Claudia ging voraus. Sie stiegen die Treppe hinunter. »Wir machen einen Spaziergang«, rief Claudia ihrer Mutter durch die nur einen Spalt breit geöffnete Küchentür zu, und dann folgten sie einem Wiesenweg zu der durch das Fenster von Claudias Zimmer ins Auge gefassten Kreuzung. Bereits vor der Kreuzung stießen sie auf die Straße, auf der Felix Mühlbach damals mit seinem Fahrrad durch das Dunkel geeilt war, leise, unhörbar und bei fehlender

Beleuchtung auch nicht sichtbar. Sie kamen an die jetzt durch eine Ampel geregelte Kreuzung. »Hier gab es nur Vorfahrtsschilder damals«, sagte Claudia, als sie die Kreuzung erreicht hatten. »Und da, kurz vor der Mitte der Kreuzung ist er auf einen kleinen VW geprallt, der zu allem Überfluss auch noch schwarz war. Allerdings hatte der seine Scheinwerfer eingeschaltet, das hat sich später bei der Untersuchung herausgestellt. Vater hat offenbar nur nach links geschaut und ist dann einfach weitergefahren, als niemand kam. Dass sich auf der rechten Seite Autos näherten, hat er entweder nicht gesehen oder er hat es falsch eingeschätzt.«

»Aber er kam ja von Osten, fuhr also auf das Wirtshaus zu, das hinter der Straße liegt. Und sagtest du nicht, er habe etliche Promille im Blut gehabt?«

»Er hatte etwas liegen lassen beim Stangenwirt und ist noch einmal zurückgefahren, um es zu holen. Das habe ich später vom Josef erfahren, dem die Wirtschaft damals gehörte.«

»Und was war das?«

»Seine Geige.«

»Hast du Geige gesagt?«

»Ja, du wirst es nicht glauben, seine Geige. Ein wertvolles Instrument von Steiner aus Mittenwald.«

»Und warum ist er damit durch die Dunkelheit gefahren?«

»Weil er beim Stangenwirt Freunde traf, mit denen er Trio spielte – einmal in der Woche haben sie geübt.«

»Und danach haben sie einen gehoben, er ist dann nach Hause gefahren, hat dabei seine Geige vergessen und ist noch einmal umgekehrt, um sie zu holen?«

»Ja, so ist es wohl gewesen.«

»Und hier«, Schumpeter zeigte auf die rechte Spur der nach Süden führenden Straße, »muss ja die Bremsspur gewesen sein, es war ja trocken an dem Abend, und der Fahrer hat nach dem Zusammenstoß sofort voll gebremst.«

»Die sieht man natürlich nicht mehr«, sagte Claudia, die versuchte – zum wievielten Male? – sich die Ereignisse dieses unseligen Abends vor Augen zu rufen. Schumpeter dachte an das Bild des Fahrrad fahrenden Felix Mühlbach, das ihm Agnes vorhin gezeigt hatte. Was tut man, wenn ein Radfahrer, nein, wenn dieser Radfahrer urplötzlich aus stockfinsterer Nacht vor dem Auto auftaucht, nein, nicht vor dem Auto, sondern vor der Windschutzscheibe, und wenn gleichzeitig mit der Wahrnehmung dieses Bildes auch schon der krachende Anprall stattfindet und auf einmal eiskalter Fahrtwind durch die zerbrochene Windschutzscheibe weht? Bremsen, Vollbremsung, bis der Wagen steht. Dann aussteigen, andere nachfolgende Autofahrer sind auch ausgestiegen, innerhalb von Sekunden – oder waren es Minuten? – ist sogar ein Polizeiwagen zur Stelle, woher kam der so schnell? Auch die Rettung ist gleich da, aber was heißt gleich, wenn man sich in einer Art Schock befindet? Trotzdem. Wie haben die das damals fertiggebracht ohne mobile Telefone? Minuten müssen doch vergangen sein. Als sie da sind, ist der Mann schon tot.

»Dem steht ja das Blut im Rachen. Der atmet nicht mehr.« So lautet die Diagnose des Arztes, der das einige Meter durch die Luft geschleuderte Opfer untersucht hat.

»Wie schnell sind Sie gefahren?«, fragt ein Polizist. Der junge Mann aus dem Volkswagen weiß es nicht mehr. »Achtzig Stundenkilometer vielleicht?« Jemand neben ihm sagt leise: »Sechzig sind erlaubt.«

»Also sechzig, vielleicht etwas mehr, es ging alles zu schnell, an Einzelheiten kann ich mich nicht erinnern.«

»Es waren sechzig, ich bin ein ganzes Stück hinter ihm hergefahren«, sagt die Stimme des Unbekannten, jetzt etwas lauter und in offiziellem Ton.

»Sein Fahrrad habe ich behalten, es war total verbogen«, sagte Claudia. »Es war bei ihm im Augenblick des Anpralls, vielleicht hat er das Fahrrad als Letztes wahrgenommen. Er war ja sofort tot, haben die Gerichtsmediziner später erklärt.«

Und das Auto hatte fast so etwas wie einen Totalschaden. Es wurde noch am selben Abend in eine nahe Werkstatt geschleppt. »Nehmen Sie Ihre Papiere an sich«, rät der Polizist dem jungen Mann, der äußerlich ganz ruhig ist, aber dennoch unter Schock steht, immer noch. »Setzen Sie sich morgen mit der Werkstatt in Verbindung.«

Und ich, denkt er, ich muss doch auch irgendwo hin, ich kann doch hier nicht stehen bleiben auf dieser Straße. »Gibt es hier irgendwo ein Gasthaus, in dem ich bleiben kann?«

»Ja, das gibt es, wir fahren Sie hin«, beruhigt ihn einer der Polizisten, dem er die Situation geschildert hat, so gut er konnte. Aber zunächst musste er verhört werden. »Wohin?«

»Zum Polizeirevier.«

»Ja, natürlich.«

An diese kurze Fahrt kann er sich später nicht erinnern. Sie sind plötzlich da, in einem überheizten, nach Tabakqualm riechenden Raum. Er, ein Polizist mit einer Schreibmaschine ihm gegenüber, ein weiterer Beamter sitzt irgendwo im Schatten der Schreibtischlampe.

Name, Geburtstag, Wohnort, Adresse, Hergang des Unfalls. Er weiß nicht viel, wiederholt die Eindrücke, die er mit sich herumträgt, die sich eingeprägt haben in Sekundenbruchteilen, in denen das normale Zeitempfinden ausgelöscht wird. Davon erzählt er den Polizisten nichts. Nach außen bleibt er ruhig, geordnet, zunehmend traurig über das, was geschehen ist. Wieder hat er das Gefühl, dass alles schnell geht, aber als sie ihn im Gasthof abgeliefert haben, ist es auf einmal weit nach Mitternacht. Als er sich zum ersten Mal wieder im Spiegel sieht, will er nicht glauben, dass dieses bleiche, schmale Gesicht ihm gehört, und was war mit seinem Hals?

Sein Hemdkragen ist voller Blut. Erst jetzt entdeckt er die Schnittwunden, welche die Splitter der Windschutzscheibe an seinem Hals und an den Wangen hinterlassen haben, aber die Augen? Die Augen waren in Ordnung. »Sie haben Glück gehabt, unglaubliches Glück«, hat ihm der ältere Polizist gesagt, der ihn im ‚Schwarzen Adler' abgeliefert hat. Jetzt erst versteht er diesen Satz.

Aber der Radfahrer war tot. Wie konnte man unter solchen Umständen von Glück sprechen? Tod und Glück so nahe beieinander, was blieb da übrig als vielleicht ein schwacher Schatten von

Glück? Du hast jemanden umgebracht, sagt er sich, jemand musste sterben, deinetwegen.

»Wir müssen die Staatsanwaltschaft benachrichtigen. Bleiben Sie also hier im ‚Schwarzen Adler', falls die morgen noch mit Ihnen sprechen wollen.«

Schlafen konnte er nicht. Da war, nachdem der erste Schock abgeklungen war, der dringende Wunsch, mit jemandem zu sprechen. Aber mit wem? Wen sollte er anrufen, jetzt, mitten in der Nacht? Warten bis zum Morgen, dann die Eltern anrufen und sie um etwas Geld bitten, falls das Auto noch repariert werden konnte. Der vordere Teil des VW war durch den Anprall völlig zerschmettert worden, aber bei einem Käfer lagen die wichtigen Bestandteile ja hinten.

»Wir Kinder haben erst am Morgen erfahren, was passiert war«, sagte Claudia. »Und weißt du, wer es uns sagen musste?«

»Nein?«

»Unsere Großmutter, die du vorhin auf dem Bild gesehen hast. Sie war immer da, bereitete unser Frühstück zu, kümmerte sich um unsere Schularbeiten. Allerdings«, hier lachte Claudia, »verdanke ich ihr auch so manchen Rechenfehler und so manches falsch geschriebene Wort, das sie in meine Hausaufgaben geschmuggelt hat.«

»Ja, aber wie ging es weiter?«

»Sie erzählte uns, was passiert war. ›Ein großes Unglück ist über uns hereingebrochen, aber ihr müsst jetzt tapfer sein. Euer Vater ist tot, er ist gestern verunglückt. Aber ihr dürft nicht glauben, dass er nicht mehr bei euch ist. Ihr müsst fest an ihn denken, dann werdet ihr seine Nähe spüren. Er wird bei euch bleiben, solange ihr ihn nicht vergesst.‹ Die Einzelheiten des Unfalls schilderte sie uns erst nach dieser Einleitung. Wir waren wie gelähmt vor Entsetzen. Obwohl sie versuchte, uns zu trösten. Die Großmutter hat dann bei den Nachbarn angerufen und gefragt, ob die Kinder nicht zu uns kommen könnten, du weißt schon, die Vroni und die Rosemarie und der Ludwig. Die kamen dann auch und lenkten uns ein wenig ab. Das ging so dahin, ein, zwei Stunden lang. Dann geschah etwas Schreckliches. Der Mann, der das Unglücksauto gesteuert hatte, kam zu uns in die Wohnküche, um sein Beileid auszudrücken und zu sagen, wie leid es ihm täte. Und ob er irgendwie helfen könnte. Das war so unheimlich. Er trug einen langen schwarzen Mantel, der fast bis auf die Erde reichte, ging sehr aufrecht, fast steif und sprach ganz ernst und streng, sodass wir ihn kaum verstanden.«

Und die Großmutter hat versucht, ihm zu erklären, was ihr Schwiegersohn für ein lieber Bub gewesen sei und wie schwer es nun ohne ihn sein würde. Am liebsten würde sie den ganzen Tag weinen, hat sie gesagt, aber das ging ja nicht, wegen der Kinder.

»Und zu euch hat er nichts gesagt?«

»Was hätte er denn zu Kindern sagen sollen, ein junger Kerl, Anfang zwanzig war er, schätze ich. Ich hatte Angst vor ihm. Für mich war er ein Todesbote, ein Todesengel, schwarz und unheimlich. Später hat mir die Großmutter erzählt, der Staatsanwalt würde nachforschen, was passiert sei, und vielleicht müsse der Todesbote noch eingesperrt werden, für das, was er getan hat.«

Und ich, dachte Schumpeter, ging am nächsten Morgen nach dem Besuch bei der Trauerfamilie hinaus an den Unfallort und sah dort noch Blutflecken. Jemand hatte mit farbiger Kreide den Ort des Zusammenpralls und die Lage des Opfers markiert. Vor allem aber sah ich die Bremsspur, zwei tiefschwarze parallele Bahnen, die nach genau sechsunddreißig Metern abbrachen – zu meiner Erleichterung, denn das war ein Bremsweg, der bei trockener Fahrbahn zu einer Geschwindigkeit von sechzig Kilometern in der Stunde passte. Und die waren an dieser Stelle erlaubt. Die Werkstatt hatte mein Auto reparieren können, sie hatten einen alten VW der gleichen Bauart, dessen Vorderteil ganz intakt war und das sie einfach an Stelle der zertrümmerten Kotflügel, der Kofferhaube und des verbogenen Fensterrahmens auf meine Karosserie aufschweißten. Dann mussten sie noch die Leitungen neu legen, alles lackieren – nach drei Tagen hatte ich mein Auto wieder. Es sah aus wie neu und bestand doch aus zwei verschiedenen Wagen, und etwa in dem Tempo, in dem sich mein Auto aus einem

Schrotthaufen wieder in ein neues Fahrzeug verwandelte, kam auch meine Seele wieder zu sich.

»Hat sich der Fahrer des Unfallwagens jemals bei euch gemeldet und gefragt, wie ihr ohne euren Vater weitergelebt habt?«

»Nein.« Claudia schüttelte den Kopf. »Der war doch noch so jung. Wenn ich mir die Szene in unserer Wohnküche heute wieder vor Augen rufe, dann meine ich: Der war von diesem Unglück einfach überrollt worden. Er war traurig, das spürten wir, und wollte uns sein Mitgefühl zeigen. Aber wie sollte das ablaufen? Irgendwann bekamen wir einen Brief von der Staatsanwaltschaft, in dem stand, dass das Verfahren gegen ihn eingestellt worden sei. Man habe ihm kein strafbares Verhalten nachweisen können.«

»Also von der Bildfläche verschwunden?«

»Ja, so kann man es wohl nennen, obwohl ich ihm dafür nicht böse bin. Immerhin hat er uns nach dem Unfall besucht. Leicht gefallen ist ihm das bestimmt nicht.«

Schumpeter erinnerte sich an den langen schwarzen Mantel, den er damals getragen hatte. Ein ehemaliger Militärmantel seines Vaters könnte es gewesen sein, den ihm eine Schneiderei enger gemacht hatte und der dann auf seinen Wunsch schwarz eingefärbt worden war. Das allein hatte genügt, bei der kleinen Claudia die Assoziation mit einem Todesengel herzustellen. Ja, die Großmutter auf dem Bild hatte er fast wiedererkannt, sie stand vor dem Kachelofen, die Kinder eng um sich versammelt, um sie vor dem Eindringling zu schützen, der da an einem kalten, aber strahlend hellen Vormittag schwarz und bleich in ihre Küche getreten war.

Danach hatte er den Mittwoch und den Donnerstag noch am Unfallort verbracht, um auf die Fertigstellung seines Autos zu warten, eine schlimme Zeit, denn im Ort hatte sich herumgesprochen, dass der Mühlbachbauer tödlich verunglückt war und dass der Mann, der ihn getötet hatte, jetzt im ‚Schwarzen Adler' ein Zimmer gemietet hatte und darauf wartete, dass sein Unglückswagen wieder flott würde.

Niemand sagte etwas, aber sie beäugten ihn und – was noch schlimmer war – sie mieden ihn. Der Bann war erst gebrochen, als er bei seiner alten Wirtin in Hötting bei Innsbruck eintraf und dort mit dem erfreuten »da schau her, der Schumpeter Klaus« begrüßt wurde. Von diesem Augenblick an wichen die bösen Geister, die ihn in Nussdorf gefangen gehalten hatten, und er konnte wieder frei atmen.

»Hast du deinen Vater noch einmal gesehen, bevor er beerdigt wurde?«, fragte Schumpeter.

»Ja, sie hatten ihn aufgebahrt und schön angezogen. Am Kopf hat er einen Verband getragen, vielleicht, um entstellende Verletzungen zu verbergen. Sein Gesicht wirkte ganz friedlich. Aber so weit weg, so unwiderruflich abwesend. Ich hab mich gefürchtet bei seinem Anblick. Ich war froh, als er in seinem Grab lag und der Mann in seinem langen schwarzen Mantel unseren Ort wieder verlassen hatte.«

Sie standen immer noch neben der Kreuzung. »Willst du noch beim Stangenwirt vorbeigehen?«, fragte Claudia.

»Nein, außer, du willst unbedingt.«

So schlenderten sie zurück zum Mühlbachhof, begrüßten Hans Hinterseer und saßen noch eine Stunde mit Agnes und dem jetzigen Mühlbachbauern zusammen. Während der Unterhaltung blieb Schumpeter recht einsilbig. Er schien mit seinen Gedanken woanders zu sein. Wie, fragte er sich, würde sich Claudia verhalten, wenn sie erführe, wer damals den schwarzen VW gesteuert hatte und wer als Todesengel in ihr Haus gekommen war? Sigrid hatte er verloren. Würde ein Unfall, einer, der lange zurücklag, ihm auch Claudia wieder wegnehmen? Claudia, die er während der letzten Wochen so lieb gewonnen hatte, dass er glaubte, wieder Freude an seinem Leben zu haben?

»Wir waren noch an der Unglücksstelle von damals«, sagte Claudia jetzt zu Agnes. »Die Bäume sind so groß geworden. Wenn man nicht wüsste, dass dies der schaurige Ort war, an dem unser Vater verunglückte, ich würde es nicht glauben.«

»Die Zeit löscht so vieles aus«, sagte Agnes etwas zu laut. »Gutes und Schlimmes. Mir kommt oft vor, es hätte sich in einem anderen Leben abgespielt.«

Hinterseer, ein kräftiger Mann mit einem von Sonne und Wind gegerbten und gebräunten Gesicht und mit Händen, denen man die Freude am Zupacken ansah, nickte nur, sagte aber nichts. Erst als das Gespräch sich von der Erinnerung an das plötzliche Ende des Felix Mühlbach gelöst hatte, wurde Hinterseer wieder munter. »Morgen müssen wir das Heu reinhol'n«, sagte er, »danach darf's regnen.«

Schumpeter warf Claudia einen Blick zu. Sie schaute auf ihre Armbanduhr und tat, als erschrecke sie. »Wir haben uns verplaudert, der Klaus muss heute noch einmal in die Praxis, oder hast du's vergessen, Klaus?«

»Nein, aber du hast Recht.« Er stand auf. »Meine Pfadfinderin«, sagte er zu Agnes und Hinterseer. »Sie merkt sich meine Termine besser als ich.«

»Kommt's bald einmal wieder«, sagten Agnes und Hans, als sie zu viert vor die Tür traten. Von Westen her drangen rötliche Strahlenbündel durch die Wolken.

»Morgen wird's schön«, prophezeite Claudia.

Später, als sie sich auf der Autobahn der Stadtgrenze von München näherten, fragte Claudia, wie er denn gewusst habe, dass ihr Vater von Osten her in die Kreuzung hineingefahren sei und dass er sich auf dem Weg zum Stangenwirt befunden habe und nicht von dort gekommen sei.

Er schwieg und tat so, als habe er die Frage nicht verstanden. »Entschuldige, was wolltest du wissen?«

»Ach nichts«, antwortete Claudia nach kurzem Zögern. Dann waren sie in der Stadt, und Schumpeter musste eine Entscheidung treffen. »Soll ich dich nach Hause fahren oder bleibst du heute bei mir?«

»Bei dir«, sagte Claudia. Einen Augenblick später war ihm klar, dass er in der Verwirrung, die von ihm Besitz ergriffen hatte, nicht mit Claudia zusammenbleiben konnte.

»Ich bringe dich lieber nach Hause«, sagte er und entschuldigte sich mit Kopfweh und einem Gefühl der Erschöpfung. »Ich weiß nicht, was mit mir los ist, ich glaube, ich werde krank – nicht böse sein«, bat er Claudia, die sich über die plötzliche Eintrübung von Schumpeters Stimmung wunderte, sich auch um ihn sorgte, aber einsah, dass sie im Augenblick nichts für ihn tun konnte. Morgen vielleicht, hoffte sie. Dann bat sie ihn, sie irgendwo abzusetzen. »Ich komme schon allein nach Hause«, versicherte sie. Claudia meinte, an seinem Fahrstil gewisse Unsicherheiten zu bemerken, die sie bisher noch nie beobachtet hatte: eine zu heftige Bewegung des Steuerrades oder eine nicht ganz angemessene Betätigung der Bremse. »Willst du wirklich weiterfahren, wenn dir nicht gut ist?«, fragte sie, aber Schumpeter beruhigte sie. »Doch, es geht schon«, murmelte er und wischte sich mit einem Taschentuch über die Stirn.

Claudia stieg aus. Im Rückspiegel sah Schumpeter sie am Straßenrand stehen. Unbewegt verharrte sie an der Stelle, an der er für sie gehalten hatte, und blickte ihm nach. Eine schlanke Gestalt in einem hellen Sommermantel, die immer kleiner wurde und schließlich im Gewimmel der Passanten und verdeckt von den hinter ihm fahrenden Autos aus seinem Blickfeld verschwand. War das jetzt ihr Abschied gewesen? Hatte sie einen Verdacht geschöpft oder mehr als einen Verdacht? War ihr klar geworden, dass sie in ihm den Mann wiedergetroffen hatte, der damals gekommen war, um sein Mitgefühl auszudrücken, diesen in einen langen schwarzen Mantel gekleideten Überbringer einer schlimmen Nachricht? Aber sie konnten doch nicht einfach auseinandergehen, ohne zwischen sich Klarheit geschaffen zu haben.

»Ich weiß jetzt, wer du bist, weiß, dass du es warst, der damals in unsere Wohnküche trat, ernst und bleich, wahrscheinlich hattest du kaum geschlafen, eingehüllt in diesen langen schwarzen Mantel.« Würde sie so etwas sagen? »Todesengel« hatte sie diese Erscheinung genannt, wie ein Todesengel sei der junge Mann ihr vorgekommen.

Schumpeter spürte, wie die Geister, die nach Sigrids Tod über ihn hergefallen waren und die sich nach Claudias Erscheinen langsam zurückgezogen hatten, wieder kamen, ihn bedrängten und ihm die Sicht nahmen. Mein Gott, wird das denn nie enden, fragte er sich in einem Anflug von Verzweiflung, aber lag nicht auch eine düstere, ja fast teuflische Logik in einem Schicksal, das ihn heute unter dem Vorwand, Claudia etwas Gutes zu tun, an den Ort zurückgeführt hatte, an dem er eine Schuld auf sich geladen hatte, die nie beglichen worden war? Wie er sich aus diesem Zwiespalt befreien sollte, wusste Schumpeter nicht. Aber die Angst, von Claudia entdeckt zu werden oder bereits entdeckt worden zu sein, und die Befürchtung, sie zu verlieren und wieder da zu stehen, wo er sich nach Sigrids Tod befunden hatte, erfüllten ihn mit schmerzlicher Unruhe und nahmen sein Denken so in Anspruch, dass er fast überrascht war, plötzlich in der Einfahrt seiner Garage zu sein. Da stand sein Haus in seiner vertrauten Gefälligkeit, das ihm wie eine Konstante des Gleichmutes oder besser der Gleichgültigkeit vorkam. Die Wände und Fenster, das grausilbern schimmernde Schindeldach, das ihm immer wie ein Ausdruck von Behutsamkeit erschienen war, die Bäume und Sträucher im Garten hatten Sigrids Einzug erlebt, die glücklichen Jahre, die sie beide hier verbracht hatten, die Geburt ihrer Töchter, deren Kindheit und Erwachsenwerden, Sigrids Krankheit und Tod und schließlich das Heraufdämmern eines neuen Lebens mit Claudia, derselben Claudia, deren Vater er getötet hatte – natürlich, ohne es zu wollen, vielleicht sogar, ohne es verhindern zu können. Trotzdem: Ohne ihn, ohne Klaus Schumpeter, hätte dieser Mann, Felix Mühlbach, wohl weitergelebt, wäre Claudias Leben anders verlaufen. Konnte seine Liebe zu Claudia in dieser Nachbarschaft zu Schuld und Tod weiterleben?

Bis zum Einbruch der Dunkelheit saß Schumpeter in seinem Wohnzimmer, das auf eine Terrasse hinausführte, und starrte über die Granitplatten hinweg auf die Wiese und die umstehenden Baumgestalten. Ja, Sigrid hatte sich eine Wiese gewünscht, keinen englischen Rasen.

»Die Blümlein alle, die sie mir gab«, die ersten Takte eines Schubert-Liedes gingen ihm durch den Kopf. Zwei hochgewachsene Tannen und zwei ausladende Laubbäume, eine Buche und eine Linde, bildeten den Abschluss seines Gartens nach Westen.

Er kannte diese Bäume, und sie kannten ihn. Jedenfalls gefiel ihm diese Idee von der Wechselseitigkeit des Erkennens. Ihre vertrauten Umrisse signalisierten Zu-Hause-sein und Geborgenheit.

Was soll ich tun, überlegte er immer wieder und kam doch zu keiner Lösung. Wenn er Claudia seinen Teil der Geschichte erzählte, würde sie, nein, müsste sie ihn mit anderen Augen sehen. Und ob er diesem anderen Blick standhalten könnte, wusste er nicht. Andererseits: Wenn er nun nichts sagte ... Das wäre feige und unaufrichtig. Keine Grundlage für eine liebevolle und offene Beziehung.

Je weiter der Abend fortschritt, desto lebendiger traten einige Einzelheiten jenes lange zurückliegenden Abends in seine Erinnerung. Auch die Stunden, die er in einem Dorfgasthaus verbracht hatte, wurden wieder gegenwärtig. Angst hatte er empfunden, Angst und Unsicherheit, ob er sich nicht doch irgendeiner Nachlässigkeit oder einer Unaufmerksamkeit schuldig gemacht hätte. Immer wieder hatte er versucht, die Sekunden vor und nach dem Unfall in seine Vorstellung zu rufen. Aber am Ende blieb da nur die niederschmetternde Gewissheit, den Tod eines Menschen verursacht zu haben. Diese Gewissheit hatte ihn die ganze Nacht hindurch gefangen gehalten. Erst bei Anbruch des Tages drängten sich Gegenstände, Gesichter und Notwendigkeiten wieder in sein Bewusstsein. Das Gespräch, das er in den frühen Morgenstunden mit seinem Vater geführt hatte, kam ihm in den Sinn. Die Strenge in dessen Stimme, in der dennoch Besorgnis mitschwang. »Du musst mit einem Verfahren rechnen. Überlege dir, ob du dir einen Anwalt nehmen willst.«

Nein, den hatte er sich nicht genommen, er war ja unschuldig, was hätte er denn tun sollen, als der Mann auf dem Fahrrad plötzlich in seine Windschutzscheibe krachte? Als er seinem Vater diese Frage stellte, Wochen waren seit dem Unfall vergangen, hatte der geantwortet: »Nicht bei Dunkelheit durch eine dir unbekannte Gegend fahren.«

»Sondern?«

»Die Fahrt unterbrechen. Irgendwo einkehren und nach einer gut durchschlafenen Nacht weiterfahren.«

Ich selbst habe mir keine Gedanken gemacht, als ich zu einem Gerichtstermin vorgeladen wurde, erinnerte sich Schumpeter. Aber seine Eltern waren beunruhigt. Wie sehr, das erfuhr er erst ein paar Wochen später, nachdem er einen eingeschriebenen Brief von irgendeinem Gericht in Bayern erhalten hatte. Das Verfahren sei eingestellt worden. Nach Ansicht des Gerichts habe er sich nicht fahrlässig verhalten. Der tödliche Unfall sei allein durch das Verhalten des Radfahrers verursacht worden. Wie erleichtert sein Vater war, als sein Sohn ihm diesen Brief zu lesen gab, der ein Ende unter die ganze unselige Affäre zu setzen schien. Und jetzt, nach einem ganz anderen Leben als Assistenzarzt, Ehemann, Vater und als Partner in einer Gruppenpraxis, nach so vielen Jahren schob sich dieses Ereignis wie eine undurchdringliche Wand vor seine Augen, die gerade begonnen hatten, die Schönheit des Lebens wieder wahrzunehmen.

Was war eigentlich aus den Papieren geworden, die er damals bei seinen Eltern aufbewahrt hatte, weil er fürchtete, sie sonst bei einem seiner vielen Umzüge zu verlieren? Er wusste es nicht. Seine Gedanken wanderten durch das Gestrüpp seiner Erinnerungen und fanden nirgends Halt. Seine Schwester Irene hatte die Wohnung der Eltern leergeräumt, als die Mutter in ein Heim zog. Das eine oder andere wird sie wohl aufgehoben haben, aber waren seine Papiere darunter? Frühe Schulzeugnisse, Briefe, die er geschrieben oder empfangen hatte, und eben auch die amtlichen Mitteilungen, die mit dem Unfall zu tun hatten. Warum er diese Unterlagen jetzt gern gesehen hätte, konnte er nicht sagen. Vielleicht finde ich etwas darin, was mir Sicherheit gibt, einen Fingerzeig, der mir weiterhilft, so etwa waren seine Gedanken. Jedenfalls würde er Irene morgen anrufen – aber warum erst morgen, weshalb nicht heute, jetzt gleich? Viel Neues würde er den Briefen, wenn sie noch existierten, nicht entnehmen, aber fast unbewusst hoffte er, dass diese amtlichen Schreiben und das vielleicht schon vergilbte Papier, auf dem sie abgefasst waren, ihm den großen zeitlichen Abstand vor Augen führen würden, der den Druck, den er seit heute Nachmittag verspürte, lindern könnte. Er stand auf, machte Licht und griff nach dem Telefon. Irenes Nummer war ihm entfallen, aber er fand sie in dem kleinen, alphabetisch angeordneten Verzeichnis, das Sigrid vor Jahren angelegt hatte.

Er hatte Glück. Irene meldete sich in der für sie typischen, immer etwas lakonisch wirkenden Stimmlage. »Marthaler«, hörte Schumpeter vor einem von zänkischem Kindergeschrei erfüllten Hintergrund. Das waren wohl Jan und Sebastian, die beiden Söhne. Jan, der Ältere, war zwölf Jahre, zwei Jahre älter als sein Bruder Sebastian, erinnerte sich Schumpeter. »Was ist los bei euch?«, fragte er.

»Klaus? Na, da muss wohl ein besonderer Grund vorliegen, dass du anrufst. Nichts Schlimmes, hoffe ich? Der Lärm? Die beiden zanken sich mal wieder – zur Abwechslung. Jan will ein Fußballspiel sehen, und Sebastian besteht auf einer Sendung im Kinderkanal. Wenn das nicht bald aufhört, werde ich eingreifen müssen, aber was hast du auf dem Herzen, Bruder?«

»Mir fehlen Unterlagen über einen Verkehrsunfall, in den ich vor vielen Jahren verwickelt war – vielleicht haben dir unsere Eltern einmal davon erzählt. Vielleicht auch nicht«, setzte er hinzu, als Irene schwieg. »Jedenfalls handelt es sich um einen Briefwechsel mit einem Bezirksgericht in Rosenheim, wenn dir das ein Begriff ist. Meiner Erinnerung nach muss diese Korrespondenz im Frühjahr und Sommer 1963 stattgefunden haben. Da du ja einige Papiere der Eltern an dich genommen hast, als Mutter ins Augustinum zog, dachte ich, meine Unterlagen könnten vielleicht noch bei dir sein.«

»Hm«, machte Irene und fragte dann: »Warum sind diese ollen Kamellen denn jetzt mit einem Mal wichtig? So dunkel erinnere ich mich an die Geschichte. Vater hat mir mal davon erzählt. Aber ich war ja in England als Au-pair. Viel mitbekommen habe ich damals nicht von deinen Eskapaden.«

»Ich habe jemanden kennengelernt, der den Unfall damals miterlebt hat.«

»Eine Frau?«

»Ja, warum?«

»Ach, nur so. Du scheinst dich ja für diese Person zu interessieren, sonst hättest du nicht angerufen.«

»Ich kann dir das jetzt nicht im Einzelnen auseinandersetzen, vielleicht später einmal«, meinte Schumpeter. »Trotzdem, ich hätte die Briefe von damals gern wieder, was heißt Briefe: Es handelte sich im Wesentlichen um amtliche Mitteilungen irgendeines Bezirksgerichts.«

»Verstehe«, erwiderte Irene, obwohl ihre Neugier nicht befriedigt war. »Ich habe einen Koffer voller alter Briefe, die unsere Eltern selbst geschrieben oder von Freunden und Bekannten bekommen haben. Deine Sachen könnten dabei sein, aber ob ich die so schnell finde?«

»Vielleicht schaust du mal nach«, drängte Schumpeter, und inzwischen hatte Irene wohl verstanden, dass die erwähnten Schriftstücke für ihren Bruder sehr wichtig sein mussten. »Frühjahr oder Sommer 1963, es könnte auch 1962 gewesen sein«, wiederholte Schumpeter. »Benachrichtigungen von einem Bezirksgericht in Rosenheim, Bayern, es könnte auch ein Amtsgericht oder Landgericht gewesen sein, ich weiß nicht mehr, um was für eine Behörde es sich handelte. Jedenfalls Rosenheim. Das müsste ja genügen, um die Schreiben zu finden, falls sie noch existieren.«

Der Lärm im Hintergrund hatte einen kritischen Punkt erreicht. »Entschuldige mich einen Augenblick«, sagte Irene. Er hörte, wie sie den Hörer zur Seite legte, und dann vernahm er ihre energische Stimme aus einiger Entfernung. Noch einmal erhoben sich die protestierenden Stimmen ihrer Söhne. Dann ein kurzer Satz von Irene, der nach »basta« klang, und danach wurde es ruhig. Irene war wieder am Telefon. »Ich musste die Prioritäten festlegen«, erklärte sie und fügte hinzu: »Wenn nachher Ruhe eingekehrt ist, schaue ich mal nach, der Koffer mit den alten Sachen ist leicht zugänglich, aber ob ich finde, was du suchst ...«

»Ich weiß«, sagte Schumpeter. »Aber vielleicht hat Vater diese Schreiben irgendwo getrennt von aller übrigen Korrespondenz aufbewahrt. Ich wäre dir jedenfalls dankbar.«

Damit war ihr Gespräch zu Ende, und die quälende Unruhe, die während der Unterhaltung mit Irene für kurze Zeit gewichen war, kehrte zurück. Dass seine Schwester schnell fündig werden würde, hielt er für unwahrscheinlich. Es könnte Tage dauern, bis sie sich wieder meldete, und die musste er irgendwie durchstehen. Lange noch wanderte er durch sein Haus, setzte sich hier- oder dorthin und dachte nach. Immer deutlicher formte sich der Entschluss, Claudia reinen Wein einzuschenken. Sie musste wissen, dass er, Klaus Schumpeter, den Wagen gefahren hatte, durch den ihr Vater zu Tode gekommen war, und wenn sie mit dieser Vorstellung nicht zurechtkäme und sich von ihm trennte, dann würde es eben so sein. Der Gedanke beruhigte ihn ein wenig, und er war bereits im Begriff, sich für die Nacht zu rüsten, als das Telefon klingelte. Irene rief noch einmal an. »Entschuldige Klaus, es ist schon spät, aber ich wollte dir doch noch sagen, was ich gefunden habe.«

»Ja?«

»Also da sind zwei Briefe von einem Landgericht. Der eine ist vom 30. März 1963.« Sie las ihm den Text vor. Er enthielt nichts als die lakonische Mitteilung, dass er unter Verdacht stehe, durch fahrlässiges Verhalten den Tod eines Landwirts verschuldet zu haben. Man würde ihn über den weiteren Verlauf der Untersuchungen unterrichten. Unter Umständen müsse er als Zeuge in eigener Sache vernommen werden. Man würde ihn davon in Kenntnis setzen.

»Und dann«, sagte Irene, »ist da noch ein zweites Schreiben vom Juni 1963.« Sie murmelte wieder etwas von einem Aktenzeichen, Verkehrsunfall auf der Bundesstraße 30, und las dann wieder mit klarer und deutlicher Stimme: »… teilen wir Ihnen mit, dass das gegen Sie eingeleitete Verfahren mit dem heutigen Tage eingestellt wurde. Dann steht da noch eine Zeile. Grund: Dem Fahrer des Pkw B-DY 37 konnte kein schuldhaftes Verhalten nachgewiesen werden. Unterschrift.« Schumpeter hatte aufmerksam zugehört. Ja, das waren die Briefe, aber sie enthielten nichts Neues. So ungefähr hatte er den Wortlaut ja noch in Erinnerung.

»Wie hieß der Mann, der durch den Unfall ums Leben kam?«

Am anderen Ende hörte er das Rascheln von Papier, dann wieder Irenes Stimme. »Der Name ist hier nicht erwähnt, aber warte, vielleicht steht er in dem früheren Schreiben.« Er hörte seine Schwester leise und eilig vor sich hin sprechen, offenbar überflog sie den Bericht mit dem Hergang des Unfalls. »Hier«, sagte sie schließlich, »hier steht's. Hier steht etwas von einem Anton Sturzenegger.«

»Sturzenegger? Bist du sicher? Nicht Felix Mühlbach?«

»Anton Sturzenegger, geboren am 1.10.1902«, präzisierte Irene.

»Ja, aber das muss ein Irrtum sein. Wann hat der Unfall stattgefunden?«

»Lass mal sehen. Hier ... am 20.3.1963 in der Nähe von Hohenreuth auf der Bundesstraße 30.«

Irene zögerte, aber Schumpeter spürte, dass sie die Unterlagen noch weiter studierte. »Auf dem Briefkopf steht in beiden Fällen Landgericht Bad Tölz. Ist es das, was du suchst?«

Bad Tölz? Hohenreuth? Das war doch die Straße, die weiter im Süden am Ufer des Achensees entlangführt. Dunkel erinnerte sich Schumpeter, dass er diese Straße einmal gewählt hatte, weil der direkte Weg durch das Inntal durch Bauarbeiten behindert wurde. Aber war das 1963 gewesen?

»Nicht Rosenheim oder Nussdorf am Inn?«, fragte Schumpeter seine Schwester mit heiserer Stimme. »Bist du sicher?«

»Natürlich, ich kann ja lesen«, erwiderte Irene. »Bad Tölz steht hier, von der Bundesstraße 30 ist die Rede und von Hohenreuth. Sind das die Briefe, die du haben wolltest oder soll ich noch weiter suchen?«

Schumpeters Erleichterung äußerte sich zunächst in einem Gefühl der Leere. Danach, als Irene versprochen hatte, ihm die beiden Briefe zuzustellen und ihr Gespräch beendet war, fing er an, sich zu erinnern. Noch traute er seiner Erleichterung nicht. Konnte es sein, dass er im März 1963 nicht durch das Inntal nach Wörgl und von da weiter nach Innsbruck gefahren war? Einmal, bei der Durchfahrt durch München, war er aus Versehen auf die Strecke nach Garmisch-Partenkirchen geraten. Und dann? Er hatte wohl versucht, seinen Fehler zu korrigieren und war nach Bad Tölz ausgewichen und von da aus nach Süden gefahren. Das Wetter war gut, die Straßen waren trocken, mit Schnee war nicht zu rechnen – und dann ist es passiert. In Winkl habe ich übernachtet, fiel ihm jetzt ein. In Winkl, nicht in Nussdorf am Inn. Wie kam ich nur auf Nussdorf? Weil Claudia von dort kam, weil er sich nicht mehr an Einzelheiten erinnerte und weil er Claudias Geschichte mit seinem eigenen Erlebnis verschmolzen hatte. Aber wie konnte das geschehen? Hatte es damit zu tun, dass er viele Bilder und Namen, die mit seinem Unfall zusammenhingen, einfach verdrängt oder vergessen hatte, weil er die Erinnerungen daran nur schwer ertragen konnte? Aber alle Fragen, die er sich an diesem Abend stellte, müde wie er war, wurden durch die immer stärkere Gewissheit aufgewogen, dass er mit dem Tod von Felix Mühlbach nichts zu tun hatte und dass sich kein Unglück zwischen ihn und Claudia schieben würde. Irgendwann, das nahm er sich vor, würde er Claudia von seinem Irrtum erzählen. Konnte es nicht sein, dass sie selbst an die Möglichkeit einer unheilvollen Verstrickung zwischen ihnen beiden gedacht hatte?

Er schlief fest und ohne Unterbrechung bis zum anderen Morgen, ging dann in seine Praxis und versuchte, durch konzentriertes Arbeiten aus den Verwirrungen des vergangenen Tages herauszufinden. Später am Vormittag rief Claudia an und erkundigte sich nach seinem Befinden. Sie sei gestern Abend wirklich in Sorge gewesen. Er habe plötzlich einen ganz verstörten Eindruck gemacht. »Hattest du Schmerzen? Eine Migräne oder so etwas?«

»Ja. So etwas Ähnliches. Du hast schon Recht. Es ging mir nicht gut.«

»Und heute? Jetzt?«

»Ist alles wie gewohnt.« Er verstand, dass Claudia irgendeine Äußerung zu ihrem gemeinsamen Besuch in Nussdorf erwartete. »Es war schön gestern«, sagte er. »Dass ich mich bei unserer Heimfahrt nicht gut fühlte, hängt damit zusammen, dass mich euer Haus, besonders die Wohnküche, an ein lange zurückliegendes Erlebnis erinnerte. Diese Erinnerung hat gar nichts mit euch zu tun, aber sie belastete mich. Ich erzähle dir einmal davon.« Claudia schwieg. Vielleicht fürchtete sie, dass er Nussdorf nun für immer mit dieser Erinnerung in Verbindung bringen würde.

»Aber heute haben mich die bösen Geister wieder verlassen. Ich freue mich auf unseren nächsten Besuch in Nussdorf. Wir müssen dort einmal wandern.«

»Im Herbst«, sagte Claudia. »Dann ist es besonders schön bei uns.

Der Verlust

Auf dieses Wochenende hatte sich Tobias Engel besonders gefreut. Die Meteorologen hatten heiteres, frühsommerliches Wetter vorausgesagt. Man würde die Tage und wohl auch die Abende draußen im Garten verbringen können. Er selbst musste weder am Samstag noch am Sonntag mit einem Anruf aus der Klinik rechnen. Den Hintergrunddienst für diese Tage hatte einer seiner älteren Kollegen übernommen. Wie immer, wenn er ein freies Wochenende vor sich hatte, würde er am Samstagvormittag einkaufen gehen – natürlich mit Moritz, dem über zweijährigen Sohn, der diese Ausflüge mit seinem Vater aus zwei Gründen besonders genoss: Erstens durfte er sich unterwegs etwas wünschen, was er dann in den allermeisten Fällen auch bekam, Gummibärchen zum Beispiel, einen Riegel Kinderschokolade oder ein kleines farbiges Plastikspielzeug, wie es in den großen Supermärkten zuweilen herumlag. Zweitens ließ sich an den Einkaufswagen, in denen sein Vater die ausgewählten Lebensmittel zur Kasse transportierte, immer ein Kindersitz befestigen, von dem aus Moritz die links und rechts der langen Gänge aufragenden vollen Regale oder die Ausblicke auf vielfarbige Früchte und Gemüse bewundern konnte, die in flachen, auf schrägen Ebenen angeordneten Kisten zum Verkauf angeboten wurden. Hier tat sich eine Welt auf, die er nur selten zu Gesicht bekam und die ihn schier überwältigte. Immer wieder boten sich neue faszinierende Bilder, die ihn dazu veranlassten, seine kleinen Arme in einer demonstrativen Bewegung auf eine Lage Orangen oder Äpfel oder auf ein dickes Bündel knallgelber Bananen zu richten und dazu fröhliche Laute der Überraschung und Bewunderung auszustoßen. Das Vorübergleiten an all diesen unverständlichen, aber schön anzuschauenden Herrlichkeiten machte ihm Spaß.

Allerdings durften die Pausen, die entstanden, wenn sein Vater stehen blieb, um nach einem bestimmten Artikel zu suchen, nicht zu lang werden, der Reiz dieser gemeinsamen Ausflüge lag ja in der Abwechslung, die sich aus möglichst stetiger Bewegung ergab.

Tobias kam an diesem Freitag etwas früher nach Hause als an gewöhnlichen Wochentagen. Er nahm sich Zeit, um mit Moritz zu spielen, trug ihn auf den Schultern durch den kleinen Garten, oder suchte seinen Sohn, wenn der sich hinter einem Busch oder einer Hausecke versteckt hatte, und stellte sich bei dieser Suche so dumm und ungeschickt an, dass Moritz ihm schließlich helfen musste, um überhaupt noch gefunden zu werden. Zunächst versuchte er es mit kleinen Zurufen wie »kuckuck« oder »hallo«. Wenn das alles nichts nützte, weil sein Vater nicht nur ungeschickt, sondern zudem noch taub war, rief er mehrere Male mit wachsender Intensität: »Hier bin ich doch«. und freute sich, wenn sein Vater dann laut und voller Selbstanklagen mit sich haderte und den endlich Gefundenen schließlich packte, um ihn in die Luft zu werfen oder mit ihm Flugzeug zu spielen, indem er Moritz an einem Arm und einem Bein packte und sich mit ihm um sich selbst drehte, bis Moritz aufhören wollte oder ihm selbst schwindlig wurde, was weitaus häufiger geschah. »Übertreibe es nicht«, mahnte Britta Engel ihren Mann, wenn sie für kurze Augenblicke aus der Küche in den Garten sah, denn sie wusste, dass Moritz nach so intensiver und unterhaltsamer Zuwendung durch seinen Vater abends kein Ende finden und erst spät einschlafen würde.

Später am Abend wandte sich Tobias seiner Frau zu. Zu einem Glas Wein ließ sie sich überreden, aber für weitergehende Gespräche oder körperliche Bewegungen war sie an diesem Abend nicht aufgelegt. Sie fühle sich nicht gut und wolle früh schlafen gehen, ließ sie ihren Mann wissen. Einen Augenblick lang war Tobias enttäuscht, und nachdem Britta ins Bad verschwunden war, erinnerte er sich daran, dass sie sich ihm in den letzten Wochen schon des Öfteren entzogen hatte – immer mit dem Hinweis auf irgendwelche Beschwerden, über die sie aber zuvor gar nicht geklagt hatte. Er fragte sich, ob zwischen Britta und ihm irgendetwas nicht stimme, verwarf diesen Gedanken aber wieder. Ein langes und wohl auch erholsames Wochenende lag vor ihm, er würde sich mit einem Buch und einem Glas Wein trösten und morgen mit Moritz den Supermarkt besuchen, um die Zutaten für das Abendessen einzukaufen, das er höchstpersönlich auf dem Grill im Garten zubereiten wollte. Erfreuliche Perspektiven also. Nein, sagte er sich, abgesehen von kleinen Missverständnissen war ihr Verhältnis zueinander doch in Ordnung. Er schenkte sich noch ein Glas Rotwein ein, nahm sein Buch und machte es sich in einem der Wohnzimmersessel unter einer hellen Stehlampe bequem.

Der nächste Morgen begann verheißungsvoll. Britta hatte frische Brötchen besorgt, aus dem Wintergarten, den sie im Sommer als Esszimmer benutzten, strömte ihm der Duft von frisch gebrühtem Kaffee entgegen, die Sonne warf goldene Lichtbahnen durch die nicht ganz geschlossenen Vorhänge, und die Amseln überboten sich mit morgendlichen Gesängen.

Beim Frühstück besprach er mit Britta, die jetzt heiter und ausgeruht wirkte, die Pläne für das Abendessen, dessen Hauptgang Tobias im Garten zubereiten wollte. Sie hatten daran gedacht, ihre Freunde Josef und Martina Freydank dazu einzuladen. Sollte es dabei bleiben? »Verschieben wir das auf ein anderes Mal«, antwortete Britta, legte ihre Hand auf seinen Unterarm und lächelte ihn aus großen braunen Augen an, was ihrer Bitte eine für Tobias unerwartete Dringlichkeit verlieh. Was sie denn so plötzlich gegen die Gesellschaft der Freydanks habe, wollte er wissen und zog die Stirne kraus. Aber Britta lächelte weiter und sagte nur »Wir wollen heute Abend einmal ganz für uns sein, meinst du nicht?«

Wenn sie so liebevoll um etwas bat, war sie unwiderstehlich, fand Tobias und nickte. »Wie du willst. Ich bin gern mit dir allein.«

Obwohl die Auswahl an Grillfleisch und Salaten sowie an Soßen und Gewürzen, die Tobias heute erstehen wollte, recht begrenzt erschien, gestaltete sich der Einkauf ein wenig schwieriger als sonst. Manchmal waren die Flaschen und Packungen nicht da, wo sie seiner Erinnerung nach zu finden sein sollten, oder ein noch nicht leer geräumter, unüberwindlicher Palettenwagen stand davor. Jedenfalls musste er einige Male suchen oder sogar die Hilfe der in blaue Kittel gekleideten Angestellten in Anspruch nehmen, ehe er hatte, was er wollte. Auch am Fleischstand dauerte es ein wenig länger, weil offenbar auch andere Kunden auf den Gedanken gekommen waren, das schöne Wetter zur Veranstaltung von Grillpartys zu nutzen. Alles zog sich ein wenig zu lange hin, Moritz begann zu quengeln und musste durch kleine Aufmerksamkeiten abgelenkt werden. Vorübergehend löste Tobias das Problem mithilfe eines Schokoladenriegels, dessen Wirkung allerdings nicht lange anhielt. »Nur noch ein paar Kinkerlitzchen«, beruhigte er seinen Sohn, der jetzt nach Hause wollte und diesem Wunsch dadurch Ausdruck verlieh, dass er das Wort »Hause« ständig wiederholte.

»Wir spielen verstecken«, schlug Tobias vor und erklärte Moritz, dass er hinter einem Regal oder einem Pfeiler verschwinden und gleich darauf aus einer anderen Richtung wieder auftauchen würde. Moritz verstand die Ausführungen seines Vaters nicht, begriff den Sinn des Spiels aber an den Beispielen, die ihm Tobias gab. Das Versteckspiel verfing, zumal Moritz, wenn er nach seinem Vater rief, von diesem jedes Mal eine akustische Rückmeldung erhielt. Der Augenblick, in dem Tobias plötzlich und aus einer unerwarteten Ecke zu ihm trat, wurde von seinem Sohn mit einem kleinen Schrei quittiert, in dem sich Freude und spielerisches Erschrecken die Waage hielten.

Sojasoße, die er zum Marinieren von Fleisch benutzte, hatte er vergessen, stellte Tobias fest, als er sich mit seinem Wagen bereits auf dem Wege zur Kasse befand. »Wo finde ich japanische Sojasoße?« Tobias nannte eine bestimmte Marke, die er besonders schätzte, und wurde von der Angestellten, die er gefragt hatte, auf ein ziemlich weit entferntes Regal verwiesen. Am schnellsten würde es gehen, wenn er Moritz mit dem Einkaufswagen hier stehen ließe und allein auf die Suche ginge.

»Ich habe etwas vergessen«, sagte er und fügte hinzu. »Noch einmal verstecke ich mich, dann komm ich wieder, und dann gehen wir nach Hause.«

»Hause« wiederholte Moritz, aber es klang friedlich. Tobias machte sich auf den Weg, drehte sich immer wieder um und winkte seinem Sohn zu. Die Suche nach den kleinen rot etikettierten Flaschen dauerte jedoch länger als erwartet. Zwei Minuten, schätzte Tobias, waren darüber vergangen, als er zurück zu seinem Wagen ging und Moritz ein letztes Mal überraschen wollte. »Wo bin ich?«, rief er hinter einem Pfeiler hervor, von dem er den vorderen Teil seines Einkaufswagens sehen konnte. Er bekam keine Antwort, wollte seinen Auftritt aber dennoch so zu Ende spielen, wie er es einige Male zuvor getan hatte.

»Daaa bin ich«, rief er aus und wollte sich vor Moritz aufstellen, in jeder Hand eine Flasche mit Sojasoße, um den vormittäglichen Ausflug wirkungsvoll zu beenden. Aber sein Auftritt ging ins Leere. Der Wagen, vor dem er stand, hatte zwar einen Kindersitz, aber darin saß kein Kind. Der falsche Wagen, schoss es ihm durch den Kopf. Er schaute sich um. Da standen noch andere Einkaufswagen, aber keiner von ihnen war mit einem Kindersitz ausgerüstet. Er drehte sich um und musterte den Wagen, den er für seinen eigenen gehalten hatte. Doch, das waren seine Einkäufe, es konnte gar kein Zufall im Spiel sein. Während er die beiden Flaschen in den Wagen fallen ließ, überlegte er fieberhaft. War Moritz aus dem Sitz geklettert und irrte jetzt irgendwo herum? »Moritz?« Er schaute in alle Richtungen und rief den Namen seines Sohnes, jedes Mal um eine Spur lauter und erfüllter von Unruhe. Einige Kunden, die suchend vor den Auslagen und Regalen standen, sahen sich nach ihm um. Eine junge Frau, die ihn mit fragendem Blick musterte, sprach er an. »Haben Sie einen kleinen Jungen gesehen? Etwas über zwei Jahre alt, groß für sein Alter, lockiges braunes Haar, auffallend große braune Augen.« Die Frau schüttelte den Kopf und musterte ihn weiter: »Was hatte er denn an, und seit wann vermissen Sie ihn?« »Seit jetzt, seit einer, allerhöchstens seit zwei Minuten, das gibt es doch nicht, der kommt doch allein nicht von diesem Sitz runter. Grün, etwas Grünes hat er getragen, trägt er. Ein grüngelb kariertes Hemd und Latzhosen aus Jeansstoff.«

Die Frau starrte ihn an, als zweifle sie an seinem Verstand. Dann wandte sie sich an andere Kunden, die in der Nähe standen und allmählich begriffen, dass etwas Ungewöhnliches passiert sein musste. »Dieser Herr sucht einen kleinen Jungen ...« »Meinen Sohn«, rief Tobias, »der bis vor ein paar Minuten in diesem Wagen gesessen hat. Und nun ist er plötzlich verschwunden.«

Ein Angestellter näherte sich. »Ist irgendetwas nicht in Ordnung?«

»Mein Sohn«, stammelte Tobias. »Er ist weg.«

»Bleiben Sie ruhig. So etwas kommt vor.« Er sprach in ein Walkie-Talkie. »Ein Kind wird vermisst. Lass bitte die Ausgänge schließen – ein paar Minuten, bis wir alles durchsucht haben.« Dann rannte er plötzlich zu den sich automatisch öffnenden und schließenden Türen, die auf eine befahrene Straße hinausführten.

»Die Polizei«, sagte eine ältere Dame, »bei so was muss man sofort die Polizei benachrichtigen.«

Der Angestellte kam zurück. »Die Türen sind jetzt geschlossen. Ich wollte sicher sein, dass der Kleine nicht auf die Straße gelaufen ist und vielleicht in ein fahrendes Auto hineinrennt. Auf der Straße ist er nicht. Die Türen sind jetzt auch alle zu. Beschreiben Sie bitte kurz Ihren Sohn, ja?« Er gab Tobias' Angaben per Walkie-Talkie weiter.

Eine Stimme ertönte über einen Lautsprecher und richtete sich an alle Kunden, die sich derzeit im Geschäft befanden. »Sehr verehrte Kunden. Ein kleiner Junge wird von seinem Vater vermisst. Mit großer Wahrscheinlichkeit befindet er sich noch in unserem Geschäft. Um sicher zu sein, dass er nicht auf die Straße läuft, haben wir alle Türen verriegelt. In wenigen Minuten werden Sie das Geschäft durch die Haupteingänge wieder verlassen können.«

»Was soll ich jetzt tun?«, fragte Tobias ratlos.

»Wir durchsuchen jetzt das ganze Geschäft«, sagte der junge Mann, der die Schließung der Türen veranlasst hatte. »Alle Räume. Lassen Sie Ihren Wagen hier stehen und kommen Sie mit mir. Ich bringe Sie zum Geschäftsführer. Sobald wir Ihren Jungen gefunden haben, bringen wir ihn zu Ihnen.« Offenbar wusste der Mann im blauen Kittel genau, was er wollte. Er wirkte sehr selbstsicher, als würde Moritz innerhalb der nächsten Minuten gefunden.

»So etwas kommt immer wieder mal vor«, sagte er, während er sich in Bewegung setzte und Tobias behutsam vor sich her schob. »Vor ein paar Wochen hatte ein Fünfjähriger seine Eltern verloren. Kinder geraten in solchen Situationen leicht in Panik. Man muss nur aufpassen, dass sie nicht unbeaufsichtigt auf die Straße laufen. Hier im Geschäft kann ihnen ja nicht viel passieren.«

Sie standen bereits am Eingang des Büros, in dem der Geschäftsführer auf sie wartete, als eine zweite Stimme über den Lautsprecher ertönte. Jetzt beschrieb die Stimme das Äußere des kleinen Moritz und bat, das Kind, falls es irgendwo auftauchte, zum Büro der Geschäftsführung zu bringen.

Der Geschäftsführer, der Tobias jetzt entgegenkam, war nicht viel älter als der junge Mann, der ihn hierher begleitet hatte. Auch ihn schien das Verschwinden des kleinen Moritz nicht sonderlich zu beeindrucken. »Bleiben Sie ruhig. Meistens klären sich diese Fälle innerhalb weniger Minuten auf. Wollen Sie telefonieren?«

»Nein, danke«, murmelte Tobias, der spürte, wie seine Unruhe zurückkehrte. »Wenn er hier in diesem Supermarkt ist, muss er doch schnell, nein, eigentlich sofort gefunden werden, warum dauert es so lange? Sollten wir nicht die Polizei verständigen?«

»Geben Sie uns noch ein paar Minuten. Es kommt vor, dass ein Kind sich verläuft und Angst bekommt. Manche Kinder verstecken sich dann, sodass man sie eben nicht gleich entdeckt. Haben Sie noch ein wenig Geduld.«

Tobias sah auf die Uhr. Seit der Rückkehr zu seinem Einkaufswagen waren höchstens zehn Minuten vergangen. Das ist keine lange Zeit, sagte er sich. Aber wenn jemand Moritz entführt hatte, so etwas gab es doch auch, dann wären zehn Minuten eine genügend lange Zeit, um einen Vorsprung zu gewinnen. Man könnte mit einem Kind auf dem Arm leicht irgendwo untertauchen. Jetzt, im vormittäglichen Einkaufstrubel, würde ein Erwachsener mit einem Kind auf dem Arm nicht auffallen, selbst dann nicht, wenn das Kind schrie.

Durch ein großes Glasfenster konnte Tobias das Treiben im Geschäft beobachten. Hie und da standen noch kleine Gruppen von

Menschen beieinander und unterhielten sich. Die meisten Kunden aber schienen bereits ihren Besorgungen nachzugehen, als sei nichts geschehen.

»Es ist eine große Fläche«, sagte der Geschäftsführer, der sich als Stefan Meier vorgestellt hatte, »und wir müssen auch die Lagerräume durchsuchen.«

»Aber ein Zwei- oder Dreijähriger kann doch in einer oder zwei Minuten nicht so weit kommen«, entgegnete Tobias, ohne seinen Blick von dem Kommen und Gehen im Geschäft abzuwenden. »Haben Sie Überwachungskameras?«

»Nur bei den Kassen, sehen Sie die Kästchen da oben?« Meier trat näher an das große Fenster und wies mit dem Zeigefinger auf die oberhalb der Kassen an der Decke befestigten optischen Geräte.

Tobias wollte nicht länger warten. Er sah auf die Uhr. Eine Viertelstunde war vergangen, seit er Moritz zum letzten Mal gesehen hatte. Mein Gott, dachte er, Moritz ist noch so nahe, nur eine Viertelstunde weit weg – und doch vielleicht weiter als an den Tagen, an denen er morgens aus dem Haus ging und seinen Sohn erst nach zehn oder zwölf Stunden wiedersah, manchmal schon schlafend.

Der junge Mann, der ihn hergeführt hatte, war wieder verschwunden. Neben ihm trat der Geschäftsführer ab und zu an seinen Schreibtisch und kam dann wieder zurück. Tobias starrte durch das große Fenster weiter in das Treiben zwischen Auslagen, Regalen und Kassen, das an Intensität zugenommen hatte. Er vermutete, dass auch Stefan Meier, der vor einigen Minuten noch so optimistisch getan hatte, unschlüssig wurde. Ein Gedanke flog ihm zu. Vielleicht hatte einer ihrer Nachbarn, jemand, der wusste, zu wem Moritz gehörte, das Kind allein angetroffen und nach Hause gebracht. »Darf ich schnell mit meiner Frau telefonieren?«, fragte er Meier.

»Aber ja, bedienen Sie sich.« Meier schob ihm das Telefon über die Schreibtischplatte entgegen. »Vorher eine Null wählen«, ergänzte er. Um sicher zu sein, dass er sie erreichen würde, wählte Tobias ihre Mobilfunk-Nummer. Schon als Britta sich meldete, so wie üblich nur mit ihrem Nachnamen, wusste Tobias, dass Moritz nicht nach Hause gebracht worden war. Dennoch fragte er: »Britta, ist Moritz bei dir?«

»Moritz? Der ist doch bei dir, warum fragst du?« Ihre Stimme klang etwas gespannt, fast ärgerlich, aber nicht besonders beunruhigt. Tobias berichtete ihr, was sich zugetragen hatte. Dass er eingekauft und zwischendurch mit Moritz gespielt habe und dass er plötzlich weg gewesen sei, einfach verschwunden.

»Wie lange ist das her?«, wollte Britta wissen.

»Zwanzig Minuten«, antwortete Tobias. »Die Angestellten suchen immer noch nach ihm – hier im Geschäft. Nein, nach draußen kann er nicht entwischt sein, die Ausgänge sind eine Minute nach seinem Verschwinden versperrt worden, und jetzt stehen Angestellte an den Türen und kontrollieren, wer ein und ausgeht.«

»Hast du die Polizei benachrichtigt?«

Eine Angestellte war ins Büro getreten. Sie berichtete Herrn Meier und zählte alle Orte auf, an denen sie nach Moritz gesucht habe. »Nichts«, sagte sie mit betretenem Gesicht. Herr Meier murmelte etwas von Polizei. »Sie sollen jemanden in Zivil schicken, damit kein Aufsehen entsteht.«

»Ich höre gerade, dass die Polizei jetzt verständigt werden soll«, sagte Tobias zu Britta.

»Bist du sicher, dass die alles abgesucht haben? Du weißt, dass Moritz sich gern versteckt, wenn er Angst vor irgendetwas hat.« Britta klang immer noch sehr beherrscht.

»Aber dann müsste er ja aus seinem Sitz geklettert sein«, gab Tobias zu bedenken, »das kann er doch noch nicht.«

»Doch, das kann er.«

»Wie? Hast du das schon beobachtet?«

»Er hat's in meiner Gegenwart probiert. Ich traue ihm zu, dass er das schafft.«

»Trotzdem, die Polizei sollte jetzt eingeschaltet werden«, sagte Tobias.

»Gut. Halt mich auf dem Laufenden. Ich bin im Haus oder im Garten. Ruf mich über mein Handy an, sobald du etwas Neues erfährst.«

Als Tobias den Hörer auflegte, sah er den jungen Mann, der sich nach Moritz' Verschwinden als Erster um ihn gekümmert hatte, mit Meier sprechen. Auch er, hörte Tobias, zählte eine Reihe von Örtlichkeiten auf, an denen vergeblich nach Moritz gesucht worden war.

»Ich habe die Polizei schon verständigt«, sagte Meier. »Sorgen Sie dafür, dass es keine Unruhe gibt, wenn die hier auftauchen.«

Der junge Mann verschwand wieder, nachdem er Tobias ein bedauerndes Lächeln geschenkt und dabei die Schultern gehoben und wieder gesenkt hatte.

Meier versuchte, Tobias zu beruhigen. »Kann ich etwas für Sie tun, Herr Engel, möchten Sie vielleicht einen Kaffee?«

Nein, das geht doch nicht, dachte Tobias. Ich kann doch hier nicht sitzen und Kaffee trinken, während mein Kind in Gefahr ist.

»Haben Sie das schon einmal erlebt – ich meine, dass ein Kind von einer Minute auf die andere einfach verschwunden ist?«

»Doch, das habe ich. Das kommt schon vor«, erwiderte Meier, fügte dann aber zögernd hinzu: »Allerdings tauchten sie nach ein paar Minuten alle wieder auf. Vielleicht ...«

»Vielleicht wird Moritz doch noch irgendwo gefunden, in einem Lager oder in einer Kühlkammer? Offen gesagt, das kann ich nicht glauben. Irgendwer, möglicherweise jemand, der ihn kannte, hat Moritz geschnappt und ist mit ihm verschwunden.«

»Aber wer sollte so etwas tun?«, fragte der Geschäftsführer. »Einer Ihrer Freunde oder Verwandten hätte doch nach Ihnen gesucht, wenn er Moritz allein angetroffen hätte.«

»Vielleicht ist der Junge aus seinem Sitz geklettert und irrt irgendwo herum.«

»Sie meinen, in einem solchen Fall könnte er den Jungen kurzerhand nach Hause gebracht haben?«

»Aber das hat er eben nicht getan«, sagte Tobias und erzählte dem Geschäftsführer von seinem Gespräch mit Britta.

Irgendwo hatte Tobias gelesen, dass in Deutschland in jedem Jahr Hunderte von Kindern gestohlen würden und spurlos verschwänden. Aber warum, fragte er sich, und wer tut so etwas?

Seine Gedanken führten ihn immer zwingender zu der Annahme, dass Moritz entführt worden sei und dass sein Entführer ihn nicht wieder zurückbringen würde. Vielleicht handelte es sich auch um mehrere Leute, die alles tun würden, um die Spuren ihres Verbrechens zu verwischen. Wenn nicht schnell etwas Entscheidendes unternommen würde, dann ... Er hatte Angst, den Gedanken zu Ende zu denken ... Dann würden sie, Britta und er, Moritz vielleicht nie wiedersehen.

Erneut betrat ein Angestellter das Büro. Er brachte zwei Personen, einen uniformierten Polizisten und einen Mann in Zivil, der sich, nachdem er von Meier begrüßt worden war, als Beamter der Kriminalpolizei zu erkennen gab.

»Hier ist der Vater«, sagte Meier und zeigte auf Tobias, der sich dem Beamten genähert hatte. »Inspektor Findeisen«, stellte sich der etwas untersetzte ältere Beamte vor, in dessen glatt nach hinten gekämmtes, dunkles Haar sich bereits einige graue Strähnen mischten. Unter buschigen Brauen blickten grau-blaue Augen prüfend umher. »Gibt es hier einen Raum, in dem wir ungestört sind?«, fragte er Meier, und der verwies auf ein Zimmer im ersten Stock, das bequem über einen Fahrstuhl zu erreichen sei.

Hier nun wollte der Inspektor von Tobias wissen, was sich zugetragen hatte. Zunächst ließ er Tobias reden, ohne ihn zu unterbrechen, während der jüngere Polizist ein Tonband laufen ließ. »Könnten Sie mir eine Liste aller Personen aufstellen, mit denen Moritz Bekanntschaft geschlossen hat, Verwandte, Freunde, Nachbarn, Putzfrauen, Kindermädchen, Au-pair-Mädchen ...? Sie wissen schon: Leute, mit denen der Kleine vertraut war.«

Während Tobias aus dem Gedächtnis die gewünschte Liste anfertigte, führte der Inspektor einige Telefongespräche. Einer dieser Anrufe galt einem Kollegen der Kriminalpolizei, den Findeisen bat, doch bitte sofort Frau Engel aufzusuchen und ihr parallel zu dem Gespräch, das er gerade mit ihrem Mann führte, einige Fragen zu stellen – »Sie wissen schon«, das war alles, was Findeisen zu diesem Wunsch andeutete.

»Sie haben Ihre Frau verständigt?«, fragte Findeisen Tobias, der kurz von seiner Liste aufblickte und die Frage des Inspektors dann etwas geistesabwesend mit »ja« beantwortete.

Schließlich hatte Tobias seine, wie er sagte, »vorläufige Liste« fertiggestellt. Findeisen stellte Fragen zu jeder einzelnen auf der Liste vermerkten Person und machte sich Notizen. Nach etwa einer Stunde rief der von Findeisen beauftragte Kollege an und meldete, dass er Frau Engel nicht zu Hause angetroffen habe. Ob ihr Mann wisse, wo sie sich zurzeit aufhalte?

»Zu Hause«, sagte Tobias mit Überzeugung. »Sie muss zu Hause sein. Allenfalls ist sie im Garten oder auf einen Sprung bei einem der Nachbarn gewesen.«

»Hat Ihre Frau eine Handy-Nummer?«, fragte Findeisen. Tobias gab sie ihm. »Jetzt rufen Sie diese Nummer an und vereinbaren ein Gespräch«, empfahl Findeisen seinem Kollegen.

»Haben Sie so etwas schon einmal erlebt?«, fragte Tobias und hoffte immer noch, dass der Inspektor ihm etwas Ermutigendes sagen würde. Findeisen musterte Tobias eingehend, bevor er antwortete. »Das kommt darauf an. Im Augenblick wissen wir ja noch nicht einmal, worum es sich hier handelt.«

»Wie meinen Sie das?«, fragte Tobias und kam sich dabei hilflos und allein gelassen vor.

»Na ja. In vielen Fällen streiten sich geschiedene Eltern um das Sorgerecht für ein Kind und dann kommt es vor, dass einer der beiden, meistens ist es die Mutter, versucht, vollendete Tatsachen zu schaffen, indem er oder sie ein Kind regelrecht entführt.«

Tobias wollte protestieren, aber Findeisen kam ihm zuvor. »So etwas scheidet in Ihrem Fall wohl aus«, meinte er. »Die zweite, seltenere Möglichkeit betrifft die echten Entführungen, bei denen Kinder wirklich gestohlen werden. Die Motive dafür sind sehr unterschiedlich. Oft will jemand Lösegeld erpressen, aber es kommt auch vor, dass Paare oder auch allein stehende Personen, die keine eigenen Kinder bekommen können, sich ihren Kinderwunsch schließlich dadurch erfüllen, dass sie ein Kind, meistens ein kleines Kind, an sich bringen, es als ihr eigenes ausgeben und es dann aufziehen.« Findeisen zögerte einen Moment lang. »Das wären die wichtigsten Motive für den Diebstahl von Kindern.«

»Gibt es denn noch andere?«, fragte Tobias mit schwacher Stimme, denn er wusste, dass es noch schrecklichere Gründe gab und sehnte sich nach einem ermutigenden Zuspruch aus kompetentem Munde. Aber darauf wollte Findeisen nicht eingehen. »Wenn jemand Lösegeld von Ihnen will, werden Sie bald von ihm oder von ihr hören. Man wird Sie warnen, auf keinen Fall die Polizei einzuschalten. Natürlich werden Sie das zusagen. Ich rate Ihnen trotzdem, mich umgehend zu benachrichtigen, wenn ein solcher Fall eintreten sollte.« Er schob Tobias eine Karte mit mehreren Telefonnummern über die Tischplatte. »Über eine von denen erreichen Sie mich immer – Tag und Nacht. Zögern Sie nicht. Ich verspreche, mich im Hintergrund zu halten. Niemand wird Verdacht schöpfen.«

»Dann glauben Sie also an …«

»An ein Verbrechen? Ich glaube nicht daran, Herr Doktor, aber ich rechne mit der Möglichkeit eines Verbrechens und ich will Ihnen helfen, alles richtig zu machen.«

»Kann ich jetzt nach Hause gehen?« Tobias fragte so schüchtern und niedergeschlagen, als sei er gerade durch eine Prüfung gefallen.

»Gehen Sie nur«, erwiderte Findeisen. »Wenn wir etwas brauchen, rufen wir Sie an, oder es kommt jemand bei Ihnen vorbei. Leben Sie weiter, so gut Sie können. Tun Sie, was Sie immer getan haben. Arbeiten Sie, aber erzählen Sie vorläufig niemandem etwas.«

Der Inspektor stand auf, auch Tobias erhob sich. Findeisen wollte etwas Tröstendes zum Abschied sagen, Tobias spürte das Mitgefühl, das von dem so stabil und selbstsicher wirkenden Inspektor ausging. »Wir sind immer für Sie da. Wenn Sie uns anrufen, benutzen Sie dieses Kennwort.« Er zog eine Visitenkarte aus der Tasche und schrieb etwas auf die Rückseite der Karte.

»Potsdamer Platz«, las Tobias. »Hat es damit etwas auf sich?«

»Die letzte Jagd auf einen Kindesentführer, an der ich beteiligt war, endete dort – erfolgreich übrigens. Das Kind ist längst wieder bei seinen Eltern.«

Der kurze Weg, den Tobias am Vormittag in umgekehrter Richtung zurückgelegt hatte, wurde ihm jetzt am Nachmittag lang und schwer. Der Gedanke an Moritz hatte sich wie eine niederdrückende Gewissheit in sein Bewusstsein gegraben. Er zweifelte daran, dass er jemals wieder froh werden könnte, es sei denn, Moritz wäre mit einem Mal wieder da. Seine Augen tasteten Wege, Hauseingänge und Fenster ab, nicht einmal, sondern ständig und so intensiv, dass er kleine Hindernisse wie Bordsteinkanten mehrere Male übersah und fast hingestürzt wäre. Dann stand er vor seinem Haus. In der Einfahrt zur Garage stand ein kleines blaues Plastikauto mit gelben Rädern. Am Morgen noch hatte Moritz in diesem Spielauto gesessen und sich bemüht, es durch Treten in die Pedale in Bewegung zu setzen. Tobias nahm das Spielauto und stellte es neben die Stufen, die zum Hauseingang führten. Britta erschien und sagte: »Nein, nicht dahin. Gib's mir, ich bringe es in sein Zimmer.« Sie nahm ihm das kleine Tretauto aus der Hand und trug es die Treppe hinauf. Er hörte, wie sie es in Moritz' Zimmer abstellte. Während sie die Treppe wieder herunterkam, sagte sie: »Wenn er wieder da ist, trage ich es ihm gern wieder nach unten.« Dabei lächelte sie wehmütig, und als Tobias den Kopf senkte, sagte sie leise: »Entschuldige.«

»Willst du nicht wissen, wie es passiert ist?«, fragte Tobias, aber Britta winkte ab. »Ich weiß schon alles. Ein Polizeibeamter war hier und hat mir den Hergang erzählt. Wie konntest du den Jungen nur so lange allein lassen?«

»Aber es war nicht lange, eine Minute vielleicht, maximal zwei Minuten.«

Er fürchtete, Britta würde nun anfangen, mit ihm über die Zahl der Minuten zu streiten, in denen er nicht bei Moritz war, aber sie beließ es bei diesem einen Satz. »Wird die Polizei nun unser Haus überwachen?«, fragte sie ihn später an diesem Abend. Er schüttelte den Kopf. »Warum sollten Sie das tun?«

»Vielleicht will der Täter Kontakt mit uns aufnehmen?«

»Aber kaum dadurch, dass er hier am Haus erscheint. Wenn, dann doch wohl telefonisch.«

Dann saßen sie eine Zeit lang auf der kleinen Gartenterrasse ihres Hauses und starrten auf die Spielwiese und auf den Sandkasten, den Tobias angelegt hatte und in dem kleine bunte Plastikeimer und Formen herumlagen.

Als es an der Haustür klingelte, fuhren beide hoch und stürzten zur Tür. Aber da stand nur Gisela, die fünfjährige Tochter der Nachbarn mit ihrem jüngeren Bruder Felix und fragte, ob Moritz nicht zum Spielen zu ihnen kommen dürfe.

Zu Tobias heimlicher Verwunderung ließ Britta sich nichts anmerken. »Moritz schläft schon, er hatte am Nachmittag etwas Fieber. Da habe ich ihn ins Bett gesteckt.«

Die Kinder wollten Genaueres wissen. »Ist es schlimm?«, fragte Gisela interessiert, aber Britta ließ keine weiteren Fragen zu. »Nein, es ist überhaupt nicht schlimm. Morgen oder in ein paar Tagen ist er wieder gesund. Jetzt geht man schön nach Hause, ihr beiden.«

Langsam mündete dieser schreckliche Tag in eine Nacht, die kurz sein würde, jetzt im Juni. Tobias empfand die Dunkelheit als Linderung seines Schmerzes und seiner Erregung. Dennoch: Schlafen konnte er nicht. An den regelmäßigen Atemzügen, die er zuweilen neben sich hörte, glaubte er zu erkennen, dass Britta zumindest zeitweise Schlaf fand. Einmal sagte sie unvermittelt. »Der Beamte, der bei mir war, hat was von Spurensicherung erzählt. Sie wollten den Einkaufswagen untersuchen, den du benutzt hast, und im Laufe der nächsten Stunden und Tage möglichst viele Leute verhören, die in der fraglichen Zeit im Geschäft waren. Hat der Inspektor dir etwas davon gesagt?«

»Nur andeutungsweise«, entgegnete Tobias. »Das ist wohl Routine in solchen Fällen.«

»Was haben sie denn von dir wissen wollen?«

»Zunächst einmal, was im Supermarkt passiert war. Wie weit ich mich von Moritz entfernt habe und für wie lange. Ob ich den Wagen mit dem Kind im Blickfeld von anderen Kunden oder

Angestellten gelassen hätte. Ob mir Bekannte aus der Nachbarschaft begegnet seien. Eine Liste wollte der Inspektor haben mit den Namen von allen Menschen, die Moritz kennt oder meiner Meinung nach wiedererkennen würde, wenn sie plötzlich bei ihm erschienen. Wer unsere Freunde seien, unsere Verwandten, was ich als Arzt verdiene. Über die Klinik und meine Kollegen, auch über meine Patienten wollten sie einiges wissen. Ob ich neben meinem Gehalt noch andere Einkünfte hätte.«

»Und?«

»Ich habe ihnen gesagt, dass du von zu Hause her über etwas Geld verfügen könntest, aber keine Einzelheiten.«

»Hast du eine Ahnung, warum er diese Fragen gestellt hat?«

»Ich habe den Inspektor gefragt, warum mein Einkommen wichtig sei. Er meinte, dass man bei uns einiges an Geld vermuten und dass ein Erpresser daraus seine Schlüsse ziehen könnte.«

»Aber das ist doch lächerlich.«

»Habe ich auch gesagt, aber er wollte trotzdem wissen, was ein Arzt in einer Privatklinik verdient. Ich sei doch schließlich Chefarzt, ob ich privat liquidieren dürfe, wollte er wissen.«

»Und was hast du ihm gesagt?«

»Die Wahrheit. Dass ich gut verdiene, aber keine Reichtümer besitze.«

»Na also.«

»Aber er hat etwas Merkwürdiges gesagt. Hier in unserer Gegend, am Rhein, aber noch ausgeprägter im Ruhrgebiet, herrsche nicht gerade Reichtum. Und Ärzte, besonders solche, die in weithin bekannten Kliniken arbeiten und vielleicht über ihre Tätigkeit auch in der Öffentlichkeit bekannt geworden seien, würden im Allgemeinen für reich gehalten.«

»Er denkt also an einen Erpresser?«

»Ja, den Eindruck habe ich.«

Tobias hörte, wie Britta sich von ihm wegdrehte. Trotzdem konnte er gut verstehen, was sie halblaut vor sich hin sprach. »Ich glaube nicht an Erpressung. Viel eher hat ihn eine Frau gestohlen, die sich nach einem Kind sehnt, aber selbst keines haben kann. So etwas, ein psychologisches Motiv, verstehst du? Vielleicht steckt auch ein Mann dahinter oder ein Ehepaar.«

»Oder ein Ring von Menschenhändlern, die kleine Kinder an reiche Paare verkaufen, an Leute, die unfruchtbar sind oder zu alt, um eigene Kinder zu bekommen. Hast du schon einmal von Organhändlern gehört, Leute, die Organe, Leber, Lungen, Nieren oder Herzen teuer verkaufen und ihre Opfer regelrecht ausweiden?«

Britta fuhr hoch. »Hör auf, wie kannst du nur so etwas denken, und warum sagst du so etwas. Willst du mich zu Tode quälen?«

»Entschuldige.« Mit seiner rechten Hand tastete Tobias nach seiner Frau, um sie an sich zu ziehen, aber sie wandte ihm den Rücken zu und versteifte sich unter seiner Berührung.

»Es tut mir wirklich leid«, sagte er, »aber ich ... ich habe Angst, Britta, furchtbare Angst.«

Unbewusst hatte er erwartet, dass Britta ihm nun ihrerseits ihre Gefühle zeigen würde. Vielleicht weint sie, dachte er, als sie längere Zeit schwieg. Aber dann sprach sie laut und deutlich ohne jedes Zeichen von Verzweiflung oder Trauer. »Du musst nicht solchen Unsinn erzählen und dir selbst das Leben schwer machen, Tobias. Am besten, du versuchst jetzt ein bisschen zu schlafen. Morgen sieht die Welt wieder anders aus. Vielleicht erfahren wir morgen schon etwas von Moritz.«

In dieser ersten Nacht sprachen sie nicht mehr über Moritz. Die meiste Zeit blieben sie wach, lauschten auf den Atem und auf die Bewegungen des anderen und schwiegen dem Sonntag entgegen, von dem Tobias fürchtete, dass er nur Stillstand und weiteres banges Warten bringen würde. Insofern würde es ein Tag werden, der dem Entführer oder den Entführern, wenn es mehrere wären, zugutekäme. Sie könnten ungestört an ihrem Komplott weiterarbeiten.

Gegen sieben Uhr früh klingelte das Telefon. Nachdem sich Tobias gemeldet hatte, hörte er ein leises Knacken in der Leitung. Erst danach vernahm er die Ansage einer offenbar stark verfremdeten Stimme. Es klang, als hätte jemand einzelne Worte aufgenommen und sie dann in eine neue Reihenfolge gebracht – abgehackt und roboterhaft. »Moritz geht es gut, Sie bekommen ihn wieder, sobald Sie unsere Bedingungen erfüllt haben. Tun Sie nichts. Warten Sie auf unsere Weisungen und lassen Sie die Polizei aus dem Spiel. Ende der Durchsage.«

Damit war das Gespräch beendet. Tobias hatte keine Möglichkeit gesehen, die Durchsage zu speichern, sie dann auch Britta vorzuspielen und vielleicht der Polizei. Trotzdem fühlte er sich etwas erleichtert. Er hatte eine Nachricht bekommen, der Entführer war ein Erpresser und wollte Geld, und wenn man ihm dazu verhülfe, würde er Moritz zurückgeben.

»Wer war das?«, fragte Britta.

»Der Entführer. Er hat offenbar ein Tonband abgespielt. Moritz geht es gut. Sie geben ihn uns wieder, sobald irgendwelche Bedingungen erfüllt sind. Geld vermutlich. Findeisen hatte wohl Recht. Es handelt sich um eine Entführung zur Erpressung von Lösegeld.«

»Wenn er wieder anruft, lass mich bitte mithören«, sagte Britta sehr ruhig. Tobias wunderte sich über ihre Unaufgeregtheit. Wieder klingelte das Telefon. Tobias riss den Hörer an sein Ohr und drückte auf die Lautsprechertaste, um Britta mithören zu lassen.

»Inspektor Findeisen. Ich muss Sie darüber informieren, dass wir Ihre Telefonleitung angezapft haben – ohne behördliche Erlaubnis, das holen wir nach. Ich höre eben, dass wir die Durchsage an Sie gespeichert haben. Unsere Spezialisten versuchen jetzt, die Ansage zu entzerren. Vielleicht bekommen wir daraus schon einen Hinweis. Wir werden alle Gespräche aufnehmen, die über Ihre Leitung geführt werden. Ich sage Ihnen das aus zwei Gründen. Erstens können Sie sich gegen diese Überwachung wehren und zweitens können Sie, wenn Sie jemandem etwas Persönliches mitteilen möchten, ein anderes Telefon benutzen.«

»Ich bin einverstanden«, sagte Tobias, ohne zu zögern.

»Moment mal.« Britta mischte sich ein und nahm Tobias den Hörer aus der Hand. »Wie lange soll dieser Zustand andauern? Sie haben doch keinen richterlichen Beschluss?«

»Nein, den haben wir nicht, aber wir holen ihn uns. Zumindest haben wir das vor.«

Ohne ein weiteres Wort zu sagen, gab Britta Tobias den Hörer zurück.

»Also von uns haben Sie grünes Licht.«

»Gut. Ich rufe Sie an, sobald ich etwas Neues erfahre.«

Noch im Schlafanzug trat Tobias hinaus in den Garten, der aus einer viereckigen Rasenfläche bestand, die linkerhand von einem Blumenbeet begrenzt und auf der rechten Seite von Buschwerk eingefasst wurde. Der Flieder blühte und duftete noch, und der Jasmin nahe beim Haus hatte bereits begonnen, sein süßlich-strenges Aroma zu verströmen. Ein blauer Himmel spannte sich über der Gartenlandschaft, die Amseln schmetterten, irgendwo in der Nachbarschaft plätscherte ein künstlicher Brunnen. Es war einer jener trügerischen Tage, die festlich und frühsommerlich daherkamen und doch Unheil mit sich führten. An so einem Tag hatte Tobias vom Tod seines Vaters erfahren, der fernab in Berlin gestorben war, unerwartet eigentlich, obwohl er einige Wochen zuvor einen Herzanfall überstanden hatte.

Und an solchen Tagen, erinnerte sich Tobias, war er oft allein gewesen, als er in Freiburg studiert hatte und seiner ersten großen Liebe nachtrauerte. Lag es an diesem Gegensatz zwischen frühsommerlicher Pracht und den Schicksalsschlägen, die ihn bei so strahlendem Wetter erreicht oder in Anspruch genommen hatten, dass er dem blauen Himmel, dem wuchernden jungen Grün und dem Blumenduft immer misstraute?

Er ging zurück ins Haus. Britta kam ihm entgegen, immer noch sehr ruhig, beherrscht. Sie fragte ihn nach seinen Frühstückswünschen. Er hatte keine, er wollte jetzt einfach laufen, durch das Gartengelände und den angrenzenden Stadtwald, mindestens eine Stunde lang, ließ er sie wissen, vielleicht auch länger.

»Dann lauf nur«, sagte Britta. »Vielleicht bin ich weg, wenn du wiederkommst.«

»Und wo?«, fragte er erstaunt, denn dass sie am Sonntagvormittag allein aus dem Haus ging, hatte er noch nie erlebt – oder nie bemerkt?

»In der Kirche – vielleicht?«, meinte Britta und lächelte ein wenig gezwungen. Auch das war Tobias neu, aber er verstand sie. »Ja, tu das nur«, sagte er leise und wandte sich ab. Das Laufen tat ihm gut, aber es brachte ihm nicht die gewohnte innere Befreiung. Irgendwo wurde sein Kind festgehalten, vielleicht in einem dieser Häuser, an denen er vorbeilief, aber er hatte nicht die geringste Vorstellung, wo Moritz stecken könnte. Vielleicht würde Findeisen ja wieder anrufen. Er dachte daran, dass Britta in die Kirche gehen wollte. Britta war katholisch und hatte darauf bestanden, dass Moritz auch im katholischen Glauben aufwachsen sollte. Vielleicht findet sie dort in der Kirche Trost, dachte er und entschloss sich, nach einem kleinen Bogen durch den Stadtwald wieder nach Hause zu laufen. Als er dort eintraf, war Britta wirklich schon weggefahren. Tobias duschte, zog sich um und trank draußen auf der Gartenterrasse eine Tasse Kaffee. Sogar ein Brötchen nahm er zu sich. Dann studierte er die Sonntagszeitung, die er von unterwegs mitgebracht hatte. Da stand nichts von Kindesentführung. Gut, dachte er. Je weniger Leute davon wissen, desto besser. Plötzlich klingelte das Telefon, und diesmal durchfuhr ihn das Klingelzeichen wie ein elektrischer Schlag. Er zuckte zusammen und verschüttete einen Teil seines Kaffees. Findeisen war am Apparat.

»Wir haben bereits einige Ergebnisse«, teilte er mit. »Das Beste wäre, Sie kämen hier im Revier vorbei und hörten sich das entzerrte Band einmal an. Vielleicht erkennen Sie eine der Stimmen.«

Tobias sprang in sein Auto und fuhr die kurze Strecke zum Polizeirevier. Normalerweise hätte er die paar Kilometer zu Fuß zurückgelegt, aber jetzt wollte er wissen, was die Kriminalpolizei herausgefunden hatte. Findeisen und zwei jüngere Männer hatten sich in einem verqualmten kleinen Raum um einen runden Tisch versammelt, auf dem Tobias einige Tonbandgeräte und Kopfhörer sah. Der Inspektor begrüßte ihn und stellte ihm die Techniker vor: »Harry Funk und Frank Speicher.«

»Soll das ein Witz sein?«

»Nee, die heißen wirklich so«, versicherte Findeisen und gab Harry Funk ein Zeichen. Der fing sofort an zu erklären. »Also, was wir gemacht haben, ist Folgendes.« Er musterte Tobias, als müsse er sich davon überzeugen, dass der seine Ausführungen auch verstehen würde. »Zunächst«, fuhr Funk in einem stark kölnisch eingefärbten Deutsch fort, »haben wir die Abspielgeschwindigkeit des Bandes so verändert, dass die natürlichen Stimmen wieder zum Vorschein kamen. Natürlich heißt das so viel wie: normaler Frequenzbereich. Dabei stellte sich heraus, dass die Ansage aus Worten zusammengebastelt wurde, die von zwei Leuten stammen. Einmal ist da eine Frauenstimme – ganz eindeutig, die andere Stimme ist schwerer zu beurteilen. Sie könnte auch von einer Frau stammen, aber wir können es nicht mit letzter Sicherheit entscheiden. Die Worte ergeben so, wie sie aneinander gereiht sind, natürlich keinen Sinn, achten Sie also nur auf den Klang der Stimmen.«

Er drückte auf den Abspielknopf an einem der Geräte. Tobias hörte: »Moritz, es, ihn, unsere, Bedingungen, haben, warten, nichts, dem, Spiel, aus, Weisungen.«

Die Stimme kam Tobias bekannt vor, er meinte, sie schon einmal gehört zu haben, wollte sich aber nicht damit aufhalten. »Und die andere?«

Wieder betätigte Harry Funk das Gerät. Eine andere, etwas dunklere Stimme sprach die Worte: »geht, gut, Sie, bekommen, wieder, sobald, Sie, erfüllt, auf, unsere, lassen, Polizei.«

Mehrere Male hörte sich Tobias die Wortfolgen an. »Es ist schwer«, sagte er. »Warum ist es nur so schwer?«

»Es ist die Monotonie«, erklärte Frank Speicher. »Die Worte sind einzeln gesprochen worden, ohne Satzmelodie, bewusst deutlich, also fast überartikuliert und mit etwas verstellten Stimmen.«

»Kann meine Frau sich das auch mal anhören?«

»Heute nicht mehr, aber gleich morgen früh«, bestimmte Findeisen.

Britta erwartete ihn, als er nach Hause kam. »Du warst mit dem Auto weg?«, fragte sie, und das hätte auch heißen können: Du hast etwas erfahren?

»Ich war bei der Polizei. Sie haben die Stimmen auf dem Tonband entwirrt und sie mir vorgespielt. Ja, es sind zwei Stimmen, die einer Frau und eine dunklere Stimme, die ich nicht mit Sicherheit einer Frau zuordnen kann. Sie erwarten dich morgen, gleich früh, damit auch du die Stimmen anhören kannst.«

»Was nützen uns die Stimmen irgendwelcher Leute, dabei kommt doch nichts heraus.« Es klang, also wolle Britta die Stimmen gar nicht anhören. Einen Moment lang zweifelte Tobias an ihr. Das konnte doch nicht ihr Ernst sein. Oder hatte sie bereits resigniert?

»Doch, Britta, bitte, geh hin und höre genau zu. Eine der beiden Stimmen kam mir bekannt vor. Vielleicht hast du eine Idee, wenn du sie hörst.«

Was noch übrig war von diesem Sonntag, verging in Schweigen. Plötzlich, nach Jahren, in denen Tobias und Britta harmonisch zusammengelebt hatten, wussten sie nichts mehr miteinander anzufangen. Was ist los, fragte sich Tobias, nachdem er ein paarmal versucht hatte, Britta zu einer Reaktion zu bewegen. In dieser Nacht schlug Britta ihr Bett im Gästezimmer auf. »Ich bin unruhig«, sagte sie. »Ich muss lesen können und aufstehen, wenn mir danach ist, und das stört dich.«

Tobias wehrte ab. »Nein, so etwas hat mich nie gestört. Erinnere dich an die Zeit, in der du Moritz noch gestillt hast, da bist du doch auch aufgestanden. Ich habe euch ein bisschen zugesehen und bin dann zufrieden wieder eingeschlafen.«

Sie gab keine Antwort. Aber Tobias verstand plötzlich, dass er etwas Taktloses gesagt hatte. Wie konnte er seine Frau, der man ihr Kind weggenommen hatte, an eine Zeit erinnern, die sich von heute vor allem dadurch unterschied, dass Moritz noch da war und dass ihrer beider Gedanken sich in diesem Kind trafen? Moritz war das Bindeglied gewesen, dachte Tobias. Was wäre, wenn es ihn nie gegeben hätte? Wären sie dann noch verheiratet? »Vermutlich störe ich dich«, sagte er. »Das Kind ist ja entführt worden, als ich die Verantwortung hatte. Ich war leichtsinnig. Mit meinem Leichtsinn habe ich dich beschädigt, nein, uns beide. Mein Gott, vielleicht habe ich damit unser Leben ruiniert.« Aber auch auf diese Selbstbezichtigung, die einem Ausbruch von Verzweiflung nahe kam, erhielt Tobias keine Antwort.

Am Montag früh war er wieder in der Klinik. Gegen zehn Uhr, kurz, bevor er seine Visiten begann, rief Britta in der Klinik an. Sie habe die Stimmen auf dem Tonband nicht erkennen können, ließ sie Tobias wissen. »Fast könnte dies ein böser Scherz sein, den sich jemand mit uns erlaubt hat. Wenn die Entführer Geld wollten, hätten sie sich doch schon längst mit Forderungen gemeldet.«

Tobias, der einem erneuten Anruf der Entführer entgegenfieberte, erschrak über Brittas Einschätzung. Was für ein Motiv sollte denn hier im Spiel gewesen sein, wenn nicht Geld? Immerhin hatten die Entführer »Weisungen« angekündigt. Aber weder am Montag noch an den folgenden Tagen ließen sie von sich hören. Auch Findeisen war verstummt. Aber diese Funkstille, so hoffte Tobias, musste nicht Untätigkeit bedeuten. Er wird uns helfen, sagte er sich immer wieder, und da Britta ihre eigenen Wege zu gehen schien, vertiefte er sich intensiver als je zuvor in die Schicksale seiner Patienten und bewahrte auf diese Weise sein inneres Gleichgewicht.

Etwa eine Woche verging, bevor Findeisen sich wieder meldete. Er bat Tobias zu sich ins Büro und eröffnete das Gespräch mit den Worten: »Ich bin nicht weitergekommen.« Dann setzte er sich in seinen abgewetzten Drehsessel, forderte seinen Gast ebenfalls zum Sitzen auf und fragte: »Wie hätte Moritz Ihrer Meinung nach reagiert, wenn ein wildfremder Mensch ihn auf den Arm genommen und mit ihm auf dem kürzesten Weg das Geschäft verlassen hätte? Wäre er stumm geblieben vor Überraschung oder hätte er gebrüllt und nach Ihnen gerufen?«

»Er hätte gerufen«, antwortete Tobias. »Vielleicht hätte es eine Art Schrecksekunde gegeben, aber danach hätte er geschrien.«

»Und Sie? Hätten Sie sein Schreien gehört?«

»Aber ja.« Auch hier war sich Tobias ganz sicher.

Der Inspektor nickte zustimmend. »Sehen Sie, das habe ich mir auch überlegt. Natürlich gibt es Methoden, um ein Kind am Schreien zu hindern oder um seine Schreie zu ersticken. Man kann es ablenken und damit Zeit gewinnen. Und wenn es dann doch schreit, kann man ihm den Mund zuhalten, ihm etwas in den

Mund stecken, einen Knebel vielleicht, aber so etwas kann schiefgehen, und dann entsteht Unruhe, und die Sache fliegt auf. Wie groß ist der Kreis von Menschen, die Moritz so gut kannte, dass er nicht gebrüllt hätte?«

»Nicht so groß. Die Liste ist bedeutend kürzer als die erste Liste, die ich für Sie gleich nach der Entführung angefertigt habe. Neben Britta und mir war da noch meine Schwester Heike, die Moritz oft gesehen hat. Sie wohnt in der Nähe und hat selbst keine Kinder. Dann die Großeltern, Brittas Eltern, die Schweigers, und meine Mutter, die Moritz sehr gern hat.«

»Mit allen, die Sie erwähnt haben, ist gesprochen worden. Abgesehen davon, dass sie als Entführer nicht infrage kommen – alle haben für die Zeit, in der Moritz verschwand, ein handfestes Alibi.«

»Das Kindermädchen, Lori Winter, haben Sie die auch gefragt?«

»Wer ist das? Lori Winter stand nicht auf Ihrer ersten Liste. Warum hat die niemand erwähnt?«

»Hat meine Frau nicht von ihr erzählt?«

»Mit keinem Wort.«

»Vermutlich, weil sie als Täterin ohnehin nicht infrage kommt. Lori ist ein scheues Mädchen, eine Studentin, die immer dann kam, wenn wir einen Babysitter brauchten. Moritz mag sie sehr gern. Sie ist ruhig, lenkt ihn ab, wenn er bockig wird, spielt mit ihm. Wir hatten nie Schwierigkeiten, wenn sie auf den Jungen aufpasste.«

»Trotzdem.« Findeisen war nicht zufrieden. »Jemand hätte sie erwähnen müssen.« Dann fragte er unvermittelt: »Wie hat Ihre Frau dieses Ereignis verkraftet? Macht sie Ihnen Vorwürfe?«

»Nein, nicht direkt. Aber sie hat sich ganz in sich selbst zurückgezogen. Wir reden kaum noch miteinander.«

Findeisen war aufgestanden und stand nun, die Hände in den Hosentaschen, am Fenster seines Büros. Unten fuhr quietschend eine Straßenbahn vorbei. »Es ist eine schwere Prüfung für Sie beide. Ich hoffe, Sie finden wieder zueinander«, sagte er. »Übrigens, die Tatsache, dass wir noch keinen wirklichen Anhaltspunkt haben, darf Sie nicht entmutigen. Wir arbeiten weiter. Manche Fälle sind nicht so schnell aufzuklären. Der Fall vom Potsdamer Platz, Sie erinnern sich? Der nahm fast sechs Wochen in Anspruch.«

Findeisen trat vom Fenster zurück und wandte sich wieder Tobias zu. »Mit dieser Lori Winter werden wir uns auch unterhalten. Geben Sie meiner Sekretärin die Adresse und die Telefonnummer?«

Damit war Tobias entlassen. Als er auf die Straße trat, hatte es angefangen zu regnen. Er nahm ein Taxi, um in die Klink zu kommen.

Was sich bereits in der ersten Woche nach Moritz' Verschwinden angedeutet hatte, das Schweigen zwischen Britta und Tobias Engel, fand in den folgenden Wochen seine Fortsetzung. Sie sprachen kaum noch miteinander. Wenn sie gleichzeitig zu Hause waren, vermieden sie einander oder lebten stumm nebeneinander her. Wer sowohl Britta als auch Tobias nahestand, wie Tobias' Mutter oder gemeinsame Freunde, bemerkte wohl, dass Britta in dieser Zeit einen stabileren Eindruck machte als er.

Nachdem aus den Wochen ohne das gemeinsame Kind Monate geworden waren und weder von Findeisen noch von anderer Seite irgendein Hinweis gekommen war, der zu Hoffnung oder im schlimmsten Fall zu einer traurigen Gewissheit Anlass gegeben hätte, teilte Britta ihrem Mann eines Tages mit, dass sie nicht länger neben ihm her leben könnte. Sie schrieb ihm einen Brief, in dem sie ihr Verhältnis zu Tobias als zerrüttet bezeichnete, ohne den Versuch zu unternehmen, diesen schlimmen Befund im Einzelnen zu erläutern. Auch fand sich in Brittas Mitteilung kein versöhnlicher Ansatz, der irgendeine Hoffnung für später zugelassen hätte. Sie ging und damit basta. Zunächst würde sie eine Zeit lang bei ihren Eltern leben und sich während dieser Zeit eine Stelle als Modedesignerin suchen. Falls ihr die Rückkehr in ihren früheren Beruf gelänge, und daran schien sie nicht zu zweifeln, wollte sie sich wieder eine eigene Wohnung suchen. Das Verhältnis zwischen ihnen, so fuhr Britta fort, sei wohl dauerhaft gestört, der Kummer über den Verlust des Kindes habe sich nicht als ein Band erwiesen, das sie zusammenhielt, sondern als zerstörerisches Gift. Sie wünsche ihm, dass er eines Tages wieder einen Weg zu sich selbst und den Einstieg in ein neues Leben fände.

Als Tobias diesen Brief eines Abends im Winter nach dem unseligen Sommer auf dem Esszimmertisch fand und las, hatte Britta ihren Auszug aus dem gemeinsamen Haus bereits vollzogen.

Tobias war nun allein in diesem Haus und würde es bleiben. Er kannte Britta zu genau, um die Möglichkeit, sie zurückzurufen, ernsthaft zu erwägen. Zu zahlreich waren die kleinen, aber in ihrer Gesamtheit doch auffälligen Zurückweisungen gewesen, die er von ihr auch schon vor Moritz' Verschwinden erfahren hatte. Und zu seltsam war ihm ihr Verhalten erschienen, das sie nach diesem Schicksalsschlag gezeigt hatte.

Immerhin gelang es ihm, an diesem und den folgenden Abenden ruhig über seine Lage nachzudenken. Dabei stand ein Gedanke im Vordergrund: Wie konnte er aus dem Dunkel, das ihn umgab, wieder in ein neues Leben finden? Von Findeisen hatte er lange nichts mehr gehört. Das hieß wohl, dass die Suche nach Moritz erfolglos geblieben war und dass es keine neuen Gesichtspunkte gab, über die man sich verständigen müsste. Immer wieder griff er nach Brittas Brief und las ihn mit geradezu verbissener Sorgfalt, als könne sich durch intensives Lesen ein Inhalt offenbaren, der ihm bisher verborgen geblieben war. Was war mit Britta geschehen? Mehrfach hatte Tobias versucht, die Aura von Unnahbarkeit, die sie schon lange umgeben und die sich zu einer harten Schale ausgewachsen hatte, seit er damals ohne Moritz nach Hause gekommen war, zu durchbrechen. Auch wenn er sich zwang, von den Kränkungen und Zurückweisungen, die sie ihm zugefügt hatte, abzusehen, hatte er dennoch Mühe, sie zu verstehen. Was er nicht einordnen konnte, war der Gleichmut, fast schon die Gleichgültigkeit, die sie während der letzten Monate an den Tag gelegt hatte. Sie benahm sich fast so, als sei das Verschwinden von Moritz eine unabänderliche Tatsache, die sie nichts mehr anging. Was hatte sie so verändert? Er dachte daran, sich an Brittas Eltern zu wenden, verwarf diesen Gedanken aber gleich wieder. So kurze Zeit nach

Brittas Aufbruch konnte er nicht die Nähe zu ihren Eltern suchen, obwohl er sich mit ihnen, besonders mit Rudolf, Brittas Vater, immer gut verstanden hatte.

Aber er konnte ja nicht alle Abende dasitzen und über sein Schicksal nachgrübeln. Manchmal stand er auf, ging durch das Haus, das er nun allein bewohnte, und machte überall Licht. Die Zimmer waren aufgeräumt und sauber hinterlassen worden, als habe Britta vor dem Verlassen ihres gemeinsamen Hauses alle Fußböden aufgewischt und alle Teppiche gereinigt. Die meisten Zimmer, vor allem das Kinderzimmer, aber auch das Gästezimmer, in dem Britta bis zu ihrem Auszug geschlafen hatte, wirkten eigentümlich kahl und unpersönlich. Britta hatte alle Spielsachen von Moritz weggeräumt. Bilder, auf denen Moritz zu sehen war, oder Fotos von ihnen beiden hatte sie ebenso entfernt wie Gegenstände, die an gemeinsame Ferien, Feste oder Jubiläen erinnerten. Hatte sie das alles mitgenommen, diese Vasen, die alten Gläser oder Porzellanfiguren, die er einmal für sie gesammelt hatte – durchaus in der Absicht, mit dem emotionalen »Wir« seiner Geschenke auch einen materiellen Wert zu verbinden? Nun, was er ihr geschenkt hatte, gehörte ihr, aber was war mit den gemeinsamen Erinnerungen, den Fotografien oder kleinen Andenken wie dem blank polierten Gehäuse einer großen Seeschnecke, das sie in Thailand gekauft hatten und das immer auf dem Kaminsims des gemeinsamen Schlafzimmers gelegen hatte? Er wanderte weiter – in die untere Etage mit dem Wohnzimmer, dem Esszimmer, einer Küche und dem Bad. Überall empfing ihn der Eindruck von Sauberkeit und Strenge. Britta hatte nicht nur Moritz' Spielzeug verstaut, sondern auch alle Erinnerungen an die Spiele der Erwachsenen beseitigt, gerade so, als wolle sie nicht mehr an sie erinnert werden. Oder verhielt es sich umgekehrt? Hatte sie das alles mitgenommen, um sich zu erinnern? Er würde auf dem Boden oder im Keller nachsehen müssen, um auf diese Frage eine Antwort zu bekommen.

Das Telefon klingelte. Er zögerte, den Ruf entgegenzunehmen. Der Gang durch sein von der Vergangenheit gesäubertes und aufgeräumtes Haus hatte ihn deprimiert. Wer könnte es sein? Britta?

Unwahrscheinlich. Findeisen? Um diese Zeit? Er nahm den Hörer ab und ließ sich in einen Sessel fallen. Am anderen Ende meldete sich eine Frauenstimme, eine Stimme, die ihm in den letzten Wochen vertraut geworden war. »Ach, du bist's«, sagte er. »Ich dachte schon, die Polizei.«

Nein, es war Doktor Christine Aigner, eine junge Kollegin, die offenbar aus dem Bereitschaftsdienst anrief. »Was gibt es?«, fragte er. »Muss ich kommen?« Vom anderen Ende der Leitung ertönte ein leises Lachen. »Ich rufe nicht aus der Klinik an«, sagte die junge Frau. »Ich wollte dich nur ein wenig aufmuntern, du warst so ernst und blass in den letzten Tagen. Ich hätte dir so gern geholfen, das weißt du?«

Ja, das wusste er. Das lag in der Natur seiner Kollegin. Aus Bayern, einem kleinen Städtchen nicht weit von München stammte sie. Der Name war ihm entfallen, aber jetzt, wo er ihre Stimme hörte, erinnerte er sich. Murnau, ja richtig. Christine war erst seit einigen Wochen in der Klinik, hatte sich aber schnell einen guten Namen gemacht. Sie brachte etwas mit an ihren neuen Arbeitsplatz, das den meisten Kollegen abging: Sie erlebte die Welt nicht als ein hintergründiges Rätsel, dem man durch Psychologie auf die Spur kommen musste, sondern sie sah Schönes und Hässliches, Gutes und Schlechtes, Lustiges und Trauriges und einiges zwischen diesen Extremen mit einer aus dem Herzen kommenden Aufmerksamkeit. Mit anderen Worten: Sie war naiv, aber ihre Naivität entsprang einer nicht alltäglichen Ehrlichkeit und Intelligenz. Tobias hatte sie als eine gute Ärztin kennengelernt, die selbstständig denken und handeln konnte. Ihre Patienten mochten sie, bei ihren Kollegen war sie durchaus beliebt, obwohl es einige gab, die sich ihr gegenüber reserviert verhielten. Tobias glaubte inzwischen erkannt zu haben, worauf diese Vorbehalte beruhten. In ihrer Gradlinigkeit und Hilfsbereitschaft gab Christine so viele gute Beispiele. Sie blieb länger, wenn es sein musste, verbrachte Zeit damit, Patienten zu trösten, ihnen Mut zu machen oder über ihre Krankheiten und über Behandlungsmöglichkeiten nachzudenken. Sie war ein Vorbild, das man nicht so einfach übersehen konnte. Also sahen sich die Kollegen genötigt, ihr eigenes Verhalten zu überdenken. Einige der jüngeren Ärzte eiferten ihr nach, aber es gab auch misstrauische, meist ältere Leute, die in Christines Verhalten nur den Versuch sahen, schnell Karriere zu machen. Der eine oder andere sah in Christines Auftreten einen Grund, es bei einer weniger aufwändigen Dienstauffassung zu belassen und fühlte sich dennoch nicht ganz wohl dabei, denn Christine wusste, was sie tat.

»Willst du mich besuchen?«, fragte Tobias. »Ich bin allein. Britta hat mich verlassen.«

»Wirklich?« Die kurze Frage klang ungläubig und bedauernd zugleich. »Wann denn?«

»Vor längerer Zeit. So kommt es mir jedenfalls vor. In Wirklichkeit ist es erst eine gute Woche her.«

Es blieb still in der Leitung.

»Christine, bist du noch dran?«

»Ja, aber ... Du erwähnst die Trennung so beiläufig, als sei daran nichts mehr zu ändern.«

»Ist es wohl auch nicht«, antwortete Tobias.

»Treffen wir uns lieber irgendwo. Oder komm du zu mir.«

Am Ende taten sie weder das eine noch das andere. Es würde sich herumsprechen, dass Britta jetzt eigene Wege ging, und so kurz nach Brittas jähem Abschied wollte er nicht mit einer jungen Kollegin aus seiner Klinik gesehen werden. Und zu Christine hinausfahren? Fast bis in die Nachbarstadt? Dazu fühlte er sich an diesem Abend zu müde. »Lass uns lieber noch ein bisschen am Telefon reden«, schlug er vor.

Dabei blieb es zunächst einmal. Doch in den folgenden Wochen und Monaten wurde mehr daraus. Allmählich füllte Christine die Lücke, die Britta hinterlassen hatte. Den Verlust seines Sohnes aber konnte niemand wettmachen, auch Christine nicht. Täglich fragte Tobias sich, wo Moritz jetzt wohl sei, wie es ihm gehe, ob er sich verändert habe, ob er gewachsen sei. Eine Frage stellte er sich nur zu Anfang – die Frage nach dem Aufenthalt seines Kindes. Wo finde ich dich? Aber da er erkannte, dass ihn diese Frage zugrunde richten würde, wenn er sie sich regelmäßig stellte, beschränkte er sich darauf, an Moritz zu denken und sich vorzustellen, wie er sich entwickelt habe und wie er heute aussähe. Von außen betrachtet lebte Tobias ein zunehmend normales Leben, aber wann immer er nicht arbeitete, schweiften seine Gedanken ab und eilten zu Moritz. So verhielt es sich ein halbes Jahr nach der Entführung, so war es zu Moritz' drittem Geburtstag und so ging es weiter, durch Tage, Wochen, Monate und Jahre.

Längst waren er und Christine ein Paar geworden. Dann kam ein Tag im Juni 1999, nicht irgendein Tag, sondern der Jahrestag von Moritz' Verschwinden. Sechs Jahre müsste er inzwischen alt sein, dachte Tobias, und nur etwas über ein Drittel dieser Zeit hatte er mit Britta und ihm verbracht. Zwei Drittel seines Lebens entfielen jetzt auf Menschen, die ihm, Tobias Engel, fremd waren. Hoffentlich sind sie gut zu dir, mein Moritz, dachte er wieder und wieder. Wenn er in einem westlichen Land lebte, einem europäischen Land, würde er jetzt eingeschult werden. Er versuchte, sich Moritz als Schulkind vorzustellen, aber das war nicht so einfach. Vor seinem inneren Auge entstanden Bilder, die Moritz glichen, die aber alle etwas voneinander abwichen. Wie sah er wirklich aus? Würde er, Tobias, seinen Sohn, noch erkennen, wenn er ihn irgendwo auf einer Straße oder einem Platz zu Gesicht bekäme? Würde Moritz ihn erkennen? Nein, wie sollte er, musste Tobias sich sagen. Der überfallartig auf ihn einstürzende Gedanke, dass sie sich in der langen Wartezeit fremd geworden sein mussten, versetzte ihn in Panik. Musste nicht auch Britta heute, an diesem Tag, an ihn denken und sich nach ihm sehnen? Britta war der einzige Mensch, der wie er selbst betroffen war, nein, betroffen sein musste. Der einzige Mensch, mit dem er seinen Schmerz auf eine authentische Weise teilen konnte. Aber wo war sie? Vor sechs Wochen hatte sie ihm einen kurzen Brief geschickt, nur ein paar Zeilen, in denen sie mitteilte, dass sie daran denke, ins Ausland zu gehen. Nach Frankreich vielleicht oder nach Italien, wo man mit ihrer Ausbildung bessere Chancen hätte als in Deutschland.

Er wollte mit ihr sprechen, unbedingt. Wenn er schon nichts über

Moritz in Erfahrung bringen konnte, dann wollte er wenigstens mit einem anderen Menschen über Moritz reden. Schließlich rief er Brittas Eltern an, mit denen er seit über einem Jahr nicht mehr gesprochen hatte. Brittas Mutter reagierte überrascht auf seinen Anruf. »Wer ist am Apparat?«, fragte sie, nachdem Tobias sich nur mit seinem Vornamen gemeldet hatte. »Ach Tobias, damit hätte ich jetzt nicht gerechnet. Warte, ich geb dir Rudolf.«

Der hatte offenbar keine Schwierigkeiten, sich mit seinem »außer Dienst gestellten Schwiegersohn« zu unterhalten. »Nett von dir, Tobias, dass du dich mal meldest. Du musstest heute besonders an Moritz denken, nicht? Mir geht's genauso.«

Tobias fragte, wo Britta sich aufhielte, und bekam eine überraschende Antwort.

»Keine Ahnung, Tobias. Ich wünschte, wir wüssten es. Sie wollte ins Ausland, hatte wohl ein Angebot von einem Modehaus in Frankreich. Jedenfalls ist sie zu Anfang des Jahres weggefahren, ihre Wohnung hat sie aufgegeben. Ja, sie hatte sich erst seit ein paar Wochen eine eigene Wohnung zugelegt, draußen in Marienburg, ganz hübsch. Aber wo sie jetzt steckt, wissen wir nicht.«

»Kann man das nicht herausbekommen?«, fragte Tobias.

»Vielleicht. Aber wie?«

»Die Polizei einschalten. Interpol, was weiß ich.«

»Das haben Renate und ich probiert, aber Britta hatte sich polizeilich abgemeldet, hat keine Schulden hinterlassen, ihr wird nichts vorgeworfen ... Es sei nicht die Aufgabe der Polizei, unbescholtenen EU-Bürgern nachzuspionieren, haben sie uns gesagt.«

Später an diesem Tag telefonierte er mit Findeisen, der ihm die Auskunft, die er von Brittas Vater erhalten hatte, bestätigte.

»Aber wir sind immer noch verheiratet«, wandte Tobias ein. »Kann man diesen Umstand nicht als Grund für eine Nachforschung gelten lassen?«

»Vielleicht.« Findeisen wollte diese Möglichkeit nicht ausschließen. »Einfacher wäre es, wenn sie Ihnen Geld schuldete. Oder noch besser, wenn sie sich bei einem anderen Deutschen verschuldet hätte. Dann läge ein Straftatbestand vor. Aber so?«

Der Tag hatte mit Unruhe und mit dem dringenden Wunsch begonnen, etwas von oder über die Menschen zu erfahren, die ihm weggenommen worden waren oder ihn verlassen hatten, und nun am Abend endete das alles in Trauer und Resignation. Immerhin hatte er Christine, die ihn tröstete, so gut sie konnte. Sie war bei ihm, sie hatte dem kleinen Haus nach und nach ein anderes Gepräge gegeben. Allzu schmucklose Schränke und Ähnliches hatte sie in den Keller verbannt und dafür hellere und beschwingtere Möbel aufgestellt. An den Wänden hingen jetzt Aquarelle und einige Ölbilder von Malern, die versucht hatten, den expressiven Stil der zum Blauen Reiter oder zur Brücke gehörenden Künstler in ihrer eigenen, dem Realismus stärker verpflichteten Malweise weiterzuführen.

In Tobias' Leben war wieder so etwas wie Normalität eingekehrt. Unter der scheinbar ruhigen Oberfläche aber lauerten die Fragen und die Ängste, die ihn Jahre hindurch beschäftigt hatten, bereit, wieder hervorzubrechen und sein Leben abermals in einen Strudel von Hoffnung und Erregung zu stürzen.

Tobias war zu einem Kongress nach Berlin gefahren und benutzte einen freien Tag, um eine Schule wiederzusehen, die er als Kind einige Jahre lang besucht hatte. Er betrachtete das Gebäude von außen und kam zu dem Ergebnis, dass es noch genauso aussah, wie er es in Erinnerung hatte – hellgrau verputzte Wände, weiß gestrichene Fensterrahmen und ein mit hellroten Ziegeln gedecktes Walmdach gaben dem Bau ein besonderes Gepräge, das durch einen das Dach deutlich überragenden Turm und eine weithin sichtbare, große Turmuhr noch unterstrichen wurde. Schließlich schlenderte er durch stille Vorstadtstraßen und schlug dabei einen Weg ein, der früher Teil seines eigenen Schulweges gewesen war und durch einen öffentlichen Park führte. Gedankenverloren ging er dahin, den Blick gesenkt und damit beschäftigt, sich einige Gesichter und Begebenheiten aus seiner Grundschulzeit ins Gedächtnis zu rufen. Dann hob er den Blick, um eine Straße zu überqueren, die den Park auf einer Seite begrenzte, und sah plötzlich ein Kind vor sich, das genauso aussah wie der Moritz, der in seiner Erinnerung lebte und dem seine Vorstellung und seine Sehnsucht inzwischen das Aussehen eines sechs- oder siebenjährigen Jungen verliehen hatten. Tobias stutzte. Er fühlte, wie sein Herz aussetzte, dann plötzlich anfing, heftig zu schlagen. Der Junge trug einen kurzen grauen Lodenmantel, einen Schulranzen auf dem Rücken, braune Halbschuhe und Kniestrümpfe. Seine Kleidung wirkte ein wenig altmodisch, dabei sehr brav und ordentlich. Tobias konnte nicht glauben, dass dieses Kind bis aufs Haar und in jeder Bewegung aussah wie der Moritz, von dem er träumte. Der Junge hielt vor dem Überqueren der Straße nach beiden Seiten Ausschau und ging erst los, als weder von links noch von rechts ein Auto zu kommen schien. Ein Schulanfänger, dachte Tobias, dem man sicheres Verhalten im Straßenverkehr eingebläut hatte. Vermutlich war er diesen Weg noch gar nicht oft gegangen. Dann nach Überwindung des Hindernisses kam er direkt auf Tobias zu. Die großen braunen Augen, das gleichfalls braune, weich gelockte Haar, der Gesichtsschnitt, das alles passte zu Moritz, das konnte er sein, nein, das *ist* er! Tobias blieb stehen, ließ den Jungen, der nur einige Meter von ihm entfernt war, noch näher an sich herankommen und sagte dann mit einer Eindringlichkeit, die den Jungen zu irritieren schien: »Mein Gott, du bist doch Moritz, Moritz Engel, mein Junge ... Sag mir, wie heißt du jetzt und wo wohnst du?« Das Kind blieb stehen und schlug dann einen Bogen um Tobias. »Entschuldige, dass ich dich hier so überfalle, aber du erinnerst mich an ...«

»Ich heiße nicht Moritz, ich heiße Martin Wuttke«, sagte der Junge entschieden, »und ich wohne da drüben.« Er zeigte auf die Häuserzeile, die den Park auf der gegenüberliegenden Seite begrenzte. Martin sprach mit einem deutlichen Berliner Tonfall. »Ich kenne Sie nicht.«

Konnte das sein, fragte sich Tobias. Das Aussehen stimmte, das Alter ebenfalls, aber die Art, wie Martin sprach, ließ ihn zweifeln. Aber wie würde Moritz sprechen, wenn man ihn mit zweieinhalb Jahren nach Berlin gebracht hätte?

»Du, Martin«, hörte Tobias sich sagen, »ist deine Mutter zu Hause oder dein Vater?«

»Meine Mutter.« Der Junge ging jetzt einen Schritt schneller.

»Kann ich sie vielleicht für einen Augenblick sprechen, wenn ich mit dir gehe?«

Statt einer Antwort fing Martin Wuttke an zu laufen. Tobias hörte noch einen hastig ausgestoßenen Satz, der sich anhörte wie: »Lassen Sie mich in Ruhe!« Er rannte jetzt mit seinem auf dem Rücken hin und her schaukelnden Schulranzen über eine Wiese und hatte die Breite des Parks im Nu hinter sich gebracht. Dann verschwand er in einer der Haustüren im angrenzenden Wohnblock.

Tobias war zu aufgewühlt, um gleich weiterzugehen. Er setzte sich auf eine nahe Bank und versuchte, seine Atmung und den beschleunigten Herzschlag wieder in einen normalen Bereich zurückzuführen. Eine Weile spielte er mit dem Gedanken, dem Jungen nachzugehen und sich nach einer Familie Wuttke zu erkundigen.

Er hatte sich gerade entschlossen, zu seinem Auto zurückzukehren, das nahe bei der Schule geparkt war, als er einen Polizeiwagen sah, der drüben an der Häuserzeile hielt. Zwei Polizisten stiegen aus, traten in den Park und musterten die wenigen Menschen, die um diese Zeit im Park spazieren gingen. Die meisten von ihnen waren ältere Frauen, die kleine Hunde ausführten. Dann sah Tobias, wie einer der beiden Polizisten zum ihm herüberblickte und etwas zu seinem Kollegen sagte. Die beiden kamen jetzt energischen Schrittes auf ihn zu. Sie werden mich ansprechen, dachte Tobias, und da hob der Ältere auch schon die Hand grüßend an die Mütze und fragte sehr höflich: »Sind Sie eben einem Jungen begegnet, der gerade aus der Schule kam?«

»Warum fragen Sie?«

»Haben Sie einen Ausweis bei sich?«, lautete die nicht ganz so freundliche Gegenfrage.

Tobias gab dem Beamten, einem schnauzbärtigen Alten, der seine Dienstmütze tief in die Augen gezogen hatte, seinen Personalausweis. Der Mann studierte das kleine Dokument, reichte den Ausweis dann an seinen jüngeren Kollegen weiter und tuschelte mit ihm. Der junge Polizist, dessen ausdrucksloses Gesicht durch seinen halboffenen Mund und die hängende Unterlippe noch gleichgültiger wirkte, als es seine Gesichtszüge ohnehin schon taten, starrte auf das Foto im Ausweis und lenkte seine müden Augen einige Male auf Tobias, der keine Anstalten machte, sich von der Parkbank zu erheben. »Die Mutter des Jungen hat uns angerufen und behauptet, ihr Kind sei von Ihnen im Park belästigt worden.«

Jetzt stand Tobias auf. »Von Belästigung kann überhaupt keine Rede sein. Der Junge kam mir bekannt vor, so bekannt, dass ich ihn einen Moment lang mit meinem eigenen Sohn verwechselt habe. Ich habe ihn angesprochen und ihn gefragt, ob seine Eltern zu Hause seien. Er hat mir etwas zugerufen und ist nach Hause gerannt. Das war alles.«

Der junge Polizist gab Geräusche von sich, die auf eine vergrößerte Rachenmandel schließen ließen. Dann gab er den Ausweis seinem älteren Kollegen zurück, der ihn erneut studierte. »Wir müssen Sie bitten, mit uns zum Revier zu fahren, wir müssen Ihre Personalien genauer überprüfen. Ich hoffe, Sie haben Verständnis.«

»Wenn es nicht zu lange dauert. Ich muss heute noch nach Köln fliegen.« Einen Augenblick lang dachte Tobias an die Möglichkeit, dieser Bitte – oder war es nicht eher eine Aufforderung? – nicht nachzukommen. Aber was wäre damit gewonnen? Mehr Ärger, Beschwerden, Nachforschungen zu späteren Zeitpunkten. Also fügte er sich.

Womit er den Verdacht der Polizeibeamten erregt hätte, fragte er später auf dem Polizeirevier, nachdem sein Personalausweis noch einmal überprüft worden war und man überdies festgestellt hatte, dass nichts gegen einen Tobias Engel vorliege.

»Sie haben den Jungen, den kleinen Martin Wuttke, mit Ihrem eigenen Sohn verwechselt?«, fragte der ältere Polizist, der seine Schirmmütze abgelegt und dadurch ein freundlicheres Aussehen gewonnen hatte. »Das ist doch merkwürdig. Wie kann man ein fremdes Kind mit dem eigenen Sohn verwechseln? Das riecht doch nach einer unguten Absicht.«

So weit war es also mit ihm gekommen, dachte Tobias, der in den letzten Monaten zu der Ansicht gelangt war, dass es vielleicht sogar für ihn, den Verlassenen und fast Zerbrochenen, zusammen mit Christine Aigner, seiner bayerischen Engelin, so etwas wie ein normales Leben geben könnte. So lebendig war der Schmerz immer noch, den der Verlust von Moritz in seiner Seele hinterlassen hatte.

»Ich werde Ihnen jetzt eine Geschichte erzählen«, sagte Tobias, »eine wahre Geschichte, vielleicht verstehen Sie dann, wie es zu diesem Missverständnis kommen konnte.« Und dann berichtete er von Moritz' Entführung, von der Entfremdung zwischen ihm und seiner Frau, die dieses Ereignis bewirkt hatte, von seiner immer wieder enttäuschten Hoffnung, Moritz wiederzubekommen. Auch Findeisen und dessen vergebliche Anstrengungen erwähnte er und schloss mit dem Hinweis, dass dieses Ereignis ihm bis heute unbegreiflich geblieben sei. »Vielleicht verstehen Sie jetzt, was das bedeutet – der plötzliche Verlust eines kleinen gesunden Kindes, für den es bis heute keine Erklärung gibt.«

»Doch, doch«, nickte der ältere Polizist, der sich als ein Herr Wollenweber vorgestellt hatte. »Wem so etwas passiert, der sieht dann manchmal am helllichten Tag Gespenster.«

Das tat weh. Natürlich konnte dieser Herr Wollenweber, dem er seine Geschichte erzählt hatte – in aller Kürze übrigens, vielleicht sogar in entstellender Kürze –, seinen Bericht nur zur Kenntnis nehmen, aber verstehen? Immerhin war Wollenweber, dieser einfache und sicher auf seine Art lebenserfahrene Mann, bereit, auf Tobias einzugehen.

»Wie lange ist es jetzt her, dass Sie Moritz zum letzten Mal gesehen haben?«, fragte er, und Tobias musste sogar einen Augenblick nachrechnen. »Das war im Juni 1995, Moritz war zwei Jahre und vier Monate alt, und jetzt haben wir September 2000, fünf Jahre also.«

»Mehr als fünf Jahre«, ergänzte Wollenweber. »Meinen Sie, dass Sie Ihren Sohn noch erkennen würden?«

»Bis jetzt bin ich davon ausgegangen. Ich war mir sogar sicher, dass ich ihn erkennen müsste.«

»Und jetzt?«

»Ich weiß es nicht.«

»Menschen verändern sich, besonders Kinder im fraglichen Alter. Und was sich in Ihrer Vorstellung abspielt: das Älterwerden des Kindes, sein Wachstum, neu erworbene Fähigkeiten, das muss beileibe nicht so ablaufen, wie es im wirklichen Leben geschieht.«

»Nein, das muss es nicht«, räumte Tobias ein. Gleichzeitig aber dachte er: Was sich in meiner Vorstellung abspielt, ist ja kein Fantasiegebilde. Es basiert ja auf einer genauen Kenntnis des Kindes. Ich kenne seinen Weg bis zum Zeitpunkt seines Verschwindens. Ich kenne mich, ich kenne seine Mutter. Es gibt so etwas wie einen Stallgeruch. Aber was nützte es, wenn er dem Beamten das alles sagen würde?

Als wollte er ihn beruhigen, sagte Wollenweber: »Für uns ist die Sache klar. Wer so etwas erlebt hat wie Sie, der ist wohl ständig auf der Suche. Und dann gibt es eben Irrtümer.« Nach einer kleinen Pause hellte sich seine bekümmerte Miene auf. »Wir kennen übrigens die Familie Wuttke. Es sind nette, aber im Hinblick auf ihr Kind etwas ängstliche Leute. Sie sollten diese Anzeige, so wollen wir es einmal nennen, nicht so ernst nehmen.«

»Nein«, sagte Tobias, »ich bin der Frau nicht böse. Wenn sie sich wieder einmal bei Ihnen meldet, dann erzählen Sie ihr meine Geschichte und entschuldigen Sie mein Verhalten.«

Tobias fühlte sich gedemütigt. Dieses Gefühl einer Beklemmung blieb ihm, solange er sich in Berlin aufhielt. Erst in der Luft, auf dem kurzen Flug zurück nach Köln, atmete und dachte er wieder freier.

War es denn wirklich so, wie Wollenweber ihm eingeredet hatte? Dass die Sehnsucht nach Moritz und der immer noch anhaltende Schmerz über seinen Verlust seine Wahrnehmung getrübt hätten und dass Moritz jetzt mit sieben Jahren anders aussah als damals, als er ihn auf dem Kindersitz durch den Supermarkt gefahren oder im Garten mit ihm gespielt hatte? Mit einem Mal meldeten sich Einwände. Ich bin doch nicht irgendwer, ich bin der Vater. Ich trage in mir ein Bild von Moritz, nein, nicht ein Bild – viele Bilder, denn wenn ich versuche, ihn mir jetzt vorzustellen, sehe ich in ihm auch Züge von Britta – die Augen zum Beispiel oder von mir die Stirn und die Wangen, ich sehe ihn nicht als Fremder, ich sehe ihn mit Augen, die seiner eigenen Wahrnehmung verwandt sind.

An einem der nächsten Tage, nachdem Christine ihn gefragt hatte, wie es eigentlich in Berlin gewesen sei, erzählte er ihr die ganze Geschichte. Er sprach von der immer noch anhaltenden Sehnsucht nach seinem Sohn, von der nie geheilten Wunde, die sein Verlust hinterlassen hatte, von der Begegnung mit Martin Wuttke, der ihm als ältere Version von Moritz vorgekommen sei, und von den anschließenden Unterhaltungen mit dem von Frau Wuttke alarmierten Polizeibeamten. Auch die Deutung des Zwischenfalles durch Herrn Wollenweber, der er zunächst gefolgt sei, gegen die sich aber eine Stimme tief in seinem Inneren zur Wehr setzte, erwähnte er.

Christine schwieg und hörte zu, sie schwieg auch noch, nachdem er geendet hatte. Aber schließlich kam sie aus dem Sessel, in dem sie Tobias' Bericht angehört hatte, zu ihm auf das Sofa und ergriff seine Hände. »Jetzt versuch doch einmal, dich in eine andere Person hineinzuversetzen, in deinen Freund Josef Freydank zum Beispiel. Ich weiß, es ist schwer, aber versuch es trotzdem. Stell dir vor, du seist Josef und ein anderer erzählte dir die Geschichte, die ich eben angehört habe. Hättest du dann nicht auch Zweifel? Oder lass es mich etwas deutlicher sagen. Warum sollte dir dein Moritz ausgerechnet in der Gestalt eines Berliner Schulkindes, eines ABC-Schützen wiederbegegnen, noch dazu auf einem Schulweg, der auch einmal deiner war, und Martin Wuttke heißen?«

»Ich weiß, es klingt unwahrscheinlich, es klingt sogar verrückt.«

»Ich möchte annehmen, dass diese Episode und ihr enttäuschender, vielleicht sogar ein wenig peinlicher Ausgang dich auf den Boden der Tatsachen zurückbringen.«

Tobias gab noch nicht auf. »Was du sagst, ist richtig, auch Herr Wollenweber, ein einfacher, aber in seinem Beruf erfahrener Mann, hat sich ja so ähnlich geäußert. Ich habe dieser Argumentation auch nichts entgegenzusetzen. Vermutlich habt ihr beide

Recht. Aber denk dir doch eine Situation aus, eine beliebige Folge von Umständen, die dazu führten, dass Moritz wiedergefunden würde. Nimm an, er würde als Kind von reichen Adoptiveltern gefunden werden, in den USA meinetwegen, oder als Erbe eines italienischen Bauern in Umbrien oder in der Toskana. In jedem denkbaren Fall müsstest du sagen: wie unwahrscheinlich.« Tobias seufzte. »Es gibt keine logische oder naheliegende Lösung für so etwas.«

»Es gibt Millionen von Möglichkeiten. Die eine richtige kannst du nur finden, wenn sie sich selbst zu erkennen gibt.«

»Aber das Leben rennt so schnell an uns vorbei. Mit jedem Tag, mit jedem Monat wird es unwahrscheinlicher, dass ich Moritz finde.«

»Du darfst dich nicht auf Dinge konzentrieren, die in der Vergangenheit liegen, denk an heute, an morgen.« Christine legte eine kleine Pause ein. »Ich war mir nicht sicher, was der richtige Moment wäre, dir eine frohe Neuigkeit zu sagen, aber ich denke, jetzt wäre ein guter Zeitpunkt.«

»Ja«, stimmte Tobias zu, froh über die Ablenkung. »Jetzt wäre wohl der richtige Augenblick für etwas Positives.«

»Na, dann freu dich darauf, dass hier in deinem Haus bald wieder ein kleiner Erdenbürger herumkrabbeln wird.«

Diesen Augenblick hatte Tobias schon einmal erlebt. Hier, in diesem Zimmer, hatte Britta ihm vor vielen Jahren eröffnet, dass sie schwanger sei. Wo war der Überschwang von damals? Er würde vielleicht Zeit brauchen, um sich aus seiner Niedergeschlagenheit und seiner Nachdenklichkeit zu lösen.

»Wie weit bist du?«, fragte er, aber bevor sie antworten konnte, fühlte er eine heiße, urtümliche Freude in sich aufsteigen. Keine Jubelfreude, aber eine immer spürbarer werdende innere Erleichterung. Ein Gefühl, dachte Tobias, wie es ein erschöpfter Schwimmer beim Anblick von Land empfinden mag. Das Land ist noch weit, aber er würde es erreichen. Ein Gefühl von bevorstehender Rettung. »Ich bin im dritten Monat«, antwortete Christine.

»Dann wird das Kind im März geboren«, meinte Tobias.

»Der errechnete Termin ist der zehnte März.«
»Weißt du ...«
»Nein, ich wollte es auch noch gar nicht wissen.«
Tobias stand auf und zog Christine mit sich, umarmte sie, drückte sie an sich, küsste sie. »Meine Engelin. Wie schön!«

Er hatte für seinen Leichtsinn gebüßt. Nun war ihm verziehen worden. Das war der Grundtenor, der Tobias' Denken und Fühlen während der nächsten Tage und Wochen beherrschte. Diese Veränderung in seiner Gestimmtheit setzte Energien frei, die brach gelegen hatten. Er musste seine Ehe mit Britta Schweiger, die ja formal immer noch bestand, beenden, und er wollte seine »Engelin« heiraten und zwar – hierin war er altmodisch – bevor das Kind auf die Welt kam. Gleichzeitig sah er sich, ohne Christine davon zu erzählen, nach einer neuen Behausung um. Eine neue Ehe, Kinder, von denen er sich mehrere wünschte, eine neue Familie also, müssten auch einen neuen Ort finden, dachte Tobias. Fast hatte er das Gefühl, für das Unglück, das er erlitten hatte, nun entschädigt zu werden, so glatt, so selbstverständlich und leicht schien sich eines aus dem anderen zu ergeben. Christine durchlebte eine fast beschwerdefreie Schwangerschaft und freute sich auf das kleine Mädchen, das sie mit sich herumtrug, ohne dass man ihr viel ansah. Angesichts der langen Trennung von Britta und der Tatsache, dass niemand wusste, wo sie sich jetzt aufhielt, erwies sich die Auflösung seiner Ehe mit ihr als ein rein administrativer Akt, dessen Dürftigkeit ihn im Rückblick auf die gemeinsam durchlebten Jahre dennoch bedrückte. Aber das war die einzige Trübung in dieser neuen Lebensphase. Ihre Hochzeit, die nur wenige Wochen vor der Geburt von Emma stattfand, feierten sie mit Freunden – dankbar, froh und gelassen, aber ohne den Überschwang jüngerer Paare. Tobias' Bemühungen um ein neues Haus waren ebenfalls erfolgreich. Das alte, aber ansehnlich renovierte Haus lag nicht weit von ihrer ehemaligen Behausung in einem ruhigen Villenviertel, das sein Gepräge von Beständigkeit und Zurückgezogenheit nicht nur durch die geräumigen Häuser, sondern auch durch größere Gärten und viele schöne alte Bäume erhielt.

So wie er den Verlust seines ersten Kindes und das Scheitern seiner Ehe mit Britta als eine Art Bestrafung empfunden und hingenommen hatte, so nahm er die Reihe glücklicher Ereignisse, die mit Christines Ankündigung ihrer Schwangerschaft begonnen hatte, entgegen wie Geschenke – Göttergeschenke oder Schicksalsgaben. Tobias hatte sich über seine Einstellung zu metaphysischen Fragen nie viele Gedanken gemacht, aber jetzt meinte er hinter dem wiedergeschenkten Leben, das ihm zuteil geworden war, mehr als ein zufälliges Ereignis zu sehen. Das Leben – sprich: die das Leben spendenden Kräfte, Götter oder einfach das Schicksal meinten es gut mit ihm, und an manchen Abenden nach glücklich verbrachten Tagen, nach Emmas Geburt, nach dem Einzug in das neue Haus oder einfach nach Arbeitstagen, die in eine anheimelnde häusliche Welt mündeten, nahm er sich ein paar Minuten Zeit, um dem oder denen zu danken, die seinen nicht ausgesprochenen Empfindungen nach sein Leben wieder in ein Gleichgewicht gebracht hatten. Auch seine Frau, die ja einige Jahre lang sein Unglück mit ihm geteilt hatte – zögernd zunächst, dann mit stetig wachsender Entschlossenheit –, kannte solche Anwandlungen von Dankbarkeit. Bei ihr allerdings gab es nie einen Zweifel, an wen sie ihre Dankbarkeit zu richten hatte – sie kam aus einer seit Jahrhunderten in Bayern ansässigen Familie und hatte bereits als Kind gelernt, wen sie um etwas bitten musste und bei wem sie sich, wenn ihrer Bitte entsprochen worden war, zu bedanken hatte.

In jedem Leben gibt es einen Frühling, in dem der Himmel zwar nicht unbedingt voller Geigen hängt, in dem jedoch Hoffnungen und Versprechen blühen wie Frühlingsblumen oder wie Flieder, Kastanien oder Goldregen. Eine solche Zeit durchlebte Tobias, nachdem sein Leben unerwartet eine glückliche Wendung genommen hatte. Bei ihm handelte es sich um einen verspäteten oder um einen zweiten Frühling, den er besonders genoss, weil sein erster Frühling so jäh unterbrochen worden war.

Aber so, wie einem Frühling andere Zeiten folgen, so verliert eine von Beschwingtheit und Höhenflügen geprägte Lebensphase einen Teil dieser Leichtigkeit und gerät wieder unter den Einfluss der Erdenschwere. Ganz allmählich meldeten sich bei Tobias Erinnerungen und Gedanken an sein früheres Leben. Zunächst kamen diese Anwandlungen noch aus großer Ferne. Aber in dem Maße, in dem sein Glück im eigenen Haus und in seinem Beruf zur Gewohnheit wurde, gewannen diese Erinnerungen an Dringlichkeit. Immer wieder kehrten sie zu jenem Tag im September zurück, an dem er dem vermeintlichen Moritz in Berlin in der Gestalt eines ABC-Schützen begegnet war. Die Peinlichkeit, die seine eigene Unbeholfenheit ihm bereitet hatte, der Verdacht der Polizisten, dass ihnen ein Pädophiler ins Netz gegangen sein könnte – das alles trat in den Hintergrund. Dafür gewann das Bild des Jungen, den er damals gesehen hatte, seine Gesichtszüge, die großen Augen, das braune Lockenhaar, der fast mädchenhafte Blick und die etwas altmodisch penible Bekleidung, in der er ihm erschienen war, eine Eindringlichkeit, die ihn öfter zum Nachdenken zwang, als ihm zunächst lieb war. Wer waren die Leute, die Wuttkes, zu denen er gehörte? Der Name klang nicht gerade nach märkischem Adel. Eher nach Arbeitermilieu. Aber die Gegend, in der Martin lebte, hatte doch ihren eigenen neubürgerlichen Charme. Die Häuserzeile, in der die Wuttkes wohnten, hatte bei Tobias einen freundlichen und gepflegten Eindruck hinterlassen. Dann kehrten seine Gedanken doch wieder zu dem Polizeibeamten zurück und zu dessen Ausspruch: »Wem so etwas passiert, der sieht am helllichten Tag Gespenster.« Sicher, von seinem Standpunkt aus hatte Wollenweber Recht. Aber es musste sich nicht so verhalten. Einige Wochen dachte Tobias darüber nach, wie er etwas über die Identität des Kindes und der Familie Wuttke in Erfahrung bringen könnte, ohne Aufsehen zu erregen.

Schließlich suchte er eine Kölner Privatdetektei auf und geriet dabei an einen freundlichen, leicht gehbehinderten Mann von vielleicht sechzig Jahren, den Tobias unter anderen Umständen eher für einen Immobilienmakler als für einen Detektiv gehalten hätte. Herr Neumann, so hieß der joviale und mitteilungsfreudige Inhaber des Detektivbüros, hörte sich Tobias' Geschichte an und erging sich dann in leutseliger Ausführlichkeit und in munterem Kölner Dialekt über die Leistungen guter Detektive, zu denen er sich und seine Mitarbeiter rechnete im Vergleich zu den meisten Konkurrenten, die nur abkassieren wollten, ohne etwas Brauchbares zutage zu fördern. Schließlich kam Herr Neumann zur Sache. »Nu mal ehrlisch, Herr Doktor, so wat muss man vor Ort machen, Se wissen, wie ich dat meine. Ihre Jeschichte is kompliziert jenuch, von Köln aus wäre dat nich zu machen. Aber natürlich kenne ich das Panorama und kann Ihnen einen Rat geben. Dat mach isch kostenlos. So wat berechnen wir nicht.«

Einige Wochen später befolgte Tobias diesen Rat und besuchte anlässlich eines Arzneimittelprüfertreffens in Berlin, bei dem es um die Wirksamkeit eines neuen Medikaments ging, die ihm empfohlene Privatdetektei Chronos. Diese residierte nicht besonders diskret, fast ein wenig protzig, fand Tobias, am oberen Ende des Kurfürstendamms. Nachdem ein Mitarbeiter ihm die Leistungen erklärt hatte, die Chronos erbringen konnte, erzählte Tobias seine Geschichte wieder einmal. Erzählte er sie anders als früher? Wirkte er jetzt glaubwürdiger? Die Mitarbeiter der Detektei schienen keinen Anstoß an dem möglichen Zufall zu nehmen, der darin zu liegen schien, dass er seinem entführten Kind an einem ganz unerwarteten und dennoch nicht fremden Ort begegnet sein könnte. Die Forderungen von Chronos setzten sich, was Tobias Vertrauen einflößte, aus einem recht bescheidenen Tagessatz plus Spesen und aus einer Erfolgsprämie zusammen, die aber nur zu zahlen sei, wenn der schriftlich formulierte Auftrag zur Zufriedenheit des Klienten erledigt würde. Eine Frau von Gandersheim, die als Chefin des Unternehmens auftrat, glaubte, den aus ihrer Sicht noch jungen, sicher aber unerfahrenen Mann in diesem Punkt belehren zu müssen. Sie selbst war schlank, hochgewachsen, hatte ihr Haar blond gefärbt und ihr Gesicht, an dem ein großer Mund und hoch sitzende Backenknochen auffielen, sorgfältig geschminkt. Dennoch schätzte Tobias sie auf Mitte fünfzig oder an die sechzig Jahre alt. »Vollständig und präzise müssen Sie Ihr Anliegen beschreiben«, sagte Frau von Gandersheim mit einem höflichen Lächeln, in dem eine Spur von Herablassung mitschwang. »Am besten wäre es, wenn Sie uns einen schriftlichen Auftrag schickten, in dem Sie auch die Gründe für Ihre Informationsbedürfnisse nennen. Wenn wir dann noch Fragen haben sollten oder mehr Deutlichkeit wünschen«, wieder dieses halb resignierende, halb herablassende Lächeln, »dann würden wir uns melden und Sie zu einem zweiten Gespräch herbitten. Manchmal kann man das aber auch am Telefon erledigen.«

»Wenn es Ihnen recht ist, würde ich meine Fragen gleich hier niederschreiben«, antwortete Tobias. »Haben Sie irgendwo ein Zimmer, in dem ich eine halbe Stunde ungestört bleiben könnte?«

Die Augen der Frau von Gandersheim weiteten sich in freudiger Überraschung. »Sie meinen es also ernst«, sagte sie. »Dann muss ich Sie, bevor Sie Ihre Wünsche schriftlich formulieren, darauf hinweisen, dass wir bei unseren Ermittlungen gewisse Regeln und Gesetze einzuhalten haben. Sie verstehen, die Privatsphäre der zu beobachtenden Personen muss respektiert werden.« Sie entledigte sich dieser Pflichtübung mit einem etwas süffisanten Gesichtsausdruck, der andeutete, dass sie zu dieser Belehrung einerseits verpflichtet war, die Einhaltung der darin enthaltenen Forderungen andererseits nicht tierisch ernst nehmen würde. Sie reichte ihm ein Merkblatt über den Tisch und kündigte an, dass sie sich zurückziehen und ihn in ihrem Konferenzraum allein lassen werde.

Nachdem sie den Raum verlassen hatte, stand Tobias auf, trat ans Fenster und sah hinaus auf den Kurfürstendamm. Es war später Vormittag, die Straße war um diese Zeit schon sehr belebt. Gegenüber befand sich ein Kino, in dem ein alter französischer Film gegeben wurde: »Les Enfants du Paradis«. Seine Gedanken wanderten weiter nach Süden, nach Mariendorf, wo ihm das Kind begegnet war, in dem er seinen Sohn zu erkennen geglaubt hatte. Mit einem Mal empfand er den dringenden Wunsch, dort hinzufahren und auf eigene Faust zu recherchieren. Aber dann würde er möglicherweise wieder bei dem freundlichen Herrn Wollenweber landen, der ihn für einen Gespensterseher hielt. Nein, das mussten andere für ihn tun. Er setzte sich an den Tisch, nahm ein weißes Blatt Papier von einem auf dem Konferenztisch liegenden Stapel und schrieb auf, was er in Erfahrung bringen wollte. »Wer ist Martin Wuttke? Ist er das leibliche Kind des Ehepaars Wuttke? Wie hieß Frau Wuttke vor ihrer Eheschließung? Bieten die Lebensläufe der ›Eltern‹ von Martin irgendwelche Hinweise darauf, dass Martin nicht ihr leibliches Kind ist? Könnte er ein Adoptivkind sein? Gehören noch weitere Kinder zur Familie Wuttke?« Dann fertigte er auf einem neuen Blatt eine Skizze des Parks und der Häuserzeile an, in der die Wuttkes damals gewohnt hatten. Wohnten sie immer noch dort?

Für den Anfang sollte das genügen, sagte sich Tobias. Wenn die Leute von Chronos wenigstens einige Antworten auf diese Fragen fänden, dann würde er gern wieder nach Berlin kommen, um das Weitere mit dieser Frau von Gandersheim zu besprechen. Er fügte den einzelnen Punkten noch eine kurze Erklärung hinzu, datierte und unterschrieb das Schriftstück und trat hinaus auf den Flur, dessen Wände in regelmäßigen Abständen von vielen geschlossenen Türen unterbrochen waren. Es herrschte eine bemerkenswerte Stille. Er hörte das Knacken von Rohren irgendwo im Haus, von Weitem das leise Rauschen des Verkehrs vom Kurfürstendamm, sonst nichts. Hinter welcher dieser Türen residierte die Chefin? Aber bevor er versuchen konnte, eines der sehr dezenten Namensschilder zu entziffern, stand sie bereits neben ihm und gab ihrem Erstaunen Ausdruck, dass er schon fertig war.

Sie überflog die Sätze und nickte anerkennend, als er ihr die Skizze erläuterte. Während sie ihn zum Ausgang begleitete, fragte sie ihn, ob er ihr eine Telefonnummer geben könne, unter der er erreichbar sei, oder ob er es vorzöge, selbst bei Chronos anzurufen. »Ja, das ist besser. Lassen wir es dabei bewenden«, bestimmte Tobias.

»Gut. Verlangen Sie mich oder, falls ich nicht verfügbar wäre, Herrn Ufer. Das ist der junge Mann, der Sie vorhin in Empfang genommen hat.« Sie schien zu überlegen. »Und geben Sie uns zunächst einmal vier Wochen Zeit, so lange brauchen wir, um uns in den Fall hineinzuarbeiten. Und hier«, sie überreichte ihm ein verschlossenes Kuvert, »ist eine Rechnung mit einem Zahlschein für die erste Rate.« Er steckte den Brief ungeöffnet in die Innentasche seiner Jacke und gab ihr die Hand. »Wir hören voneinander«, sagte er, und Frau von Gandersheim verabschiedete sich von ihm mit einem unerwartet festen Händedruck.

Es war ein schöner Tag, und so entschloss sich Tobias, zu Fuß in sein Hotel zurückzukehren. Anfangs freute er sich über das Berliner Multikulti-Treiben, über das eine oder andere elegante oder doch wenigstens reich ausstaffierte Geschäft, über die Theater, die offenbar immer noch spielten, über die Platanen, die in den Jahren, die seit seiner Berliner Zeit vergangen waren, zu kräftigen und schattenspendenden Bäumen herangewachsen waren. Aber je weiter er nach Westen kam, desto magerer und reizloser wurde die Straße. Zwischen dem Olivaer Platz und dem S-Bahnhof Halensee gab es kaum noch elegante Geschäfte, auf dem Mittelstreifen klafften viele Parklücken, die alten Mietshäuser zeigten hier matte graue Gesichter. Dem Ku'damm ging hier allmählich die Puste aus, sagte sich Tobias und überlegte, wie er jetzt am schnellsten in die Neue Kantstraße käme, an der sein Hotel lag. Aber genau in dem Augenblick, in dem er in eine der nach Norden führenden Straßen abbiegen wollte, sah er wenige Meter vor sich einen jungen Langhaardackel, den ein kleines Mädchen, zehn Jahre mochte sie alt sein, an der Leine führte, oder, wie er sofort ergänzen musste, zu führen versuchte. Nachdem der kleine Hund einige Schritte gegangen war, blieb er plötzlich stehen, setzte sich aufs Pflaster und ließ sich ziehen wie ein Spielzeug. Das Mädchen rief immer wieder »Waldi« – so klang es jedenfalls –, was den Dackel jedoch nicht beeindruckte. Er blieb sitzen und legte die Stirn in Falten. Als seine kleine Herrin sich bückte, um auf ihn einzureden, warf er sich auf den Rücken und ließ sich kraulen. Zum Weitergehen war er trotzdem nicht zu bewegen. Schließlich nahm das Mädchen ihn auf den Arm und trug ihn einige Schritte weit. Ihre Arme waren jedoch zu kurz, um den Hinterbeinen des Dackels eine bequeme Stütze zu geben, und so bot er in ihren Armen ein Bild des Jammers.

Schließlich setzt sie ihn wieder auf das Straßenpflaster – genau vor Tobias' Füße. Der Dackel blieb sitzen und warf dem hoch gewachsenen Passanten von unten einen abschätzenden Blick zu. »Wie heißt er denn?«, fragte Tobias das Mädchen, »und wie alt ist er?«

»Nicht er«, korrigierte das Mädchen. »Es ist eine ›Sie‹ und heißen tut sie Walli. Sie ist acht Monate alt.«

»Und wie kommt ihr beiden zurecht miteinander?«

»Gut«, sagte die Kleine. »Sie ist so was von lieb und komisch, aber stur wie ein Panzer.«

»Weißt du, wo Walli herkommt?«

»Na klar, unsere Nachbarn züchten Dackel. Walli ist hier geboren«, meldete sie stolz.

»Also ein Berliner Kind.«

»Genau«, sagte das Mädchen, während sich Tobias zu der hübschen Dackelin bückte und ihr übers Fell strich.

»Die mag das«, sagte die Kleine. »Sie schmust gern, aber noch lieber spielt sie.« In der Tat. Die Dackelin begann bereits, an Tobias' Fingern zu knabbern.

»Walli gefällt Ihnen wohl?«

»Über die Maßen«, lachte Tobias.

»Wollen Sie vielleicht auch so einen? Die haben noch zwei, wenn sie nicht inzwischen verkauft sind.«

Warum nicht, dachte Tobias, wäre das nicht ein tolles Geschenk für Christine und für die kleine Emma?

Und so ließ er sich von Renate, so hieß das kleine Mädchen, zu den anderen Hunden führen. Einer der beiden Welpen, von denen Renate gesprochen hatte, war noch zu haben, ein frecher kleiner Rüde, der Wurzel genannt wurde. Tobias bekam ihn samt Stammbaum und Impfkalender für dreihundert Euro. Jetzt musste er sich erkundigen, wie er seine Beute in der Maschine nach Köln unterbringen könnte. »Den könn' Se mit inne Kabine nehm«, versicherte Frau Liedtke, die Hundezüchterin.

Tobias zweifelte. »Ick jeb' Ihnen ,ne Tasche. Wenn Wurzel da drin liegt, issa janz friedlich. Wahrscheinlich pennta gleich ein«, versicherte Frau Liedtke.

»Ich werde es versuchen«, sagte Tobias und nahm die Tasche mit dem kleinen Hund, der sich wirklich ruhig verhielt, in Empfang. Er verabschiedete sich von Renate und von Walli sowie vom Ehepaar Liedtke und der kleinen Dackelfamilie. Mit einem Mal hatte er gleich vier neue Freunde in Berlin gewonnen. »Wenn Wurzel ein bisschen größer ist, dann kommt ihr uns besuchen«, freute sich Renate, »dann können sie wieder zusammen spielen: Wurzel und Walli, det klingt richtig jut«, fand sie und winkte zum Abschied.

Für die kleine Emma wurde der neue Hausgenosse nach dem anfänglichen Überraschtsein ein täglich sprudelnder Quell des Entzückens. Christine musste sich, um Emmas Gefühle nicht zu verletzen, bei der Erziehung des kleinen Hundes auf das Wesentliche beschränken. Und Tobias wunderte sich zuweilen, dass niemand etwas von ihm wollte. Christine und Emma waren anderweitig beschäftigt. Nie in den letzten Jahren hatte er so konzentriert und zufrieden in der Gegenwart gelebt, und diese glückliche Veränderung hatte sich nur ergeben, weil er der kleinen Renate mit ihrer Dackelin Walli auf dem Kurfürstendamm begegnet war.

Unter diesen Umständen verloren die eigentlichen Gründe, die ihn nach Berlin geführt hatten, zunächst an Dringlichkeit. An das Treffen der Arzneimittelprüfer musste er trotzdem hin und wieder denken, weil die Erprobung des Medikaments ja weiterlief und ihm immer wieder einmal Prüfungsprotokolle und Zwischenergebnisse auf den Schreibtisch flatterten. Chronos hingegen, der heimliche Grund für seine Reise, verschwand zeitweise ganz aus seinem Denken und meldete sich nur abends vor dem Einschlafen als kurze Beunruhigung, die er aber schnell wieder beiseiteschieben konnte. Es vergingen also weit mehr als die mit Frau von Gandersheim vereinbarten vier Wochen, bis er sich schließlich zu einer temporären Rückkehr in sein früheres Leben entschließen konnte und in Berlin anrief. Am Telefon könne man ihm keine Auskunft geben, teilte ihm die Chefin mit. Die Sache sei auch beileibe noch nicht aufgeklärt. Allerdings gäbe es genügend interessante Details, die man ihm mitzuteilen habe und deretwegen er einmal, möglichst bald, empfahl Frau von Gandersheim, nach Berlin kommen sollte.

Tobias versprach, dieser Aufforderung Folge zu leisten. Zunächst dachte er daran, diesmal mit dem Auto nach Berlin zu fahren und Christine, Emma und den Dackel mit auf die Reise zu nehmen. Der Gedanke, allein zu verreisen und sich damit aus dem Hafen zu entfernen, der ihm in den letzten Wochen Schutz geboten hatte, bereitete ihm Unbehagen. Und wenn er alle mitnähme – wäre er dann vor den Geistern seiner Vergangenheit nicht geschützt?

Christine aber wollte davon nichts wissen. Sie hatte nach längerer Unterbrechung wieder angefangen zu arbeiten und wollte das neu gefundene häusliche Gleichmaß nicht schon wieder unterbrechen.

»Dann bleibe ich nur einen Tag«, entschied Tobias und flog an einem Montagvormittag nach Berlin. Um zwei Uhr stand er an der Eingangstür von Chronos, und wenig später befand er sich in demselben Raum, in dem er vor Wochen seinen Auftrag formuliert hatte.

Dieses Mal empfing ihn Frau von Gandersheim nicht allein, sondern in Begleitung eines vielleicht dreißigjährigen jungen Mannes, der, wie seine Chefin erklärte, die meisten Erkundigungen eingezogen und auch begonnen habe, die Familie Wuttke regelmäßig zu beobachten, um sich ein Bild von den Gewohnheiten dieser Menschen zu machen. Axel Germer hatte das Äußere eines Sportlers. Er trug einen gut sitzenden, anthrazitfarbenen Straßenanzug, dazu ein weißes Hemd, dessen obere Knöpfe offen standen. Sein dunkles Haar war so geschnitten, dass er unfrisiert, dabei aber nicht ungepflegt aussah. »Herr Germer hat versucht, einiges über die Familie Wuttke zu erfahren und dabei die eine oder andere Ihrer Fragen zu beantworten, soweit das bisher möglich war.« Die Chefin schwieg. Germer, der auf einem Stuhl neben ihr saß, musterte Tobias mit freundlich abschätzenden Blicken. »Soll ich?«, fragte er. »Ja, bitte«, antwortete Frau von Gandersheim.

»Zunächst habe ich versucht, auf den üblichen Wegen Informationen über die Wuttkes zu sammeln. Der Mann ist Elektroingenieur, in seiner Firma sehr angesehen und bei Kollegen geschätzt. Er bezieht ein ansehnliches Gehalt, etwa hunderttausend Euro im Jahr. Der gehobene Lebensstandard der Familie ist mit diesem Einkommen gut zu finanzieren. Seit zwanzig Jahren ist er mit Maria Wuttke verheiratet. Frau Wuttke war früher einmal Lehrerin, scheint diesen Beruf im Augenblick aber nicht mehr auszuüben. Sie ist eine geborene Schweiger, so steht es jedenfalls in den standesamtlichen Unterlagen. Wie ich inzwischen herausgefunden habe, ist sie ein Adoptivkind der Schweigers.«

»Schweiger«, sagte Tobias, »so hießen oder heißen meine ehemaligen Schwiegereltern.«

»Richtig.« Axel Germer fuhr sich mit einer Hand durch sein strubbeliges Haar. »Es handelt sich um dieselben Schweigers, die Maria zu sich genommen haben. Das war 1970, bereits gegen Ende des Vietnamkrieges. Sie hatte beide Eltern verloren und wurde über das Deutsche Rote Kreuz zur Adoption durch deutsche Eltern vermittelt. Der Vater ist offenbar im Krieg umgekommen, die Mutter aber an einer Krankheit gestorben. Dieser Punkt ist noch unklar. Maria war fünf Jahre alt, als sie zu den Schweigers kam. Britta war damals schon zehn Jahre alt. Sie muss auf das Erscheinen einer sehr viel jüngeren Schwester recht negativ reagiert haben, eifersüchtig auf der einen und fast selbstzerstörerisch auf der anderen Seite. Das Verhältnis zwischen den beiden Kindern besserte sich auch nicht, als Maria schon zur Schule ging. Trotzdem haben die Eltern an der Adoption festgehalten. Später bekam Maria ein Stipendium und besuchte bis zu ihrem Schulabschluss ein Internat. Damit war Brittas dominante Rolle in der Familie wiederhergestellt.«

»Britta hat mir nie von Maria erzählt.« Tobias war entgeistert. »Auch ihre Eltern haben dieses adoptierte Kind nie erwähnt.«

Axel Germer fixierte Tobias. »Bei den Eltern ist das verständlich. Sie mussten ihre Adoption als gescheitert betrachten, und von solchen Pleiten spricht man nicht gern. Besonders dann nicht, wenn jemand anderer, in diesem Fall Britta, sich durch die Adoption negativ berührt fühlte. Wenn man sich diese Situation vergegenwärtigt, sind die Reaktionen der handelnden Personen nicht so ungewöhnlich.«

Tobias spürte die versteckte Zurechtweisung, die in Germers Worten lag. Er starrte auf die Tischplatte und wartete auf weitere Äußerungen.

Frau von Gandersheim meldete sich. »Wir sind mit unseren Nachforschungen noch nicht am Ende. – Am Ende, was heißt das schon? Kommt man jemals dorthin? Ich meine, unsere Ergebnisse sind noch unvollständig. Aber es gibt noch zwei Umstände, die zu erwähnen wären.« Damit richtete sie ihren Blick wieder auf Germer, der sich mit beiden nach vorn gestreckten Armen auf den Tisch stützte und Tobias abermals ins Auge fasste.

»Sie haben gefragt, ob Martin der Sohn der Wuttkes ist. Ich kann das weder bejahen noch mit Sicherheit verneinen. Es gibt Eintragungen beim Einwohnermeldeamt in Berlin-Tempelhof, die ich eingesehen habe. Danach wurde Martin 1993 geboren, am 1. März, als eheliches Kind der zu diesem Zeitpunkt achtundzwanzigjährigen Maria und des Vaters, Hermann Wuttke. Auffällig sind zwei Tatsachen oder Umstände: Einmal wurde Martin erst im Spätsommer 1996 getauft, am 19. August. Da war er also fast dreieinhalb Jahre alt. Selbst für heutige Verhältnisse etwas sehr spät, zumal Hermann Wuttke in seiner evangelischen Gemeinde eine sehr aktive Rolle spielt. Man würde von einem solchen Mann wohl erwarten, dass er seinen Sohn bald nach der Geburt taufen lässt.« Er schwieg und fragte dann unvermittelt: »Wann ist Moritz entführt worden?«

»Am 6. Juni 1995«, antwortete Tobias, worauf Germer den Kopf senkte und zu überlegen schien. »Wissen Sie«, sagte er dann, »man kann Papiere fälschen, Geburtsscheine zum Beispiel, aber das sind zurzeit noch Spekulationen.« Er wischte mit der Hand über den Tisch, als wollte er einen plötzlich aufgetauchten Gedanken wieder verscheuchen. »Wie dem auch sei, der zweite Umstand wiegt meines Erachtens schwerer.« Germer hatte die letzten Worte sehr langsam gesprochen.

»Ja?«, fragte Tobias.

»Ich habe den Jungen jetzt seit ein paar Wochen sorgfältig beobachtet, auf seinem Schulweg, auch beim Spiel mit anderen Kindern, gelegentlich konnte ich dabei auch ein Fernglas benutzen, ohne aufzufallen. Und wenn ich ihn mit seiner Mutter vergleiche, die wir ebenfalls beobachtet haben, fällt auf, dass er überhaupt keine asiatischen Gesichtsmerkmale aufweist – ganz im Gegensatz zu Maria, die ja vietnamesische Eltern hatte, wie Sie inzwischen wissen. Auch seine Größe, überhaupt sein Körperbau, lassen auf eine mitteleuropäische Herkunft schließen. Ich bin kein Fachmann auf diesem Gebiet. Sie, Herr Doktor Engel, haben als Arzt da vielleicht einen genaueren Blick. Außerdem soll es ja auch Kinder geben, bei denen der Habitus eines Elternteils sehr stark überwiegt, und vielleicht ist Martin so ein Fall. Um sicher zu sein, müssten wir die Blutgruppen der Eltern und natürlich auch die von Martin untersuchen lassen. Am allerbesten wäre eine DNA-Probe von allen Beteiligten.«

»Das wird schwierig sein«, meinte Tobias.

»Allerdings. Ohne richterliche Anordnung fast unmöglich. Es sei denn, die Betroffenen äußerten selbst den Wunsch zu einer so eingehenden Untersuchung.« Germer lehnte sich auf seinem Stuhl zurück, als wollte er von diesen Überlegungen Abstand gewinnen. »Ich meine, wir sollten unsere Beobachtungen noch ein wenig fortsetzen. Vielleicht gibt es noch weitere Auffälligkeiten.« Er schien zu überlegen, wie er sich ausdrücken sollte. »Und dann sollte jemand versuchen, mit Hermann Wuttke zu reden, und dieser jemand sollten nicht Sie sein … zunächst jedenfalls nicht.« Germer blickte kurz in die Runde. »Haben Sie noch Fragen?« Seine Chefin sah ihn an oder durch ihn hindurch, blieb aber stumm. Tobias hatte noch eine Frage: »Wo haben die Wuttkes denn gewohnt, bevor sie nach Mariendorf gezogen sind?«

»Gute Frage.« Germer schenkte ihm ein anerkennendes Lächeln. »In einem der Hochhäuser am Roseneck in Zehlendorf. Ich will Ihnen was sagen: Wenn ein Wohngebäude eine gewisse Größe, vor allem eine kritische Höhe überschreitet, dann ist Anonymität das Ergebnis. Die Nachbarn der Wuttkes, mit denen ich gesprochen habe, wussten praktisch nichts über die Menschen, die jahrelang neben ihnen gelebt hatten. Ob es bei denen Kinder gab, habe ich gefragt, kleine Kinder vielleicht. Fehlanzeige, Achselzucken. Keine Ahnung. Bestenfalls ein verlegenes Lächeln und die Anregung: ›Vielleicht fragen Sie mal den Hausmeister?‹ Aber den gab es gar nicht. Es gibt dort nur eine Hausverwaltung. Dort waren die Wuttkes registriert, von Martin war keine Rede.«

Tobias hatte Germer konzentriert zugehört. »Was empfehlen Sie als Nächstes?«, fragte er, aber Germer wollte keine Empfehlungen abgeben. »Das müssen Sie selbst entscheiden«, erwiderte er, und Tobias glaubte in der kurzen Antwort eine leise Verärgerung zu spüren.

»Wir sollten Herrn Doktor Engel etwas Zeit zum Überlegen geben«, sagte Frau von Gandersheim. Dann wandte sie sich an Tobias: »Wir können versuchen, weitere Informationen über die Wuttkes zu sammeln, aber ich fürchte, dabei wird nichts Entscheidendes herauskommen. Die andere Möglichkeit bestünde darin, dass wir mit den Wuttkes selbst Kontakt aufnehmen. Natürlich würden wir nicht mit der Tür ins Haus fallen, aber bei so etwas riskiert man immer etwas. Die Wuttkes könnten jede Auskunft verweigern und, falls wir insistierten, uns mit rechtlichen Schritten drohen, und dann würde es natürlich schwierig.« Sie sah Tobias an und bemerkte wohl eine gewisse Unschlüssigkeit. »Lassen Sie sich das durch den Kopf gehen und sagen Sie uns Bescheid.«

Etwas benommen verabschiedete sich Tobias von den beiden. Er nahm den Fahrstuhl, um hinunter auf die Straße zu kommen, und drängte sich mit eiligen Schritten unter die zahlreichen Passanten, die um diese Zeit den Kurfürstendamm bevölkerten. Die Neuigkeiten, die er soeben erfahren hatte, bedrückten ihn. Zunächst war die Erregung, die ihn bei seiner unvermuteten Begegnung mit dem Schulkind Martin damals am Eingang des kleinen Parks in Mariendorf überfallen hatte, jetzt wieder aufgeflammt. Hatte Germer nicht überzeugende Anhaltspunkte dafür geliefert, dass etwas mit der Herkunft von Martin Wuttke nicht stimmte? Er spürte, dass er mit seinen Nachforschungen an einen kritischen Punkt gekommen war. Von nun an würde er sich und seine Absichten erklären und die sich daraus ergebenden Konsequenzen tragen müssen. Sollte er Germer auffordern, die Wuttkes um ein Gespräch zu bitten? Oder wäre es ratsam, damit noch zu warten und Chronos lediglich zu beauftragen, weitere Informationen zu sammeln? Einerseits glaubte er der Lösung des Rätsels von Moritz' Verschwinden einen Schritt näher gekommen zu sein, einen großen Schritt sogar. Andererseits konnte er sich nicht vorstellen, was geschehen würde, wenn die Indizien sich erhärten ließen und wenn sich schließlich mit Gewissheit herausstellte, dass Martin Wuttke der lange vermisste Moritz Engel sei. Müsste er darauf bestehen, dass Martin zu ihm zöge, zu ihm, zu Christine und der kleinen Emma? Könnte man ihn aus der Umgebung herausreißen, in der er – so ließen es die Beschreibungen von Germer vermuten – Wurzeln geschlagen hatte wie ein junger Baum in nahrhafter Erde? Käme eine Verpflanzung aus seinem Zuhause in eine andere Stadt, die Trennung von seiner Schule, den Spielkameraden, zu Menschen, die er – zunächst jedenfalls – als fremd empfinden musste, nicht einer zweiten Entführung gleich? Andererseits: Könnte, nein, müsste sich mit der Heimkehr des Jungen zu seinem leiblichen Vater nicht alles zum Guten wenden lassen? Diese Gedanken bedrängten ihn, während er den Kurfürstendamm entlangeilte. Sie beschäftigten ihn stärker als die Frage, wie Moritz überhaupt zu den Wuttkes gekommen war, stärker auch als die überraschende Mitteilung, dass Britta eine Adoptivschwester hatte, die sie nie auch nur mit einem Wort erwähnt hatte.

Erst die räumliche Trennung von Berlin, dem Wohnort der Wuttkes und dem Ort, an dem er so erstaunliche Dinge erfahren hatte, erst also die Rückkehr nach Köln und das Wiedereintauchen in den liebgewonnenen häuslichen Frieden ermöglichten es Tobias, ruhiger über die Ergebnisse nachzudenken, die ihm Germer bei seinem letzten Besuch in Berlin dargelegt hatte.

Nach einigen Tagen fing seine durch den Besuch bei Chronos ausgelöste Erregung an, sich wieder zu legen. Einige Tage, in denen er die beruhigende Nähe von Christine wieder gespürt, Emma im Haus und im Garten herumgetragen, mit ihr und dem Dackel gespielt und die vielen Fäden, die ihn an sein Haus und seinen Beruf banden, wieder aufgenommen hatte. Er konnte nun anfangen, seinem anderen Ich, das sich immer noch auf der Suche nach der Vergangenheit befand, einige Fragen zu stellen. Welche Gründe bewogen ihn denn dazu, die Identität des Schulkindes Martin mit seinem verschwundenen Moritz überhaupt in Erwägung zu ziehen? Die vermeintliche Ähnlichkeit Martins mit einem in die Zukunft projizierten Bild von Moritz? Konnte er sich seines Urteils wirklich sicher sein? Musste er nicht die Möglichkeit in Betracht ziehen, dass seine Sehnsucht nach Moritz und sein inniger Wunsch, ihn wiederzuhaben, seine Wahrnehmung beeinträchtigt hatten?

Allerdings gab es den wohl glaubhaften Hinweis von Germer, dass Martin überhaupt keine Ähnlichkeit mit seiner vietnamesischen Mutter aufwies, da Maria nach Gesichtsschnitt und Körperbau eindeutig einem fernöstlichen Typus entsprach, wie Germer ihm ebenfalls mitgeteilt hatte. Aber musste der Phänotyp eines Kindes denn in allen Fällen das Erscheinungsbild beider Eltern enthalten? Und war Martin nicht immer noch ein Kind, dessen Aussehen sich mit fortschreitender Entwicklung weiter verändern würde? Es läge durchaus im Bereich der Möglichkeiten, dass die Verwandtschaft mit Maria erst später zum Ausdruck käme. Die späte Taufe, auf der Germer herumgeritten war, konnte etwas bedeuten, musste aber nicht. Und dass die in einem Hochhaus herrschende allgemeine Anonymität der Mieter untereinander dafür gesorgt haben könnte, dass sie ein Baby oder ein Kleinkind in der Nachbarwohnung gar nicht bemerkten, diese Möglichkeit hatte Germer ja selbst erwähnt.

Nein, die von Chronos ermittelten Fakten würden allenfalls dazu ausreichen, weitere Nachforschungen zu begründen. Dabei würde der entstandene Verdacht entweder erhärtet oder abgeschwächt und am Ende verworfen werden, wobei die zweite Möglichkeit als die wahrscheinlichere erschien.

Schließlich bat Tobias in einem eingeschriebenen Brief die Detektei Chronos, die Familie Wuttke weiter zu beobachten und gleichzeitig zu versuchen, über Freunde und Bekannte des Ehepaares oder über Berufskollegen von Hermann Wuttke zusätzliche Informationen zu sammeln. Alle diese Erkundigungen sollten indirekt und mit derselben Diskretion angestellt werden, die bisher als Richtschnur für das Vorgehen von Chronos gegolten habe. »Von einer direkten Kontaktaufnahme mit dem Ehepaar Wuttke oder mit Martin selbst möchte ich zunächst absehen«, schrieb Tobias und wusste, dass die mit dem Wort »zunächst« geäußerte Einschränkung seiner Haltung wohl auch auf lange Sicht gelten würde.

Tobias befand sich in einem Heilprozess. Seine Ehe mit Christine nahm einen für beide glücklichen und harmonischen Verlauf. Mit Christine, die gerne selbstständig war, Tobias und Emma aber höher stellte als ihre berufliche Arbeit, schien ihm alles zu gelingen, was in seiner ersten Ehe mit Britta nicht oder nur mit Mühe funktioniert hatte. Emma, ein kleines blondes Mädchen mit großen, zunächst blauen, später ins Grünliche changierenden Augen, war für Christine wie für Tobias ein ständiger Quell von Lebensfreude und Lebenssinn – Empfindungen, denen Dackel Wurzel immer wieder humoristische Glanzlichter aufsetzte. Tobias gab sich diesem heiteren Lebensstrom hin und bemerkte erst relativ spät, dass Emmas Entwicklung Parallelen zu Erlebnissen herstellte, die ihn vor Jahren schon einmal in ähnlicher Form berührt hatten. Damals hatte er Moritz durch den Garten getragen, hatte ihn durch die Luft fliegen lassen, um ihn gleich wieder aufzufangen, ihn fest an sich gedrückt, um an seinem Haar und dem warmen, von Leben durchpulsten Kinderkörper zu schnuppern und dann Moritz' beglückten Aufforderungen nach Wiederholung des Flugabenteuers stattgegeben, bis sie beide erschöpft waren. Mit Emma ging er heute ein wenig vorsichtiger um, sie war in ihren Wünschen auch weniger bewegungshungrig, als ihr Bruder es gewesen war. Trotzdem: Parallelen, Augenblicke eines déjà vu gab es zuhauf, und es waren diese Momente, in denen gegenwärtiges Vergnügen und die Erinnerung an einen bitteren Verlust nahe beieinander lagen.

Als Emma drei Jahre alt geworden war, erfuhr sie von ihrer

Mutter, dass sie in wenigen Monaten ein Geschwisterchen bekäme, eine Mitteilung, die sie so stark beschäftigte, dass sie sich fast täglich bei ihrer Mutter oder bei Tobias nach dem Fortgang des Projektes erkundigte. »Wie oft noch schlafen?«, fragte sie gelegentlich, um die noch bevorstehende Wartezeit ihrem eigenen Zeitbegriff anzupassen und dadurch verständlich zu machen. Sie erwartete Antworten wie »zweimal oder dreimal musst du noch schlafen« und guckte verständnislos, wenn sie »hundertfünfzig Mal« hören musste. »Morgen?«, fragte sie dann in einem Versuch, das Ergebnis ihres Wartens endlich zu Gesicht zu bekommen, aber morgen war scheinbar nie. An einem Samstag bat Christine Tobias, für sie einige Einkäufe zu erledigen. »Nimm doch Emma mit«, meinte sie arglos, als sie alle beim Frühstück saßen, und begriff erst Augenblicke später, dass sie etwas Falsches gesagt hatte. Tobias konnte zunächst nichts entgegnen, weil ein Würgen ihm die Kehle zuschnürte. Aber dann tat er einen tiefen Atemzug und sagte leise, aber bestimmt. »Nein, Emma bleibt hier, bei dir.«

Als dann um die Osterzeit des folgenden Jahres Ludwig Maximilian auf die Welt kam, entstand eine neue Situation, denn zwei Kinder zu haben, war anders als sich nur mit einem abzugeben. Christine war jetzt ganz überwiegend mit dem neuen Baby beschäftigt, sie entlastete sich dadurch, dass sie Emma die Rolle der älteren Schwester spielen ließ, die sich nun auch um das Baby kümmern müsse. Eine neue Qualität war in Tobias' Leben gekommen, für die es in seinem früheren Leben noch nichts Vergleichbares gegeben hatte. Mit Chronos bestanden jetzt nur noch lose Verbindungen, und Tobias überlegte sich, ob er den Auftrag nicht beenden sollte, als ihm die Post eines Tages im Frühsommer eine Traueranzeige ins Haus brachte. Auf der Vorderseite trug der Umschlag des Briefes nur seine mit einem Computer oder einer Schreibmaschine geschriebene Adresse, auf der Rückseite war als Absender lediglich ein Postfach in Berlin-Tempelhof angegeben. Christine hatte ihm den Brief zusammen mit anderer an ihn adressierter Post auf seinen Schreibtisch gelegt. Tobias hatte bereits einige andere Briefe ziemlich gleichgültigen Inhalts geöffnet und zur

Seite gelegt. Er nahm den Trauerrand mit einer leisen Spannung zur Kenntnis, schenkte dem Ganzen zunächst jedoch keine besondere Aufmerksamkeit. Unbewusst rechnete er wohl damit, diesen Brief vielleicht mit Überraschung oder mit Bedauern zu lesen und ihn dann zur übrigen Post zu legen. Seine Gelassenheit beruhte wohl auf der Tatsache, dass er die drei, die ihm alles bedeuteten, ja in seiner unmittelbaren Nähe hatte. Als er aber den Brief geöffnet und die darin enthaltene Anzeige entfaltet hatte, änderte sich diese Einstellung schlagartig. Sein Blick fiel auf den fett gedruckten Namen Britta Engel, geborene Schweiger, dann das Geburts- und das Sterbedatum, das bereits einige Tage zurücklag. Ein Kreuz, dann der Name, die Daten und ein Satz. »Wir trauern um sie.« Als Unterschrift keine Namen, sondern nur: »Ihre Familie und Freunde.« Dann in kleinen Buchstaben in der letzten Zeile der Hinweis auf den Ort und das Datum der Beerdigung.

»Was ist mit dir?«, fragte Christine, als sie nach Tobias Ausschau gehalten hatte und ihn stumm und reglos in seinem Arbeitszimmer vorfand. Er hatte sie nicht kommen hören und bewegte sich erst, als sie ihm die Hand auf die Schulter legte. Dann sah er zu ihr auf und reichte ihr die Todesanzeige. »Ich muss da wohl hinfahren«, sagte er mit tonloser Stimme. Christine setzte sich zu ihm, drückte seinen Arm und strich ihm über den Kopf. »Da verschwindet ein Mensch, der mir nahestand, ganz nahe eine Zeit lang, ist weg, meldet sich nie, jahrelang keine einzige Nachricht und dann …« Er schwieg und fügte dann ganz leise hinzu: »Dann kommt so etwas.« Ein paar Minuten saßen sie stumm nebeneinander, dann fragte Tobias. »Ich muss doch hinfahren, meinst du nicht?« »Ja«, antwortete Christine. »Das bist du dir wohl schuldig. Dir und ihr.« Sie schwiegen wieder, und abermals entstand eine lange Pause, während der sie nur nahe beieinander saßen. Dann meinte Christine: »Vielleicht klärt sich jetzt etwas. Bisher ist das ja alles so rätselhaft, aber jetzt …« Sie ließ den Satz und damit ihre Vermutung offen, aber Tobias verstand sie.

Von wem kam der Brief? Brittas Familie? Wer war das überhaupt? Die alten Schweigers? Die waren recht hinfällig geworden und würden kaum eine solche Anzeige aufgeben. Tobias zweifelte daran, dass sie überhaupt zu dieser Beerdigung, die in drei Tagen stattfinden sollte, kommen würden. Aber wer würde kommen? Wer sonst konnte von sich behaupten, Brittas Familie zu sein?

Wieder flog Tobias morgens nach Berlin, und wie bei früheren Gelegenheiten nahm er sich vor, noch am selben Tag wieder nach Hause zurückzukehren. Die Beerdigung sollte am Vormittag um elf Uhr auf einem zwischen Tempelhof und Britz gelegenen Friedhof stattfinden. Es regnete leicht, als Tobias in Tegel ankam. Er nahm ein Taxi und fuhr in die Germaniastraße. Er würde zu früh auf den Friedhof kommen, deshalb bat er den Fahrer, ihn schon am Beginn der Germaniastraße aussteigen zu lassen. Der Regen hatte fast aufgehört, die Luft war lau, aus den Schrebergärten roch es nach Flieder und Jasmin und auch ein wenig nach feuchtem Sand. Diese Gegend war für Tobias vertrautes Gelände. Hier in der Nähe war er zur Schule gegangen, und auf dem Friedhof, zu dem er jetzt ging, lagen Menschen, die ihm nahegestanden hatten. Seine Großmutter hatte den Anfang gemacht, später folgte ihr seine jüngere Schwester, die schon als kleines Kind gestorben war und an die Tobias sich nur schemenhaft erinnern konnte. Seinen Vater hatte er hier begraben, und ein Klassenkamerad, mit dem er eine Zeit lang eng befreundet gewesen war, hatte hier ebenfalls seine letzte Ruhe gefunden, nachdem er einem Streptokokken-Infekt erlegen war.

Tobias hatte keine Scheu vor Friedhöfen. Im Gegenteil: Die Stille, die er dort antraf, die Grabsteine mit ihren lautlosen, kurzen Botschaften, Bekundungen der Zuneigung oder der Trauer, oder auch nur mit der Nennung von Namen und Geburts- und Sterbedaten hatten für ihn nichts Niederdrückendes, sondern vermittelten ihm die Gewissheit, dass aller Kampf, alle Verwirrung und aller Schmerz sich irgendwann in ungewisse Erinnerungen auflösen würden, die von den Hinterbliebenen noch für eine Weile abgerufen werden konnten.

Aber heute kam er nicht, um sich von der die Fantasie beflügelnden Anonymität eines Friedhofs in eine nachdenkliche Stimmung versetzen zu lassen, heute ging es um sein eigenes Leben. Er betrat den Friedhof durch den Haupteingang. Vor ihm lag die mit einer Kuppel überwölbte Trauerhalle. Sollte dort eine Trauerfeier stattfinden? Eine Gruppe von dunkel gekleideten Gestalten, etwa ein Dutzend Menschen mochten es sein, stand am Eingang der Trauerhalle. Tobias ging betont langsam und versuchte beim Näherkommen irgendein vertrautes Gesicht zu entdecken, aber es gelang ihm nicht. Da war niemand, den er kannte, und umgekehrt schien auch kein Mitglied der kleinen Trauergemeinde von ihm Notiz zu nehmen. Zögernd betrat er die Stufen, die zur Halle führten. Die Gruppe von Fremden reagierte nicht auf seine Gegenwart – oder doch? Ein älterer Mann löste sich vom Rand der kleinen Menschentraube und trat zu ihm. »Herr Weisenborn?«, fragte er mit ängstlich-erwartungsvoller Miene und fügte halblaut hinzu: »Man wartet bereits auf Sie.«

»Aber ich bin nicht der, für den Sie mich halten«, antwortete Tobias mit ebenfalls gedämpfter Stimme.

»Nicht Herr Ludwig Weisenborn?« Das Gesicht des älteren Herrn verlor die erwartungsvolle Spannung und nahm einen fast unterwürfigen Ausdruck an. »Dann bitte ich Sie vielmals um Verzeihung. Es tut mir wirklich leid.« Der Mann schien peinlich berührt zu sein. Tobias wollte sich seinerseits entschuldigen, aber bevor er etwas sagen konnte, fragte ihn ein uniformierter Friedhofswärter in fast barschem Ton: »Sie kommen zu der Beerdigung Britta Engel?« Tobias bejahte.

»Es findet keine Trauerfeier statt, nur eine kurze Andacht am Grab.«

Der uniformierte Angestellte begann, Tobias den Weg zur Grabstelle zu beschreiben, verhedderte sich aber in seinen eigenen Ortsangaben und sagte schließlich: »Ich führe Sie hin. Folgen Sie mir.« Er machte sich energischen Schrittes auf den Weg, drehte sich aber nach einigen Metern noch einmal zu Tobias um, der hinter ihm ging und bemerkte: »Sie sind spät dran. Es könnte schon angefangen haben.« Tobias versuchte, sich den Weg einzuprägen, um später ohne Hilfe wieder aus dem Labyrinth herauszufinden. Angesichts der vielen Richtungsänderungen, die der Friedhofswärter vollzog, zweifelte er daran, dass ihm das gelingen würde. »Da«, sagte der Mann, nachdem er plötzlich stehen geblieben war und auf ein offenes, von wenigen Menschen umstandenes Grab wies, »da ist es. Sie haben Glück. Der Pfarrer fängt gerade erst an.«

Damit verschwand er und überließ Tobias sich selbst. Der mit Blumen und Kränzen bedeckte, aus braunem Holz gefertigte Sarg stand noch neben der offenen Grube, der Pfarrer blätterte in einem Buch und eröffnete die Feier mit der Nennung des Namens der Verstorbenen. »Britta Engel«, fing er an. »Wir sind gekommen, um unsere Schwester Britta Engel der Liebe und Obhut unseres Herrn Jesus Christus anzuvertrauen.« Während der Pfarrer eine Kurzfassung von Brittas Lebenslauf verlas, trat Tobias näher an die ausgehobene Grube und musterte die wenigen Menschen, die sie umstanden. Als Ersten entdeckte er Axel Germer, der, als ihre Blicke sich trafen, mit einem Auge zwinkerte, als seien sie Spießgesellen, die sich endlich an dem gemeinsam angestrebten Ziel gefunden haben. Was macht der hier, überlegte Tobias, wie hat er von Brittas Tod erfahren? Er musste doch mit den Wuttkes Kontakt aufgenommen haben. Und die Wuttkes? An der gegenüberliegenden Längsseite des Grabes standen drei Menschen dicht nebeneinander. Den Jungen, den Tobias damals am Eingang des Parks getroffen hatte, erkannte er sofort. Er war inzwischen gewachsen und trug sein braunes, gelocktes Haar länger als zuvor – fast berührte es seine Schultern. Neben ihm sah Tobias eine zierliche, sehr attraktive Frau, deren Alter er schwer schätzen konnte. Sie war nicht viel größer als Martin, der neben ihr stand, und blickte starr geradeaus, sodass Tobias ihr regelmäßig und fein geformtes Gesicht in Ruhe betrachten konnte. Der Schnitt der Augen, die hoch sitzenden Backenknochen und das glatte schwarze Haar, das zu der Helligkeit des ovalen Gesichtes einen aparten Kontrast herstellte, bezeugten ihre vietnamesische Abstammung. Nein, davon war bei Martin auch heute nichts zu entdecken. Und Hermann Wuttke? Ein kräftiger Mann von mittlerer Größe, der keinen schwarzen, aber einen dunkel-anthrazitfarbenen Anzug

233

trug und sich eine schwarze Krawatte umgebunden hatte. Dann kamen Germer, dann der Pfarrer und die paar Menschen, die auf seiner Seite des Grabes standen und denen er über die Schultern sah. Er glaubte außer den bereits identifizierten Personen, die ihm gegenüberstanden, außer den Wuttkes also und Germer, den weiß Gott was hierher geführt hatte, niemanden zu kennen.

Der Pfarrer hatte seine Verlesung des Lebenslaufes von Britta beendet. Er hatte dabei einige Namen genannt, die Tobias nicht kannte und die möglicherweise zu den Leuten gehörten, die ihm den Rücken zukehrten. Dann kam der Augenblick, in dem der Sarg in die Grube hinuntergelassen wurde. Der schlimmste Augenblick, wusste Tobias. Solange ein Sarg noch irgendwo stand, weilte die oder der Tote noch unter den Lebenden. Er oder sie hatte aufgehört zu leben, war aber noch anwesend. Mit dem Versenken des Sarges, überhaupt mit dem letzten Blick, der den Sarg traf, ob der nun in einer Grube, hinter einer Tür oder im Schacht eines Krematoriums verschwand, gehörte die Person nicht mehr zu den Lebenden, war nur noch Vergangenheit, irdisch zwar noch anwesend, aber der Wahrnehmung der Angehörigen für immer entzogen.

Tobias sah, wie Martin in einer zärtlichen Geste die Hand von Maria Wuttke ergriff und ihr von der Seite einen besorgt prüfenden Blick zuwarf. Es war, das begriff Tobias augenblicklich, der Blick eines Außenstehenden. Nicht Martin trauerte, sondern Maria. Martin sorgte sich um sie, mehr als Hermann, der mit ernstem, aber nicht sonderlich beteiligtem Gesicht neben seiner Frau stand.

Der Pfarrer sprach den Segen und das Vaterunser, das einige der Trauernden, auch die Wuttkes, mitsprachen. Dann wurden Hände voll Sand auf den versenkten Sarg geworfen. Danach lächelten die Trauernden einander zu, ein tröstendes und zugleich abgrenzendes Lächeln, in das die Außenstehenden nicht einbezogen wurden. Wer jetzt seine Anteilnahme aussprechen wollte, musste einen Wall durchbrechen, der die Angehörigen von den nur im weiteren Sinn Zugehörigen trennte. Tobias wandte sich an Germer, der sich ihm genähert hatte, dabei aber immer wieder zu den Wuttkes hinsah, die jetzt einige der vermeintlichen Freunde von Britta ins Gespräch zogen.

»Warum sind Sie hier?«, fragte Tobias.

»Es gab eine Anzeige in einigen Berliner Zeitungen. Ich hoffte, hier mit den Wuttkes ins Gespräch zu kommen, was heißt ›hoffte‹, ich will es immer noch«, sagte Germer und schickte wiederholt schnelle und verstohlen wirkende Blicke zu den Wuttkes, die auf der anderen Seite des Grabes standen und sich jeden Augenblick zum Ausgang bewegen konnten.

»Ich habe den Wuttkes eine Kondolenzkarte geschrieben« erklärte er. Wenn ich jetzt zu ihnen gehe und mich vorstelle, dann ...«

»Nein.« Tobias unterbrach ihn. »Stellen Sie sich vor oder lassen Sie es bleiben, aber bringen Sie mich jetzt nicht ins Spiel.«

»Aber die Gelegenheit ist günstig.«

»Gehen Sie nur, ich halte mich im Hintergrund.«

Germer näherte sich nun tatsächlich den Wuttkes, die im Begriff waren, sich von einigen Fernerstehenden zu verabschieden. Er sprach, Tobias sah mehr als er hörte, mit einer Art von Beflissenheit und Anteilnahme, die man schwer zurückweisen kann. Vielleicht erzählte er ihnen irgendeine Geschichte von Britta, die er in aller Eile zusammenfantasiert hatte. Herr Wuttke jedenfalls schien von Germer angetan zu sein, denn er winkte ihn an seine Seite. In diesem Augenblick musste Germer sich entschuldigt haben. Ein Freund von ihm und mehr als ein ehemaliger Freund von Britta sei auch hier, sie seien zusammen gekommen und er wolle ihn jetzt nicht allein lassen.

Jedenfalls blieben die Wuttkes stehen und richteten ihre Augen auf Tobias. Der durchforschte vor allem das Gesicht von Martin und spürte, wie ein Nachhall seiner Erregung von damals, als er den Jungen am Eingang des Parks getroffen hatte, wieder in ihm lebendig wurde. Martin erwiderte den forschenden Blick von Tobias unbefangen und freundlich. Immer noch schien er um das Gleichgewicht Marias an seiner Seite besorgt zu sein, denn er unterbrach den Austausch von Blicken mit Tobias immer wieder, um in den Gesichtszügen Marias nach Spuren von Kummer oder von Betroffenheit zu suchen. Maria schien die Spannung, die von Tobias ausging, zu spüren, denn sie legte plötzlich ihren rechten Arm um die Schultern des Jungen, als müsse sie ihn in Schutz nehmen. Einige Augenblicke standen sie sich so gegenüber, ohne dass ein Wort gewechselt wurde. Alles konnte, nein, würde sich ändern, wenn ich jetzt zu ihnen ginge und mich vorstellte, dachte Tobias. Aber er blieb, wo er war und hatte das bestimmte Gefühl, dass die Tote in ihrem Sarg sein Verhalten gebilligt hätte. Mit einem kurzen Kopfnicken und einem angedeuteten Lächeln beendete Maria diese Momente der Verzauberung und der Entscheidung. Sie drehte Tobias den Rücken zu, nahm Martin an ihre Seite, während Germer, der sich weiterhin mit Wuttke unterhielt, ihnen langsam folgte.

Wochen später erhielt Tobias einen in Berlin abgestempelten Brief, in dem sich ein kurzes Schreiben befand, das nach Handschrift und Wortwahl zu schließen von Britta stammen musste. Es war nicht datiert und lautete:

Lieber Tobias,

diesen Brief hätte ich Dir eigentlich früher schreiben müssen – verzeih mir, ich brachte es einfach nicht fertig. Jetzt, am Ende meines Lebens, will ich reinen Tisch machen. Ich weiß, dass ich Dein Leben in einer vielleicht nie wieder gutzumachenden Weise beschädigt habe. Warum, wirst du, musst du gefragt haben und wohl immer noch fragen. Warum habe ich Dir Moritz weggenommen und bald darauf mich selbst? Oder war es umgekehrt? Ich hatte mich innerlich von Dir getrennt, weil ich Dein Leben, Dein gradliniges, auf materiellen Verdienst und berufliches Ansehen ausgerichtetes Dasein, nicht mehr mitleben wollte. Für mich hielt dieser Lebensplan nur eine Nebenrolle bereit, die mir einfach nicht genügte. Die Rolle einer »Frau an seiner Seite« hätte ich nicht durchgehalten. Ich wollte frei sein, auf eigenen Beinen stehen, mein Leben nicht nach einem vorgefertigten Schema ablaufen lassen, sondern mein

Schicksal nach meinen eigenen Vorstellungen und Bedürfnissen gestalten. Wenigstens versuchen wollte ich das.

Vielleicht hast Du Dich gefragt, warum ich einfach fortgegangen bin, anstatt Dir meine Wünsche zu erklären und Deine Reaktion abzuwarten. Ich hätte ja eine offizielle Scheidung anstreben und dabei auch materielle Forderungen an Dich stellen können. Das wäre mir schäbig vorgekommen, denn warum solltest Du für mein Leben einstehen? Auf Moritz aber wollte ich nicht verzichten. Ihn wollte ich nicht verlassen, und ich wollte ihn auch nicht mit Dir teilen. Damit habe ich Dir sehr wehgetan, und dafür bitte ich Dich nachträglich um Verzeihung. Du wirst vielleicht verstehen, dass mein Verlangen nach völliger Freiheit einerseits und dem alleinigen Sorgerecht für Moritz andererseits in dem üblichen legalen Rahmen einer Scheidung nicht zu verwirklichen war. Also habe ich einen Weg außerhalb der Legalität gewählt.

Maria, meine Adoptivschwester, von der ich Dir nie ein Wort gesagt habe, hat mir geholfen, Moritz zu versorgen, wenn meine Arbeit mir über den Kopf wuchs. Später, als die Krankheit sich meldete, die bald den letzten Tribut von mir fordern wird, hat sie Moritz mit meinem Einverständnis als ihr eigenes Kind ausgegeben. Moritz oder Martin, wie er jetzt heißt, ist ein aufgewecktes und zufriedenes Kind. Du solltest an seiner Situation jetzt nichts mehr ändern. Maria und Hermann sind gute und verständnisvolle Eltern. Dem Jungen jetzt seine wahre Identität mitzuteilen, würde ihm schaden. Später, wenn er erwachsen ist, kann man das vielleicht nachholen, aber das wirst Du allein oder besser: zusammen mit Maria und Hermann zu entscheiden haben. Wenn Du diese Zeilen liest, ist mein »eigener Weg« schon zu Ende gegangen. Ich wäre gern noch etwas länger geblieben, um Moritz aufwachsen zu sehen, aber ich hadere nicht mit meinem Schicksal. Ich habe bekommen, was ich wollte.

Von irgendwoher grüße ich Dich, wenn Du diesen Brief liest. Verzeih mir und werde glücklich.

Britta

Das Ebenbild

Ich war gerade sieben Jahre alt geworden und ging in die zweite Klasse einer Volksschule im Süden Berlins, als ich Erik Sommer zum ersten Mal begegnete. Meine Klassenlehrerin Fräulein Koschnieder teilte mir am Ende eines Schultages mit, dass der Direktor unserer Schule mich in einer dringenden Angelegenheit zu sehen wünsche. Wahrscheinlich müsse der Herr Direktor sich auch mit meinen Eltern unterhalten, zunächst aber wolle er mich allein sprechen. Fräulein Koschnieder begleitete mich zum Sprechzimmer des Direktors. Ich war so verwirrt von der Aufmerksamkeit, die mir plötzlich zuteilwurde, dass ich mich an den Weg »in die heiligen Hallen« nicht mehr in allen Einzelheiten erinnere. Wir gingen durch lange Korridore, Fräulein Koschnieder immer einen Schritt voraus, stiegen Treppen empor, eilten wieder durch Korridore, die mit Linoleum ausgelegt waren. Von einer Seite fiel helles Tageslicht durch eine Reihe hoher Fenster, auf der anderen Seite bezeichneten in regelmäßiger Folge angeordnete graue Türen die Eingänge zu Unterrichtsräumen. Vor einer etwas abseits liegenden Tür blieb meine Lehrerin stehen und gab mir mit der Hand ein Zeichen, ebenfalls anzuhalten. Dann krümmte sie ihren rechten Zeigefinger und klopfte dreimal gegen die hohe Holztür, viel zu leise, wie mir schien. Danach verharrte sie in leicht gebückter Haltung mit leicht geneigtem Kopf, als müsse von drinnen ein ähnlich leises Signal kommen. Als eine metallische männliche Stimme laut »Herein« rief, öffnete sie die Tür einen Spalt weit, durch den ich einen ersten Blick in den großen hellen Raum werfen konnte in dem Direktor Dr. Kube, so hieß unser Direktor, amtierte. Erst als dem energischen »Herein« noch weitere Worte folgten – »ja, ja, Sie sind richtig, ich habe Sie erwartet« –, öffnete Fräulein Koschnieder die Tür so weit, dass ich hindurchtreten konnte. Meine Lehrerin schob mich, während ihre rechte Hand die Türklinke umklammerte, mit der linken über die Türschwelle. »Nur herein, junger Mann, nicht so schüchtern«, rief Kube. »Heil Hitler«, fügte er hinzu und hielt mir seine Hand entgegen. Erst als ich seine Hand ergriff, einen Diener machte und mich wieder aufrichtete, wie ich es zu Hause gelernt hatte, sah ich, dass sich außer mir noch ein anderer Junge im Raum befand, der mit dem Rücken zu mir an Kubes Schreibtisch saß.

Der Direktor, vor dem wir alle mächtigen Respekt hatten, war groß und hager. Er trug eine mit einem schmalen Goldrand eingefasste Brille, deren Gläser bei jeder dem Fenster zugewandten Bewegung im Sonnenlicht funkelten. Dieses Reflektieren ist mir in unangenehmer Erinnerung geblieben, es unterstrich Kubes Ruf: Er galt als strenger Mann, der in seiner Schule großen Wert auf Ordnung und Disziplin legte.

Nun saß da ja noch der andere Junge, der sich bei meinem Eintritt nicht umgedreht hatte.

»Stell dich da hin«, sagte Kube und zeigte auf eine Stelle neben sich. Ich nahm an, dass der andere und ich gemeinsam gemaßregelt werden sollten, obwohl ich nicht wusste, was ich in letzter Zeit falsch gemacht haben konnte.

»Ja, hier«, sagte er, als ich neben ihm stand und mich zum Schreibtisch hindrehen wollte. »Nein, bleib stehen, dreh dich erst um, wenn ich es dir sage.« Dann forderte er auch den anderen Jungen auf, sich hinzustellen. »So, jetzt dreht euch um.«

Ich tat, wie mir geheißen und stand nun dem anderen Jungen gegenüber.

»Also das ist Erik Sommer«, sagte Kube laut und deutlich, »und das hier«, er legte eine Hand auf meine Schulter, »ist Florian Winter.«

Erik stand mir direkt gegenüber. Ich sah, wie er mich anstarrte, die Hand zu einem angedeuteten Gruß hob und dann grinste, als ob mein Erscheinen so etwas wie eine Zirkusnummer sei. Und ich stand und starrte Erik an und wusste nicht, was ich sagen sollte. Dieser Junge hatte meine Gesichtszüge. Vielleicht war er ein oder zwei Zentimeter größer als ich – aber sonst? Er hatte mein Gesicht. Er sah aus wie ich, nicht im Spiegel wohlgemerkt, sondern so, wie ich auf Fotografien aussah. Meine Mutter hatte mit ihrer kleinen Voigtländer-Kamera viele Ferienbilder von uns Kindern aufgenommen, und dieser Erik wäre auf den Fotos, auf denen ich vorkam, nicht oder kaum von mir zu unterscheiden gewesen.

»Gebt euch die Hand«, sagte Kube und schob mich näher an den Schreibtisch, sodass ich Eriks ausgestreckte Hand ergreifen konnte. »Na?« Der Direktor schien an unserer Begegnung seine Freude zu haben. »Was fällt dir auf, Sommer?«

»Er sieht fast aus wie ich«, sagte Erik vorsichtig, als müsse er diesen lächerlichen Grad von Ähnlichkeit durch das Wörtchen ›fast‹ noch in Zweifel ziehen.

»Und du, Winter?«

»Ja, wir sind uns sehr ähnlich.«

»Ähnlich? Aus dem Gesicht geschnitten seid ihr euch«, verbesserte Kube. »Hier liegt etwas Außergewöhnliches vor, etwas ganz Außergewöhnliches, das untersucht werden muss. Man könnte euch für eineiige Zwillinge halten«, belehrte er uns, »aber davon kann ja wohl nicht die Rede sein. Sommer ist erst vor zwei Jahren nach Deutschland zurückgekommen. Erzähl uns, woher deine Familie stammt«, befahl er.

»Aus Afrika, aus Deutsch-Südwest, aus Windhuk«, antwortete Erik.

»Und«, ergänzte der Direktor, »du bist mit deinen Eltern und Geschwistern knapp vor Ausbruch des Krieges hierher gezogen, um einer Gefangennahme durch unsere Feinde zu entgehen, stimmt's?«

Erik nickte. »Ja, so war es.«

»Und du?«, fragte Dr. Kube nun mich. »Woher ist deine Familie?«

»Aus Berlin.«

»Und dein Vater?«

»Auch aus Berlin.«

»Und die Mutter?«

»Aus dem Rheinland.«

»Seht ihr euch heute zum ersten Mal? Ihr scheint gar nicht besonders überrascht zu sein.«

»Ja, zum ersten Mal«, sagten wir beide fast gleichzeitig.

»Es muss einen Zusammenhang geben«, sagte Kube mehr zu sich selbst als zu uns und fügte hinzu: »Diese Gegenüberstellung ... äh ... Das war zu meiner eigenen Sicherheit. Ich hatte euch ja schon einzeln gesehen, dich, Sommer habe ich ja auch unterrichtet, aber ich konnte mir nicht sicher sein, bevor ich euch nicht nebeneinander gesehen hatte. Aber das ist jetzt klar. Kein Zweifel mehr. Ich muss das mit euren Eltern besprechen.«

Ich war erleichtert, als Kube uns wieder gehen ließ. Erik und ich verabschiedeten uns vor der Tür des Büros, als sei nichts geschehen. Wir waren wohl beide froh, dass wir diesen Auftritt überstanden hatten. Was hätten wir einander auch sagen sollen? Irgendwie war mir die Tatsache peinlich, dass da noch jemand herumlief, von dem der Direktor behauptete, er sei mir wie aus dem Gesicht geschnitten, obwohl ... Es stimmte ja, ich hatte jedenfalls nichts entdeckt, was für einen Außenstehenden ein sicheres Merkmal der Unterscheidung gewesen wäre. Meinen Eltern würde vielleicht etwas auffallen. Beim Abschied sah ich Erik nur flüchtig an, und dabei konnte ich nun wirklich nichts sehen, was mich von Erik unterschieden hätte. Erst später, als ich mich zu Hause vor den Spiegel stellte, bemerkte ich an meinem Hals ein kleines Muttermal, das ich natürlich kannte, das ich aber kaum noch bewusst wahrnahm, wenn ich in den Spiegel sah, und dessen Gegenstück ich, wenn mich meine Erinnerung nicht trog, bei Erik Sommer nicht entdeckt hatte. Aber sonst?

Wenn wir uns auch äußerlich so ähnlich waren, so müssten unsere Lebensläufe doch sehr verschieden voneinander sein, dachte ich. Dabei beschlich mich ein merkwürdiges Gefühl. Natürlich war dieser Erik mir gegenüber im Vorteil. Wer kam schon aus Afrika, aus Deutsch-Südwest noch dazu, der ehemaligen deutschen Kolonie. Wenn diese Geschichte die Runde machte, dann würde Erik natürlich viel interessanter erscheinen als ich. In Kubes Verhalten glaubte ich, den Vorzug, den Erik meiner Meinung nach genießen musste, bereits gespürt zu haben.

Aber wovor hatte ich denn Angst? Das begriff ich erst viel später. Ich fürchtete schon damals, dass Erik meine eigene bescheidene Existenz überstrahlen würde, dass mir sozusagen ein Stück meines Lebens weggenommen würde, wenn wir in Nachbarschaft miteinander lebten.

Zunächst erzählte ich zu Hause nichts von der Begegnung mit meinem Ebenbild im Direktionszimmer. Hatte Dr. Kube nicht angekündigt, dass es im Hinblick auf uns beide etwas zu untersuchen gäbe und dass er sich an unsere Eltern wenden würde? Wenn er das täte, dann könnte ich meinen Eltern immer noch von unserem Auftritt bei Kube erzählen. Bis dahin wollte ich die Angelegenheit vergessen. Vielleicht würde Dr. Kube ja auch begreifen, dass Erik und ich nichts miteinander zu tun hatten und dass uns beiden, vor allem mir, nichts daran lag, die Ähnlichkeit zwischen uns auf ihre mögliche Ursache zu untersuchen.

Diese Hoffnung erwies sich allerdings bereits innerhalb einer Woche als trügerisch. Nach einem Wochenende, das meine Eltern mit uns Kindern, meiner Schwester Gabriele und mir, in einem Strandbad am Rangsdorfer See verbracht hatten, erhielten sie am Montag der neuen Woche einen Umschlag aus blassblauem, recht schlechtem Papier mit dem Stempel unserer Schule. Als ich das Schriftstück zusammen mit anderen Briefen vom Fußboden unserer Diele aufhob, fragte ich mich, ob das ein sogenannten blauer Brief sein könnte, also ein Schreiben, in dem die Schule den Eltern einzelner Schüler mitteilte, dass ihr Kind versetzungsgefährdet sei. Eine schriftliche Warnung also, die in den betroffenen Familien für Aufregung sorgte. Aber das konnte nicht sein, sagte ich mir, diese Briefe wurden im Frühjahr nach den kurzen Osterferien verschickt, und jetzt befanden wir uns in der zweiten Augusthälfte. Außerdem hatten meine schulischen Leistungen bisher keinen Anlass zu Beanstandungen gegeben, wenn man vom Kopfschütteln meines Großvaters absah, der nicht verstehen konnte, warum ich in Rechnen und Heimatkunde plötzlich nur eine drei hatte, wo letztes Schuljahr neben diesen Fächern ein »gut« gestanden hatte. Nein, bei diesem Brief musste es sich um etwas anderes handeln als um meine Zensuren, also vermutete ich, dass Kube seine Andeutung wahrmachen wollte. Er würde meinen Eltern von seiner Entdeckung berichten.

An einem der folgenden Abende ließen uns die Eltern wissen, dass sie uns für zwei Stunden allein lassen müssten. Der Direktor meiner Schule habe sie zu einer vertraulichen Unterredung gebeten, sie hätten allerdings keine Ahnung, worum es gehe. Der Brief enthalte keinerlei Hinweis auf das ins Auge gefasste Gesprächsthema. »Weißt du etwas?«, fragte mich mein Vater. Natürlich wusste ich etwas, aber ich hatte mir vorgenommen, kein Aufheben von meiner Ähnlichkeit mit Erik Sommer zu machen. »Ich weiß nicht, was er will«, meinte ich. Bei dieser Antwort muss ich wohl nicht sehr überzeugend gewirkt haben, denn mein Vater insistierte: »Wirklich nicht?«

Ich zuckte die Achseln. »Er hat einen anderen Jungen gefunden, der auch in unsere Schule geht, und er findet, dass der große Ähnlichkeit mit mir hat. Vielleicht will er darüber mit euch sprechen. ›Das kann kein Zufall sein‹, hat er gesagt.«

Mein Vater setzte sein skeptisches Lächeln auf. Diesen Gesichtsausdruck hatte ich schon oft an ihm bemerkt, eigentlich immer dann, wenn er einer anderen Person nicht so recht glaubte. Aber er bohrte nicht weiter. »Wir werden ja sehen«, sagte er, bevor er zusammen mit meiner Mutter den kurzen Weg zu meiner Schule antrat.

Als sie zurückkamen, dunkelte es bereits. Es waren wohl etwas mehr als zwei Stunden vergangen. Für Gabriele und mich galt die Regel, dass wir vor Schultagen um neun Uhr im Bett sein sollten. Wir blieben trotzdem auf, weil Gabriele Angst vor Einbrechern hatte und die Befürchtung äußerte, dass unsere Eltern vielleicht überhaupt nicht mehr wiederkämen. Aber sie kamen, und wir wurden ins Bett geschickt, ohne Näheres über das Treffen mit Dr. Kube zu erfahren. Noch im Einschlafen hörte ich, dass sich meine Eltern im Wohnzimmer lauter als sonst unterhielten und sich dabei gelegentlich ins Wort fielen, was sonst nicht ihre Art war.

Am nächsten Morgen – Vater hatte bereits das Haus verlassen –

erfuhr ich von unserer Mutter, dass Dr. Kube den Wunsch geäußert habe, der »wirklich frappierenden« Ähnlichkeit zwischen Erik Sommer und mir nachzugehen. Dazu müssten einige medizinische Untersuchungen durchgeführt werden, die aber nicht weh täten, ich sollte mir da keine Sorgen machen. Natürlich wollte ich Genaueres wissen. Meine Mutter erzählte mir irgendetwas von Schädelmessungen, Körperbau und Blutgruppe. Dr. Kube sei Biologe und interessiere sich besonders für rassische Merkmale. Er vermute, so meine Mutter, dass die Ähnlichkeit zwischen Erik und mir auf dem Hintergrund gemeinsamer rassischer Merkmale zu erklären sei. Genau wisse er das aber erst, wenn er sich durch medizinische Untersuchungen von der Gleichartigkeit unserer Abstammung überzeugt habe.

»Vielleicht sind wir mit Erik verwandt?«, murmelte ich, während ich meinen Haferbrei löffelte. Aber davon wollte meine Mutter nichts wissen. »Eine Verwandtschaft gibt es nicht«, sagte sie mit Bestimmtheit, fast klang es wie eine Zurechtweisung. »Das macht die Angelegenheit für einen Fachmann wie Dr. Kube ja gerade interessant«, erklärte sie und kündigte an, dass man mir in der Schule Termine für die beabsichtigten Untersuchungen mitteilen würde. »Ich werde mit dir gehen«, versicherte sie mir, als sie spürte, wie sehr ich mich innerlich gegen ärztliche Untersuchungen sträubte. Ich hatte grundsätzlich Angst vor Ärzten und Krankenhäusern, und jetzt sollte ich auch noch untersucht und vermessen werden – nicht weil ich krank war, sondern nur, weil mir ein anderer Junge sehr ähnlich war. Während ich zur Schule trabte, beschlich mich wieder dieses unbestimmte Gefühl, dass Erik und ich in ein Konkurrenzverhältnis zueinander gerückt würden und dass er in diesem Wettbewerb die besseren Karten hätte. Er hatte mehr erlebt als ich, er war, wie ich inzwischen erfahren hatte, auch ein wenig älter. Vermutlich war er auch ein besserer Schüler als ich, wohnte in einem Haus oder in einer größeren Wohnung als wir, wäre mir überhaupt in allen Dingen voraus und könnte, wenn die an völlige Gleichheit grenzende Ähnlichkeit von unseren Mitschülern erst einmal richtig wahrgenommen worden wäre, in allen Dingen als

Maßstab für mein eigenes Leben benutzt werden. Ich wäre auf diese Weise gezwungen, immer nur hinter ihm herzulaufen und ihm in allem nachzueifern. Nur wenn es mir gelänge, ihn zumindest in einigen Bereichen zu übertreffen, im Sport zum Beispiel, hätte ich überhaupt die Chance auf ein eigenes Leben. Natürlich konnte ich meine Befürchtungen damals noch nicht so in Worte fassen, wie ich es heute tue, aber dieser altersbedingte Umstand trug eher zu meinen Befürchtungen bei, als dass er sie linderte. Was man nicht benennen kann, entzieht sich dem Verständnis und gewinnt gerade dadurch an Bedrohlichkeit. Ich hatte niemanden, dem ich meine Gefühle hätte mitteilen können.

Dr. Kube hatte es offenbar verstanden, meine Eltern von der Einmaligkeit seines Projektes zu überzeugen. Jedenfalls schleppte mich meine Mutter zu verschiedenen Ärzten, die mich genau untersuchten, meine Schädelform und die Länge meiner Arme und Beine im Verhältnis zu meiner Größe und meinem Körpergewicht bestimmten, mir Blut abnahmen und mich bei alledem wie einen angehenden Soldaten behandelten. Mein einziger Trost bestand in der Vorstellung, dass sie mit Erik Sommer vermutlich die gleichen Untersuchungen anstellten wie mit mir. Aber ganz sicher konnte ich mir da nicht sein, denn wir wurden niemals gemeinsam in einem direkten Vergleich zueinander untersucht. Ich hörte von meiner Mutter, dass wir derselben Blutgruppe angehörten und dass unsere Schädelmaße fast identisch seien. Lediglich im Körperbau bestünden kleine Abweichungen. Erik sei von ausgeprägt athletischer Statur. Für mich treffe das nicht in demselben Maße zu.

»Und was bedeutet das?«, wollte ich wissen.

»Dass du einen etwas schlankeren Körperbau hast als dein Schulkamerad, auch nicht über eine so ausgeprägte Muskulatur verfügst.«

Da hatte ich es. Im Vergleich zu Erik war ich der Schwache. Meine Mutter spürte, dass mich ihre Mitteilung verletzt hatte.

»Das hat nichts zu sagen«, beruhigte sie mich. »Es gibt eben doch Unterschiede zwischen euch beiden. Erik ist etwas kräftiger gebaut ...«

»Und ich etwas schwächer«, ergänzte ich mit Bitterkeit in der Stimme.
»Mit Schwäche hat das überhaupt nichts zu tun«, erwiderte sie. »Überhaupt diese ganze Messerei und die Bestimmung von Blutgruppen und anderen Merkmalen ... Ich halte das für übertrieben. Erik und du, ihr seid doch verschiedene Menschen. Durch eine Laune der Natur seid ihr euch äußerlich sehr ähnlich, jedenfalls in dem Alter, in dem ihr euch jetzt befindet. Wenn ihr älter werdet und euch zu jungen Männern und dann zu Erwachsenen entwickelt, kann sich diese Ähnlichkeit auch wieder abschwächen oder sogar ganz verlieren«, meinte sie. Das war eine zwar ferne, aber immerhin tröstliche Perspektive. Es war also möglich, dass ich meine Individualität zurückgewinnen würde und nicht wie ein Schatten dem Vorbild Eriks folgen müsste. Leider lag die Erfüllung einer solchen Hoffnung noch in weiter Ferne. Die Gegenwart gestaltete sich weniger freundlich. Erik und ich wurden im Biologieunterricht als Demonstrationsobjekte vorgeführt. »Rassisch sind die beiden Jungen identisch«, belehrte Dr. Kube seine Schüler. »Es handelt sich in beiden Fällen um einen nordischen Typ mit leichtem dinarischem Einschlag. Sie entstammen also demselben rassischen Untergrund und unterscheiden sich nur in wenigen Merkmalen.«
Seine Ausführungen hatten immer zur Folge, dass die Jungens, die er unterrichtete, wissen wollten, zu welchem rassischen Typ *sie* gehörten. Und wirklich benutzte Dr. Kube den Rest der jeweiligen Unterrichtsstunde dazu, die Fragesteller durch seine spiegelnden Brillengläser zu betrachten und sie dann in einer Art Blitzdiagnose in eine der gängigen Gruppen einzuordnen. »Nordischer Typ«, diagnostizierte Dr. Kube am häufigsten, erwähnte aber auch dinarische, fälische oder ostische Einschläge. In jeder Klasse gab es ein paar Jungen, die er nicht in einer dieser Kategorien unterbringen konnte. Einem Knaben mit dem Namen Kwiatkowsky musste er die Zugehörigkeit zur slawischen Rasse bescheinigen. Er meinte offenbar, diese unerwünschte Diagnose dadurch zu mildern, dass er den als fremdrassisch gebrandmarkten Kwiatkowsky freundlich ermahnte, seinen Geburtsmakel durch vermehrten Fleiß auszu-

gleichen und auf diese Weise mit seinen rassisch höher einzustufenden Mitschülern gleichzuziehen. Den Anfang, so Kube, habe Kwiatkowsky ja schon gemacht. Deutschland habe Polen auf dem Schlachtfeld besiegt. Die Familie Kwiatkowsky sei aber schon lange vor dem Krieg nach Deutschland ausgewandert, und der Schüler Kwiatkowsky fühle sich als Deutscher. Ein oder zwei Schüler gab es in jeder Klasse, die nicht in Kubes Schemata passten. Sie waren kleiner als ihre Klassenkameraden, hatten dunkles Haar, oft große braune Augen und einen zarteren Körperbau als die anderen. Damit entzogen sie sich den Kategorien, die Dr. Kube am liebsten verwendete. Als Südeuropäer klassifizierte er die Dunkelhaarigen und Dunkeläugigen bewusst vage. Aus Italien vielleicht? Es folgten dann einige lobende Worte über das damalige Italien und über den Duce. Oder aus Spanien? Aus Südfrankreich? »Vielleicht«, mutmaßte Dr. Kube, »sind eure Vorfahren vor langer Zeit als römische Legionäre nach Germanien gekommen und sind dann hiergeblieben, nachdem die römischen Truppen von den Germanen vertrieben worden waren.« Am Ende dieser Stunden bedankte er sich immer bei Erik und mir für unsere kameradschaftliche Hilfe bei der Vermittlung rassebiologischer Kenntnisse an unsere Mitschüler. Mir fiel auf, dass Kube den um ein weniges älteren Erik bei diesen Verabschiedungen bevorzugte. Mit ihm wechselte er stets ein paar Worte, fragte auch wohl nach dem »Herrn Papa«, während für mich nur ein flüchtiger Händedruck oder ein wohlwollendes Lächeln übrig blieb, dessen Wirkung durch das Aufblitzen seiner Brillengläser gleich wieder abgeschwächt wurde. Es konnte allerdings vorkommen, dass Kube mich für Erik hielt und mich mit Freundlichkeiten bedachte, während Erik daneben stand und sich zur Abwechslung auch einmal als Kopie des von mir verkörperten Originals fühlen musste.

Während meines zweiten Schuljahres musste ich zusammen mit Erik, meinem von Kube bevorzugten Doppelgänger, immer wieder als praktisches Beispiel für einen nordischen Typ mit dinarischem Einschlag herhalten. Danach kamen die großen Ferien, und ich wurde in die dritte Klasse versetzt. Die Kriegslage verschärfte sich langsam, aber spürbar, was mir als Erstes dadurch bewusst wurde, dass meine Mutter Lebensmittelmarken für Zucker, die wir nicht brauchten, gegen Mehl, Backwaren oder Obst eintauschte, um uns einigermaßen satt zu bekommen. Ob Dr. Kube ähnliche Probleme hatte, weiß ich nicht. Vielleicht machte er sich Sorgen wegen der zunächst noch sporadischen Fliegerangriffe, bei denen zwar noch keine umfangreichen Schäden entstanden, die den Berlinern aber die Warnung vermittelten, dass es bald schlimmer kommen könnte. Jedenfalls ließ er Erik und mich fortan in Ruhe, was nicht bedeutet, dass ich mir im Hinblick auf meine Identität nun keine Sorgen mehr machen musste. Im Gegenteil: Die Ähnlichkeit zwischen Erik und mir war durch Kubes Demonstrationen allen Schülern und Lehrern bekannt geworden. Für mich, den Jüngeren und wohl auch Schwächeren von uns beiden, hatte sich dadurch eine unangenehme Situation ergeben. Ohne mein eigenes Zutun wurde ich ständig mit dem etwas älteren und kräftigeren Erik verglichen. Wenn er bei Schulsportfesten mit guten Leistungen im Laufen, im Weitsprung oder im Werfen eines festen Lederballes auffiel, wurden von mir, seinem nur um wenige Monate jüngeren Ebenbild, ähnlich gute Ergebnisse erwartet. Also wurde ich, während ich lief, sprang oder warf, von Hunderten gierigen Augenpaaren verfolgt, die wissen wollten, ob ich es Erik gleich tun oder ihn sogar übertreffen könnte. Leider trat meistens das Gegenteil ein: Erik war in seiner sportlichen Entwicklung weiter als ich und schnitt bei fast allen Wettbewerben um Zehntelsekunden, um Zentimeter oder um geworfene Meter besser ab als ich. Die Folge war, dass man uns in der Schule fast nur noch als Erik 1 und Erik 2 bezeichnete – im Sprachgebrauch meiner Mitschüler rutschte ich sozusagen in eine Satellitenrolle ab. Ich war nicht mehr Florian Winter, sondern Erik 2 oder Sommer 2. Wenn ich mich gegen diese Herabwürdigung meiner Person auflehnte, indem ich gegen diese Klassifizierung protestierte oder auf den falschen Namen nicht reagierte, wurde ich erst recht gehänselt und dazu aufgefordert, Erik im direkten Kampf zu besiegen und dadurch meine Eigenständigkeit oder Überlegenheit zu beweisen.

Diese rein äußerliche Ähnlichkeit, die oft zu Verwechslungen Anlass gab, wurde von den Kindern und Jugendlichen meines Lebensraums zum Anlass genommen, von sich selbst abzulenken. Wir beide standen im Zentrum der Aufmerksamkeit, dabei hatte ich jedoch keine Chance, meine Qualitäten zu beweisen. Unsere Mitschüler wollten uns in eine Hackordnung zwingen, in der Erik in ihren Augen einen Vorteil haben würde. Aber dieser Vorschlag, um den ersten Platz auf der Hühnerleiter zu kämpfen, war mir widerwärtig. Wie kam ich denn dazu, gegen mein eigenes Ebenbild anzutreten, mir gewissermaßen selbst ins Gesicht zu schlagen oder Schmerzen zuzufügen? Eine Zumutung war das und wäre es wohl auch für Erik gewesen, der sich meinem Gefühl nach als die Nummer eins in unserer ungewollten Partnerschaft empfinden durfte.

Irgendwann, es muss gegen Ende meines dritten Schuljahres gewesen sein, brachte ich meinen Kummer meinen Eltern gegenüber zur Sprache. Wir befanden uns auf einem Abendspaziergang, zu dem ich mich bereit erklärt hatte, weil ich meinen Eltern von meinem Problem erzählen wollte und auf ihren guten Rat hoffte. Der wurde mir auch zuteil, wenn auch in sehr allgemeiner Form. Wir spazierten an dem großen, künstlich angelegten Teich im Volkspark Mariendorf vorbei, als mein Vater endlich auf meine Sorgen zu sprechen kam. »Du hast etwas erlebt, was extrem selten vorkommt«, erklärte er mir, »außer natürlich bei eineiigen Zwillingen, aber die wachsen zusammen auf und begegnen sich nicht irgendwann als wildfremde Menschen. Wenn ich es mir recht überlege: Die Chance, dass sich so etwas ergibt, dürfte unendlich gering sein. So etwas dürfte eigentlich gar nicht vorkommen.« An dieser Stelle blieben wir stehen. Ich dachte schon, damit wäre für meinen Vater die Sache erledigt, aber er brauchte die Bewegungspause wohl nur, um seine Gedanken zu ordnen. Aber dann nahm er doch wieder Anlauf – im physischen wie im übertragenen Sinne –, und während wir weiterspazierten, meinte er. »Aber nun ist das eben einmal passiert, nicht wahr? Du hast diesen Zufall bisher als Bedrohung erlebt. Das stimmt doch, oder?«

»Ja.« Warum sollte ich das infrage stellen. So war es eben.

»Gut«, fuhr mein Vater fort.

»Oder besser, nicht gut«, ergänzte meine Mutter, die bisher geschwiegen hatte. »Aber warum soll es eigentlich eine Bedrohung sein?«, fuhr mein Vater fort. »Vielleicht hat diese Bedrohung auch irgendwo etwas Positives. Du kannst diesen Erik beobachten, er ist dir ungeheuer ähnlich, so ähnlich, dass man euch leicht verwechselt. Magst du ihn eigentlich? Und wenn ja, warum? Oder stört dich etwas an ihm? Wenn das so wäre, was stört dich? Sind die Eigenschaften von Erik, die Art wie er sich bewegt, wie er spricht, auch Eigenschaften, die du selbst an dir erkennst? Im Guten wie vielleicht auch im nicht so Guten?« Ich sah, dass meine Mutter an dieser Stelle schmunzelte, aber sie sagte nichts. »Du merkst wohl schon, worauf ich hinauswill«, entwickelte mein Vater den Gedanken weiter. »Da läuft jemand in deiner Nähe herum, und du kannst ihn beobachten und beurteilen, besser vielleicht als dich selbst. Erik könnte ein Modell sein, das dir zeigt, wie du selbst sein möchtest, oder auch nicht. Hast du mal darüber nachgedacht?«

»Nein, eigentlich nicht«, musste ich zugeben. »Vielleicht könnte es später einmal so werden, aber jetzt? Jetzt halten mich alle für die zweite Ausgabe von Erik, und daran kann ich wenig ändern.«

»Das sollst du ja auch nicht«, sagten meine Eltern fast gleichzeitig, aber wie immer, wenn meine Eltern einer Meinung waren, redete mein Vater allein weiter: »Du kannst aus Eriks Verhalten lernen. Wie reagiert er denn darauf, dass alle ihn für das Original und dich für die Kopie halten? Ihr könntet vielleicht sogar Freunde werden und euch aus diesem Meinungsklima, das euch umgibt, befreien.« Das war mir zu kompliziert. »Meinungsklima« – das hatte ich noch nie gehört. »Du musst das schon einfacher ausdrücken«, mahnte meine Mutter, die es wohl auch nicht ganz verstanden hatte. »Warum tut ihr zwei euch nicht gegen diese Affen, die sich in eure Angelegenheiten einmischen, zusammen und verprügelt ein paar von diesen Heinis, die sich in eure Angelegenheiten einmischen? Sprich doch einmal mit Erik. Vielleicht denkt er ähnlich wie du.«

Aber davon wollte ich nichts wissen. In der angespannten Lage, in der ich mich befand, würde mir das vielleicht als Kapitulation ausgelegt werden.

»Erik wird sicher bald die Schule wechseln. Am Ende dieses Schuljahres kommt er aufs Gymnasium«, sagte meine Mutter. Woher hatte sie das?

»Wer hat dir das gesagt?«, fragte ich.

Sie lächelte nur und spann ihren Gedanken weiter. »Dann bist du erst einmal allein und fühlst dich nicht ständig herausgefordert.«

»Und ein Jahr später gehe ich auch aufs Gymnasium. Da treffen wir uns natürlich, und alles fängt von vorne an.« Meine Mutter lachte. Wie konnte sie nur lachen angesichts meiner Beklemmung, die ich bei der Vorstellung empfand, Erik in der höheren Schule erneut zu begegnen? »Wir können für dich ja eine andere Schule aussuchen«, beruhigten mich meine Eltern – und in der Tat: Dieser Gedanke hatte etwas Beruhigendes. Lieber würde ich einen längeren Schulweg in Kauf nehmen, als wieder in der gleichen Situation zu landen, in der ich mich jetzt befand.

Der Vorschlag meines Vaters, Erik Sommer gleichsam als Modell meiner selbst zu beobachten und zu bewerten, behagte mir nicht besonders. Trotzdem befolgte ich ihn, wenn auch zunächst noch zögernd. Verstohlen und aus der Ferne beobachtete ich meinen Doppelgänger, wenn er morgens durch das große, weit geöffnete Gittertor auf den Schulhof trat und dann schräg über den Pausenhof zum Eingang des Schulgeländes ging, wenn er in den Pausen allein herumstand oder sich mit seinen Klassenkameraden unterhielt. Wenn wir uns im Schulgebäude begegneten, was ich zu vermeiden versuchte, aber natürlich nicht ganz verhindern konnte, nickten wir uns freundlich zu, hoben auch einmal die Hand zu einem lässigen Winken und sahen zu, dass wir weiterkamen. Einmal sagte Erik bei einer solchen Begegnung laut und deutlich: »Guten Tag, Florian«, und verlangsamte seinen Schritt, als ob er einen Moment stehen bleiben wollte, um mit mir zu reden. Sein Gruß und die Verlangsamung seiner Schritte wirkten sehr suggestiv auf mich. Fast hätte ich meinen Weg unterbrochen, aber das

Angebot kam zu plötzlich. Kränken wollte ich ihn aber auch nicht, und so drehte ich mich, nachdem er mich so freundlich gegrüßt hatte, noch einmal um und rief ihm etwas zu: »Ich hab's eilig, wir schreiben heute eine Mathe-Arbeit.« Das stimmte gar nicht, aber es sollte Erik meine Eile verständlich machen. In der folgenden Unterrichtsstunde, in der wir eine Geschichte von Johann Peter Hebel lasen, war ich nicht bei der Sache, weil ich mir über mein Verhältnis zu Erik nicht klar wurde. Einerseits fürchtete ich seine Nähe, weil sie andere unweigerlich zu weiteren Vergleichen herausforderte und weil ich glaubte, dabei den Kürzeren zu ziehen. Auf der anderen Seite gefiel er mir. Er war ruhiger als die meisten seiner Altersgenossen, dabei freundlich und offen. Von anderen hörte ich, dass er hilfsbereit war und sich kameradschaftlich verhielt. Das waren Eigenschaften, die mir gefielen und die ich gern auch für mich in Anspruch nahm. Also, wenn mein Vater recht hatte und Erik mir wirklich so weitgehend glich wie alle – sogar unsere Eltern – meinten, dann konnte ich in Eriks Beispiel eine Bestätigung meines eigenen Verhaltens erkennen. Auch wenn er mir im Sport überlegen war – in fast allen anderen Belangen waren wir uns doch gleich, und vielleicht, so überlegte ich, während meine Klasse die Geschichte von Johann Peter Hebel las, vielleicht könnten wir auch Freunde werden, wie mein Vater auf unserem Abendspaziergang vorgeschlagen hatte. »Sprich doch einmal mit Erik, vielleicht denkt er genau wie du«, hatte mein Vater gesagt. Von der Hebel-Geschichte bekam ich an diesem Morgen nicht viel mit, und als ich aufgefordert wurde, da weiterzulesen, wo mein Banknachbar gerade aufgehört hatte, fing ich unter dem Gelächter meiner Mitschüler an, den Absatz, den er eben vorgelesen hatte, zu wiederholen, wofür ich von Fräulein Koschnieder getadelt wurde. »Florian ist oft verträumt« würde dann vielleicht wieder auf dem nächsten Zeugnis stehen unter der Rubrik »Verhalten im Unterricht«. In der großen Pause hielt ich Ausschau nach Erik. Ich hatte mich dazu entschlossen, dem Ratschlag meines Vaters zu folgen. Vielleicht konnten wir wirklich Freunde werden. Es hatte zuvor geregnet und auf dem mit Kies bestreuten, geräumigen Schulhof hatten sich einige große Pfützen gebildet. An einem dieser blanken Wasserspiegel sah ich Erik. Er hatte sich vornübergebeugt und schien etwas zu beobachten. Ich lief zu ihm, stellte mich neben ihn und sah, dass es sein Spiegelbild war, das er so aufmerksam musterte. Aber jetzt schauten zwei Gesichter aus der Wasserfläche zu uns herauf, die sich nicht so sehr glichen wie die Originale. »Wir sind doch nicht ganz gleich«, meinte Erik, nachdem wir einige Sekunden gemeinsam in die Pfütze gestarrt und unsere Spiegelzwillinge gemustert hatten. Er richtete sich auf. Auch ich trennte mich von meinem Pfützenbild. »Deine Augenbrauen sind ein bisschen anders als meine«, sagte Erik. »Meine sind schmaler und länger, deine sind ein bisschen breiter zur Nasenwurzel hin und verlaufen sich nach den Seiten etwas mehr. Jetzt, wo ich dich ansehe, fällt es mir kaum auf.«

»Vielleicht finden wir noch andere Unterschiede«, schlug ich vor und starrte wieder in die Pfütze. Erik folgte meinem Beispiel, wir drehten uns, schnitten Grimassen und lachten, als ein kleiner Windstoß die Wasseroberfläche kräuselte und unsere Spiegelbilder verzerrte. »Heute früh war ich in Eile. Ich dachte, wir hätten Mathe und würden eine Arbeit schreiben. Aber das ist erst morgen.«

Erik zuckte die Schultern. »Kann vorkommen. – Sind wir eigentlich gleich groß?« Erik rief einen Mitschüler herbei, der in unserer Nähe stand: »Ulrich, guck mal, wer von uns beiden größer ist.« Wir stellten uns Rücken an Rücken, drückten die Knie durch und standen so gerade wie möglich.

»Beide geradeaus schauen«, verlangte Ulrich und fummelte korrigierend an unseren Köpfen herum. »Also, ihr seid gleich groß. Wie zu erwarten. Ihr seid eben zum Verwechseln.«

Die Pausenklingel schrillte über den Hof. Die Hände in den Hosentaschen gingen wir nebeneinander her. »Kommst du mich mal besuchen«, fragte Erik, »ich meine nachmittags zum Spielen?«

»Was spielst du gern?«, wollte ich wissen.

»Fußball. Und du?«

»Auch.«

»Hast du einen Ball? Bei uns ist ein Park. Den Volkspark kennst du doch? Es gibt da Fußballplätze. Am Wochenende spielen da Vereine, aber an Wochentagen können wir rumbolzen.«

Einen Ball hatte ich zu Weihnachten bekommen. Er war nicht aus Leder, sondern aus einer Art Gummi hergestellt, das durch ein Fasergewebe verstärkt war. Ich hatte noch nicht viel damit gespielt.

»Einen Ball kann ich mitbringen«, sagte ich, bevor wir uns trennten.

Einige Tage später wiederholte Erik seine Einladung, und von da an spielten wir regelmäßig auf einem der Fußballplätze im Mariendorfer Volkspark – entweder allein oder mit einigen Freunden aus Eriks Klasse oder aus meiner Nachbarschaft. Wenn wir aus der Gruppe von etwa zwölf Jungen zwei Mannschaften bildeten, dann wurde die eine immer von Erik, die andere von mir angeführt. Nie kam jemand auf die Idee, uns in dieselbe Mannschaft zu wählen. Da wir ja im Spiel zwei gegnerischen Parteien angehörten, vermieden wir Verwechslungen zwischen uns, indem Erik im Tor spielte und ich als Feldspieler auftrat. Zuweilen war es auch umgekehrt.

Erik wohnte mit seinen Eltern in einer neu errichteten Wohnanlage am nördlichen Rand des Mariendorfer Volksparks. Die Fenster der hellen und geräumigen Zimmer blickten nach Südwesten, nur die Schlafzimmer und die Küche lagen nach Nordosten. Der Schnitt der Wohnung und ihre Ausstattung mit Möbeln und farbigen Teppichen, afrikanischen Schnitzereien und Jagdtrophäen erschienen mir fremdartig und so ganz anders als unser Zuhause. Es lag zwar ebenfalls hübsch, war aber viel kleiner und mit Möbeln vollgestellt, die meine Mutter erworben hatte, als sie noch davon ausging, eines Tages große Räume zu bewohnen, in denen sich ihre Möbel gut ausnehmen würden.

In diesen Wochen lernte ich auch Eriks Mutter kennen, die mir auf Anhieb gefiel. Sie war groß, schlank und dunkelhaarig, dabei zupackend und fröhlich. Die Ähnlichkeit zwischen uns beiden schien sie zu belustigen. Es sei schon verblüffend, sagte sie einmal und nahm mich dabei in die Arme. »Du fühlst dich fast an wie Erik.« Dann wiederholte sie die Prozedur mit ihrem Sohn und fügte hinzu. »Aber eben nur fast.« Sie könne ihren Sohn schon noch von dessen Freunden unterscheiden. Einmal blinzelte sie mir fröhlich zu und sagte: »Es ist eigentlich ganz nett, zwei Jungen von der gleichen Art im Haus zu haben.« Eriks Vater, den ich auch einige Male zu Gesicht bekam, ähnelte meinem Großvater, fand ich. Er hatte die gleiche längliche Schädelform, eine breite Stirn mit ausgeprägten Augenbrauen und ein kräftiges Kinn, von dem ich damals annahm, dass es Willensstärke signalisiere. Leider versäumte ich es, meine Eltern zu fragen, ob sie diese Ähnlichkeit auch bemerkt hätten. Von sich aus sagten sie nie etwas in dieser Richtung.

»Was ist dein Vater von Beruf?«, fragte ich Erik einmal.

»Landwirt«, antwortete Erik und erklärte mir, dass sein Vater in Deutsch-Südwestafrika eine große Farm besessen hätte, die er nun durch den Krieg verloren habe. »Jetzt arbeitet er in einem Ministerium und hofft, bald wieder einen Bauernhof zu leiten. Vielleicht im Osten, in Polen zu Beispiel«, meinte er. »Dort wird vielleicht was frei, jetzt nach dem Sieg über Polen.«

»Dann würdet ihr wegziehen?«, fragte ich und empfand zum ersten Mal ein Gefühl von Verlust, der für mich mit dem Fortgang von Erik verbunden wäre.

»Wenn der Krieg zu Ende ist, vielleicht auch schon früher. Kommt darauf an«, sagte Erik und blickte in eine unbestimmte Ferne. Jetzt sah er wohl so aus wie ich, wenn meine Mutter mich mit einem freundschaftlichen Knuff aus irgendeiner Gedankenverlorenheit wieder an ihre Seite holen wollte.

»Wir bleiben hier«, glaubte ich zu wissen.

»Was ist denn dein Vater?«, fragte mich Erik. »Er arbeitet bei einer Firma. Ist UK gestellt.« Erik wusste nicht, was UK bedeutet. »Unabkömmlich«, musste ich ihm erklären.

»Das heißt, er kann nicht eingezogen werden?«

Ich nickte. »Vorläufig nicht. Wer weiß?«

»Im nächsten Schuljahr gehe ich aufs Gymnasium«, kündigte Erik an. »Und du?«

»Ein Jahr später.«

»Aber wir sehen uns trotzdem?«

»Klar«, sagte ich.

Wenige Tage nach diesem auf dem Fußballplatz des Volksparks geführten Gespräch begann – für uns völlig unerwartet – der Krieg mit der Sowjetunion. In diesem Jahr fuhren meine Eltern mit uns zum letzten Mal an die Ostsee, nach Pommern. Erik hatte mir erzählt, dass seine Eltern mit ihm Ferien in den Alpen planten, genauer: im Ötztal, und dass er dort das Bergsteigen erlernen würde und sicher einen leichteren Dreitausender bezwingen könnte. Er würde mir eine Karte schreiben, wenn er dieses Ziel erreicht hätte. Die versprochene Karte erhielt ich nie. Ob sie nie geschrieben wurde – was ich vermutete – oder ob sie verloren ging, weiß ich nicht. Auch nach meiner Rückkehr aus den großen Ferien hörte ich nichts von Erik, und als ich mich eines Tages im September aufmachte, um ihn zu besuchen, erlebte ich eine herbe Enttäuschung. Die schöne Wohnung am Volkspark war leer, die Sommers waren ausgezogen. Ich klingelte an der Nachbarwohnung. Eine jüngere Frau mit einem Baby auf dem Arm öffnete die Wohnungstür und sah mich fragend an. Sie schien in Eile zu sein. Aus einem der hinteren Zimmer ertönte Kindergeschrei. Das Baby hatte alle Finger seiner rechten Hand in den Mund gestopft und sabberte.

»Ja?«, fragte die Frau.

»Entschuldigen Sie bitte«, sagte ich und wollte mich vorstellen, aber die Frau unterbrach mich. »Ich weiß, wer du bist. Du bist doch der Freund vom Erik. Siehst aus wie sein Zwillingsbruder. Ich habe euch manchmal zusammen beobachtet.«

»Ja, und wissen Sie ...«

»Nein, die Sommers sind irgendwann im Juli plötzlich weggezogen – ich habe keine Ahnung wohin.«

»Erik wollte in den Ferien auf einen hohen Berg im Ötztal steigen«, sagte ich in der Hoffnung, dass diese Mitteilung das Erinnerungsvermögen der Frau beleben würde, aber sie schüttelte den Kopf. »Die sind ausgezogen mit Sack und Pack. Das sah nicht nach Ferien oder nach Bergsteigen aus.«

Dann drehte sie sich um und rief etwas in den hinteren Teil der Wohnung hinein, wo das Kindergeschrei an Lautstärke zugenom-

men hatte. »Willst du reinkommen?«, fragte sie mich mit leiser Ungeduld in der Stimme. »Ich habe in der Küche was auf dem Herd.«
»Ja dann«, entgegnete ich hilflos.
»Mach's gut«, rief mir die Frau zu. »Du kannst gern mal wiederkommen. Vielleicht schreiben mir die Sommers mal, wo sie sind und was sie jetzt tun.« Dann schloss sie die Tür, ich hörte, wie sich ihre Schritte entfernten, und stieg die Treppe hinunter. Ein paar Schritte von der Haustür entfernt lagen die Fußballplätze, auf denen wir oft gespielt hatten. Jetzt bolzten da andere Jungen mit einem Ball, der kaum noch Luft hatte. Sie hätten ebenso gut mit einem Stoffball spielen können.

An einem der nächsten Tage überwand ich meine Hemmungen und klopfte an die Tür des Direktorzimmers. »Herein«, rief die Sekretärin, die Kube seit ein paar Monaten beschäftigte. Elfriede Kunkel hieß sie. Ich habe sie als eine mollige, etwas vertratschte Frau von etwa vierzig Jahren in Erinnerung. Sie legte immer großen Wert darauf, dass man sie höflich begrüßte und sein Anliegen möglichst kurz und prägnant vortrug.

»Guten Morgen, Frau Kunkel«, sagte ich beim Eintreten.
»Heil Hitler, Florian.«
»Kann ich den Herrn Direktor einmal kurz sprechen?«
Die Sekretärin musterte mich aus etwas stumpfen blauen Augen und fragte dann in dem breiten Singsang ihrer ostpreußischen Heimat: »Worum handelt es sich denn, Jungchen?«
»Ich bin doch mit Erik Sommer befreundet und wollte ihn jetzt nach den Ferien wieder mal besuchen, und da war er nicht mehr da. Eine Nachbarin hat mir gesagt, die Sommers seien weggezogen. Ja und da dachte ich: Vielleicht weiß Herr Doktor Kube, wohin Erik gezogen ist? Ich wollte ihm gern eine Karte schreiben.«
Genau wusste Frau Kunkel auch nicht, was aus den Sommers geworden war, aber sie hatte immerhin etwas läuten hören. »Also der Herr Sommer ist ja ein Landwirt.« Plötzlich schwieg sie, als überlege sie, ob sie mir überhaupt etwas mitteilen dürfe. »Was ich dir jetzt sage, ist vertraulich. Weißt du, was vertraulich bedeutet?«

»Ja, Vertrauen ist gut, Kontrolle ist besser«, zitierte ich eine häufig von meinem Großvater gehörte Redensart.

»Du hast ja wohl gehört, dass unsere Armee gerade dabei ist, Russland zu besetzen. Damit hat der Führer verhindert, dass die Bolschewisten über uns herfallen«, begann sie zu erklären. »Und jetzt auf einmal gibt es riesige Ländereien, die bewirtschaftet werden müssen, damit du und ich und unsere Soldaten etwas zu essen haben, wenn wir diesen Krieg führen. Und dafür werden solche Männer wie der Herr Sommer gebraucht. Und das ging wohl ganz plötzlich. Wo Erik jetzt zur Schule geht, weiß ich nicht. Ich nehme aber an, dass seine Eltern ihn auf ein deutsches Internat schicken werden. Wenn wir etwas Genaueres erfahren, sage ich es dir. Dann kannst du deine Karte schreiben.«

»Dankeschön«, sagte ich und nahm Haltung an, weil Elfriede Kunkel Wert auf gute Manieren legte. »Heil Hitler.« Dann stand ich wieder auf dem Gang, an derselben Stelle, zu der meine Klassenlehrerin Fräulein Koschnieder mich damals geführt hatte, als ich Erik zum ersten Mal gegenübergestellt wurde. Mit gemischten Gefühlen ging ich wieder zurück in mein Klassenzimmer, um meine Schultasche zu holen und nach Hause zu gehen. Einerseits war ich traurig, dass die eben begonnene Freundschaft mit Erik nun schon wieder zu Ende war. Andererseits spürte ich eine gewisse Erleichterung. Der Druck, den der etwas ältere und erfolgreichere Erik – vermutlich ohne es zu wollen – auf mich ausgeübt hatte, war nun weg. Ich war jetzt wieder ganz ich selbst und musste mich nicht mehr nach einem stärkeren »alter ego« richten. Vielleicht, dachte ich mir, käme diese Trennung von meinem Ebenbild zur rechten Zeit. Es könnte doch sein, dass die »wirklich frappierende Ähnlichkeit« zwischen uns beiden sich im Laufe der folgenden Jahre – von denen mein Vater meinte, sie seien die eigentlichen Wachstumsjahre – abschwächen würde. Dann könnten wir Freunde sein, ohne dass ich immer das Gefühl hätte, meinem anderen, »besseren« Ich Folge leisten zu müssen.

Danach hörte ich nichts mehr von Erik. Der Krieg, der uns Kindern anfangs als ein flüchtiges Abenteuer dargestellt worden war, das bald vorüber sein würde – zu bald, um uns Gelegenheit zur Bewährung zu geben –, dauerte an und nistete sich auch in unserem Alltag ein. Ab 1942 wurde Berlin immer mehr zum Ziel alliierter Bombenangriffe. Da wir Kinder die Nächte immer öfter in Luftschutzkellern oder Bunkern verbringen mussten, wurde der Schulunterricht immer häufiger auf die Nachmittage verlegt, um uns Gelegenheit zum Ausschlafen zu geben.

Über die letzten Zuckungen des Krieges und die unmittelbare Nachkriegszeit soll hier nichts gesagt werden, da diese Jahre mit meinem Verhältnis zu Erik nichts zu tun hatten. Gelegentlich dachte ich an ihn. Manchmal sprachen meine Eltern davon, dass die Deutschen, die sich in Polen oder in Russland niedergelassen hatten, um neuen Lebensraum für das angeblich eingeengte deutsche Volk zu sichern, mit der erbarmungslosen Rache der Ostvölker zu rechnen hätten, wenn dieser Krieg verloren ginge. Angesichts solcher Unterhaltungen dachte ich natürlich an Erik. Einmal erwähnte mein Vater, dass Herr Sommer eine Stelle als Kriegsverwaltungsinspektor irgendwo in der westlichen Ukraine bekleide. Und denen würde es an den Kragen gehen, wenn die Russen einmal zurückkämen.

Trotz solcher punktueller Erinnerungen verblasste mein Bild von Erik. In den Jahren nach dem Krieg veränderte sich so viel. Ich selbst ließ meine Kindheit hinter mir. Nicht im Entferntesten rechnete ich damit, Erik noch einmal wiederzusehen. Noch absurder wäre mir damals die Möglichkeit erschienen, erneut in seinen Bann zu geraten und seine Identität als Spiegelung meiner eigenen erleben zu müssen.

Und doch trat ein, woran ich nicht dachte. Ich hatte in Berlin begonnen, Medizin zu studieren, und war im Begriff, für zwei klinische Semester nach Innsbruck zu wechseln, um neben dem Studium für ein Jahr die Unbeschwertheit zu genießen, die diese Stadt vermittelte – im Sommer wie im Winter.

An einem sonnigen Apriltag begab ich mich mit den nötigen Unterlagen in das Immatrikulationsbüro der Medizinischen Fakultät, um mich für das bevorstehende Sommersemester anzumelden.

Im Inntal war der Frühling eingezogen. Krokusse, Narzissen und frühe Tulpen blühten auf den Rabatten in den Parks, Bäume und Sträucher hatten bereits junges Grün hervorgebracht oder trugen dicke Knospen. Das obere, noch tief verschneite Drittel der Nordkette gleißte im Sonnenlicht, eine kühle Brise wehte von Osten her durch das Tal, und über der Herrlichkeit dieser alten Stadt und ihrer Bergkulisse spannte sich ein reiner Frühlingshimmel. Schöner kann die Welt eigentlich nicht sein, dachte ich, als ich von Hötting her kommend den Fluss überquerte und dem Innsbrucker Klinikviertel zustrebte. Das Immatrikulationsbüro war relativ leer, nur zwei Studenten standen vor mir. Es dauerte nur eine Viertelstunde, bis ein älterer Angestellter sich meiner annahm. »Bitte schön«, sagte er und wies auf einen Stuhl, der vor seinem Schreibtisch stand. »Ich bin gleich so weit«, fügte er hinzu, während er in einem großformatigen Buch, das aufgeschlagen vor ihm lag, eine Eintragung vornahm. »Sodala.« Er hob den Kopf, sah mich an und lächelte, als ob wir alte Bekannte seien. »Haben Sie was vergessen?«, fragte er.

»Ich hoffe nicht«, erwiderte ich und legte meine Studienpapiere auf den Tisch. Der Mann vollführte mit beiden Händen eine auf meine Akten gerichtete Bewegung. »Na, na, das haben wir ja erledigt. Ich hab gemeint, Sie hätten was liegen gelassen.«

»Aber ich war doch noch gar nicht hier.«

Er starrte mich an. »Na, jetzt bin i baff«, sagte er. »Sie waren doch vor einer halben Stunde bei mir. Sonst hätte ich doch nicht gefragt.«

Mich beschlich ein leises Unbehagen. »Das muss eine Verwechslung sein. Sehen Sie hier.« Ich zog mein Studienbuch aus dem kleinen Stapel von Papieren hervor, den ich auf seinen Schreibtisch gelegt hatte. Er schlug das Heft auf, betrachtete mein Passfoto, musterte mich und schüttelte den Kopf. »Des gibt's ja net«, murmelte er vor sich hin, während er das Studienbuch durchblätterte. »Na, des wor a andera Nama ... Ein anderer Name«, wiederholte er etwas lauter auf Hochdeutsch. »Winter heißen Sie, nicht Sommer, hier steht's.« Dann schaute er in das vor ihm liegende, großformatige aufgeschlagene Buch. »Hier steht Sommer, is des a Witz?« Sommer hatte er gesagt. »Sagten Sie Sommer?«, erkundigte ich mich. »Erik Sommer?«

»Ja, ist das ein Zwillingsbruder von Ihnen?«

Ich versuchte, mir nichts anmerken zu lassen. »Warum?«

»Na, weil der genauso aussieht wie Sie. Aus dem Gesicht geschnitten ist er Ihnen.« Der Mann konnte sich kaum beruhigen.

»Und dieser Herr Sommer studiert auch Medizin?«

»Nein«, entgegnete der weißhaarige Herr, »aber er möchte gern ein paar Vorlesungen bei uns hören: Pharmakologie und Biochemie. Die Biochemie wird für Chemiker und Mediziner gelesen.«

»Und da hat er sich hier angemeldet«, bemerkte ich, um überhaupt etwas zu sagen.

»So ist es.« Der nette ältere Herr nahm sich meiner Papiere an, trug eine Matrikelnummer in mein Studienbuch ein, stellte mir eine Bescheinigung aus, die mich berechtigte, an der Universität Innsbruck zu studieren, und schrieb mir dann eine Rechnung über die für das bevorstehende Semester zu entrichtenden Gebühren. Ich saß ihm gegenüber, registrierte seine Eintragungen, sein Hantieren mit einem altmodischen Federhalter, Löschblättern und Stempeln und fragte mich die ganze Zeit, was jetzt zu tun sei. Bis zu diesem Augenblick war Erik für mich eine ferne Erinnerung gewesen, in der sich durchstandene Ängste und freundliche Bilder zu etwa gleichen Teilen mischten – so glaubte ich jedenfalls. Erst jetzt, in diesen Minuten, in denen ich dem Dekanatsangestellten bei der Arbeit zusah, erfuhr ich, dass meine Bekanntschaft mit Erik in den tieferen Schichten meines Bewusstseins als Beklemmung und Bedrohung gespeichert war. Nein, ich wollte nicht noch einmal im Schatten eines »alter ego« leben müssen, nicht noch einmal verglichen und schließlich vereinnahmt werden, nicht noch einmal die Kopie eines anderen sein, der mir zwar freundlich begegnete, mich aber durch die Reaktionen unserer gemeinsamen Umwelt in eine Vasallenrolle drängte.

Meine Aufnahmeformalitäten waren beendet und der nette Herr schob mir meine Dokumente über die Schreibtischplatte wieder zu.

»Dieser Herr Sommer«, sagte ich, worauf der ältere Herr sofort grinste, als hätte ich einen Witz erzählt. »Ja?«

»Hat der eine Wohnadresse in Innsbruck hinterlassen? Ich würde ihn gern einmal kennenlernen.«

»Ja, das müssen Sie machen«, bestätigte mein Gegenüber, »des könnt a Gaudi geben.«

Er fuhr mit dem Federhalter die Liste der Namen entlang, die er zuletzt in sein Matrikelbuch eingetragen hatte. »Sommer, Erik. Nein, er hat keine Wohnadresse angegeben.«

»Na, ich werde ihn schon finden«, sagte ich und versuchte dabei, unbeschwert zu wirken.

»Das wird sich kaum vermeiden lassen«, erwiderte der Angestellte mit strahlendem Lächeln.

Ich hatte an den Tagen zuvor eine nette Bleibe in Hötting gefunden, die ich mit einem jüngeren Chemiestudenten aus Köln teilte. Wir bewohnten zwei durch eine Tür miteinander verbundene Zimmer in einem gemütlichen alten Haus. Dorthin strebte ich jetzt. Ich musste mit meinen Gedanken und Befürchtungen allein sein, um wieder einen klaren Kopf zu bekommen und zu überlegen, wie ich es anstellen könnte, eine zufällige Begegnung mit Erik zu vermeiden. Was ich dabei noch nicht in Betracht ziehen konnte, war die Tatsache, dass die Wege der Innsbrucker Studenten, besonders der Mediziner und Naturwissenschaftler, in der kleinen Altstadt einem übersichtlichen Muster folgten und dass es kaum möglich war, einem anderen Studenten konsequent auszuweichen.

Meine Hoffnung, hier in Innsbruck ganz mein eigenes Leben zu führen, waren von vornherein auf Sand gebaut: Mittags traf sich alles in der Gaststätte des Franz Margreiter, die aus mehreren miteinander verbundenen Räumen bestand. Man bekam dort für sechs, später für sieben Schillinge ein ordentliches Mittagessen. Franz Margreiter war der Bruder meiner Vermieterin, die mich dort bereits avisiert hatte, und mein aus Köln stammender Wohngenosse Jochen Schmitz, der schon länger in Innsbruck studiert hatte, brannte darauf, mich dort seinen Kommilitonen vorzustellen. Für die Nachmittage und Abende standen zwei Kneipen in der Altstadt zur Auswahl, wenn man es nicht vorzog die Maria-Theresia-Straße auf und ab zu wandern, dabei die Auslagen der Geschäfte zu betrachten oder die in einem Schaukasten angebrachten Besprechungen der aktuell in den Kinos laufenden Filme zu lesen. Die kritischen Äußerungen über neue Filme stammten allesamt aus der Feder von eigens zu dieser Aufgabe verpflichteten Priestern, die versuchten, einerseits den katholischen Weizen von der weltlichen Spreu zu trennen und dabei andererseits sprachliche Zugeständnisse an das überwiegend jugendliche Publikum zu machen, das in ihrer Stadt zu Gast war.

Als ich an diesem Vormittag nach Hause kam, empfing mich Jochen in bester Laune. Er kam sofort in mein Zimmer gestürmt, setzte sich zu mir und fing an zu plaudern. »Du, Florian, du glaubst nicht, was mir heute passiert ist.«

Mir schwante bereits Unheil, aber ich nahm mich zusammen und fragte Jochen desinteressiert, aber freundlich: »Na, was denn?«

»Heute Morgen kam ich in die Vorlesung, organische Chemie, du weißt, die fängt immer schon um acht Uhr an. Ich trete in den Hörsaal, der Professor grüßt mich übertrieben höflich, sodass die Kollegen über mein spätes Erscheinen lachen konnten. Mir war das peinlich, war ja auch nicht das erste Mal. Also ich stolpere die Treppe hoch, um dem Alten nicht zu nahe zu sein, setze mich irgendwo hin in der dritten oder vierten Reihe, ein bisschen am Rand, und wer sitzt auf einmal neben mir?«

»Na, wer schon.«

»Du. Ich dachte allen Ernstes, du wärest in die Chemievorlesung gekommen, ist ja auch für die Mediziner, aber du bist ja schon weiter. Trotzdem, ich raunte also meinem Nebenmann etwas zu, eine abfällige Bemerkung über den Professor, und fragte noch, warum du hier bist, aber ich bekam keine Antwort. Also dachte ich: Achtung, Florian ist sauer, weil ich gestern Abend ziemlich laut war, als ich nach Hause kam. Dann habe ich versucht, dich wieder zu versöhnen. Als der Professor da unten irgendwas zusammenmischte, um uns einen Farbumschlag von gelb nach violett zu demonstrieren, flüsterte ich dir zu: ›Florian, die Limonade war vergiftet‹, aber du hast nur den Kopf geschüttelt und dir Notizen gemacht. Nach der Vorlesung stand mein Nachbar auf und wollte wegrennen. Ich düste hinterher. ›Nun bleib doch noch, ich muss dir was sagen.‹ Dann bliebst du tatsächlich stehen und hattest plötzlich deine steile Falte über der Nasenwurzel. Oh je, den hat's erwischt, der ist nicht nur sauer, der ist stinksauer, dachte ich. Aber dann fragtest du: ›Wer sind Sie denn, ich kenne Sie überhaupt nicht.‹ Na ja, und dann haben wir uns vorgestellt. Erik Sommer heißt der Typ. Ich habe mich entschuldigt, du weißt schon, ›bla bla bla‹, und ihm erzählt, dass du, mein Freund und Zimmergenosse, ihm aufs Haar gleichst, ich hätte schwören können, dass du es bist. Er war dann plötzlich sehr interessiert, fragte, wo du herkämest, und als ich sagte aus Berlin, da strahlte er mich an und sagte: ›Das muss Florian Winter sein.‹ Dann haben wir uns noch einmal in eine leere Bank gesetzt, und er hat mir von euch erzählt, von der Volksschule in Mariendorf und wie sie euch den Schädel vermessen haben und wie ihr miteinander Fußball gespielt habt.« Jochen war begeistert von seiner Entdeckung. Er hatte wohl damit gerechnet, dass ich ihm um den Hals fallen würde ob der Neuigkeit, während ich darüber nachdachte, wie ich aus dieser Situation wieder herauskäme. Jochen war eben immer für Betrieb, für Geselligkeit, für Trallala, und ich wollte zumindest im Augenblick in Ruhe über die neue Lage nachdenken.

»Jedenfalls habe ich ihn eingeladen, uns heute Abend zu besuchen.«

Jetzt war ich wirklich wie vor den Kopf geschlagen. »Du hast was?«, fragte ich entgeistert.

»Eingeladen habe ich den Erik, so heißt er doch, uns zu besuchen und dann mit uns zusammen noch auf ein Bier in den Roten Adler zu gehen.«

»Und er hat natürlich zugesagt.«

»Ja. Du scheinst dich gar nicht zu freuen?«

Ich schwieg. Was sollte ich auch tun? Ich begriff, dass ich die Begegnung mit Erik Sommer nicht vermeiden konnte, und rief mich nun selbst dazu auf, mich nicht wie damals in die Rolle des Jüngeren, Unterlegenen drängen zu lassen, sondern von vorneherein ein eigenes, von Erik unterschiedenes Profil zu zeigen.

So gegen sieben Uhr erschien Erik an unserer Haustür. Ich hatte ihn schon bemerkt, als er die Riedgasse heraufkam, ich kannte ja meine eigenen Bewegungen. Zumindest besaß ich eine eigene instinktive Vorstellung davon. Auch an der Art, wie er die Stufen der Holztreppe nahm, die zu unseren Zimmern heraufführte, hätte ich Erik erkannt, selbst wenn ich nicht auf seinen Besuch vorbereitet gewesen wäre. Ich wartete auf dem oberen Treppenabsatz, bis er mich erreicht hatte, führt ihn in mein Zimmer und stand ihm dort im nachlassenden Tageslicht gegenüber. Wir musterten einander, lächelten, gaben uns die Hand. Wie Synchronschwimmer, dachte ich, als wir uns mit den gleichen Bewegungen einander näherten. Erik war überhaupt nicht gehemmt oder verlegen. Sein Gesicht glich immer noch dem meinen, obwohl mir die anatomische Ähnlichkeit zwischen uns nicht mehr so zwingend erschien wie damals, als wir noch zur Schule gingen. Er trug seine Haare anders als ich – vielleicht lag es daran. Aber trotz der kleinen Unterschiede, die ich bemerkte – die etwas längere Oberlippe, der unterschiedliche Verlauf unserer Augenbrauen –, wurde mir sofort klar, dass Außenstehende, die uns nicht sehr gut kannten, Mühe haben würden, uns voneinander zu unterscheiden. Unverändert bestand die Gefahr von Verwechslungen. Als Reaktion darauf würde man versuchen, uns nach anderen Kriterien als den rein äußerlichen zu bemessen, und dabei, so fürchtete ich, würde ich abermals den Kürzeren ziehen.

»Komm setz dich, Erik«, sagte ich und zog einen Stuhl unter dem Tisch hervor, an dem ich arbeitete und den Jochen und ich für unsere gemeinsamen Abendessen benutzten. Ich setzte mich ihm gegenüber. »Wir müssen uns erst mal wieder auf den aktuellen Stand bringen, wie? Was bringt dich hierher nach Innsbruck?«

Erik lächelte. »Warum bist *du* hier?«

»Die Berge«, sagten wir beide fast gleichzeitig. Nein, weder die Medizin noch die Chemie übten hier eine besondere Anziehung aus, darüber waren wir uns schnell einig, sondern das Wandern und Klettern im Sommer und das Skifahren im Winter.

»Wo bist du jetzt zu Hause?«, fragte ich Erik und erfuhr, dass er vor Kriegsende mit seiner Mutter aus der Gegend von Posen nach Emden geflüchtet sei und in dieser Stadt auch das Gymnasium besucht habe.

»Und dein Vater?«, fragte ich.

»Ist im Krieg geblieben«, sagte Erik in fast beiläufigem Ton, so wie man eine Nebensache erwähnt, bevor man zum Hauptthema der Unterhaltung zurückfindet.

»Spielst du noch Fußball?«, fragte ich nach einer kleinen Pause. Erik verneinte. »Ich habe mich auf alpine Sportarten verlegt.« Dann erzählte er mir, dass er mit seiner Mutter und später auch allein seine Ferien in Bischofshofen verbracht und durch diese Besuche seine Liebe zu den Bergen entdeckt habe.

»Wir waren im Rupertihaus bei Sepp Bradl«, berichtete Erik und erzählte von seinen ersten Touren auf den Hochkönig. »Und du?«, fragte er unvermittelt. »Wo warst du?«

»Im Sommer beim Segelfliegen in Gifhorn und im Winter öfter mal Skilaufen. Aber nicht am Hochkönig, sondern im Allgäu.« Wir saßen uns gegenüber, hatten keine fünf Minuten miteinander verbracht und verglichen schon wieder unsere jeweiligen Leistungen. Ich wohnte in Berlin, das war besser als Emden, trotz der Insellage meiner Heimatstadt. Skiläuferisch ist das Gebiet um den Hochkönig wohl interessanter als das Allgäu, aber das Segelfliegen braucht sich vor der Hochgebirgskletterei nicht zu verstecken. Oder? Insgeheim ärgerte ich mich über den stillen Wettkampf, der sich bereits wieder anbahnte. Erik war Stipendiat der Studienstiftung des Deutschen Volkes. Ich hatte ein einjähriges Stipendium des American Field Service dazu benutzt, eine amerikanische Schule zu besuchen und bei einer amerikanischen Familie zu leben. Mit dem Physikum hatte ich eine wichtige Zwischenstufe auf dem Wege zum Arztberuf hinter mich gebracht. Erik befand sich im letzten Drittel seines Studiums und kümmerte sich bereits um eine Doktorarbeit.

»Gehen wir mal zusammen in die Berge? Vielleicht ins Karwendel?«, fragte mich Erik. Aber ich wich ihm aus. »In den Ferien vielleicht«, erwiderte ich und brachte meinen Wohnkumpan ins Spiel. »Jochen geht sicher gern mit dir«, stellte ich in Aussicht, »der hat in diesem Semester weniger zu tun als ich.« Und da Jochen in diesem Augenblick ins Zimmer trat und Erik fröhlich begrüßte, spann ich diesen Faden gleich weiter. Die beiden schienen ja Gefallen aneinander zu finden. Natürlich. Jochen und ich waren uns ja auch auf Anhieb sympathisch gewesen, und wie die Dinge nun einmal lagen, musste Jochen Erik und mich als zwei Ausgaben ein und derselben Person empfinden. Dass die beiden zusammen einige mittelschwere und danach vielleicht auch schwere Klettereien unternehmen würden, stand bald fest. Aber Erik legte großen Wert auf meine Teilnahme, und so einigten wir uns darauf, als Erstes eine gemeinsame Bergwanderung zu unternehmen, an der nicht nur wir drei, sondern auch Jochens Freundin Heidi und Gerlinde, die Erik hier kennengelernt hatte, teilnehmen sollten. Den Termin für diese Wanderung, die von Mutters auf die Mutterer Alm und weiter zur Pfriemeswand und auf die Nockspitze führen sollte, konnte nicht gleich festgelegt werden, da die beiden Mädchen erst nach ihren eigenen Plänen gefragt werden mussten. Schließlich zogen wir an einem Sonntagmorgen im Juni los, zunächst im Bus nach Mutters und von dort zu Fuß weiter auf die Mutterer Alm. Heidi und Gerlinde schienen von der Ähnlichkeit zwischen Erik und mir fasziniert zu sein. Heidi, Jochens Freundin, kannte ich bereits. Sie war für meinen Geschmack ein wenig zu dünn geraten, hatte jedoch ein sehr ansprechendes, regelmäßig geformtes Gesicht, dem eine wohlgeformte, kurze Nase einen kecken Ausdruck verlieh. Ihr dichtes blondes Haar umgab ihren schmalen Kopf wie eine goldene Kappe. Sie ging während unserer Wanderung meistens neben Jochen her und fragte ihn, wie er mir später erzählte, »Löcher in den Bauch«. Die müssen miteinander verwandt sein, habe sie immer wieder gesagt und Jochen aufgefordert, doch einmal nachzuforschen. Gerlinde, eine brünette Schönheit mit großen, immer etwas erstaunt blickenden Augen und einem selbst in Wanderkleidung zur Geltung kommenden sehr weiblichen Torso, pendelte zwischen Erik und mir hin und her. Ich hatte den Eindruck, dass mein Erscheinungsbild sie zu einer gründlichen Prüfung animierte, deren Intensität mit der Dauer der Wanderung zunahm. Zunächst beschränkte sie sich darauf, mich zu mustern. Wann immer ich sie ansah, hielt sie ihren prüfenden Blick auf mich gerichtet. Oft trafen sich unsere Augen, dann lächelte sie freundlich und zustimmend. Später, als wir die Mutterer Alm hinter uns gelassen hatten und sich links von uns der steile Abbruch der Pfriemeswand auftat, ging sie unmittelbar hinter oder auch neben mir her und klagte über Höhenangst. Stellenweise hielt sie sich sogar an meinem rechten Arm fest und zwang mich auf diese Weise, langsamer zu gehen. Zum Glück zogen immer wieder Nebelschwaden auf, die die steil abfallenden Wände zu unserer Linken verhüllten, ohne unsere Sicht auf den vor uns liegenden Pfad ernsthaft zu beeinträchtigen.

»Ich fürchte mich vor der Tiefe«, sagte sie in fast entschuldigendem Ton, wenn sie meinen Arm mit beiden Händen umklammerte. »Macht es dir was aus?«

Nein, es machte mir nichts aus, denn Gerlinde war eine sehr anziehende junge Frau. Aber warum hielt sie sich nicht an Erik fest? Später, als wir die kritische Stelle hinter uns gelassen hatten und uns dem Gipfel der Nockspitze näherten, fragte ich sie, warum sie bei mir und nicht bei Erik, den sie doch schon länger kannte als mich, Schutz gesucht habe.

»Macht das einen Unterschied?«, fragte sie mich. »Ihr seid doch einer wie der andere.«

Erik schien an Gerlindes Verhalten keinen Anstoß zu nehmen. Er führte das große Wort, bestimmte die Wege, die wir gingen, unterhielt die Gruppe mit Anekdoten vom Hochkönig und von den Hohen Tauern, wo er etliche Gipfel bestiegen hatte. Eine Zeit lang hörte ich ihm zu, wenn er von kritischen Situationen am Großglockner oder am hohen Geiger berichtete, von Stürzen, die er nur aufgrund seiner sorgfältigen Sicherung durch seine jeweiligen Partner schadlos überstanden hatte, von nächtlichen Biwaks und von rasanten Abseilmanövern. Mit der Zeit empfand ich Eriks

Schilderungen als eine Form der Angeberei, die mir besonders peinlich war, weil sie aus dem Munde eines Menschen kam, der genauso aussah wie ich. Zu allem Überfluss fragte mich Gerlinde zwischendurch, ob wir uns auch in unserem Verhalten ähnlich seien. »Das weiß ich wirklich nicht«, sagte ich, »wir haben uns seit unserer Kindheit ja nicht mehr gesehen.«

Im Rückblick erschien mir unser Verhalten während unserer Schuljahre in der Tat recht ähnlich, obwohl ich Erik immer als stärker und selbstbewusster empfunden hatte als mich selbst. Dann dachte ich an die Zeit zurück, in der ich im Sommer fast an jedem Wochenende zum Segelfliegen gefahren war. Damals hatte ich den Mund auch oft etwas zu voll genommen, fiel mir ein, behielt diese Einsicht aber für mich. »Wenn es dich interessiert, musst du selbst herausfinden, wie sehr oder wie wenig wir einander gleichen«, sagte ich zu Gerlinde, als wir uns am Gipfel der Nockspitze zu einer kurzen Rast niederließen.

»Na«, rief Erik, blickte in die Runde und vollführte mit seinen Armen und Händen eine kreisende Bewegung, als wollte er uns die Schönheit der Tiroler Berglandschaft, die trotz einiger Wolken deutlich hervortrat, als seine persönliche Inszenierung zu Füßen legen. »Ist das nichts?«

Jochen begann, Ordnung in das verwirrende Gipfelpanorama zu bringen, indem er die Berggruppen benannte, angefangen mit den Hohen Tauern im Osten, die sich heute größtenteils hinter Wolken verbargen. Besser stand es um die ohnehin nahe gelegenen Stubaier und Ötztaler Alpen und um die Kalkalpen im Norden, das Karwendelgebirge, das Wettersteingebirge und den Wilden Kaiser. Er benannte eine Anzahl Gipfel, während Erik das Gipfelbuch aus einem am Gipfelkreuz befestigten Blechkasten holte und uns alle mit Namen und Herkunftsort eintrug. Heidi stammte, ich erfuhr es bei dieser Gelegenheit, aus Berlin wie ich, sich selbst trug Erik ebenfalls unter Berlin ein, obwohl er doch jetzt in Emden wohnte. »Warum Berlin?«, fragte ich ihn. Berlin sei sein Ursprungsort, und dort wolle er auch wieder leben – später einmal. Von Emden schien er nicht viel zu halten. Wir genossen den Rundblick von der Nockspitze, der sich wegen der etwas wechselhaften Bewölkung ständig veränderte. Einige Gipfel oder Berggruppen verschwanden hinter tief hängenden Wolken, andere traten plötzlich in Erscheinung, als habe jemand einen Vorhang beiseite gezogen. Von Nordwesten kamen jedoch immer mehr Wolken heran, die uns bald erreichen würden. Jochen drängte daher zum Aufbruch, und so machten wir uns auf den Weg zurück nach Mutters. Die ersten paar hundert Meter gingen wir zügig auf einem schmalen, aber gut markierten Weg talwärts, dann kamen wir auf einen bequemen Wanderweg, und aus dem raschen Gehen wurde ein nachlässiges Schlendern, bei dem sich unsere Gruppe ziemlich weit auseinander zog. Der Himmel hatte sich eingetrübt, aber es war warm und hatte noch nicht angefangen zu regnen. Jochen und Erik sprachen angeregt miteinander. Vermutlich erzählten sie sich von ihren verschiedenen Bergabenteuern. Gerlinde lief zielstrebig bergab, als wollte sie dem drohenden Regen noch zuvorkommen. Heidi und ich gingen schneller als unsere Schlusslichter Jochen und Erik, aber langsamer als Gerlinde, die inzwischen hinter einer Nebelbank verschwunden war. »Die sollten etwas rascher gehen«, bemerkte Heidi, als Jochen und Erik wieder einmal gestikulierend beieinander standen. »Ich kümmere mich mal um die beiden«, sagte sie und ging entschiedenen Schrittes bergauf. »Und ich schaue mich nach Gerlinde um«, gab ich zur Antwort und lief nun schneller als zuvor bergab. Einige hundert Meter talwärts begann der Wald, der bis zu den Wiesen im Tal hinunter reichte. Kurz hinter den ersten Bäumen, dicht am Weg, hatten Waldarbeiter einen kleinen Holzschuppen als Unterstand errichtet. Dort fand ich Gerlinde. Sie hatte ihren Rucksack abgenommen, saß auf einem Hauklotz und lehnte sich entspannt gegen einen Stapel von Holzscheiten. »Wir sind eine undisziplinierte Gesellschaft, die einen bummeln, die anderen rennen«, sagte ich und setzte mich zu ihr.

»Ich habe auf dich gewartet«, sagte Gerlinde leise, als habe sie mir etwas Wichtiges mitzuteilen.

»Nicht auf Erik?«

»Auf den, der zuerst kommt.«

»Das hätte auch Erik sein können.«
»Macht es einen Unterschied?«
»Ich hoffe doch«, entgegnete ich.
»Gibt es einen wirklichen Unterschied oder besteht er nur in der Farbe der Anoraks?«

Offenbar wollte Gerlinde mich ein wenig provozieren, denn während sie in diesem sanften und eindringlichen Ton mit mir sprach, fing sie an, mit meinen Haaren zu spielen und meinen Kopf zu kraulen. Es war eine durchaus zärtliche und verführerische Berührung, und sie beobachtete mich dabei mit ihren großen ernsten Augen, als erwarte sie irgendeine Antwort. »Magst du das?«, fragte sie. Als ich »ja« sagte, ließ sie ihre Hand auf meinen Hinterkopf gleiten und zog mich nahe zu sich. Ich konnte nicht widerstehen, wollte es auch gar nicht. Gerlinde war schließlich eine bildschöne, sehr weibliche Frau. Ich spürte ihre warmen und beweglichen Lippen, ihren Atem, den Duft ihres jungen Körpers – aus dem Probekuss wurde schnell ein leidenschaftliches Spiel von Mündern und Zungen, und nur die Gewissheit, dass unsere Freunde jeden Augenblick hier vorbeikommen würden, hielt uns vor weitergehenden Erkundungen ab. Ich löste mich von ihr, sie berührte mich flüchtig und lächelte konspirativ: »Du reagierst sehr heftig, bist du auch ausdauernd?« Was sollte ich auf diese Frage antworten? War sie unzufrieden mit Erik und suchte etwas Besseres? »Du kannst es ja mal ausprobieren«, antwortete ich, aber dabei blieb es für dieses Mal, denn wir hörten die Stimmen unserer Freunde näherkommen und fanden schnell wieder zurück zu unserer Unbefangenheit.

Was mich an dieser Episode verstimmte, war die Tatsache, dass Gerlinde auf dem Weg ins Tal oft neben Erik herging, seine Hand suchte, um sie kurz zu drücken, und sich an ihn schmiegte. Offenbar konnte sie zwischen uns beiden hin und her schwanken, ohne dabei eine Hemmschwelle überwinden zu müssen. Während des Weges zurück nach Mutters würdigte sie mich kaum eines Blickes, setzte sich auch im Bus neben Erik und verabschiedete sich von mir in Innsbruck mit einem Lächeln und einem kurzen Winken. »Bis zum nächsten Mal.«

Es würde kein nächstes Mal geben, sagte ich mir trotzig, denn ich wollte nicht Gegenstand eines Vergleichs mit Erik werden, der unser amouröses Verhalten betraf. Aber während ich mich über diese Möglichkeit ärgerte, wusste ich schon, dass ich mich doch wieder auf die Wünsche Gerlindes einlassen würde, wenn sich die Gelegenheit ergäbe.

In den letzten Junitagen feierte die Medizinische Fakultät ihr Sommerfest im Hofgarten. Ich hatte von Jochen und anderen in Innsbruck schon länger ansässigen Leuten gehört, dass dieses Fest eines der Höhepunkte des Sommersemesters sei. Außer den Mitgliedern der Medizinischen Fakultät, ihren Partnern und Studenten nahmen auch Angehörige anderer Fakultäten an diesem Fest teil. Zu später Stunde schlichen sich sogar nicht geladene Gäste in die Räume des Stadttheaters, um auch dabei gewesen zu sein und am nächsten Tag ihre Meinung über die Ausstattung der Räume, die gebotene Musik und die allgemeine Stimmung abgeben zu können. Ich hatte mich mit Jochen und mit zwei Mädchen, die ich bereits aus Berlin vom Medizinstudium her kannte, zum Besuch des Festes verabredet. Als Studenten der Medizinischen Fakultät zahlten wir ermäßigte Eintrittspreise, nur Jochen als Chemiestudent musste ein wenig tiefer in die Tasche greifen. Ich bin kein Freund von großen Festen und war es auch damals nicht. Aber zusammen mit Jochen und den beiden Berlinerinnen Heike und Brunhild konnte eigentlich nicht viel schiefgehen, zumal wir gemeinsam einen Tisch in der Nähe der Tanzfläche reserviert hatten, den wir als Stützpunkt benutzen konnten. Wir kamen spät, so gegen neun Uhr, als das Fest schon Fahrt aufgenommen hatte. Jochen und ich tanzten abwechselnd mit den beiden Mädchen. Die Kapelle, die aus Mitgliedern des städtischen Orchesters und aus einigen sehr talentierten Amateuren bestand, spielte das ganze damals gängige Repertoire von Tänzen vom Wiener Walzer bis zum Boogie-Woogie mit Kompetenz und Musikalität. Was mich angenehm überraschte, war die gut gewählte Lautstärke dieser Kapelle: Auch wenn sie spielte, konnte man sich mühelos unterhalten, sowohl mit der Partnerin beim Tanzen als auch am Tisch, an dem wir zu viert saßen und gelegentlich von Bekannten besucht wurden, die einige von uns, meist die Mädchen, aus den Vorlesungen kannten. Ich hielt immer wieder Ausschau nach Erik und Gerlinde, denen ich eigentlich nicht begegnen wollte, weil ich das immer gleiche Gerede, das gemeinsame Auftritte von Erik und mir begleitete, satt hatte und gern davon verschont geblieben wäre. Schließlich ging ich hinauf in den ersten Rang des Theaters, vorbei an den Logen, in denen meistens ältere Professoren oder Ärzte mit ihren Begleiterinnen saßen, und schaute hinab in das Getümmel auf der Tanzfläche. Nein, Erik schien nicht gekommen zu sein. Ich stellte es mit einer gewissen Zufriedenheit fest und schlenderte zurück zu unserem Tisch, an dem jetzt nur eine einzelne Person saß: Gerlinde. Also waren sie doch gekommen? Gerlinde blieb sitzen, als sie mich sah, und tätschelte mit ihrer rechten Hand die Sitzfläche des unmittelbar neben ihr befindlichen Stuhls.

»Komm setz dich zu mir.«

»Grüß dich. Bist du allein?«

»Nicht allein, aber ohne Erik.«

»Und wo ist der?«

»Na, wo soll er schon sein. Bei einer seiner Bergtouren.« Sie schaute auf ihre Armbanduhr. »Jetzt wird er wohl in der Heia liegen, denn morgen, so um vier Uhr in der Frühe, wenn ich das richtig kapiert habe, will er den Hochfeiler angehen, die Nordwand.«

Das sieht ihm ähnlich, dachte ich, lieber auf einen hohen Berg steigen als eine Nacht durchtanzen.

»Mit wem bist du hier?«

Sie lächelte ironisch. »Du meinst, wer mich eingeladen hat?«

Ich nickte.

»Der Herr Dozent Boenisch, seines Zeichens stellvertretender Leiter der Hals-Nasen-Ohren-Klinik der Leopold-Franzens-Universität.«

»Was willst du denn mit dem?«, fragte ich, fast erschrocken, denn ich kannte Boenisch aus seiner Vorlesung als einen zwar freundlichen, aber langweiligen und besonders gegenüber höhergestellten Akademikern leicht unterwürfigen Mann. »Nichts«, antwortete Gerlinde schnippisch. »Die Frage ist doch wohl, was er mit mir will.«

»Und?« Ich musste lachen.

»Na was wohl. Er ist Junggeselle, wird demnächst Professor, und zu seinem Glück braucht er dann noch eine Frau. Also geht er auf Brautschau. Mit einem Treffer wäre das bürgerliche Glück vollkommen.«

»Und was sagt Erik dazu?«

Sie zuckte mit den Achseln. »Was du immer mit Erik hast. Eriks gibt's wie Sand am Meer. Einer sitzt gerade neben mir. Aber den Dozenten Boenisch gibt's nur einmal.«

Ich platzte los vor Lachen, auch Gerlinde lachte. »Tanzt du mal mit mir?«

Nicht nur einmal, sondern mehrere Male, bis zu dem Punkt, an dem Heike, die ältere der beiden Berlinerinnen, anfing, sich zu beklagen. »Jetzt sind wir wieder dran, Florian«, rief sie mir zu, als ich mit Gerlinde im Schlepp wieder einmal an unseren Tisch zurückkam. Ich stellte Gerlinde den Berliner Mädchen vor, Jochen kannte sie ja bereits. Dann wischte ich mir mit einem Taschentuch den Schweiß von der Stirn und bat Heike, mir noch ein paar Minuten Erholung zu gönnen. Gerlinde, der man von unserer ziemlich wilden Tanzerei nichts ansah, stand auf und sagte: »Ich muss mich mal wieder um meinen Dozenten kümmern.« Und etwas leiser zu mir: »Sehen wir uns später?«

Der Abend war für mich recht angenehm verlaufen. Vor allem das Tanzen mit Gerlinde hatte mich in Fahrt gebracht. Außerdem hatte Eriks Abwesenheit mich von der Notwendigkeit befreit, allen möglichen Leuten zu erklären, dass Erik und ich nicht miteinander verwandt seien und dass es sich bei der Ähnlichkeit zwischen uns um ein seltenes Spiel der Natur handele. Oder waren wir vielleicht doch miteinander verwandt? Über irgendwelche verschlungenen Pfade? Gerlinde schien also einem späteren Treffen nicht abgeneigt zu sein. Ihren Dozenten würde sie schon irgendwie loswerden und mich dann hier wiederfinden. In der Zwischenzeit würde ich noch ein paar Runden mit Heike und Brunhild absolvieren. Ich hatte

Spaß daran, die Tanzfläche zu beobachten, die sich gerade so weit geleert hatte, dass man die einzelnen Tänzer gut beobachten konnte. Hin und wieder bewegte sich einer der Professoren oder Dozenten, die uns unterrichteten, in sorgfältig einstudierten Schritten über die Tanzfläche, als wären ihm Boogie-Woogie, Cha-cha-cha oder Twist – dieser Tanz, bei dem man die Hüften schwenkt und gleichzeitig so tut, als trete man mit dem Fuß eine Zigarettenkippe aus – gewissermaßen angeboren. Dann stellte ich mir die betreffende Person in ihrer professoralen Würde vor, und schon war ich um eine Erheiterung reicher. Gegen Mitternacht bekamen wir alle Hunger und gingen hinüber in den Roten Adler, um Gulasch zu essen. Heike und Brunhild wollten danach nicht mehr zurück ins Theater, also bat ich Jochen, die beiden Mädchen, die eine gemeinsame Adresse hatten, nach Hause zu bringen. Ich schlenderte noch einmal zurück in die Festsäle, die sich jetzt merklich geleert hatten. Auf der Tanzfläche drehten sich immer noch einige Paare zu einem langsamen Walzer. Dabei entdeckte ich auch Gerlinde und ihren Dozenten, die beim Tanzen gar keine so schlechte Figur machten. Allerdings bewegten sie sich dabei wie ein altes Ehepaar. Als die Musik aufhörte und eine Pause eintrat, blieben sie auf der Tanzfläche stehen. Gerlinde schien dem Dozenten irgendetwas zu erklären, jedenfalls nickte er einige Male verständnisvoll. Dann begleitete er seine Dame an den Rand der Tanzfläche, wo er sich mit einer steifen Verbeugung und einem Handkuss von ihr verabschiedete. Gerlinde ging rasch zum Ausgang und tat so, als wollte sie das Fest verlassen. Vermutlich hatte sie Boenisch eine kleine oder größere Notlüge aufgetischt, vielleicht, dass sie heute bei einer Freundin übernachten werde, die gleich gegenüber in der Altstadt wohne – fünf Minuten zu Fuß.

Als ich mich ebenfalls dem Ausgang näherte, wandte sie sich um und kam mir entgegen, langsam, abwartend, als habe sie gewusst, dass ich ihr folgen würde. »Gehen wir zu mir?«, fragte sie mich so beiläufig, als lade sie mich zu einem Spaziergang ein, fügte jedoch hinzu: »Du musst aber früh aufstehen. Um acht Uhr ist meine Wirtin wieder da. Der frühe Zug aus Salzburg kommt um 7:45

am Hauptbahnhof an, sie fährt oft nach Salzburg, vermutlich hat sie dort ein Gschpusi.«

»Und wo wohnst du?«

»Nicht weit weg in der Anichstraße.«

Das war eine Querstraße der Maria-Theresia-Straße, also kein weiter Weg. Gerlinde hängte sich bei mir ein und wir strebten im Gleichschritt ihrer Bleibe zu.

»Was hast du denn dem Herrn Dozenten gesagt?«, fragte ich sie.

»Oh, dem.« Gerlinde schien Herrn Boenisch schon wieder vergessen zu haben. »Ich habe danke gesagt, und dass ich das schöne Fest sehr genossen hätte.«

»Wollte er dich nicht nach Hause bringen?«

»Das habe ich abgewimmelt. Eine alte Freundin von mir wohnt hier gleich um die Ecke, ich habe ihm gesagt, bei der könnte ich heute Nacht bleiben.«

»Genau wie ich es mir gedacht habe.« Ich konnte den leisen Triumph, Gerlinde richtig eingeschätzt zu haben, nicht unterdrücken.

»He, du bist genauso frech wie Erik. Übrigens, ich bin immer noch auf der Suche nach einem Unterschied zwischen euch.«

Ein Unterschied lag doch darin, dass Erik lieber Bergsteigen ging, als auf einem Sommernachtsball zu erscheinen. Er war wohl unabhängiger als ich, eben stärker, dachte ich in einem Anflug von Missmut. Als habe sie meine Gedanken erraten, sprach Gerlinde davon, dass Erik oft andere Pläne habe als sie und dass sie dann allein bleibe, denn sie sei nun einmal mit Erik liiert.

Einen Augenblick lang vermutete ich, dass sich hinter diesem Geständnis eine Absage an mich verberge. Vielleicht sollte ich sie wirklich nur nach Hause bringen und mich dann auf den Weg nach Hötting machen.

»Jetzt verstehst du, dass du für mich ein Geschenk des Himmels bist«, sagte Gerlinde und zerstreute meine Bedenken. »Das heißt, genau weiß ich es ja noch nicht, aber gleich werden wir es wissen.« Damit löste sie sich von mir, zog eine kleine Ledertasche hervor, die sie wie einen Brustbeutel an einem dünnen Lederriemen um den Hals getragen hatte, und entnahm ihr einen Schlüssel. Wir standen vor einem dreistöckigen Mietshaus. »Die oberste Wohnung ist unsere«, sagte sie und sperrte die Haustür auf. »Du musst leise sein«, ermahnte sie mich flüsternd. »Hier wohnen lauter alte Leute, die sich beschweren, wenn jemand nachts Lärm macht.« Schließlich standen wir im Flur einer offenbar geräumigen Wohnung. Jetzt wählte Gerlinde wieder normale Zimmerlautstärke. »Hier«, sagte sie und ging mir voraus. Ihr Zimmer lag am Ende des Flures – »etwas abseits«, meinte Gerlinde – und sah eher aus wie ein großzügig geschnittenes Hotelzimmer als wie eine Studentenbude. Das breite Bett war sicherlich bequem, aber doch zu schmal, um zwei Erwachsenen genügend Platz zum Schlafen zu bieten. An der dem Bett gegenüberliegenden Wand stand ein Sofa, und am Fenster, das auf einen Hof hinausschaute, befand sich ein einfacher rechteckiger Tisch mit drei Stühlen. Trotz der Schlichtheit der Möblierung wirkte das Zimmer gemütlich, besonders, nachdem Gerlinde die Deckenleuchte ausgeschaltet und die Nachttischlampe neben ihrem Bett angeknipst hatte. »Musst du nochmal?«, fragte Gerlinde und verwies mich in das nebenan gelegene Badezimmer. »Nur nicht duschen«, warnte sie mich, »das macht zu viel Lärm in dem alten Haus.«

Als ich zurückkam, hatte sie bereits begonnen, sich auszuziehen. Sie tat das mit aufreizender Langsamkeit, bat mich, ihr beim Lösen des BH-Verschlusses zu helfen, und stellte sich, nachdem sie alle Kleidungsstücke abgelegt hatte, splitternackt und mit einem einladenden Lächeln vor mich hin. »Na, was ist?«, fragte sie. »Willst du dich nicht ausziehen?« Ich folgte ihrer Aufforderung, wollte aber mein Oberhemd anbehalten, weil es gerade noch lang genug war, um meine Blöße zu bedecken. Aber diesen Anflug von Prüderie beendete Gerlinde, indem sie unter mein Hemd griff, um zu prüfen, ob ich bereit sei. Das Ergebnis schien sie zu befriedigen. »Und das willst du mir vorenthalten?«, fragte sie mit leisem Vorwurf in der Stimme. »Zieh das Hemd aus«, insistierte sie, als sei die gründliche Inspektion meiner Anatomie eine notwendige Vorstufe zu den beabsichtigten Tätlichkeiten. Dann musterte sie meine Gestalt aufmerksam. Was sie zu sehen bekam, schien ihr zu gefallen, denn sie lächelte. »Komm jetzt«, sagte sie und führte mich zu ihrem Bett, ließ mich auf dem Rücken liegen und setzte sich rittlings auf mich. Ich durfte ihre wohlgeformten Brüste umfassen, während sie mit langsamen Bewegungen den Takt vorgab und sich zwischendurch zu mir neigte, um mich zu küssen. »Geduld ist alles«, sagte sie, als wolle sie mich auf eine sehr ausgedehnte Prozedur einstimmen. »Wir werden das ganze Repertoire durchprobieren.«

Das taten wir in mehreren Anläufen. Gerlinde schien Wert darauf zu legen, das Kommando zu führen und das Tempo unserer Bewegungen zu bestimmen. Zwischendurch wurden wir recht laut, was sie nicht mehr zu kümmern schien, obwohl sie mich vorher gewarnt hatte, keinen überflüssigen Lärm zu machen. Sie richtete es so ein, dass wir Stunden beieinanderlagen und uns auf die unterschiedlichsten Weisen miteinander vergnügten.

Irgendwann konnte ich einfach nicht mehr, außerdem drang das erste fahle Tageslicht durch das Fenster. Auch Gerlinde schien genug von mir zu haben, denn sie schubste mich aus ihrem Bett und murmelte etwas von Sofa und Decke. Ich stand auf, fand meine Unterhose und das Oberhemd und legte mich notdürftig bekleidet auf das nach Mottenkugeln riechende Sofa. Bequem lag ich nicht, aber ich schlief doch ein zwei Stunden, bis ein Wecker schrillte und Gerlinde mir mit verschlafenem Gesicht entgegentaumelte, in einen Bademantel und ein paar Pantoffeln schlüpfte und mich zum Gehen aufforderte. »Ich bring dich«, sagte sie, nahm ihre Schlüssel und führte mich, nicht ohne weitere Warnungen, ja keinen Lärm zu machen, hinunter auf die Straße. Es war das ernüchternde Ende eines angenehmen Abends und einer bemerkenswerten Nacht.

Der Morgen war grau und kühl, als ich mich auf den Weg nach Hötting machte. Als ich in die Maria-Theresia-Straße einbog, hatten die höchsten Gipfel der Nordkette bereits die ersten Sonnenstrahlen eingefangen. Ich sah, wie sie im frühen Licht rot aufglühten. Es würde ein wunderbarer Tag werden, dachte ich, konnte dieser Einsicht aber keine rechte Freude abgewinnen. Mich fröstelte, ich war müde und fühlte mich irgendwie niedergeschlagen, denn die lustvolle Begegnung mit Gerlinde konnte mich nicht darüber hinwegtäuschen, dass ich nur als Ersatz für den abwesenden Erik gedient hatte. Ein Lückenbüßer war ich, und solange ich in seinem Umkreis lebte, würde das vermutlich auch so bleiben.

Während des restlichen Sommersemesters wollte ich mich ganz auf mein Studium konzentrieren. Allerdings erfuhr ich bald, dass die Umsetzung eines solchen Entschlusses in einer von Studenten und studentischem Leben geprägten Stadt nicht so einfach ist. Innsbruck lockte mit seinen Schönheiten überall in der Umgebung und noch in den kleinsten Gassen pulste das Leben, es gab einfach zu viele Versuchungen. Die Gruppe, die zu Anfang des Semesters den Ausflug auf die Nockspitze unternommen hatte, traf sich nun – oft ohne mich – auch zu anderen Gelegenheiten. Sie wanderten an Nachmittagen hinauf zum Lanser See, um dort zu baden, zu faulenzen und zu schwatzen, sie unternahmen weitere Wanderungen in der nahen Umgebung, oft im Karwendel oder in den Tuxer Voralpen. Bei schlechtem Wetter saßen sie nachmittags oder abends in einer der Altstadtkneipen, tranken Tiroler Roten und amüsierten sich. Natürlich wurde ich gefragt und schließlich auch gedrängt, doch mitzumachen oder mitzukommen, und das tat ich auch einige Male – ich konnte ja nicht immer nein sagen.

Einmal, es muss schon gegen Ende des Semesters gewesen sein, waren wir alle zusammen, Erik, Gerlinde, Jochen, Heidi, die beiden Berlinerinnen und ich im Schwimmbad oben am Lanser See. Jochen erzählte uns von den Liebesabenteuern des Felix Krull – er las zu dieser Zeit den Roman Thomas Manns, konnte ganze Absätze daraus rezitieren und in improvisierten halbszenischen Darstellungen anschaulich machen. Natürlich hatte er in uns ein immer lachbereites, dankbares Publikum. Nach einer seiner Darbietungen stürzten sich alle ins Wasser – bis auf Gerlinde, die eine Scheu vor gemeinsamem Getobe im Wasser hatte und lieber allein schwamm, und mich. Als sich alle entfernt hatten und irgendwo im See herumtollten, fragte ich Gerlinde, ob sie Erik etwas von unserer gemeinsamen Nacht erzählt hatte. Nein, das hatte sie nicht. »Warum auch?«, fragte sie mich. »Es war doch fast so, als hätte ich mit Erik geschlafen, allerdings … Eben doch ein wenig anders …«

»Und wie?«, fragte ich mit klopfendem Herzen.

»Fast ein wenig schöner, liebevoller.« Dann schenkte sie mir einen ihrer seltenen Blicke, in denen so etwas wie ein geheimes Einverständnis und unverstellte Zuneigung lagen, Blicke, die mich immer etwas verwirrten.

»In der nächsten Woche muss er übrigens zurück nach Emden, seine Schwester heiratet.«

»Ich wusste nicht, dass er eine Schwester hat.«

»Doch, sie ist allerdings viel jünger als er.«

Ich erzählte Gerlinde von unserer gemeinsamen Zeit in Berlin-Mariendorf und erwähnte auch den plötzlichen Wegzug der Familie Sommer.

»Seine Schwester heißt Irene. Sie wurde in Polen geboren, wo sein Vater ein für die Landwirtschaft zuständiger Minister war oder so etwas Ähnliches.« Sie schien nachzudenken. »Kriegsverwaltungsinspektor hieß das, jetzt fällt es mir ein.«

»Und was wurde aus dem?«

»Den haben die Russen vor ein Kriegsgericht gestellt und zu fünfundzwanzig Jahren Zwangsarbeit in Sibirien verurteilt – und da ist er wohl gestorben. Genaues weiß man nicht. Erik spricht nicht gern darüber.« Dann setzte sie sich auf, sah über den See bis hinüber zum Patscherkofel. Offenbar prüfte sie, ob jemand von unserer Clique in der Nähe war. »Also, was ist nächste Woche. Kommst du?« Ich war eigentlich entschlossen, nicht mehr für Erik den Lückenbüßer zu spielen. Aber sie hatte mich so lieb angesehen, und sie war so anziehend in ihrem dunkelblauen Bikini.

»Ich weiß nicht«, erwiderte ich schließlich, »ich habe kein gutes Gefühl dabei. Nur weil wir einander so ähnlich sind, kannst du uns doch nicht als ein und dieselbe Person betrachten.«

»Warum nicht?«, antwortete Gerlinde, »wenn ich in der richtigen Stimmung bin, kann ich mir durchaus einbilden, du seist Erik.«

»Aber ich weiß, dass Erik sich betrogen fühlte, wenn er wüsste, dass wir es miteinander treiben.«

Jetzt wurde Gerlinde weich, fast sentimental. Wir lagen auf einer aus Planken zusammengefügten, auf dem Wasser schwimmenden

Plattform auf unseren Handtüchern. Sie drehte sich auf die Seite zu mir hin und sprach leise und fast liebevoll: »Aber wenn ich so viel Freude an dir habe und dich bitte, noch dieses eine Mal zu kommen? Schau, ich werde im nächsten Semester nicht mehr hier sein. Erik wohl auch nicht. Vielleicht sehen wir uns dann nie mehr wieder. Und du bist für mich etwas Besonderes.«

»Erik Nummer zwei«, sagte ich verbittert.

»Nummer eins oder zwei, das trifft doch nicht den Kern der Sache. In meiner Vorstellung verschmelzt ihr zu einer Person ... ach, ich kann es schlecht ausdrücken. Komm einfach. Am Mittwoch. Da ist meine Wirtin weg, und ich bin allein in der Wohnung.«

In diesem Augenblick erschien Jochen, der ein guter Taucher war, an der Kante unseres Floßes, stemmte sich in die Höhe und ließ sich, nass wie er war, auf die Bretter klatschen. »Warum liegt ihr immer noch hier, während ich ...«

»Während du was?«

»Ich mache die Honneurs rundum«, versicherte Jochen. »Entsprechend hoch ist mein Bekanntheitsgrad.«

»So?«, fragte Gerlinde. »Woraus schließt du das?«

»Neulich in Düsseldorf, als der Papst das Rheinland besuchte, kam ich neben Seiner Heiligkeit zu stehen. Er bot mir einen Stuhl in seiner Nähe an, auf dem ich Platz nahm. In diesem Augenblick jubelten die Menschen, und eine einsame, gut hörbare Stimme klang laut durch das Stadionrund: ›Wer sitzt da neben dem Schmitz us Kölle?‹ Jochen lachte selbst am lautesten über seinen Witz und steckte uns damit an. Jedenfalls blieb ich Gerlinde eine endgültige Antwort auf ihre Einladung schuldig. Auf dem Heimweg hätte sich die Möglichkeit zu einem neuerlichen Gespräch mit ihr ergeben. Zumindest hätte ich auf ihre noch offene Einladung ja oder nein sagen können, aber ich drückte mich um diese Möglichkeit.

Als hätte sie meine Unsicherheit gespürt, schrieb sie mir eine kurze Nachricht, in der sie als Treffpunkt das Goldene Dachl in der Altstadt vorschlug. »Mittwoch um 20 Uhr« stand da in einem schwungvollen Schriftzug, als wollte sie bereits mit dieser Äußerung andeuten, was sie mir für die Nacht auf Donnerstag zugedacht hatte.

Wieder befand ich mich in einem Zwiespalt, den ich tagsüber mit der Konzentration auf bestimmte Vorlesungen bekämpfte. Abends vor dem Einschlafen fasste ich den Entschluss, Gerlinde abzusagen, und dieser Vorsatz beruhigte mich so, dass ich tatsächlich in den Schlaf fand. Morgens allerdings, im anbrechenden Tag, war ich mir nicht mehr so sicher. Ich ging in die Vorlesungen und Praktika. Aber sobald mich ein Thema oder eine Aufgabe nicht mehr fesselte, stellte ich mir Gerlindes Körper vor, erinnerte mich an die ruhige Sinnlichkeit, mit der sie in der Liebe zu Werke ging, an die Verspieltheit, mit der sie die verschiedenen Liebesvarianten ausprobierte, und an die Heftigkeit und Hemmungslosigkeit ihrer Erregung, in die sie mich hineingerissen hatte wie in einen Strudel. Nein, einmal wollte ich das noch erleben, einmal oder vielleicht doch öfter als nur einmal? Also stellte ich mich am Mittwoch um zwanzig Uhr am Goldenen Dachl ein, nachdem ich noch am Abend zuvor beschlossen hatte, diese Verabredung zu schwänzen. Gerlinde kam mit Verspätung, ich sah sie die Maria-Theresia-Straße entlangschlendern. Sie trug lange weiße Hosen, einen blauen Pulli mit V-Ausschnitt und eine über die linke Schulter gehängte Tasche. Als sie strahlend vor mir stand, sah ich, dass sie sich heute besonders sorgfältig geschminkt hatte. Sie hatte einen rosafarbenen Lippenstift aufgetragen und ihre großen blau-grauen Augen wirkten durch den leichten Lidschatten noch größer als sonst. Außerdem hatte sie ein Parfüm angelegt, dass irgendwelche Lockstoffe enthalten musste, denn von dem Augenblick an, als ich es wahrnahm, wollte ich nur noch das eine: sie in ihrer Nacktheit betrachten, in der sie mir neulich entgegengetreten war, und mit ihr eine Neuauflage unserer letzten Umarmung erleben.

»Hast du Hunger? Wollen wir irgendwo noch etwas essen?«, fragte sie mich, aber ich schüttelte nur stumm den Kopf. Sie betrachtete mich prüfend – offenbar spürte sie die Erwartungsspannung, in der ich mich befand, jedenfalls lächelte sie mit einem Anflug von Belustigung und sagte nur: »Na, dann komm.«

Dieses Mal hängte sie sich nicht bei mir ein. Eiligen Schrittes strebten wir Gerlindes Behausung in der Anichstraße zu. Unterwegs kamen mir Zweifel. Es war noch so früh, zwanzig nach acht und noch sehr hell. Das war eigentlich nicht die richtige Zeit, um sich in ein Liebesabenteuer zu stürzen. Vielleicht würde mich Gerlinde mitten in der Nacht rausschmeißen. Sie erklärte mir, dass ihre Wirtin dieses Mal noch am späten Abend zurückkäme, vielleicht erst gegen Mitternacht, »aber allzu viel Zeit haben wir nicht«, sagte sie. »Spätestens um zehn Uhr musst du gehen.« Sie grinste: »Sicher ist sicher.« In meiner Versessenheit auf Gerlinde war mir alles gleich. In zehn Minuten standen wir vor ihrer Haustür, und weitere zehn Minuten später stand Gerlinde wie beim ersten Mal nackt vor mir. Dieses Mal hatte auch ich mich ganz ausgezogen, um nicht wieder getadelt zu werden. Wir umarmten uns und warfen uns auf ihr Bett. Heute lag sie unten, und ich bildete mir bereits ein, Herr der Situation zu sein, als ich Schritte auf der Diele hörte und eine weibliche, etwas blecherne Stimme, die etwas rief: »Gerlinde? Gerlinde? San Sie do?« Wir erstarrten. »Scheiße«, flüsterte Gerlinde und rief im nächsten Augenblick: »Ich bin da, Frau Hofer, kann aber im Moment nicht vor die Tür kommen. Ich sollte gleich aus dem Haus und muss mich noch umziehen. Bin spät dran.« Danach trat eine Pause ein, die Gerlinde nutzte, um einen Teil der eben abgelegten Kleider wieder anzuziehen. »Steh auf«, zischelte sie mir zu, »zieh dich an.« Der lüstern-erwartungsvolle Zustand, in dem ich mich bis vor wenigen Augenblicken befunden hatte, war plötzlich einer Notsituation gewichen. Aus dem Knarren der Dielen draußen auf dem Flur schloss ich, dass Gerlindes Wirtin immer noch in Reichweite war. Vermutlich stand sie sogar an der Tür und lauschte. »Gerlinde?«, klang es plötzlich aus bedrohlicher Nähe.

»Ja?«

»Gerlinde, ist da jemand bei Ihnen?«

»Nur der Erik, Frau Hofer. Er holt mich ab. Wir gehen zu einem Sommerfest.«

»Hob I mir's doch denkt«, schimpfte Frau Hofer in voller Lautstärke. »Sie wissen doch, dass Herrenbesuche verboten sind!« Ihre Stimme überschlug sich.

»Der Erik ist kein Herr. Den kennen Sie doch. Mein alter Freund Erik. Er ist gekommen, um mich abzuholen.«

»Na des, wer's glaubt.« Frau Hofer war noch nicht zufrieden. Aber inzwischen hatte Gerlinde ihre Garderobe wieder angelegt, ich saß immer noch auf der Bettkante, damit beschäftigt, meine Schuhe anzuziehen. Aber darauf nahm Gerlinde jetzt keine Rücksicht mehr. »Kommen Sie rein, Frau Hofer, und überzeugen Sie sich selbst.«

Sie öffnete die Tür. Ich richtete mich auf und winkte der Wirtin zu. Frau Hofer mochte Anfang fünfzig sein, vielleicht auch erst Ende vierzig. Sie wirkte rüstig, hatte dunkles Haar über kräftigen, ebenfalls dunklen Brauen. Sie stand jetzt im Türrahmen zwischen der Diele und Gerlindes Zimmer und ließ ihre kleinen dunklen Mausaugen schnell durch den Raum wandern. Dort sah sie ein zerwühltes Bett, einen zurückgelassenen, über einer Stuhllehne hängenden BH, den Gerlinde in der Eile nicht angezogen hatte. Und sie sah mich, der bereits einen Schuh übergestreift hatte und ihr den anderen entgegenhielt. »Sie müssen entschuldigen, Frau Hofer«, sagte ich. »Ich bin von Hötting zu Fuß hergelaufen, mit neuen Schuhen. Musste sie mir erst mal wieder ausziehen, weil ich mir die Ferse aufgescheuert habe. Gerlinde hat mir ein Pflaster draufgeklebt, jetzt wird's wohl wieder gehen.«

Frau Hofer hatte sich wohl dazu entschlossen, unsere Geschichte zu glauben. »Fesch schaut's aus«, sagte sie nach einer Pause. »Aber eben noch nicht ganz fertig«, ergänzte Gerlinde.

»Wollt's an Kaffee?«, fragte Frau Hofer und setzte erklärend hinzu. »I hob's mir anders überlegt, i werd erst morgen zu meiner Schwester nach Salzburg fahren.«

»Ein Kaffee wäre schon recht«, sagte Gerlinde, »wie steht's mit dir, Erik?«

»Nein danke. Ich kann nicht schlafen, wenn ich noch so spät abends Kaffee trinke.«

Frau Hofer verschwand. Ich schoss einen wütenden Blick auf

Gerlinde. Sie schien ratlos, stand da, hob die Schultern und ließ sie wieder fallen. »Das hat sie noch nie getan«, flüsterte sie. Ich hatte endlich Zeit, meinen zweiten Schuh anzuziehen. Dann brachte Frau Hofer Gerlinde ihren Kaffee. Später, nachdem Gerlinde ihr Zimmer mit ein paar Handgriffen wieder in Ordnung gebracht hatte, gingen wir, nicht ohne vorher an der Küchentür geklopft und der Zimmerwirtin durch die halbgeöffnete Tür ein schnelles »Auf Wiedersehen« zugerufen zu haben. »Das war knapp«, sagte Gerlinde, als wir unten auf der Anichstraße standen. »Das wäre mit keinem anderen gutgegangen, nur mit dir, dem doppelten Erik.« Sie lächelte mich dankbar an. »Eigentlich hättest du jetzt eine Belohnung verdient.« »Und was stellst du dir vor?« Wir schlenderten langsam zurück in die Altstadt. »Wie sieht's bei dir aus?«, fragte sie, »ist Jochen zu Hause?«

»Keine Ahnung.«

»Wir könnten in ein Hotel gehen.«

»Zu teuer«, fand ich, »und außerdem ...«

»Außerdem was?«

»Nach tirolerischem Empfinden verboten und deshalb peinlich.«

Aber dann hatte Gerlinde eine bessere Idee. »Wir fahren mit der Straßenbahn nach Wilten und laufen weiter in Richtung Lans. Ich erinnere mich an eine Holzhütte am Rande einer Wiese, dort wären wir sicher allein.«

Aber mein sexueller Appetit war total verflogen. »Wir gehen jetzt was essen und dann lassen wir's gut sein – für heute.«

Gerlinde machte noch einige halbherzige Versuche, mich umzustimmen. Aber daran glaubte keiner von uns mehr so recht. Wir saßen einige Stunden zusammen, bei Szegediner Gulasch und einer Flasche Tiroler Roten. Die meiste Zeit erzählte Gerlinde von ihrem Leben in Bremen, von ihrer Mutter, die sich hauptsächlich um die beiden jüngeren Geschwister kümmerte, und von dem bewunderten, aber leider fernen Vater, der einem großen Unternehmen vorstand und nur selten Zeit für sie gehabt hatte. Früher, als sie noch klein war, habe ihr Vater oft mit ihr gespielt und geschmust, diese wenigen Jahre der Zuwendung seien ihre beste

Mitgift gewesen. Allerdings sei der von ihr ersehnte Übergang der glücklichen Kindheit in eine reife Vater-Tochter-Beziehung nie erfolgt. »Ansätze dazu hat es gegeben«, sagte Gerlinde, »aber sie blieben unvollständig.«

»Und was wirst du tun, wenn du mit dem Studium fertig bist?«, fragte ich.

Sie wusste es nicht so recht. »Erik heiraten? Vielleicht ...«, sie lachte, »oder dich?«

»Mich? Erik Nummer zwei?«

»Eins oder zwei, das ist doch kein so großer Unterschied, einen von euch beiden eben und da ich Erik schon länger kenne als dich und er näher bei Bremen wohnt, wird es wohl Erik werden.«

Irrte ich mich, oder schwang in diesem tändelnden Satz auch ein Hauch von Bitterkeit mit?

Es wurde spät an diesem Abend. Als ich mich an Gerlindes Haustür von ihr verabschiedete, küsste sie mich so, wie sie es vielleicht bei meinem Besuch früher an diesem Tage getan hätte, wäre nicht Frau Hofer dazwischen gekommen.

Ich muss gestehen, dass mich Gerlinde sehr beeindruckte. Vielleicht, dachte ich, steckt sie wirklich in einem Dilemma. Sie hängt an Erik, vermisst aber auch einiges an ihm: Stetigkeit, Anhänglichkeit. Vielleicht empfindet sie mich als die ihr gemäßere Variante des Typus, den wir beide verkörperten – Erik und ich.

Damals war ich schon sehr verliebt in Gerlinde, und diese Verliebtheit brachte mich auch dazu, mein latentes Unterlegenheitsgefühl gegenüber Erik endlich einmal infrage zu stellen. Wenn Gerlinde nicht sicher war, wem von uns beiden sie den Vorzug geben sollte, dann waren wir vielleicht doch annähernd gleichwertige Konkurrenten? Aber um was konkurrieren wir eigentlich, fragte ich mich. Lange vor Gerlinde hatten wir vor einem Publikum von Heranwachsenden um den ersten Platz konkurriert – in unseren schulischen Leistungen, im Sport, im Fußball besonders.

In diese Phase, in der ich meine bisherige Einstellung zu meinem Ebenbild überprüfte, fiel Eriks Vorschlag, mit ihm zusammen noch vor Ende des Sommersemesters eine größere Bergtour zu unternehmen. Die Auswahl wollte er mir überlassen. »Aber nur wir beide allein«, schärfte mir Erik ein, »kein Anhang.«

Ich hatte keine Lust, mich mit Erik auf eine mehrtägige Tour zu begeben. Wenn ich seinem Wunsch überhaupt folgte, dann musste es eine Tour sein, die wir an einem Tag, allenfalls an zwei Tagen bewältigen konnten. Ich wusste, dass Erik hohe Gipfel, Anstiege über spaltenreiche Gletscher und Klettereien im vereisten Fels liebte und dass ich – falls wir eine solche Tour wählten – völlig abhängig von ihm sein würde. Also wählte ich die Grubreisentürme, einen Gebirgsstock im Karwendel, gleich hinter der Nordkette. Wir könnten morgens mit der ersten Gondel von der Hungerburg aus auf das Hafelekar fahren und von dort aus ein paar hundert Meter absteigen, um an unseren Einstieg zu gelangen. Abends könnten wir uns mit der Bergbahn wieder nach Innsbruck fahren lassen oder, falls uns der Sinn danach stünde, nach Seefeld wandern und von dort mit dem Zug nach Innsbruck zurückfahren. Was mich neben ihrer Kürze an dieser Tour reizte, war die Tatsache, dass es sich jetzt im Sommer um eine reine Felskletterei handeln würde, die in den Tourenführern des Österreichischen Alpenvereins sehr gut beschrieben war.

Erik nahm meinen Vorschlag sofort an. Er grinste, als ich ihm sagte, dass ich zwischen Wildem Kaiser und Karwendelgebirge geschwankt, mich aber wegen der Nähe zu Innsbruck für die Tour im Karwendel entschieden hätte. Wir mussten ein paar Tage warten, bis die Wetterfrösche uns einen warmen und trockenen Tag versprachen, fuhren dann morgens mit den Arbeitern, die eine Reparatur an der Hafelekar-Seilbahn vornehmen sollten, in die Höhe und standen morgens um neun Uhr, bevor die Sonne in unsere Kletterroute hineinschien, am Einstieg. Über uns ragte der Fels des nördlichen Turms in den tiefblauen Sommerhimmel. Es war ein imponierender, Respekt einflößender Anblick. Ich wollte voran klettern, weil ich mich anhand der Alpenvereinsliteratur genau über die Strecke informiert hatte, aber Erik kam mir zuvor. »Ich gehe jetzt als Erster«, schlug er vor, »später können wir abwechseln.« Wir legten unser Seil an, und Erik machte sich auf den Weg.

Er kletterte schnell, schien sich auszukennen, denn er bewegte sich genau entlang der in meinen Büchern angegebenen Route. Nach der ersten Seillänge kletterte ich ihm nach, während er mich von oben sicherte. Ich hatte mit dem scharfkantigen und leicht splitternden Fels mehr Mühe als erwartet, was mich jedoch am meisten irritierte, war der stetige Seilzug, mit dem mir Erik eine Hilfe leistete, um die ich ihn gar nicht gebeten hatte. Als ich bei ihm ankam, fragte er mich um eine Spur zu fürsorglich, ob »alles ok« sei.

»Warum fragst du?«, erwiderte ich etwas gereizt.

»Ich meine nur. Man sieht, dass du lange nicht geklettert bist.«

Ohne auf seine Nadelstiche einzugehen, forderte ich ihn auf, weiter zu klettern. Aber Erik hatte offenbar andere Pläne. »Die nächsten fünfzehn Meter solltest du vorangehen. Da oben«, er zeigte auf eine Stelle links oberhalb von uns, »der Vorsprung da, dort machst du halt. Dort kannst du mich sichern.«

»Und hier?« Ich wies auf die Felsstufe, etwa zwei Meter lang und dreißig Zentimeter breit, auf der wir jetzt standen. »Hier kann ich dich sichern, wenn ich den eingemauerten Kletterhaken zu Hilfe nehme. Er zeigt auf eine Kletterhilfe, die jemand in der Felswand neben uns eingemauert hatte.«

»Das kann ich doch auch, geh du voran.«

Jetzt wurde Erik deutlicher. »Ich bin doch nicht lebensmüde«, fauchte er mich an. »Wenn ich hier fliege, hältst du mich nicht.«

Ich begriff, dass Erik sich genau überlegt hatte, wie dieser Weg auf den nördlichen Turm von uns zu bewältigen sei. Von mir erwartete er, dass ich seinen Vorstellungen Folge leistete. Ich musterte ihn, er vermied meinen Blick – eine Angewohnheit, die ich bei Auseinandersetzungen mit anderen auch an mir selbst beobachtet hatte. Er starrte geradeaus und fragte: »Gehen wir's an?« Einen Augenblick überlegte ich, ob ich unsere gemeinsame Tour hier beenden und mich abseilen sollte. Aber dann lächelte Erik, seine Verstimmung war verflogen, und ich tat, wie mir geheißen. Auf den nächsten Metern hatte ich Schwierigkeiten. Es gab zwar genügend Griffe und Tritte im Fels, aber ihre Reihenfolge schien nicht mit den Schilderungen übereinzustimmen, die ich mir angelesen hatte. Ich musste improvisieren. Natürlich bemerkte Erik meine Unsicherheit. Während er meine Anstrengungen verfolgte, gab er mir gute Ratschläge. »Oben rechts ist ein guter Halt und dann auf derselben Höhe ein Stück nach links traversieren«, rief er mir zu und ließ kaum eine Bewegung, die ich machte, unkommentiert. Schließlich stand ich auf dem ebenen Felsvorsprung, den er mir vorhin von unten gezeigt hatte. Jetzt lobte er mich etwas zu überschwänglich, so, als hätte ich mein Ziel gegen alle Erwartung doch noch erreicht. Dann musste ich *ihn* sichern. Weil ich ihm seine bisher gezeigte Überheblichkeit heimzahlen wollte, hielt ich das Seil nun ebenfalls übertrieben straff, als müsste ich ihm den Aufstieg durch ständigen Zug erleichtern. »Lass den Blödsinn, Florian«, rief er erbost. »So was macht man nur mit Anfängern.« Und dann stand er neben mir, so schnell, als sei er die fünfzehn Meter emporgeflogen. Nein, ein Anfänger war er wirklich nicht. Er kletterte weiter, ohne eine Pause einzulegen, und fand weiter oben einen guten Stand, von dem aus er mich sichern konnte. Er zog kurz am Seil, um mich zum Nachkommen aufzufordern. Und ich kletterte hinter ihm her, zunehmend unsicher und durch zu reichliche Hilfen mit dem Seil, das uns verband, ständig daran erinnert, dass ich Hilfe brauchte, weil meine eigene Kenntnis mir eine solche Tour kaum ermöglichen würde, und dass dies eigentlich eine Lehrstunde sei. Was hatte er nur, fragte ich mich im oberen Teil der Strecke, als er den Gipfel bereits erklommen hatte und mich von oben zu sich herauf dirigierte. Wollte er mir eins auswischen? Und wenn ja, warum? Hatte er Wind von meinem Gerlinde-Abenteuer bekommen, oder war es ein instinktiver Wille, der ihn veranlasste, gegen die physische Ähnlichkeit, die immer wieder zu Verwechslungen Anlass gab, einen Unterschied deutlich zu machen, der die Rangfolge zwischen uns ein für allemal regelte?

Als ich schließlich oben bei ihm ankam, war er die Herzlichkeit in Person. Ich blickte in mein eigenes Gesicht in einem Augenblick der Freude und Entspannung. Erik klopfte mir auf die Schulter und lachte. »Das ging schnell, was? Du hast dich prima gehalten, wenn man bedenkt …«

Wenn man was bedenkt, fragte ich mich, aber ich brachte es einfach nicht übers Herz, diesen Satz auch auszusprechen. Aber Erik ließ mich nicht im Zweifel. Nach einer kurzen Pause sprach er den Satz zu Ende: »... wenn man bedenkt, dass du kaum Erfahrung hast.«

»Immerhin habe ich einige schwere Touren im Wilden Kaiser geschafft«, erwiderte ich. Aber auch darauf hatte Erik eine Antwort: »Du meinst, du bist von Haken zu Haken geturnt? Im Wilden Kaiser sind die meisten Touren doch zugeklempnert, so könnte man das nennen.« Ich wollte dieses Thema nicht weiter erörtern. Irgendwann würde ich Erik einmal fragen, warum er keine Gelegenheit auslasse, um im Verhältnis zu mir eine Position der Überlegenheit einnehmen zu können. War ich ihm denn im Wege?

Den benachbarten mittleren Turm hatten wir uns ebenfalls vorgenommen. Dieses Mal ließ Erik mich voranklettern. Während ich mich abmühte und für die erste Seillänge mehr Zeit benötigte, als ich erwartet hatte, stand er unten und gab mir gute Ratschläge. Mir war das Vergnügen an dieser Kletterei längst vergangen. Gegen Ende der jetzt gewählten Route, etwa dreißig Meter unterhalb des Gipfels, unterlief Erik jedoch ein schwerer Fehler. Mit einem gewagten Spreizschritt versuchte er, eine Trittstelle zu erreichen, die knapp außerhalb seiner Reichweite lag. Es war ein völlig unnötiger Fehler, denn Erik hätte diese Distanz durch mehrere kürzere Kletterschritte problemlos überwinden können. Aber er musste ja versuchen, mir seine Überlegenheit zu zeigen. Eine Kletterstelle, zu deren Bewältigung ich mindestens eine volle Minute benötigt hatte, konnte er in ein paar Sekunden bewältigen – dachte er – und rutschte aus. Mit den Händen hielt er sich, aber die Beine strampelten einige Sekunden lang hilflos herum. Ich hatte einen guten Stand und konnte ihn aus diesem Grund auch sicher am Seil halten, zumal er nur ausgerutscht und nicht aus größerer Höhe gestürzt war. Trotzdem – es war eine prekäre Situation, und während ich meine Beine gegen einen Felsen stemmte und das Seil straffte, schoss mir die Frage durch den Kopf, was wohl geschehen wäre, wenn ich jetzt nicht so fest gestanden oder das Seil einfach losgelassen hätte. Es war nur ein kurzer Gedankenblitz, eine gedachte Möglichkeit, mich von meinem »alter ego« zu trennen, das mir den Weg zu Gerlinde versperrte und das sich heute wieder von seiner herrschsüchtigen Seite gezeigt hatte.

»Fester ziehen«, keuchte es unter mir, aber dann hatte Erik wieder Halt gefunden, und die kritische Situation war ausgestanden. Nachdem er meinen sicheren Platz erreicht hatte, musste er ein paar Minuten verschnaufen. Während dieser Zeit sagte er nichts, keine Selbsteinsicht, kein Dank, keine Entschuldigung. Es herrschte wohltuende Stille. Dann, nachdem er Zeit zum Überlegen gehabt hatte, meinte er: »Ich hätte heute nicht mir dir losziehen sollen. Ich bin schlecht in Form. Zu viel gearbeitet.« Dann schwieg er wieder. »Weißt du was?«, sagte er schließlich, als habe er eine große Neuigkeit anzukündigen. »Wir hören für heute auf. Ich muss mich erst einmal richtig ausschlafen. Danach machen wir wieder etwas zusammen. Etwas Richtiges. Nicht diese Feierabendkletterei wie heute. An der Stelle, an der ich gestrauchelt bin, war der Fels brüchig. Hast du's gemerkt?«

Nein, ich hatte nichts Dergleichen gemerkt, auch keinen Steinschlag gehört, den Eriks Fehltritt ausgelöst haben müsste, wenn ihm der Tritt, den er mit seinem linken Fuß gesucht hatte, wirklich weggebrochen wäre. Aber mir war die Lust an dieser Tour schon bei der ersten Kletterei vergangen. Ich verspürte keinen Ehrgeiz, den zweiten Turm auch noch zu besteigen.

»Machen wir Schluss für heute«, stimmte ich zu.

Und so seilten wir uns ab, packten unsere Kletterwerkzeuge ein und stiegen den steilen Weg zurück zum Hafelekar. Erik war wortkarg. Einige Male blieb er stehen, holte tief Luft, schüttelte den Kopf. Vielleicht fühlt er sich wirklich mies, dachte ich. Aber dann fiel mir ein, wie ich selbst in einer solchen Situation reagiert hätte. Natürlich hätte ich die Schuld an meinem Missgeschick nicht zuerst bei mir gesucht. Wenn nicht bei meinem Partner, dann eben in misslichen Umständen – dem brüchigen Fels zum Beispiel. Zuallerletzt hätte ich meine eigene Person ins Spiel gebracht, aber auch nur indirekt. Meine körperliche Schwäche hätte ich vielleicht erwähnt. Eine Schwäche, die ich zu Anfang der Tour überspielt hätte, weil ich mir so etwas einfach nicht erlaubte. Aber dieses Mal – du hast es ja auch gemerkt, oder? – dieses Mal war es einfach zu viel. Vielleicht kriege ich eine Grippe oder so etwas. Dieser Scheißweg aufs Hafelekar, diese »Touristensteige«, fällt mir ausgesprochen schwer. Normalerweise ist das für mich ein Spaziergang. So etwa. Ich verstand Erik, so wie ich mich selbst verstand. Also schlug ich einen fürsorglichen Ton an, blieb von mir aus einige Male stehen, um Erik zu zeigen, dass ich Rücksicht auf ihn nähme, und fragte ihn, ob er sich abgeschlagen fühle. Und Erik vertiefte sich in die Rolle des Leidenden, die er spontan als den sichersten Weg zur Wahrung seines guten Rufs als überragender Bergsteiger angenommen hatte. Wir spielten beide dieses Theaterstück und wussten dabei, dass wir uns gegenseitig etwas vormachten, so wie das jeder von uns auch mit sich selber tat. Rollenspiele dieser Art sind anstrengend. Deshalb schnappte sich Erik unten an der Hungerburg ein Taxi, was er sonst nie tat, während ich, befreit von meinem anstrengenden »alter ego«, wenn auch mit schmerzenden Füßen den Weg nach Hötting einschlug.

Als ich im Herbst nach Innsbruck zurückkehrte und wiederum mein Quartier in der Höttinger Riedgasse bezog, hörte ich von Jochen, dass Erik das bevorstehende Wintersemester nicht in Innsbruck verbringen würde. Ich nahm die Nachricht mit leisem Bedauern und größerer Erleichterung entgegen. Letztere bezog sich auf Erik, Ersteres galt Gerlinde, die ja nun wohl, so glaubte ich, auch nicht mehr nach Innsbruck kommen werde. Jochen hatte zwar keine Nachricht über den Verbleib von Gerlinde, aber er teilte meine Einschätzung. Ohne die beiden wurde das Wintersemester ruhiger als das Sommersemester, was meiner Vertiefung in die klinischen Fächer zugutekam. Zum Skilaufen mit Jochen oder mit anderen Kommilitonen fand ich dennoch genügend Zeit, um hierin gute Fortschritte zu machen. Von Erik kam einmal ein kurzer Brief, in dem er mir mitteilte, dass er jetzt in Hamburg studierte und dort auch eine Doktorarbeit gefunden hätte. Er würde also bis zum Abschluss seines Studiums dort bleiben. Danach kam kein Lebenszeichen mehr, und als ich nach zwei Semestern in Innsbruck wieder nach Berlin zurückkehrte, verlor ich ihn ganz aus den Augen. Wenn ich hin und wieder doch an ihn dachte, knüpften sich solche Rückblicke an die Überzeugung, dass unsere Lebenswege, die sich zweimal gekreuzt hatten, nun wohl wieder auseinanderstrebten.

Ich hatte mich in einer süddeutschen Kleinstadt als Internist niedergelassen, hatte geheiratet und war Vater zweier gesunder Mädchen geworden. Mein Leben verlief in sehr geordneten Bahnen. Die Vormittage und alle Nachmittage außer Mittwoch verbrachte ich in der Praxis. Die Wochenenden gehörten meiner Familie, einmal im Monat nahm ich an den Sitzungen des lokalen Rotary-Clubs teil, dem viele Honoratioren unseres Städtchens angehörten. Im Sommer spielte ich Tennis, an Sonntagen oft gemischtes Doppel mit befreundeten Paaren, die wie meine Frau und ich unserem Tennisclub Grün-Weiß angehörten. Im Winter nutzten wir die geografische Nähe zu den Skigebieten des Arlbergs oder der Schweiz häufig zu Ausflügen, an denen die ganze Familie teilnahm. Oft nutzten unsere Mädchen, die eine inzwischen elf, die andere dreizehn Jahre alt, diese Ausflüge zu gemeinsamen Skikursen mit Freundinnen – in wenigen Jahren würden es wohl Freunde sein – und gelegentlich ergaben sich aus solchen Konstellationen auch Gelegenheiten für die jeweiligen Eltern, miteinander Ski zu laufen und Freundschaften zu schließen. Man sieht aus dieser kurzen Schilderung, dass ich ein geregeltes, auskömmliches und nicht besonders aufregendes Leben führte.

Das änderte sich an einem Sommermorgen, an dem ich den kurzen Weg von unserem Haus zu meiner Praxis zu Fuß zurücklegte und unterwegs an einem nahen Zeitungskiosk ein Exemplar unserer Regionalzeitung erstand. Die Zeitung war so gefaltet, dass ich die untere Hälfte der ersten Seite erst überblickte, nachdem ich das Blatt in beide Hände genommen hatte, um die Überschriften zu lesen. Im unteren Teil der Titelseite prangte mein Bild. Es handelte sich um eine Schwarz-Weiß Fotografie, die bereits einige Jahre alt sein musste. Inzwischen – ich befand mich immerhin im fünfundvierzigsten Lebensjahr – waren mir ein paar graue Haare gewachsen, einige Falten im Gesicht, besonders über der Nasenwurzel, hatten sich vertieft, auch hatte ich einige Pfunde zugelegt. Dass mein Bild in dieser Zeitung erschien, freute mich, bedeutete jedoch keine besondere Überraschung, denn ein Reporter dieser Zeitung hatte mich vor einigen Wochen besucht und ein längeres Gespräch mit mir geführt. Er sei im Begriff, so hatte er mir erklärt, seinen Lesern, besonders den jüngeren unter ihnen, einige Berufe vorzustellen, von denen sie vermutlich nur oberflächliche Vorstellungen hatten. Dies, so erfuhr ich, sollte in Verbindung mit konkreten Personen geschehen, die in unserer Region arbeiteten. »Der Arzt: Ein Tag mit Dr. Florian Winter« sollte der mir und meiner Praxis gewidmete Artikel lauten. Aber die Überschrift, die ich jetzt las, lautete ganz anders: »Ein neues Gesicht im Neckarkreis«, las ich und darunter: »Professor Erik Sommer, Leiter unserer Landwirtschaftlichen Versuchsanstalt.«

Jetzt erst begriff ich, dass hier nicht mein Berufsbild, nämlich das eines niedergelassenen Internisten, besprochen wurde, sondern dasjenige eines Biochemikers, der vor ein paar Wochen den alten Dr. Pfleiderer abgelöst hatte, der bislang der Versuchsanstalt vorgestanden hatte. Jetzt war er mir also wieder auf den Pelz gerückt, dieser Erik. Enthielt nicht schon die Überschrift des Artikels eine Kränkung für mich? »Ein neues Gesicht.« Was heißt ein neues Gesicht? War ich nicht schon vor zwanzig Jahren im Neckarkreis tätig gewesen, hatte der Vertreter dieser lokalen Zeitung anlässlich eines mehrere Stunden dauernden Gespräches nicht ausführlich Gelegenheit gehabt, mein Gesicht zu betrachten? War ihm die frappante Ähnlichkeit zwischen mir, dem altgedienten Bürger unserer Stadt, und dem neu auf der Bildfläche erschienenen Professor nicht aufgefallen? Oder hatte Erik ihn so stark beeindruckt, dass er sich an mich gar nicht mehr erinnerte? Ich stand immer noch wie angewurzelt von dem Zeitungskiosk und überflog den Artikel, in dem Erik vorgestellt wurde. Erik und seine Frau, die allerdings nicht mit einem Bild vertreten war. Auch die beiden Söhne, vierzehn und zehn

Jahre alt, wurden nur im Text erwähnt. Die beruflichen Interessen des Herrn Professors wurden aufgezählt, sein Werdegang, seine Familie, der Hund und die Hobbys. Schon fast am Ende des Artikels las ich einen merkwürdigen Absatz: »Arndt, der seinem Vater aus dem Gesicht geschnittene ältere Sohn, begleitet ihn oft auf seinen Bergtouren. ›Er klettert wie ein Wiesel‹, sagt der Professor und: ›Ich muss mich anstrengen, um noch mitzuhalten.‹«

Ich dachte an unsere Tour auf die Grubreisentürme. Jetzt schleppte Erik seinen Sohn auf die Berge, wieder jemanden, der ihm »wie aus dem Gesicht geschnitten« ist – oder er wird geschleppt, es wäre ihm zu gönnen. Während ich den Artikel zu Ende las, rief mir jemand etwas zu. Es klang unfreundlich. Dann noch einmal. »Sie, hätten Sie die Güte, sich ein paar Meter weiter aufzustellen, wenn Sie die Zeitung schon im Stehen lesen müssen?« Der Kioskbesitzer beschwerte sich, dass ich seinen Kunden den Zugang zu seiner Theke versperrte. Ich murmelte eine Entschuldigung und setzte meinen Weg in die Praxis fort. Lieber wäre ich jetzt woanders hingegangen, in den nahen Park zum Beispiel oder irgendwo hinaus in die sommerlich prangende Landschaft. Aber in der Praxis warteten meine Patienten, da wartete auch Kerstin Müller, meine Sekretärin und Sprechstundenhilfe, und die Physiotherapeutin, die ebenfalls Patienten bestellt hatte.

In Laufe des Tages vergaß ich über der vielen Arbeit die Überraschung, mit der er begonnen hatte. Abends um sechs Uhr, der letzte Patient war gerade gegangen, stand ich neben dem Schreibtisch meiner Sekretärin, die damit beschäftigt war, einen Stapel von Berichten, Befunden und Arztbriefen in ihre elektronische Kartei einzutragen. »Wie sieht unser Tag morgen aus, Kerstin?«, fragte ich sie und hoffte im Stillen, dass es angesichts des schönen Wetters ruhig werden würde. Schweigend zog Kerstin ihren Terminkalender hervor und blätterte das morgige Datum auf. »Es ist nicht allzu viel los, alles alte Bekannte, die meisten kommen erst am späten Vormittag oder am Nachmittag – nein, einer ist neu. Ein Privatpatient, den Namen habe ich schlecht verstanden, Pommer oder Lommer, er hat sehr undeutlich gesprochen.«

»Wie alt ist der Herr?«

»Mitte vierzig, hat er angegeben. Er kommt um zehn Uhr vormittags.«

Meine Befürchtung, dass Erik sich auf diese Weise wieder mit mir in Verbindung setzen würde, bestätigte sich am anderen Vormittag. Pünktlich um zehn Uhr öffnete sich die Tür zu meinem Sprechzimmer um einen Spalt und Kerstin Müller flüsterte mir zu, dass Professor Sommer hier sei. Ich ließ mir absichtlich viel Zeit mit einer Patientin, die sich wegen einer immer wiederkehrenden Migräne in meiner Behandlung befand. Normalerweise hätte ich Frau Krause nach einer kurzen Unterhaltung und einer Kontrolluntersuchung wieder heimgeschickt, aber jetzt wiederholte ich meine Fragen so oft, dass Frau Krause annahm, ich nähme ihre Krankheit zum ersten Mal wirklich ernst, was sie nun ihrerseits dazu ermunterte, mir ihre periodisch auftretenden Schmerzzustände in bisher noch nicht dagewesener Ausführlichkeit zu schildern. Ich dachte an Erik, der jetzt nebenan im Wartezimmer saß und darauf wartete, vorgelassen zu werden. Jedes Mal, wenn Frau Krause mit einer Schilderung zu Ende gekommen war und erwartungsvoll ihre feuchten Kuhaugen auf mich richtete, stellte ich eine neue Frage, die sie mit einem neuen Wortschwall beantwortete. Schließlich, nach einer halben Stunde, verabschiedete ich mich von meiner Patientin. Sie bedankte sich überschwänglich. »So viel Zeit haben Sie heute für mich gehabt, Herr Doktor. Das hat mir wirklich gut getan.«

Danach ging ich ins Wartezimmer, um Erik abzuholen. Er hatte etwas an Gewicht zugelegt, wenigstens in diesem Punkt hatte er mich auch heute übertroffen, ohne ein Wort gesagt zu haben. Die Gewichtszunahme betraf allerdings nur seinen Körper. In seinem Gesicht war außer einer gewissen Saturiertheit nichts davon zu sehen. Er glich genau dem Bild, das ich gestern in der Zeitung gesehen hatte. Bei meinem Anblick strahlte er aus allen Knopflöchern. »Eine Überraschung, was?« Er lachte und streckte mir beide Hände entgegen. »Da sind wir also wieder. Freust du dich?«

»Ja, natürlich«, erwiderte ich, denn was hätte ich sonst sagen sollen? Für Erik war die nicht ganz geglückte Überraschung, die er mir bereiten wollte, ein Geschenk, und über ein Geschenk muss man sich freuen. Das tat ich nach Kräften, immer in dem Bewusstsein, dass er in meinem Gesicht genauso gut lesen konnte wie ich in dem seinen. Nachdem ich genug gelächelt und geblödelt hatte, konnte ich mir nicht verkneifen, seine Freude ein wenig zu trüben. »Ganz unerwartet kam dein Besuch nicht, ich habe gestern in unserem Lokalblättchen dein Foto gesehen, dazu den Artikel mit einigen Neuigkeiten über den Herrn Professor und seine Familie.«

»Aber dass ich dich aufsuchen würde, konntest du doch nicht wissen?«

»Nein, natürlich nicht. Nur dass ein Herr, etwa fünfundvierzig Jahre alt, dessen Namen meine Sekretärin am Telefon nicht verstand, sich für zehn Uhr heute Morgen angemeldet hat, das wusste ich.«

»Wir sehen immer noch aus, als seien wir eineiige Zwillinge«, wechselte Erik das Thema. »Kaum zu glauben. Sag mal, Florian, meinst du, dass wir uns auch innerlich ähnlich sind? Ich meine in unseren Organen oder in den Krankheiten, für die wir empfänglich sind?«

»Nicht unbedingt, fragst du aus einem besonderen Grund?«

»Ja, den habe ich. Hast du jetzt Zeit für mich?«

Ich führte Erik in mein Sprechzimmer, ließ ihn zunächst auf einem Stuhl Platz nehmen, der meinem Schreibtischsessel gegenüber stand, und fragte ihn, wie er mich gefunden habe, ob es einen besonderen Grund für ihn gebe, einen Arzt aufzusuchen, und ob ich etwas für ihn tun könne.

»Du stehst im Telefonbuch, dich zu finden war also einfach«, erklärte mir Erik. Dann sprach er noch ein wenig über seinen Werdegang, seine Habilitation in Hamburg und über das unter dem Einfluss seines »verehrten Chefs, Willibald Hufeisen« erwachte Interesse für die biochemischen Grundlagen der Landwirtschaft. Auch seine Frau erwähnte er, die »aus guter Familie« stamme, eine geborene Sieveking, »wenn dir der Name etwas sagt, als Berliner«. Dann schloss er die kurze Darstellung seines Lebenslaufes mit dem

Ausdruck der Freude darüber, dass er an den »kritischen Wegkreuzungen« seines Lebens immer die richtigen Entscheidungen getroffen habe. »Wenn ich bedenke, wo überall Fehler lauerten, die nur darauf warteten, begangen zu werden ... Ich kann dir sagen! Aber die Lebensreise ist geglückt.« Erik sprach mit der Selbstgefälligkeit eines zu hohem Ruhm aufgestiegenen Potentaten. Mir erschien diese Selbstdarstellung eine Nummer zu groß. »Wenn ich an unsere Zeit in Innsbruck denke, an unsere Freunde, an Gerlinde ... Etwas hast du ja auch zu meinem Erfolg beigetragen.«

»Und nun bist du hier im Rhein-Neckar-Kreis angekommen. Man könnte sagen: Willkommen in der Provinz.«

Erik überhörte die kleine Spitze und vertraute mir an, dass er froh sei, aus Hamburg weggekommen zu sein. Einen Ruf auf einen Lehrstuhl in Lübeck habe er abgelehnt.

»Warum?«, fragte ich.

Erik blieb im Allgemeinen: »Viel Bürokratie, kein Geld, miserable Ausstattung des Instituts.« Dann sah er mit sinnendem Blick hinaus in den schönen Sommermorgen, der sich draußen vor meinem Fenster ausbreitete, und stellte mit Zufriedenheit fest, dass die Welt hier noch in Ordnung sei.

»Jedenfalls bis zum Beweis des Gegenteils«, sagte ich. »Gott erhalte dir deinen Optimismus.«

»Der ist nicht in Gefahr«, antwortete Erik. »Aber die letzten Jahre waren ungeheuer anstrengend, und da besteht immer die Möglichkeit, dass etwas hängen bleibt.«

Ich schwieg.

»Wie soll ich es beschreiben?«, fuhr Erik fort. »Manchmal habe ich so einen merkwürdigen Schmerz in der Brust. Er dauert immer nur kurze Zeit und konzentriert sich hier.« Er zeigte auf eine Stelle im unteren Teil des Brustbeins. »Dann löst sich der Krampf und ich habe wieder einige Zeit Ruhe.«

Jetzt konnte ich seinem Gesicht ansehen, dass er sich Sorgen machte.

Ich bat ihn, seine Kleider abzulegen und nur seine Unterhose anzubehalten. Dann lag er auf dem Untersuchungsbett, und ich konnte zu meiner Zufriedenheit feststellen, dass sein Körper sich in etlichen Merkmalen von dem meinen unterschied. Dass Erik früher athletischer gebaut war als ich, wusste ich schon seit unserer Kindheit. Jetzt bemerkte ich mit geheimer Genugtuung, dass seine Muskulatur an Armen und Beinen abgenommen hatte und sein Rumpf von einer gleichmäßig dicken, alle Muskelkonturen aufhebenden Fettschicht bedeckt war.

»Du hast wenig Sport getrieben in letzter Zeit?«, fragte ich.

»Keine Zeit«, antwortete Erik mit einem Anflug von Wehleidigkeit.

Ich untersuchte ihn gründlich, nahm ihm Blut ab, ließ ein EKG schreiben, stellte ihn zu guter Letzt noch auf die Waage und bat ihn, sich wieder anzuziehen.

Trotz der äußeren Unterschiede zwischen uns beiden, die allerdings nur deutlich wurden, wenn man unsere Rümpfe und Gliedmaßen miteinander verglich, hatte ich während der Untersuchung das Gefühl, als beschäftige ich mich mit mir selbst. Die Beschwerden, die Erik mir geschildert hatte, kannte ich aus eigener Erfahrung. Sie beruhten auf der sogenannten Reflux-Krankheit, bei der Mageninhalt in den unteren Teil der Speiseröhre gelangt und dort Schmerzen und saures Aufstoßen verursacht. Ich bekämpfe dieses nicht besonders schwerwiegende Leiden mit Mäßigung beim Essen, der weitgehenden Vermeidung von Alkohol und Kaffee und gelegentlich auch mit der Einnahme von Tabletten, die die Säureproduktion im Magen reduzieren.

Vielleicht ist das auch Eriks Problem, dachte ich, obwohl das EKG nicht völlig normal aussah und eine Erkrankung der Herzkranzgefäße in Betracht gezogen werden musste. Nachdem ich mit den Untersuchungen fertig war, fasste ich meinen Eindruck zusammen. »Du schleppst ein paar Pfunde zu viel mit dir herum. Deine Beschwerden könnten von den Herzkranzgefäßen herrühren, die möglicherweise nicht mehr ganz frisch sind. Wir müssen das noch weiter abklären. Aber mach dir keine unnötigen Sorgen. Vielleicht hast du auch eine Reflux-Krankheit. Der Nachweis dieser Krankheit erfordert eine Gastroskopie, die wir ambulant durchführen können.«

»Eine was?«

»Eine direkte Beobachtung des Mageninneren und der unteren Speiseröhre durch einen aus Glasfasern gefertigten Schlauch, den man durch die Speiseröhre in den Magen schiebt«, erklärte ich mit einem leisen sadistischen Unterton.

»Muss das sein?«

»Ich fürchte ja. Wir können es in einer kurzen Narkose machen, wenn du das möchtest.«

»Narkose? Du meinst, ich bin bewusstlos?«

Ich nickte. »Für ein paar Minuten. Aber wir können auch mit einer Beruhigungsspritze und mit einer lokalen Betäubung der Rachenschleimhaut auskommen.«

»Warum Rachen?«

»Um den Würgereiz zu unterdrücken.«

Offenbar hatte Erik bisher wenig Berührung mit Ärzten gehabt, denn was immer ich ihm vorschlug, auch eine röntgenologische Sichtbarmachung der Herzkranzgefäße – eine Angiografie –, schien ihn in Angst und Schrecken zu versetzen.

»Wann wollen wir die Gastroskopie machen? Du musst nüchtern sein, wenn du zu dieser Untersuchung kommst.« Erik zog ein Taschentuch aus der Hosentasche und wischte sich damit die Stirn ab. »Morgen geht es bei mir nicht, sagen wir am Montag? Um zehn Uhr, so wie heute. Wenn du schon um neun Uhr kommst, könnten wir vorher noch ein EKG unter Belastung schreiben.«

»Und diese Angio ... Was ist mit der?«

»Dafür muss ich dich an einen Kollegen überweisen. Auf diese Untersuchung sind wir hier nicht eingerichtet.«

Erik nickte. »Ja gut, dann Montag.«

Ich stand auf und bat Kerstin, die Termine für Erik einzutragen. Während ich ihn zur Tür geleitete, versicherte ich ihm im Plauderton, wie sehr ich mich gefreut hätte, ihn wiederzusehen.

Ich war zufrieden. Nicht dass ich Erik etwas Schlechtes gewünscht hätte, aber zum ersten Mal in meinem Leben war es mir gelungen, eine wirksame Antwort auf seine Überheblichkeit zu finden. Von nun an, glaubte ich, würde ich ihm auf gleicher Augenhöhe begegnen.

Leider hatte ich mich getäuscht. Am Montag nahm Kerstin einen Anruf von Eriks Sekretärin entgegen. Herr Professor Sommer lasse grüßen und bäte um Verständnis, wenn er den heutigen Termin absage. Er würde eine zweite Meinung einholen und sich in Kürze wieder melden. Ein oder zwei Wochen vergingen. Dann erhielt Kerstin einen neuen Anruf. Professor Sommer würde gern einen neuen Termin mit Dr. Winter vereinbaren, um einige Befunde zu besprechen. Kerstin ging davon aus, dass ich bereit sei, Erik ein zweites Mal zu empfangen, und verabredete einen Termin, ohne vorher mein Einverständnis einzuholen. Was in Gottes Namen sie bewogen habe, diesem Mann so bereitwillig einen neuen Termin zu geben, fragte ich sie etwas aufgebracht, obwohl Kerstin in der Regel alle Termine vergab, ohne mich vorher zu fragen.

»Warum hätte ich Sie fragen sollen?«, wollte sie wissen.

»Na, Sie haben doch bemerkt, dass dieser Mann mir gleicht wie ein Ei dem anderen«, erwiderte ich.

Sie überlegte einen Augenblick. »Das war ein zusätzlicher Grund, ihm seinen Wunsch rasch zu erfüllen – gerade deswegen. In meiner Vorstellung gehört er doch zu Ihrer Familie.«

»Ihre Vorstellung ist falsch«, beeilte ich mich, Kerstin mitzuteilen. »Diese verrückte Ähnlichkeit ist eine Laune der Natur. Ich bin mit Herrn Sommer so wenig verwandt wie mit Ihnen.«

Sie wollte, als sie meinen Unmut spürte, die Verabredung rückgängig machen, aber ich winkte ab. »Lassen Sie's gut sein.« Es hatte keinen Zweck, Kerstin oder irgendeinem anderen Menschen begreiflich zu machen, wie anstrengend es für mich war, das Gesicht eines anderen vor mir zu haben, das auch mein eigenes Gesicht war. »Wann kommt er?«, fragte ich resigniert.

»Übermorgen, wieder um zehn Uhr vormittags.«

Also gut. Ich wusste, dass ich bis zu diesem Termin in einer gewissen Spannung leben würde. Es ärgerte mich, dass mein Selbstbewusstsein nicht stark genug war, um Eriks Erscheinen in Ruhe abzuwarten. In der Nacht zu Mittwoch, dem Tag, für den Erik sich angemeldet hatte, schlief ich unruhig und fühlte mich am Morgen entsprechend zerschlagen. Am liebsten hätte ich Kerstin gebeten, den Termin mit Erik abzusagen. Aber damit hätte ich mein Problem nicht gelöst. Erik würde sich nicht abschütteln lassen.

Um zehn Uhr saß er im Wartezimmer, einen Aktenordner unter dem Arm. Er strahlte, als ich ihm entgegentrat, und schien bester Laune zu sein. Bereits auf dem Weg in mein Sprechzimmer fing er an zu erzählen. »Es war eine gute Idee, eine zweite Meinung einzuholen, Florian. Nichts gegen dein Urteil, aber vielleicht hätte ich gleich zu einem Spezialisten gehen sollen. Na ja, ich dachte, ich komme noch einmal vorbei, um dir zu erklären, wie die Sache ausgegangen ist.«

»Bitte nimm Platz«, entgegnete ich und bot ihm wieder den Stuhl vor meinem Schreibtisch an.

»Also mit dem Herzen ist nichts«, sagte Erik mit Bestimmtheit. »Sie haben ein EKG unter Belastung gemacht, maximal zweihundert Watt, ich kann dir sagen, da bist du ganz schön gefordert.« Er grinste mich an, als ob er mir bedeuten wolle, dass ich diese Belastungsstufe gar nicht erreichen würde.

»Trotzdem sollte man die Koronararterien einmal direkt anschauen«, bemerkte ich kühl, aber Erik lachte und unterbrach mich: »Hier sind die angiografischen Darstellungen.« Er zog eine Reihe von Röntgenaufnahmen aus seinem Aktenordner und hielt eine davon gegen das Licht. »Völlig normale Konturen; keine Einengungen, keine Kalkablagerungen, regelmäßige Füllung der Gefäße mit Kontrastmittel, wohin man auch sieht. Der Professor war erstaunt über diesen Befund. Wie bei einem Jugendlichen, hat er gesagt.« Ich nahm die Bilder, steckte sie unter den Rahmen eines Lichtkastens und betrachtete die Aufnahmen. In der Tat schienen die Herzkranzgefäße völlig normal zu sein. »Prima«, sagte ich. »Gratuliere.«

Erik war noch nicht am Ende. »Das Interessante kommt noch«, belehrte er mich. »Sie haben meinen Magen von innen betrachtet und festgestellt, dass ich einen kleinen Zwerchfellbruch habe. Soll übrigens häufig vorkommen, besonders bei Leuten mit einem athletischen oder pyknischen Körperbau. Na ja, das trifft ja auf mich zu. Außerdem fließt hin und wieder Magensäure in meine Speiseröhre, wo sie absolut nichts zu suchen hat, wie du wahrscheinlich weißt. Und diese beiden Befunde« – Erik legte zwei Befundblätter vor mich auf den Schreibtisch – »die erklären meine Beschwerden vollständig.« Er sah mich an, ich sah ihn – also mich selber an, aber diese triumphierende Selbstzufriedenheit hatte ich in meinem Gesicht noch nie bemerkt. »Der Professor hat auch gleich die Probe aufs Exempel gemacht«, sagte Erik, als wollte er die Sache jetzt auf den Punkt bringen. »Er hat mir Tabletten verordnet, die die Säureproduktion im Magen unterdrücken – natürlich nicht vollständig, ich muss ja auch noch etwas verdauen –, und was glaubst du, ist geschehen?«

»Die Schmerzen sind weg?«

»Genauso ist es«, sagte Erik, wobei das Lächeln aus seinem Gesicht verschwand. »Ich nehme jetzt täglich eine von diesen Tabletten und habe überhaupt keine Beschwerden mehr.« Er lehnte sich zurück. »Du kannst dir vorstellen, wie erleichtert ich bin«, ergänzte er und richtete seine Augen auf mein Fenster, durch das jetzt einige Sonnenstrahlen fielen. »Ich dachte, du machst dir gewiss auch Sorgen um mich. Deshalb bin ich noch einmal gekommen, um dich aufzuklären. Also kein Grund zur Sorge mehr.« Er strahlte zufrieden. Dann sammelte er die Papiere und Röntgenbilder, die auf meinem Tisch lagen, wieder ein, ging zum Lichtkasten, ergriff die Bilder, die dort hingen, und verstaute alles in seinem Aktenordner. »Wenn du willst«, sagte Erik, »ruf doch den Professor einmal an, er kann dir alles noch besser erklären als ich.« Er schob mir eine Visitenkarte über den Schreibtisch. »Wenn wieder einmal so etwas sein sollte, gehe ich gleich zu diesem Mann – da werde ich dich nicht mehr behelligen.«

Ich stand nun ebenfalls auf und freute mich darauf, Erik in wenigen Augenblicken wieder los zu sein. Wir gingen an Kerstins Arbeitsplatz vorbei zur Eingangstür. »Ach!« Erik blieb stehen. »Bevor ich es vergesse. Ich verstehe ja nicht viel von solchen Dingen, aber bei der besonderen Beziehung zwischen uns« – er bewegte seine rechte Hand ein paarmal zwischen uns hin und her – »wenn dir auch mal so etwas passiert, ich meine Schmerzen in der Brust, mach dir keine Sorgen. Wahrscheinlich ist es bei dir genauso wie bei mir, obwohl du nicht so athletisch bist wie ich. Na ja, vielleicht bleibst du auch verschont. Also dann, Florian, mach's gut.« Er gab mir die Hand und wandte sich zum Gehen.

Ich war erleichtert, als er gegangen war. Allerdings mischte sich in dieses Gefühl bald die Besorgnis, dass er sich etwas Neues ausdenken könnte, um abermals in meinem Leben zu erscheinen und mir seine Überlegenheit zu demonstrieren. Das Wunder unserer physiognomischen Ähnlichkeit, eine kapriziöse und vielleicht einmalige Laune der Natur, war für ihn kein Anlass zum Nachdenken. Die Möglichkeit, in meinem Gesicht, in meiner Mimik oder in meiner Körperhaltung sich selbst zu erkennen, zumindest bestimmte Eigenschaften zu entdecken und sich zu fragen, ob ihm die Natur vorspiele, wie er sich selbst einzuschätzen habe, existierte für Erik nicht. Wir waren uns zwar ähnlich, aber einer von uns müsste dem anderen in vielen, wenn nicht in allen Belangen überlegen sein. Einer musste das Original sein, der andere die Kopie. Und sein Leben, soweit es mit dem meinen in Berührung kam, hatte darin bestanden, mir und sich selbst zu beweisen, dass er das Original sei.

Ich hatte es nie für möglich gehalten, dass man die Leitung einer Landwirtschaftlichen Versuchsanstalt als Ausgangspunkt für eine plakative Selbstdarstellung oder Selbstinszenierung benutzen könnte. Was war denn schon dran an einer solchen Position, fragte ich mich: ein paar Züchtungsversuche mit Nutzpflanzen, die Prüfung neuer Insektizide oder Düngemittel. Nicht einmal moderne Genetik würde man dort betreiben. Was sollte man auch mit gentechnisch veränderten Nutzpflanzen anfangen in einem Land, in dem an jedem zweiten Acker ein Schild steht, auf dem verängstigten Bürgern versichert wird, dass hier ohne Gentechnik gearbeitet würde. Jedes klinische Labor, von modernen biologischen Forschungseinrichtungen ganz abgesehen, wäre gegenüber dem Betrieb, dem Erik vorstand, ein wissenschaftliches Eldorado. So dachte ich, als die ersten populärwissenschaftlichen Artikel aus der Feder meines Doppelgängers in der lokalen Tagespresse erschienen. Erik mutete weder sich noch seinen Lesern besondere intellektuelle Anstrengungen zu. Das erste Thema hieß »gesunde Ernährung«, und es reichte von den wohltätigen Wirkungen natürlicher Farbstoffe bestimmter Tomatensorten – den Lykopinen, die erst durch die Erhitzung der Frucht freigesetzt werden – über Vorschläge zur vitaminschonenden Zubereitung frischer Gemüse bis hin zum Lob alter Getreidesorten wie Dinkel oder Hirse, die reich an Ballaststoffen seien, daher die Darmtätigkeit förderten und dem Darmkrebs Paroli böten. Dazu gab es farbige Bilder von strotzend grünen Kohlköpfen, prallen Schoten, Mohrrüben, Maiskolben, alles ohne »Chemie«, sondern ausschließlich mit natürlicher Düngung erzeugt. Erik bekam Leserzuschriften in großer Zahl, darunter auch viele Bitten um Ratschläge, wie eine gesunde Ernährung beschaffen sein müsste, vor allem dann, wenn bestimmte Krankheiten die Einhaltung bestimmter Diäten erzwängen. »Gemüse gegen den Krebs« wurde durch Professor Erik Sommer zu einem Schlagwort, mit dem er bald auch im regionalen TV Furore machte. Seine Fernsehauftritte benutzte er immer häufiger zu Angriffen auf die »Schulmedizin«, die er mit Vorwürfen überhäufte. Die Summe seiner Kritik bestand in der Aussage, dass die Schulmedizin in ihrem »Machbarkeitswahn« immer nur an Symptomen herumkuriere, ohne den Organismus in seiner »biologischen und spirituellen Ganzheit« verstehen zu wollen. »Ich habe auf diesem Gebiet meine eigenen traurigen Erfahrungen machen müssen«, verriet Erik seinen Zuhörern und Zuschauern und kam in seinen Sendungen immer wieder auf Ärzte zu sprechen, denen er persönlich nichts vorzuwerfen habe. Sie verfolgten aber, so Erik, einen falschen Ansatz, indem sie den Menschen als eine Maschine interpretierten und die Medizin zu einem technischen Beruf degradierten.

Gegen derart weitgehende Aussagen verwahrten sich ärztliche Standesorganisationen, Ärztekammern, aber auch einzelne Ärzte. Seine Auslassungen zur Schulmedizin bestünden zum größeren Teil aus unqualifiziertem Gerede, was man dem Laien, der er auf medizinischem Gebiet nun einmal sei, noch nachsehen könne. Seine therapeutischen Empfehlungen hingegen liefen auf gefährliche Quacksalberei hinaus und könnten krebskranke Patienten direkt schädigen oder ihnen dadurch schaden, dass wirksame und erprobte Behandlungen nicht oder zu spät zur Anwendung kämen. Die von Erik angefachte Diskussion verlief zuweilen recht hitzig. Auch ich bekam das zu spüren, als mir ein Patient, den ich schon jahrelang wegen einer rheumatischen Erkrankung behandelte, eines Tages sagte: »Herr Doktor, ich halte Sie ja für einen guten Arzt und ich werde Ihnen auch die Treue halten, aber was Sie da neulich im Fernsehen empfohlen haben, also nee, da muss ich passen.« Als ich ihn aufklärte, dass Erik Sommer nicht mit mir identisch sei, sondern dass wir lediglich durch eine ungeheuer seltene Zufälligkeit fast gleiche Gesichter hätten, wollte er mir zunächst nicht glauben. Den Name Sommer, so vermutete mein Patient, ein gewisser Herr Blindhammer, sei doch wohl ein allzu durchsichtiges Pseudonym für meinen bürgerlichen Namen. »Das glaube ich erst, wenn Sie beide gemeinsam im Fernsehen auftreten«, sagte er und lachte. »Wenn Sie wirklich zwei verschiedene Personen sind, dann müssen Sie öffentlich über Ihre Meinungsverschiedenheiten diskutieren«, meinte Blindhammer und tröstete mich zum Abschied: »Also wenn Sie mich fragen – Sie haben sicher die besseren Argumente. Aber Ihr ›alter ego‹ hat mehr Zuhörer als Sie.«

Als sich in den folgenden Wochen noch andere Patienten in ähnlicher Weise äußerten, wurde mir schlagartig bewusst, dass Erik im Begriff war, einen weiteren Sieg über mich davonzutragen. Unsere Stadt ist ein kleines Nest von nur vierzigtausend Einwohnern. Das vermeintliche Doppelleben des Dr. Florian Winter als Facharzt für Innere Medizin und als medizinisch dilettierender Gesundbeter mit dem Pseudonym Erik Sommer wurde eine Zeit lang Stadtgespräch. Wo immer ich hinkam, erkannte man mich als den Gemüseonkel aus dem Fernsehen und tuschelte hinter meinem Rücken oder grinste mich herausfordernd an, als hätte man mein Doppelleben durchschaut. Ich wusste mir schließlich nicht anders zu helfen, als in der Lokalzeitung einige Male eine zunächst kleine, später halbseitige Anzeige zu schalten, in der ich deutlich machte, dass ich mit Professor Sommer außer einer gewissen Ähnlichkeit nichts zu tun hätte. Es dauerte einige Wochen, bis meine Inserate eine Wirkung zeigten.

Inzwischen hatten auch die Klagen, die von der Ärztekammer gegen Professor Sommer angestrengt worden waren, diesen offensichtlich doch beeindruckt. Erik wurde in seiner Gesundheitssendung zurückhaltender, aber auch ein bisschen langweilig. In den Zeitungen erschien sein Bild seltener als zuvor. Einige Male ließ er durchblicken, dass man ihn falsch verstanden habe. Er ging sogar so weit, dass er sich während einer Sendung entschuldigte. »Sollte ich in meiner Begeisterung für eine gesunde Ernährung und die Nutzung natürlicher Heilkräfte Anhänger der Schulmedizin gekränkt haben, so tut mir das aufrichtig leid.« Ich hätte es mit dieser Entschuldigung gut sein lassen, aber die Standesorganisationen bezeichneten Eriks Beschwichtigungsversuch als ein durchsichtiges Manöver und klagten auf Schadenersatz. Ob es danach zu einer gerichtlichen Auseinandersetzung kam, weiß ich nicht. Nach den Informationen, die mir durch meine Patienten und die stets gut unterrichtete Kerstin Müller zuflossen, gelang es Erik, die Klagen seiner Gegner außergerichtlich beizulegen.

Schließlich legte sich die Aufregung. Erik mäßigte seinen Ton und wechselte zu einem anderen Thema, das ebenfalls mit seiner Position als Leiter einer Landwirtschaftlichen Versuchsanstalt zusammenhing. Er sprach nun über Zucht und artgemäße Haltung. Hier vertrat er die Standpunkte des Tierschutzes, womit er neunzig Prozent seiner Leser und Zuhörer, an die er sich weiterhin wandte, wieder auf seine Seite zog. Denn im »Ländle« gab es eine komfortable Mehrheit für eine Landwirtschaft, die im Sommer, wenn das Vieh sich auf grünen oder blühenden Wiesen tummelte, hübsch anzuschauen war und Produkte lieferte, die man ohne Angst vor Dioxinvergiftung oder Rinderwahnsinn verzehren konnte. Bevor Erik auf diesem für ihn neuen Gebiet abermals einen Popularitätshöhepunkt erreichte, suchte er ganz unvermutet Kontakt zu meiner Praxis. Dieses Mal ließ er sich nicht über seine Sekretärin anmelden, sondern rief Kerstin Müller direkt an. Wie mir Kerstin anvertraute, habe er am Telefon keineswegs den auftrumpfenden Ton angeschlagen, den sie von früheren Kontakten her kannte. Im Gegenteil: regelrecht verhuscht und schüchtern sei ihr der Professor Sommer vorgekommen, seine Stimme habe ganz anders geklungen als früher. Es gehe ihm schlecht, habe er durchblicken lassen, und als sie ihm Termine zur Auswahl anbot, habe er gemeint: »Je früher, desto besser.«

Er kam an einem Morgen als erster Patient, gleich nachdem Kerstin die Praxis aufgeschlossen hatte. Als sie ihn bat, doch noch ein wenig im Wartezimmer Platz zu nehmen und dort auf mich zu warten, bat Erik, in einem anderen Zimmer warten zu dürfen. Er sei heute etwas menschenscheu und wolle niemandem begegnen, außer natürlich ihr, Kerstin Müller, und mir, von dem er Hilfe erhoffte. Kerstin bot ihm an, in meinem Sprechzimmer Platz zu nehmen.

Als ich eine halbe Stunde später zu der mit Erik vereinbarten Zeit in die Praxis kam, winkte mich Kerstin in eines der Behandlungszimmer, schloss die Tür und berichtete mir von Eriks frühem Erscheinen. »Er sieht Ihnen gar nicht mehr ähnlich«, sagte sie, »ich war richtig erschrocken.«

Als ich mein Sprechzimmer betrat, saß er auf meinem Sessel, an der Stelle, an der ich gewöhnlich saß. »Entschuldige, Florian«, sagte er, blieb aber noch sitzen. »Ich wollte nur einmal ausprobieren, wie es sich anfühlt, hier zu thronen.« Dann erhob er sich zögernd. »Ich würde gern mit dir tauschen.«

»Wie ich dich kenne, wird sich das bald wieder geben«, sagte ich, während ich in meinen Arztmantel schlüpfte. Ich zog Erik näher ans Fenster, um ihn im frühen Tageslicht genau ansehen zu können. »Wie geht's dir denn?«

Erik öffnete den Mund, als wolle er antworten, schloss ihn aber gleich wieder und schüttelte den Kopf, während ihm Tränen in die Augen stiegen. Er sah mir wirklich nicht mehr so ähnlich wie sonst. Aber woran lag das? Seine Gesichtszüge waren schlaffer, die Augenlider hingen weit nach unten, sodass sie den oberen Teil der Iris bedeckten. Auch die Mundwinkel waren nach unten gewandert und verstärkten den Ausdruck von tiefer Niedergeschlagenheit und Resignation, der sein Gesicht beherrschte. Nicht nur sein Gesichtsausdruck, auch sein Körper schien von dieser Stimmung erfasst zu sein. Als ich ihn bat, sich zu setzen – auf dem Patientenstuhl, mir gegenüber –, ließ er den Kopf hängen, legte die Arme über Kreuz auf den Schreibtisch und starrte vor sich hin.

»Seit wann geht es dir so?«, fragte ich ihn. Er wusste es nicht genau. »Schon länger«, gab er zur Antwort.

»Hast du einen besonderen Grund, so niedergeschlagen zu sein? Hat das mit den Prozessen angefangen, die gegen dich angestrengt wurden?«

Auch darüber war sich Erik nicht sicher. »Ich weiß es nicht.«
»Wie schläfst du?«
»Schlecht.«
»Kannst du beschreiben, wie du dich fühlst?«
»Freudlos«, sagte Erik und sah mich an. »Nichts macht mehr Spaß.«
»Hattest du das früher auch schon?«

Ja, das hatte er, erzählte Erik, es sei ihm schon ein paarmal so gegangen. Wir saßen uns gegenüber. Ich schwieg, um Erik zum Reden zu bringen. Aber er blieb stumm.

»Weißt du noch, wann es dir zum ersten Mal so schlecht gegangen ist?«

Jetzt traf mich ein direkter Blick mit einem matten Ausdruck, in dem sich Überraschung und Spott mischten.

»Das weißt du doch?«
»Nein, sonst brauchte ich dich ja nicht zu fragen.«
»In Innsbruck«, sagte er leise und starrte wieder vor sich hin.
»Als wir zusammen dort waren?«
»Als Gerlinde mich mit dir betrogen hat.«
»Das ist schon lange her.«
Er nickte. »Ja, schon viele Jahre, aber damals war es schlimm für mich.«

Jetzt war unser Gespräch, das eigentlich eine distanzierte, sachliche Analyse von Eriks Beschwerden werden sollte, ins Persönliche abgeglitten, noch dazu in ein Ereignis, das lange zurücklag, eigentlich viel zu lange, um heute noch von Bedeutung zu sein.

»Du leidest an einer Depression«, sagte ich in dem Versuch, das Arzt-Patient-Verhältnis, in dem ich mich einigermaßen sicher fühlte, wiederherzustellen. Aber er ging nicht darauf ein. »Damals«, sagte er und senkte seinen Blick für den Bruchteil einer Sekunde in meine Augen, »wollte ich dich töten.«

»Wegen Gerlinde?«

»Ja, wegen Gerlinde.« Wieder entstand eine längere Pause. Von draußen drangen Vogelstimmen in mein Sprechzimmer.

»Erinnerst du dich noch an unsere Tour?«

»Meinst du die Wanderung auf die Nockspitze?«

»Ja, auf diesen Wanderberg. Auf dem Rückweg hast du zusammen mit Gerlinde in einer Holzhütte gesessen.«

Natürlich erinnerte ich mich.

»Damals hat es angefangen.«

»Was hat angefangen?«

»Meine Zustände. Du musst nämlich wissen ...«

»Ich weiß. Erik, du leidest an einer bipolaren Störung, so nennt man das. Es handelt sich um eine Krankheit, bei der depressive Phasen sich mit manischen Zuständen abwechseln. Diese manischen Phasen zeichnen sich dadurch aus, dass der Patient sich alles zutraut – jede Kletterei, jede wissenschaftliche Leistung, öffentliches Auftreten, einfach alles. Es sind Zeiten krankhaft gesteigerter Aktivität, man lebt über seine Verhältnisse, und dann stürzt man wieder ab in eine neue Depression. Und das hast du wohl jetzt erlebt.« Erik ging auf meine erklärenden Worte nicht ein. Er blieb bei seinen Erinnerungen. »Erinnerst du dich noch an die Grubreisentürme?«

»Natürlich.«

»Ich wollte dich abstürzen lassen.«

»Warum hast du es nicht getan?«

»Du bist an diesem Tag ...« Seine Stimme verlor sich. Dann setzte er neu an. »Du bist an diesem Tag zu gut geklettert. Es ergab sich keine Gelegenheit mehr.« Erik sprach jetzt sehr langsam.

»Dann kam die Stelle, an der ich gestrauchelt bin, und du hast mich gehalten.« Er räusperte sich und sprach dann etwas lauter: »Und danach konnte ich es nicht mehr. Im oberen Teil des zweiten Turms gibt es eine ausgesetzte Stelle, dort wollte ich dich abstürzen lassen. Aber diese Stelle hätte ich nach meinem eigenen Missgeschick nicht mehr erreicht. Außerdem hattest du mich ja gerade vor einem Absturz gerettet. Ich konnte es aus zwei Gründen nicht mehr tun. Einmal, weil du mich gerettet hattest, und dann wegen meiner nachlassenden Kräfte. Weißt du nicht mehr, wie ich mich danach zur Bergstation des Hafelekars gequält habe?«

Doch, das wusste ich noch. Sehr genau konnte ich mich an die langen Pausen erinnern, die Erik auf diesem Weg eingelegt hatte. Aber ich hatte sie für künstliche Pausen gehalten, mit denen er seine Verlegenheit über seine eigene Fehlleistung erklären wollte. Jetzt interessierte mich das alles nicht mehr so sehr.

»Warum hast du es später nicht noch einmal versucht, mich aus dem Weg zu räumen? Ich habe ja noch ein zweites Semester in Innsbruck verbracht.«

»Ich konnte nicht mehr nach Innsbruck gehen. Mein Vater wurde sehr krank. Ich wollte in seiner Nähe bleiben.«

»Und noch später?«

Er schüttelte den Kopf. »So eine Gelegenheit nutzt man, oder man nutzt sie eben nicht – sie kommt nicht wieder. Und später? Wir haben uns aus den Augen verloren, wir drei ... Es hätte für mich keinen Sinn mehr gehabt, dich zu töten.«

»Hast du dich jemals behandeln lassen?«

Erik schüttelte den Kopf. »Nein.«

»Warum nicht? Es gibt doch Medikamente, die etwas verändern, besonders in den depressiven Phasen, aber auch während der manischen Episoden.«

Erik saß wieder so da wie ganz zu Anfang: vornübergebeugt, die Unterarme auf dem Tisch übereinandergelegt und den Kopf gesenkt. Ein Bild des Jammers. »Deswegen bin ich ja gekommen«, murmelte er leise vor sich hin. »Damit du mir hilfst.«

»Na gut, dann werden wir jetzt damit anfangen«, sagte ich und stand auf. Ich untersuchte Erik körperlich, nahm Blut ab und schrieb ihm ein Rezept für ein stimmungsaufhellendes Präparat, ein schon seit Jahrzehnten bekanntes und erprobtes Medikament, mit dem ich gute Erfahrungen gemacht hatte.

Später, als wir mit dem medizinischen Teil unserer Begegnung fertig waren, saßen wir uns noch einmal gegenüber. Erik hatte mir versprochen, sich die Tabletten heute zu besorgen und die erste Dosis noch am Abend einzunehmen. Wir hatten vereinbart, täglich einmal zu telefonieren und uns in fünf Tagen, an einem Samstagvormittag, wiederzusehen.

Jetzt kehrten unsere Gedanken noch einmal zu den Ereignissen damals in Innsbruck zurück. Hatte ich nicht auch einmal daran gedacht, das Seil loszulassen, als Erik eine Trittstelle in der Wand verfehlt und einen Augenblick lang wehrlos mit den Beinen nach Halt gesucht hatte? Gedacht schon, sagte ich mir, aber eben nur gedacht. Bei mir war es ein flüchtiger Gedanke gewesen, bei Erik – so wie er es mir geschildert hatte – ein Plan, den er schon vor unserer Tour entworfen hatte. Worauf es dabei ankam: Ich war ihm genauso im Weg gewesen wie er mir. Er war damals nur schon einen Schritt weiter. »Du warst mir immer ein Stück voraus«, sagte ich.

»Weil ich dir entkommen wollte«, antwortete Erik und lächelte zum ersten Mal, seit ich ihn begrüßt hatte.

»Einen Augenblick habe ich daran gedacht, dich fallen zu lassen, damals, als du den Halt verloren hattest. Aber es war nur ein flüchtiger Gedanke, im Sinne von: Was wäre wenn ... Wie war das bei dir? Eine spontane Idee, die erst während der Kletterei entstand?« Wollte ich ihm eine goldene Brücke bauen, jetzt, wo er als Patient zu mir gekommen war?

Aber Erik richtete sich auf. Er nahm diese Hilfe nicht an. »Nein, ich wollte dich aus der Wand stoßen. Ich hatte mir das genau überlegt. Nicht weit unterhalb des Gipfels im mittleren Turm gibt es eine kleine Plattform, von der wir uns abgeseilt haben.«

Ich sah die Szene wieder vor mir. Während wir das Abseilmanöver vorbereiteten, hatte Erik den Karabinerhaken, der mich mit dem Sicherungsseil verband, für kurze Zeit gelöst, um das Seil, das sich verknäuelt hatte, zu entwirren. Er wusste, dass ich ein paar Sekunden lang schutzlos sein würde.

»Hast du mich gehasst?«, wollte ich wissen.

»Nein, wie sollte ich. Oder doch, aber nicht so, wie man einen Feind hasst. Einer von uns beiden war überflüssig.« Er beugte sich jetzt wieder vornüber und ließ den Kopf hängen. Dann sprach er leise, sodass ich Mühe hatte, ihn zu verstehen. »Es ist, nein es war so, als gäbe es für jeden Menschen einen Platz im Gewebe der Welt, einen Platz, der für ihn gemacht ist und in den er hineinpasst. Da waren aber plötzlich zwei, die diesen Platz einnehmen wollten. So ungefähr war das.«

»Und jetzt?«, fragte ich. »Wir führen doch jetzt ganz getrennte Leben und sind uns nicht mehr im Weg.«

Erik richtete sich so weit auf, dass er mich ansehen konnte. »Ich bin dir nicht mehr im Weg, weil du mein Leben geführt hast«, sagte er und wiederholte: »Ja, du hast mir einen wichtigen Teil meines Lebens weggenommen. Aber mach dir keine Sorge. Ich trachte dir nicht mehr nach dem Leben. Das habe ich wirklich nur diesen einen Tag lang getan.«

Damit stand er auf und wandte sich zum Gehen, ohne mir die Hand zu geben. »Bis Samstag also«, sagte er und ging langsam, als müsse er jeden Schritt bewusst setzen, durch mein Zimmer und den anschließenden Korridor. Kerstin öffnete ihm die Praxistür und ließ ihn hinaus.

Als Erik am Ende dieser ersten Behandlungswoche zu mir kam, konnte ich in seinem Verhalten, dem Klang seiner Stimme und seinen Bewegungen noch keine deutliche Veränderung feststellen. Immerhin schien er das ihm verschriebene Antidepressivum gut zu vertragen. Auch gab er an, jetzt besser zu schlafen. Es dauerte viele Wochen, die Schritt für Schritt bewältigt werden mussten, Wochen, in denen es trotz gelegentlicher Rückschläge stetig bergauf ging, bis Erik mir eines Tages spontan mitteilte, dass er sich jetzt besser fühle. Er hätte wieder Freude am Leben, besonders an seiner Arbeit, freue sich auf Projekte, die er vor seiner letzten Depression ins Auge gefasst hätte, und schlug mir vor, die Behandlung jetzt zu beenden. Ich hatte in seinem Verhalten, seiner Grundstimmung und in seiner Psychomotorik Besserungen bemerkt, die durchaus zu Eriks Äußerungen passten. Dennoch schlug ich ihm vor, sich bei einem Facharzt für Psychiatrie, mit dem ich gern zusammenarbeitete, in eine Art Nachbehandlung zu begeben. Ich glaubte, in Eriks Vorgeschichte Anzeichen für eine bipolare Erkrankung entdeckt zu haben, und hoffte, dass der manische Teil seiner Krankheit durch einen Facharzt besser unter Kontrolle zu halten wäre als durch mich. Außerdem wollte ich Erik zu einem Kollegen schicken, der nicht wie ich durch persönliche Erfahrungen und Verstrickungen mit ihm verbunden war. Mit anderen Worten: Ich wollte mich aus seiner neuerlichen Umklammerung befreien und ihm die Chance geben, im Hinblick auf mich das Gleiche zu tun.

Die Notwendigkeit einer weiteren ärztlichen Betreuung wollte Erik nicht einsehen. »Wieso denn? Mir geht es doch wieder gut. Nein, mein Lieber, jetzt, wo ich die Krankheit hinter mich gebracht habe, muss ich mich auch von der Vorstellung trennen, krank zu sein. Ein Psychiater als Lebensbegleiter wäre doch die personifizierte Erinnerung an meine Krankheit.«

»Aber du könntest wieder ins andere Extrem umschlagen«, wandte ich ein.

»Du darfst gute Laune und wiedererwachte Lebenslust nicht mit Manie verwechseln«, hielt mir Erik entgegen. »Ich weiß, wovon ich rede, ich habe beides kennengelernt.« So musste ich ihn ziehen lassen. Einerseits war ich erleichtert, mein »alter ego«, das mir nach dem Leben getrachtet hatte, erst einmal los zu sein. Andererseits fürchtete ich, dass er bald in eine manische Phase wechseln würde und aus dieser in eine neuerliche Depression abstürzen könnte. Da er auch den von mir empfohlenen Psychiater abgelehnt hatte, käme er in einem solchen Fall wahrscheinlich wieder zu mir. Das waren keine guten Aussichten.

Leider schienen meine Befürchtungen einzutreffen. Im Laufe der Wochen, die unserer Begegnung folgten, nahmen die Signale aus der Landwirtschaftlichen Versuchsanstalt an Häufigkeit und Intensität wieder zu. Ganz offensichtlich suchte Erik erneut die Öffentlichkeit. Zunächst wirkten die Projekte, die er der Öffentlichkeit vorstellte, noch recht vernünftig, wenngleich er der Wiederbelebung einer alten, nur noch in wenigen Exemplaren vorhandenen Schweinerasse oder der Züchtung von Rindern, die auch ohne Kraftfutter eine gut Milchleistung erbrachten, eine übertriebene Bedeutung beimaß. Allmählich aber steigerte sich der Eifer, mit dem Erik seine Ideen durchsetzen wollte. Es gab Tage der Offenen Tür für Schulklassen und Familien, bei denen nicht nur die Prinzipien einer artgerechten Tierhaltung dargelegt, sondern auch Schlachtfeste mit am Spieß gebratenen Spanferkeln und Anleitungen zur Herstellung von Würsten in der eigenen Küche angeboten wurden. Wie nicht anders zu erwarten, empörten sich Eltern und Lehrer über den »ausufernden Stil« dieser Demonstrationen. Einige der Mitarbeiter in der Versuchsanstalt streikten und wandten sich gegen ihren Chef. Es entstand eine Situation, die dem Konflikt mit der Ärztekammer und der Medizinischen Gesellschaft, den Erik vor mehr als einem Jahr heraufbeschworen hatte, sehr ähnlich war. Nur drohte es diesmal noch schlimmer zu werden. Erstens gerieten die Landwirtschaftliche Versuchsanstalt und Erik schon zum zweiten Mal in die Kritik und zweitens bekam er es dieses Mal mit Eltern und Lehrern zu tun, die ihre Kinder und Schüler vor den unangemessenen Schaustellungen in Schutz nehmen wollten, die Professor Sommer in seinem Institut veranstaltete. Die Proteste erreichten schnell ein Maß an Heftigkeit und Lautstärke, vor dem auch die kommunalen Behörden unseres Städtchens nicht die Augen und Ohren verschließen konnten. Erste Stimmen verlangten die Abberufung von Professor Sommer aus seinem Amt. Ich rechnete fast täglich damit, wiederum von Erik als Patient aufgesucht zu werden. Und eines Tages, so berichtete mir Kerstin, rief er tatsächlich an und bat erneut um einen Termin. Er sei sehr zerknirscht gewesen, als wisse er, dass er seine wiederum prekäre Lage allein herbeigeführt habe. »Von Krankheitseinsicht keine Spur«, meinte Kerstin. Sie habe Professor Sommer angeboten, gleich zu kommen, wenn es ihm schlecht ginge, erzählte sie mir, aber er wollte wieder einen Termin früh am Morgen, zu einer Zeit, zu der er außer Kerstin und mir niemanden antreffen würde. Wie schon früher hatte Erik an einem Freitag angerufen und sich mit meiner Sprechstundenhilfe auf den Montagmorgen als Termin geeinigt. Ich nahm mir vor, am Montag schon früh in der Praxis zu sein, Erik in Empfang zu nehmen und ihn, wenn er dazu bereit sei, in eine psychiatrische Klinik einzuweisen.

Kerstin und ich kamen fast gleichzeitig in der Praxis an. Ich ging in mein Sprechzimmer, Kerstin hatte mir Eriks Unterlagen bereits am Freitag auf meinen Schreibtisch gelegt. Aber Erik erschien nicht. Er blieb einfach weg.

Als um acht Uhr dreißig die ersten zu einem frühen Termin bestellten Patienten eintrafen und wir immer noch keine Nachricht von Erik hatten, rief ich sein Büro an. Immerhin bestand die Möglichkeit, dass er seinen Termin vergessen hatte oder ihn aus einem anderen Grund nicht wahrnehmen konnte oder wollte. Seine Sekretärin wusste nicht, wo Erik sich aufhielt, er hatte lediglich Nachricht hinterlassen, dass er am Montag später ins Büro kommen würde. Zu Hause konnte sie ihn nicht erreichen.

Wenn ein depressiver Patient einen dringenden Arzttermin versäumt und weder zu Hause noch an seinem Arbeitsplatz anzutreffen ist, dann besteht Grund zur Sorge. Was blieb uns unter diesen Umständen anderes übrig, als die Polizei anzurufen? Die allerdings schien unsere Unruhe nicht zu teilen. Immerhin versprach man uns, einen Streifenwagen zu seiner Wohnung zu schicken. Man würde uns anschließend informieren. Etwa eine Stunde nach diesem Gespräch rief uns eine Beamtin des zuständigen Polizeireviers an und berichtete, dass sich auf Klingeln und Klopfen an Eriks Wohnungstür niemand gemeldet habe. Man habe erwogen, die Tür gewaltsam zu öffnen, sei dann aber durch eine Nachbarin informiert worden, dass Frau Sommer mit den Söhnen sich schon seit längerer Zeit in Hamburg aufhalte. Herr Sommer habe seine Wohnung bereits am Sonntag verlassen, um eine längere Reise anzutreten. Sie habe angenommen, dass auch er nach Hamburg fahre, aber er habe über sein Reiseziel nichts gesagt und auch über die

Dauer seiner Reise nichts verlauten lassen. Die Wohnungsschlüssel seien bei ihr. Herr Sommer habe sie gebeten, seine Pflanzen hin und wieder zu wässern. Sie habe ihn am Sonntagabend in seinem Auto wegfahren sehen.

Seit Eriks Verschwinden waren bereits einige Tage vergangen, als die Polizei seine Wohnung mit dem Schlüssel öffnete, den er seiner Nachbarin hinterlassen hatte.

Ein Kriminalinspektor, der sich nun mit Eriks Verschwinden beschäftigte, besuchte uns, nachdem die Begehung von Eriks Wohnung keinen Anhaltspunkt für seinen derzeitigen Aufenthalt geliefert hatte. Aus Hamburg habe ihm Frau Sommer mitgeteilt, dass er dort nicht aufgetaucht und eine Reise nach Hamburg auch nicht geplant gewesen sei. Der Beamte, ein zur Korpulenz neigender blasser Mittvierziger mit schütterem Blondhaar, schien nicht recht zu wissen, was er vom Verschwinden des Herrn Professors zu halten hätte. »Noch ist das für uns ein Grenzfall«, teilte er mit und schilderte Kerstin und mir das Innere von Eriks Wohnung. »Die Räume sahen aus, als habe schon längere Zeit niemand mehr darin gewohnt«, sagte er. »Alles sehr sauber und aufgeräumt, aber irgendwie kalt und ungemütlich.«

Wir standen in meinem Sprechzimmer. Herr Becker, so hieß der Beamte, legte ein dickes Buch auf meinen Schreibtisch. »Das lag mitten auf dem Wohnzimmertisch«, sagte er. »Ein Album?«, fragte Kerstin. Sie dachte an Briefmarken, aber als Becker den Deckel des Albums öffnete, sahen wir, dass es sich um ein Fotoalbum handelte.

Innsbruck – durchfuhr es mich plötzlich. Das Buch enthielt Eriks Erinnerungen an den Sommer, den er zusammen mit Gerlinde, mit mir, Jochen und den anderen Freunden in Innsbruck verbracht hatte. Die Bilder bestätigten meine Vermutung. Gerlinde mit Erik oder mit uns beiden, die Wanderung auf die Nockspitze, Bilder vom Lanser See, die beiden Berlinerinnen – alles Schnappschüsse in schwarz-weiß, aber alle ungeheuer lebendig. Einige Aufnahmen stammten aus einer vergletscherten Bergregion, die ich nicht kannte. Ich erinnerte mich, dass Erik einige Male allein oder mit Leuten losgezogen war, die mir fremd waren. Die Tour zum Hochfeiler fiel mir wieder ein. Das waren die Tage, in denen sich Gerlinde für mich entschieden hatte.

»Sie sind ja auf einigen Fotos abgebildet«, meinte Herr Becker. »Obwohl ich nie weiß, sind Sie es oder hat jemand den Herrn Sommer aufgenommen. Ist da irgendetwas in diesem Album, was uns einen Hinweis geben könnte? Sie waren ja wohl befreundet.«

Ich bat Becker, sich auf meinen Patientenstuhl zu setzen, ließ mich in meinen Sessel fallen und zog das Album zu mir herüber. Der ganze, weit zurückliegende Sommer wurde wieder lebendig, zog an mir vorbei wie ein langer Film. »Ja«, sagte ich schließlich, nachdem Kerstin sich zurückgezogen hatte, »wir kannten uns schon seit Schulzeiten.«

Dann erzählte ich diesem gelangweilten, antriebslosen Beamten von unserem Zusammentreffen in der Berliner Schule, von der erneuten Begegnung in Innsbruck, von Gerlinde, deren Untreue Erik wohl nie verschmerzt hatte, und von unseren Begegnungen hier in unserer kleinen Stadt, nachdem Erik die Leitung der hiesigen Versuchsanstalt übernommen hatte. Ich erzählte Becker auch von Eriks Krankheit und von den Risiken, die sie für ihn barg.

»Ich werde einen Bericht schreiben«, kündigte Becker an, nachdem er mir zugehört hatte, ohne irgendwelche Zwischenfragen zu stellen. »Wenn Sie so freundlich wären, meine Darstellung auf sachliche Fehler oder Ungenauigkeiten durchzusehen? Danach werden wir wohl eine Vermisstenanzeige aufgeben.«

Als ich Herrn Kriminalinspektor Becker so vor mir sah, wusste ich, dass er nichts herausfinden würde. Er hatte keine Idee, was passiert sein könnte, war sich der besonderen Herausforderungen, die unsere physische Ähnlichkeit für Erik und für mich bedeutet hatten, nicht bewusst. Einen Selbstmord müsse man in Erwägung ziehen, sagte er, vielleicht aber habe sich Sommer auch nur entfernen wollen, weggehen wollen aus einer Situation, die er nicht mehr ertrug.

»In was für Verhältnissen lebte Herr Sommer? Wissen Sie darüber etwas?«

»Sie meinen, seine materiellen Verhältnisse?«

Becker nickte. »Ja, hatte er genug Geld, um einfach wegzugehen und woanders ein neues Leben anzufangen – unter einem neuen Namen möglicherweise?«

»Kann ich Ihnen nicht sagen. Intuitiv würde ich Ihre Frage bejahen. Erik hat sicher gut verdient, außerdem könnte er von seinen Eltern Geld geerbt haben – aber das sind nur Vermutungen.« Damit endete unsere Unterhaltung. Becker schickte mir seinen Bericht, in dem er seine eigenen Beobachtungen, meine Aussagen und die Aussagen anderer Zeugen sehr penibel und vollständig wiedergegeben hatte. Ich war überrascht. Eine so genaue und detaillierte Darstellung hatte ich diesem langweiligen Menschen nicht zugetraut.

Etwas Merkwürdiges ging in mir vor, als ich den Bericht gelesen hatte – ein Gefühl, für das ich keine Worte fand und immer noch nicht finde. Becker hatte auch eine von mir geschilderte Bemerkung Eriks festgehalten, die auf die Vermutung hinauslief, dass jeder Mensch im Gewebe der Zeit einen bestimmten Platz habe, den nur er ausfüllen könne. Und nun seien da plötzlich zwei gewesen, die diesen Platz einnehmen wollten – einer zu viel. Was sollte ich davon halten? Und so war ich nicht überrascht, als etwa sechs Monate nach Eriks Verschwinden eine Meldung durch die Presse ging. Mitglieder der österreichischen Bergwacht hätten bei einer Routineübung an den Grubreisentürmen bei Innsbruck eine männliche Leiche gefunden, die in einer Felsspalte unterhalb des mittleren Turms gelegen habe. Der Mann sei offenbar schon im Spätherbst umgekommen und erst jetzt im Frühjahr entdeckt worden. Über seine Identität wisse man vorerst nichts, da der Mann keinerlei Ausweispapiere bei sich getragen habe.

Es dauerte nur zwei Wochen, bis dieser ersten Meldung eine zweite folgte, in der mitgeteilt wurde, dass es sich bei dem Toten um Professor Erik Sommer handelte. Vergleichende DNA-Untersuchungen hätten die Identität des seit mehr als einem halben Jahr Vermissten zweifelsfrei bestätigt. Erik Sommer habe unter einer Depression gelitten. Ein Selbstmord sei deshalb nicht auszuschließen.

Unmittelbar nach dieser zweiten Meldung erschien unsere Lokalzeitung in einer besonderen Aufmachung. Auf der Titelseite prangte dasselbe Bild, von dem ich einmal angenommen hatte, dass es mein eigenes sei, bis mich die Lektüre des Artikels über meinen Irrtum aufgeklärt hatte. Jetzt war mein Bild von einem Trauerrand umgeben, und daneben begann eine ausführliche Würdigung Erik Sommers und seiner Tätigkeit an der Landwirtschaftlichen Versuchsanstalt. Von einem tragischen Unfall war die Rede, dem der leidenschaftliche Bergsteiger wohl zum Opfer gefallen war.

»Unsere Leser erinnern sich gewiss daran, dass Prof. Sommer aufgrund einer frappanten äußeren Ähnlichkeit einige Male mit dem auch in unserer Stadt ansässigen Facharzt für Innere Medizin, Dr. Florian Winter, verwechselt wurde. Um neuerlichen Verwechslungen vorzubeugen, sei hier vermerkt, dass Dr. Winter mit Professor Sommer nicht verwandt ist und sich weiterhin guter Gesundheit erfreut.«

Von Jürgen Drews außerdem erschienen:

Wendelins Traum
Roman
Ein Mann liegt seit einem Jahr im Koma. Ärzte, Angehörige und Freunde hoffen auf ein Wunder. Während dieser Zeit des Hoffens und Wartens erzählt die Seele des komatösen Patienten von seinem Leben auf der Erde und seinem Aufenthalt in einem geträumten Jenseits. Geschildert werden Wendelins Kindheit, seine frühe katholische Prägung durch die Mutter sowie seine ersten Begegnungen mit dem Tod. Gemeinsam mit Wolfgang Wendelin und seinen Freunden erlebt der Leser die Nachkriegszeit, die Verkrampfungen des Kalten Krieges, Wendelins Tätigkeit als Pfarrer in der DDR, die Vereinigung Deutschlands und die Jahre danach aus wechselnden, immer wieder überraschenden Blickwinkeln. Hinter allem steht wie ein dunkler Cantus firmus die Frage nach der Beziehung zwischen Leben und Tod. Das Leichte wird schwer, und das Schwere wird leicht: Eine überaus reizvolle Mischung aus irdischer Authentizität und ironisch-märchenhafter Leichtigkeit.
ISBN 978-3-86520-432-5, 420 S., Paperback, € 19,90

Unter der Himmelsuhr
Die Geschichte einer grenzenlosen Liebe
Roman

Wiesbaden 1967. Bei einem Internistenkongress lernt der Heidelberger Tim Brandis die Ostberlinerin Inge Bauer kennen und lieben. Mehrfach besucht er sie in der DDR und fasst bald den Entschluss, dass er mit ihr zusammen im Westen leben will. Er, der passionierte Schwimmer, entwirft einen riskanten Fluchtplan: Er will mit Inge von der Küste Bulgariens aus an das türkische Ufer schwimmen und von dort weiter in die Bundesrepublik reisen. Doch am Ende sind es nicht die Strapazen der Flucht, die ihre Liebe auf die Probe stellen ...
ISBN 978-3-86520-373-1, 280 S., Paperback, € 18,90

Der verschwundene Pianist
Roman

Washington, 1949: Während eines Studienaufenthaltes in den USA begegnet der Münchner Student Klaus Mosbacher dem Pianisten Florian Kepler. Kepler, in Wien geboren und 1940 in die USA ausgewandert, steht am Beginn einer Weltkarriere und gilt als neuer Stern am Pianistenhimmel. Er bereichert Mosbachers Blick auf die klassische Musik entscheidend und weckt in dem Neunzehnjährigen die Hoffnung auf eine dauerhafte Freundschaft. Doch der Wunsch erfüllt sich nicht. Wenige Jahre nach ihrer ersten Begegnung kommt Kepler bei einem Flugzeugabsturz ums Leben. Als Mosbacher Jahrzehnte später durch Zufall den Musikkritiker Anton Muxeneder kennenlernt, muss er feststellen, dass nicht nur sein Leben mit dem von Florian Kepler schicksalhaft verbunden ist. Eine Spurensuche beginnt, die Unglaubliches zutage fördert ...

ISBN 978-3-86520-365-6, 272 S., Paperback, € 18,90

Jahresringe
Drei Novellen

Ein Mann verliert seine Frau nach Jahrzehnte langer Ehe durch eine Krankheit – und droht zunächst in einem Strudel aus Trauer und Perspektivenlosigkeit unterzugehen. Die Lebenswege zweier ehemaliger Studienfreunde, die sich längst aus den Augen verloren haben, werden durch die rätselhafte Krankheit des einen auf schicksalhafte Weise wieder verknüpft. Eine junge Frau glaubt, an einer tödlich verlaufenden Erbkrankheit zu leiden, und sieht in ihrer Verzweiflung nur einen Ausweg. Die Personen in Jürgen Drews' Novellen sind Getriebene. Die Furcht vor Krankheit, Tod, Einsamkeit und Sinnlosigkeit treibt sie dazu, nicht zu verharren, sich ihrem Schicksal zu stellen und dagegen anzukämpfen und bringt sie zu der tröstlichen Erkenntnis, dass es sich immer lohnt, im Leben noch einmal von vorne zu beginnen.

ISBN 978-3-8370-6138-3, Paperback, 256 S., € 16,90

Der Spiegelmord im Mörderspiel
Motiv: Eifersucht. Blutige Indizien. Was sagen die Geschworenen?
Ein literarischer Kriminalroman

Ein großer Krimi: intelligent, ungeheuer spannend und mit einem Showdown, der den Leser umhaut!
John Fitkau gerät unter Mordverdacht. Er soll seine Frau und ihren Liebhaber bestialisch ermordet haben. Die Indizien sprechen gegen ihn. Doch dann entdeckt ein Kriminalinspektor eine bisher unbeachtete Spur. Sie führt zu einem Täter, der mit Fitkau auf geheimnisvolle Weise verbunden scheint ...
ISBN 978-3-8334-8586-2, Paperback, 256 S., € 14,90

Menschengedenken
Novelle

Ein alter Mann aus Usbekistan reist nach New York, um seinen Sohn wieder zu finden, der sich zum Studium in Amerika aufhält. Er gerät dabei in den furchtbarsten Herbst, den die Stadt je erlebt hat. Vor dem Hintergrund der Katastrophe verfolgt er die vagen Spuren, die sein Sohn hinterlassen hat. Wird er ihn finden?
ISBN 978-3-8334-3556-0, Paperback, 300 S., € 18,–

Stolperherz
Kriminalgeschichten

Für Richard Studer, knapp über sechzig, ändert sich nach seiner plötzlichen Entlassung nichts. Im Gegenteil: Er lebt einfach so weiter, wie er es seit Jahrzehnten getan hat. Schließlich darf seiner Frau, der er die Kündigung verschwiegen hat, nichts auffallen. So verlässt er morgens sein Haus, geht zum Zeitungskiosk und steigt pünktlich um acht Uhr in die Tram, die ihn in wenigen Minuten an die Hauptpforte seiner Firma bringt. Doch hier endet der vertraute Weg – Studer muss in sein neues, eiligst angemietetes Büro und versuchen, die leer gewordenen Tage mit etwas Sinnvollem zu füllen. Menschen, deren Leben eine überraschende Wendung nimmt und die mit den schmerzhaften, fremdartigen und komischen Folgen lernen müssen umzugehen, bevölkern die Kurzgeschichten von Jürgen Drews. Mit feinem Gespür für Alltagssituationen und ihre versteckte Komik und Tragik lässt er seine Figuren an unerwarteten Ereignissen verzweifeln, erstarken oder gar sterben, ohne sie dabei je der Lächerlichkeit preiszugeben.

ISBN 978-3-8334-8485-8, Paperback, 196 S., € 12,80